Teufelstropfen

Gina Greifenstein wuchs im unterfränkischen Würzburg auf, lebt und arbeitet aber seit vielen Jahren als freie Autorin in der Südpfalz. Aus ihrer Feder stammen zahlreiche Bestsellerkochbücher, aber auch Romane – »Der Traummann auf der Bettkante« (Piper) war 2008 für den DeLiA-Literaturpreis nominiert. Zuletzt erschienen ist die Pfalz-Krimi-Reihe um die junge Ermittlerin Paula Stern – vor der eigenen Haustür mordet es sich schließlich am besten.

Dieses Buch ist ein Roman. Handlungen und Personen sind frei erfunden. Ähnlichkeiten mit lebenden oder toten Personen sind nicht gewollt und rein zufällig.
Im Anhang findet sich ein Glossar.

GINA GREIFENSTEIN

Teufelstropfen

PFALZ KRIMI

emons:

Bibliografische Information der Deutschen Nationalbibliothek
Die Deutsche Nationalbibliothek verzeichnet diese Publikation in der Deutschen Nationalbibliografie; detaillierte bibliografische Daten sind im Internet über http://dnb.d-nb.de abrufbar.

MIX
Papier aus verantwortungsvollen Quellen
FSC® C083411

Umschlagmotiv: mauritius images/imageBROKER/
Creativ Studio Heinemann
Umschlaggestaltung: Tobias Doetsch
Gestaltung Innenteil: César Satz & Grafik GmbH, Köln
Lektorat: Susann Säuberlich, Neubiberg
Druck und Bindung: CPI – Clausen & Bosse, Leck
Printed in Germany 2017
ISBN 978-3-7408-0056-7
Pfalz Krimi
Originalausgabe

Kriminalromane sind Reiseführer in den Tod.

Andreas Mäckler, deutscher Autor

Der weltbeste Polizeipudel

Freitag, 17. August

Der Wasserhahn bohrte sich schmerzhaft in ihren Hinterkopf, als sie ruckartig den Kopf hob.

»Autsch!« Paula fluchte laut. Dass Telefone immer dann klingeln müssen, wenn es am ungünstigsten ist, dachte sie grantig. Ihr kam es oft so vor, als ob jemand sie mit versteckter Kamera beobachtete und dann in genau dem Moment anrief, wenn sie gerade auf dem Klo saß, eben in den Keller gegangen oder, wie in diesem Augenblick, beim Haarewaschen war – und der just dann auflegte, wenn sie alles stehen und liegen gelassen hatte und endlich an den Apparat gehetzt war.

Kurz überlegte sie, ob sie das Klingeln ignorieren sollte. Wer etwas von ihr wollte, würde sich sicher wieder melden. Letztendlich wickelte sie sich aber doch ein Handtuch um die schäumende Haarpracht und machte sich auf die Suche nach ihrem Handy. Es konnte etwas Wichtiges sein, die Zentrale zum Beispiel, die sie zu einem Tatort rufen wollte, oder – fast noch wichtiger, entschied sie – Sebastian.

Bei diesem Gedanken machte ihr Herz einen hoffnungsvollen Sprung. Ja, es *muss* Sebastian sein, beschwor sie das immer noch klingelnde Telefon. Aber sie fand es nirgendwo. Schon so oft hatte sie sich vorgenommen, sich einen festen Ablageplatz dafür auszusuchen, damit sie nie wieder nach dem Teil suchen musste. Doch bisher war es noch nicht zur Ausführung dieser genialen Strategie gekommen.

Seifenwasser rann ihr den Rücken hinunter, durchnässte ihr T-Shirt und tropfte auf das Parkett. Sie dachte kurz daran, doch wieder ins Bad zurückzugehen und das Shampoo auszuspülen, suchte dann aber weiter.

Othello, Nachbarpudel und seit mehreren Wochen bei ihr in Pflege, da sich seine über achtzigjährige Besitzerin den Oberschenkelhalsknochen gebrochen hatte und derzeit in Reha-Kur war, folgte jedem ihrer Schritte.

»Ein ambitionierter Polizeihund hätte das Telefon schon längst gefunden«, sagte Paula zu ihm. »Such! Such das Telefon!«

Der Hund wedelte begeistert mit seinem Stummelschwanz und rannte laut kläffend mehrmals um den Wohnzimmertisch.

Paula musste angesichts der flatternden Ohren und des an den Tag gelegten Elans lachen. Othello war wahrhaftig weit davon entfernt, ein Polizeihund zu sein, auch wenn er seit Wochen in einem Kripo-Dienstwagen mitfahren durfte.

»Hund, du bist keine große Hilfe.«

Das Klingeln verstummte genau in dem Moment, als sie das Telefon endlich in der Küche neben dem Wasserkocher entdeckte. Ihre Theorie mit der versteckten Kamera schien damit bestätigt.

Sie nahm das jetzt stumme Handy in die Hand und überprüfte das Display. Es war nicht Sebastian gewesen. Dabei fehlte er ihr so, die Sehnsucht nach ihm tat fast weh. Und das, obwohl er nur ein Stockwerk unter ihr wohnte. In ihren Augen brannten heiße Tränen. Sie versuchte sich einzureden, dass das auch am Shampoo liegen konnte, das ihr in die Augen lief.

»Keeser«, konnte sie verschwommen entziffern. Sie rieb sich mit dem Handrücken über die Lider, was aber nicht hilfreich war, ganz im Gegenteil, das Brennen wurde dadurch nur noch schlimmer.

Paula legte das Handy zurück auf die Arbeitsplatte. Ihr Kollege konnte ruhig warten, bis sie die Haare fertig gewaschen hatte.

***

»Was willst du?«, fragte sie Bernd Keeser ohne jegliche Höflichkeitsfloskel, als sie ihn eine halbe Stunde später zurückrief. Es war ihr freies Wochenende, und wenn er anrief, konnte das nur etwas Unangenehmes bedeuten, zum Beispiel, dass sie einen neuen Fall hatten und das freie Wochenende zu Ende war, bevor es richtig begonnen hatte.

Allerdings war Keeser noch krankgeschrieben. Aber das konnte sich schnell ändern, wenn nicht genügend Leute zur Verfügung standen. Er war nach einer Schussverletzung zwar rekonvaleszent, aber nicht wirklich krank. Wie Paula ihn kannte, hätte er wahrscheinlich lieber heute als morgen wieder gearbeitet.

»Deine reizende Gesellschaft«, antwortete Keeser zuckersüß. »Marianne hat gerade abgesagt, und jetzt weiß ich nicht, wie ich allein nach Minfeld kommen soll.«

Das war also kein neuer Fall für sie, das war ein völlig anderer Fall, folgerte Paula, ein privater Fall. »*Ich* soll dich nach Minfeld fahren?«

»Genau, und bei der Gelegenheit könntest du mir bei einem Orgelkonzert Gesellschaft leisten.«

Wenn das verlockend klingen sollte, dann war Paula die völlig falsche Adressatin. »Ausgerechnet ich? Überhaupt: Hast du nicht irgendwann mal gesagt, du wärst noch zu jung für Klassikkonzerte?«

»Grundsätzlich ja, aber das ist etwas anderes. Es geht um einen guten Zweck. Das Konzert findet in der historischen Kirche in Minfeld statt. Seit Jahren wird mit derartigen Veranstaltungen das Restaurieren der alten Wandmalereien finanziert. Es ist ein wirklich süßes Kirchlein mit einer tollen Orgel. Es werden heute Werke von Bach gespielt.«

Orgelmusik?, dachte Paula wenig euphorisch.

»Ich glaube nicht, dass *ich* schon in dem Alter für so was bin«, sagte sie zurückhaltend.

»Ach, komm schon, mach einfach einen Ausflug in die Welt der Erwachsenen – mir zuliebe.«

Eine Möglichkeit, sich zu drücken, hatte sie noch: »Soll ich dich etwa mit dem Motorrad abholen?«, fragte sie mit spöttischem Unterton. Der große, nicht eben schlanke Keeser als Sozius war das Letzte, was sie sich vorstellen konnte.

»Quatsch, nie im Leben steige ich auf diesen Feuerstuhl! Nein, wir fahren natürlich mit dem Auto.«

»Darf ich dich erinnern, dass ich kein Auto besitze?«

»Ich komme bei dir vorbei.«

»Ich dachte, du darfst noch nicht fahren?« Die Wunde in seiner Schulter war zwar gut verheilt, aber er war noch nicht arbeitstauglich geschrieben. Autofahren war somit auch noch nicht erlaubt.

»Ach, die paar Meter bis zu dir schaff ich schon. Es darf mich nur keiner dabei erwischen. Von dir aus fährst dann du.«

Paula glaubte ihren Ohren nicht zu trauen. »Das ist doch hoffentlich nicht dein Ernst, Herr Kriminalhauptkommissar?«

»Doch …«, kam es kleinlaut aus dem Hörer. »Komm schon, sei nicht immer so akkurat.«

Paula überhörte das geflissentlich. »Gut, aber nur, wenn ich Othello mitnehmen darf.« Sie wusste genau, dass Keesers Verhältnis zu dem Hund, der Paula seit Frau Seidels Sturz im Dienst begleitete, gespalten war, besonders wenn es um das Innenleben von Autos ging.

Er antwortete dann auch wie erwartet: »Das ist aber nicht unser Dienstwagen, sondern meine Privatkutsche.«

»Das macht Othello gar nichts aus«, sagte Paula schnell.

»Aber …«

»Du weißt doch, dass Pudel nicht haaren«, unterbrach sie ihn.

»Du kannst ihn aber nicht mit in die Kirche nehmen …«

»Das ist mir klar, er bleibt im Auto, und in der Pause und danach gehen wir ’ne Runde mit ihm, das wird dir auch guttun.«

»Ach Paula …«

»Othello ist dabei, oder du bleibst mit deinem Hintern daheim!«

»Du solltest in eine andere Abteilung wechseln, das SEK und die GSG 9 brauchen immer Leute, die eiskalt mit Erpressern und Geiselnehmern verhandeln«, merkte Keeser trocken an.

»Wann?«

»Bin um achtzehn Uhr bei dir.«

***

Keeser kam fünf Minuten zu spät. Das hatte Paula noch nie bei ihm erlebt. Ungeduldig stand sie abholbereit auf der Straße und malte sich von Minute zu Minute neue Szenarien aus, wie er durch die schussbedingte Einschränkung einen Unfall gebaut hatte. Dann kam seine alte rote Klapperkiste um die Ecke und stoppte genau vor ihr.

»Ist doch gar nicht so einfach, einhändig zu fahren«, sagte er, als er ausstieg und seinen verletzten rechten Arm zurück in die Armschlaufe schob. »Genauso wie allein anziehen und aufs Klo gehen.«

»Bitte erspar mir Einzelheiten.« Paula verfrachtete Othello auf den Rücksitz und setzte sich auf den Fahrersitz, den sie mehrere Stufen nach vorn stellen musste, um an die Pedale zu gelangen. »Gegen deine eins dreiundneunzig bin ich halt doch ein Zwerg.«

Keeser hatte ihr mit kritischem Blick zugesehen. Er mochte es gar nicht, wenn sein Sitz verstellt wurde, das wusste Paula. Deshalb fuhr auch er meistens den Dienstwagen. Aber er sagte ausnahmsweise nichts dazu.

»Ich bin heilfroh, wenn ich mich wieder richtig bewegen und endlich wieder arbeiten kann.« Er stöhnte beim Anlegen des Sicherheitsgurtes. »Wenn ich wenigstens Linkshänder wäre.«

»Geduld ist nun mal nicht deine Stärke, liebster Kollege. Wohin jetzt?« Paula kannte sich inzwischen schon ganz gut in Landau und Umgebung aus, aber manche Ortsnamen hatte sie in den knapp eineinhalb Jahren, die sie jetzt in der Pfalz lebte, noch nie gehört. Minfeld gehörte dazu.

»Fahr erst mal Richtung Billigheim.«

Der Ort war Paula bekannt, also fuhr sie los. Sie fädelte sich durch die große Baustelle, die genau dort war, wo sie vom Südring in die Xylanderstraße abbiegen musste. Hier wurde gerade ein Kreisel gebaut, aber bis der fertig sein würde, war dieser Knotenpunkt ein Ärgernis für alle Landauer.

Paula musste wie meistens vor der herabgelassenen Bahnschranke in der Weißenburger Straße anhalten. Die paar Male, die sie ungehindert hatte durchfahren können, konnte sie an einer Hand abzählen.

»Was meinst du, wie lange du noch krankgeschrieben bist?« Keeser fehlte ihr im Dienst. Seine Ruhe, sein Humor, aber auch die kulinarischen Pausen, die er nur allzu gern einlegte. Jochen Lenzmann, mit dem sie zusammen Dienst tat, seit Keeser vor ein paar Wochen angeschossen worden war, fand sie zwar nett, und es war wirklich angenehm, mit ihm zu arbeiten – aber er war eben nicht Keeser. Fast drei Monate war ihr Lieblingskollege jetzt schon dienstuntauglich.

»Von mir aus könnte ich gleich loslegen. Der Kopf ist ja vollkommen in Ordnung ...«

»Bist du sicher?«, fragte Paula spöttisch.

Er ging nicht darauf ein. »Es ist nur die blöde Schulter, die noch muckt. Aber das wäre grundsätzlich nicht so schlimm, weil du ja den Dienstwagen fahren und mich notfalls beschützen könntest, wenn es brenzlig wird.«

»Also fast wie gehabt«, bemerkte Paula und spielte damit auf ebenden Fall an, bei dem Keeser dienstunfähig geschossen worden war. Wäre sie damals nicht rechtzeitig gekommen ...

»Das wirst du mir wohl ein Leben lang aufs Brot schmieren«, knurrte Keeser.

»Darauf kannst du deine heile Schulter verwetten.«

Sie erreichten Billigheim, fuhren geradeaus weiter, dann durch Barbelroth und nahmen im Kreisel die Ausfahrt Richtung Winden.

»In Winden waren wir schon mal«, sagte Keeser. »Da haben wir letztes Jahr die kleine Russin am Bahnhof abgefangen, erinnerst du dich?«

Klar erinnerte sich Paula. »Elena. Wie es ihr wohl heute geht?«

Weiter ging es durch Hergersweiler und Winden. Keeser wies sie an, gleich nach der Eisenbahnbrücke rechts abzubiegen. Minfeld war schon der nächste Ort.

Keeser lotste Paula rechts und wieder rechts, und als sie sich durch eine schmale Zufahrtsgasse geschlängelt hatten, standen sie direkt vor einer Kirche aus rotem Sandstein.

»Ich glaube nicht, dass wir hier stehen bleiben können«, sagte Paula. »Das sieht nicht wie ein öffentlicher Parkplatz aus.«

»Ach was, mach dir keine Gedanken. Wir sind schließlich die Polizei.«

»Wir sind aber nicht im Einsatz.«

»Wie schon mal erwähnt: Sei nicht immer so entsetzlich akkurat.« Keeser hob seinen kranken Arm in die Höhe. »Ich bin ein Krüppel, wie du unschwer erkennen kannst. Krüppel dürfen hier parken. Also komm endlich, ich will einen guten Platz haben.« Er stieg aus und marschierte zielstrebig auf die Kirche zu.

Paula gab auf. »Ist ja dein Auto, das abgeschleppt wird«, murmelte sie und drehte sich zu Othello um, der dann zwangsläufig mit abgeschleppt werden würde. Der Hund sah sie hoffnungsvoll an. »Nein, mein Kleiner, du bist erst später dran. Du musst in der Zwischenzeit polizeipudelmäßig das Auto bewachen.«

Mit einem enttäuschten Seufzer legte sich Othello auf den Rücksitz.

***

Keeser hatte sich bereits einen günstigen Platz in der Mitte der Bankreihen gesichert und klopfte einladend auf den Sitzplatz links neben ihm. »In der Pause gibt es Knabbereien und Kirchwein«, kündigte er an. »Der ist übrigens sehr fein, heißt ›Teufelstropfen‹. Ist doch originell in einer Kirche, oder?«

»Kostet das hier keinen Eintritt?«, fragte Paula. Sie parkte schon zweifelhaft, da wollte sie nicht auch noch als blinder Passagier in einem Konzert sitzen. »Oder hast du für mich mitbezahlt?«

»Nein, das hier ist kostenlos, aber wir können etwas spenden.«

»Warst du schon öfter hier?« Paula sah sich interessiert in dem kleinen Kirchenschiff um, das sich zügig füllte. Mehr als dreihundert Menschen würden hier nicht reinpassen.

»Ein-, zweimal. Zuletzt bei einem Konzert mit mittelalterlicher Musik.« Keeser musterte Paula prüfend. »Hast du Sebastian nicht gefragt, ob er mitkommen will? Es würde ihm sicher gefallen.«

Er konnte nicht wissen, dass er da einen wunden Punkt bei Paula getroffen hatte. Ihr Gesicht verdüsterte sich sofort. »Ich hab seit einigen Tagen nichts von ihm gehört. Er meldet sich nicht, und ich erreiche ihn nicht. Gesehen hab ich ihn auch nicht.«

»Geht das überhaupt, wenn man im selben Haus wohnt?«

»Offensichtlich«, sagte Paula trotzig.

»Hat er Schluss gemacht?«, fragte Keeser vorsichtig.

»Nein. Hätte er es getan, wüsste ich wenigstens, woran ich bin.« Tränen liefen ihr über die Wangen, obwohl sie das keinesfalls wollte. »Aber seit der Sache mit seiner Verhaftung ist er so anders, zurückhaltend und verschlossen. Seit die Sommerferien vorbei sind, komme ich gar nicht mehr an ihn ran. Er geht mir aus dem Weg.«

Keeser legte tröstend den gesunden Arm um ihre Schulter und zog sie an sich. »Vielleicht hat er Probleme in der Schule. Es ging ja durch alle Zeitungen.«

»Aber warum redet er dann nicht mit mir darüber? Ich wäre doch die Letzte, die nicht versteht, was er durchmacht. Ich habe schließlich tagtäglich mit Verbrechen und Verdächtigungen zu tun.«

Keeser saß grübelnd neben Paula. »Ich könnte ihn mir mal zur Brust nehmen«, schlug er vor. »Ein Gespräch von Mann zu Mann wirkt manchmal Wunder. Sebastian kann sich vielleicht vor dir drücken, aber vor mir ganz bestimmt nicht. Notfalls lade ich ihn ganz offiziell vor.«

Paula ließ sich diesen gut gemeinten Vorschlag durch den Kopf gehen.

»Lass mal stecken, Bernd«, sagte sie gerührt, »mit meinen privaten Problemen muss ich schon selbst fertigwerden.« Allerdings hätte sie keinen Eid darauf abgelegt, dass Keeser sich wirklich aus ihrem Privatleben raushalten würde. Sie selbst ließ sich von nichts und niemandem von ihren Einmischungen in das Leben anderer abhalten, und Keeser war in diesen Dingen ähnlich gestrickt wie sie.

Die Orgel setzte ein, raumfüllend, gewaltig. Paula war froh, dass damit das Gespräch beendet war, denn sie hätte ganz sicher noch mehr geheult, wenn sie weiter über ihren Kummer mit Sebastian geredet hätte. Das war aber das Letzte, was sie in Keesers Anwesenheit tun wollte. Er hatte bisher nichts davon mitbekommen, da er daheim sitzen und Däumchen drehen musste – und

Kollege Lenzmann war ihr nicht so vertraut, dass sie Persönliches austauschten.

Ihrer Mutter, die Sebastian seit ihrem Besuch im Mai kannte und sehr mochte, konnte sie ihr Herz auch nicht ausschütten. Sie würde sich nur unnötige Sorgen um die jüngste Tochter machen, die unter diesen Umständen wieder nicht im Hafen der Ehe landen würde. Keeser hatte sie einfach in einem schwachen Moment erwischt.

Die Klänge der Orgel beruhigten Paula, schalteten alles um sie herum aus. Die Bank, auf der sie saß, vibrierte leicht, die Härchen auf ihren Unterarmen stellten sich wie elektrisiert auf. Es war fast wie zu Hause, wenn sie mit lauter – sehr lauter – Musik abzuschalten versuchte.

Sie hätte nie gedacht, dass mit klassischer Orgelmusik der gleiche Effekt erreicht werden könnte wie mit Linkin Park, Apokalyptica oder Rammstein. Aber sie entspannte sich tatsächlich, Sebastian rückte in den Hintergrund, der Gedanke an ihn wurde ausgelöscht vom Getöse der Orgelpfeifen.

Das Stück kenne ich doch, wunderte sich Paula nach den ersten Takten. Ja, sie war sich sicher, es schon einmal gehört zu haben. Sie glaubte sich an einen alten Jules-Verne-Film zu erinnern, in dem Kapitän Nemo das Stück auf der Orgel in seinem Unterseeboot Nautilus gespielt hatte.

»Das waren Toccata und Fuge in d-Moll von Johann Sebastian Bach«, erklärte eine Frau mit kurzen dunklen Haaren, nachdem die letzten Töne des ersten Stückes verklungen waren. »Und damit begrüße ich Sie alle recht herzlich zu unserem Konzert in der historischen Kirche in Minfeld.«

Sie stellte sich selbst als Anita Frey und als Vorsitzende des Fördervereins der historischen Kirche vor, dann den Organisten, der extra für dieses Konzert aus dem fernen Straßburg angereist war, und den Bürgermeister, der nebst Gattin in der ersten Reihe saß. Sie nannte alle fleißigen Helferlein, ohne die derartige Veranstaltungen nicht möglich seien und die sich so unermüdlich für den Erhalt des Kirchleins einsetzten. Dann wies sie noch darauf hin, dass die Restaurierungsarbeiten aus Spenden finanziert würden und die Anwesenden gern während der Pause und nach der Veranstaltung ausgiebig ihren Obolus dazu beitragen dürften.

Es ging weiter im Programm. Paula waren die nachfolgenden Musikstücke allesamt unbekannt, aber sie genoss jedes einzelne. Sie fühlte sich wie in Musik getaucht und beschloss, sich in den nächsten Tagen eine CD mit Orgelmusik zu besorgen.

***

Während sich Keeser in der Pause in einer Schlange einreihte, um Wein für sie zu besorgen, holte Paula Othello aus dem Auto, damit der sich ein bisschen die Pudelbeine vertreten beziehungsweise das eine oder andere davon kurz heben konnte. Sie nahm ihn an die Leine und verschwand mit ihm an einem grün gestrichenen Bauwagen des örtlichen Jugendtreffs vorbei in die Grünanlage hinter der Kirche.

Trotz einsetzender Dämmerung konnte sie ihre Umgebung recht gut erkennen. Als sie allein waren, ließ sie Othello frei laufen.

»Aber nur ganz kurz, mein Lieber, Onkel Keeser wartet auf uns«, schickte sie ihm hinterher, als er schnüffelnd im Schatten einer Hecke verschwand.

Mehrere Minuten vergingen, ohne dass Othello wiederauftauchte. Paula hörte nur weit von sich Rascheln und Hecheln.

»Othello, komm her!«, rief sie.

Der Hund kam nicht. Aber zu dem Rascheln war ein weiteres Geräusch hinzugekommen, es klang nach spritzender Erde. Othello buddelte also nach etwas. Paula war alles andere als begeistert, denn Keeser würde sich sicher maßlos aufregen, wenn sie ihm einen verdreckten Hund ins Auto setzte.

»Othello, komm sofort hierher!«

Der Hund scherte sich kein bisschen um diesen Befehl, sondern scharrte weiter im Erdreich. Paula verließ den Weg und ging über den Rasen auf das Geräusch zu.

»Othello – Fuß!« Der Ärger verheißende Ton ließ den Hund in seiner Tätigkeit innehalten. Trotz der schlechter werdenden

Lichtverhältnisse konnte Paula erkennen, dass er mit gesenktem Kopf zu ihr geschlichen kam. Das Ausmaß seiner Schmutzigkeit konnte sie allerdings nur erahnen.

Sie leinte ihn an und zerrte den nur widerstrebend folgenden Pudel hinter sich her, zurück auf den Kirchenvorplatz. Ein derartiges Verhalten hatte sie bisher noch nicht bei ihm erlebt.

»Na los doch, Onkel Keeser trinkt sonst meinen Wein aus. So lecker kann das doch gar nicht gewesen sein, was du da gefunden hast«, sagte sie.

Othello begann zu winseln. Immer wieder blieb er stehen und warf sehnsüchtige Blicke zurück in den Park. Erst als sie wieder vor der Kirche waren, gab er Ruhe.

Paula mischte sich unter die Konzertgäste, die plaudernd vor der Kirche standen. »Du bist aber ein Süßer«, wurde Othello von vielen angesprochen und trotz der mit Dreck verkrusteten Schnauze von unzähligen Händen gestreichelt. Paula war beruhigt, der kleine Kerl hatte das, was er gerade noch auszubuddeln versucht hatte, offensichtlich schon vergessen.

»Ich bin immer noch fast taub«, stellte Keeser fest und reichte Paula ein gefülltes Weinglas. Mit dem Zeigefinger der frei gewordenen Hand bohrte er demonstrativ im Ohr, als ob das etwas helfen würde. »Und du hörst immerzu solchen Lärm.«

»War doch genial, alter Mann, ich weiß gar nicht, was du willst.«

Keeser zog erstaunt eine seiner buschigen Augenbrauen in die Höhe. »Na so was! Sag bloß, die Alte-Leute-Musik gefällt dir? Daran merkt man, dass du eben auch nicht mehr die Jüngste bist.«

Paula winkte ab und nahm einen Schluck aus ihrem Glas. »Der Wein schmeckt gut – und der heißt wirklich ›Teufelstropfen‹?«, versuchte sie abzulenken.

Keeser nickte bestätigend. »Eigentlich ein Hergersweilerer Narrenberg, genauer gesagt ein Cabernet Mitos, aber der Förderverein hat sich den originellen Namen ›Teufelstropfen‹ dafür einfallen lassen.«

»Wenn das nicht meine Lieblingskommissare sind«, flötete eine wohlbekannte Stimme neben ihnen. »Frau Stern, Herr Keeser, Sie verbringen also auch Ihre Freizeit zusammen?« Eine Spur leiser fügte sie hinzu: »Oder sind Sie dienstlich hier?«

Bettina Mertens, eine Journalistin der »Rheinpfalz«, stellte sich mit Block und Stift bewaffnet neben Keeser. Mit ihren höchstens hundertsechzig Zentimetern Körpergröße musste sie den Kopf in den Nacken legen, um ihm ins Gesicht sehen zu können.

»Verfolgen Sie uns?«, brummte Keeser hörbar unterbegeistert.

Die pummelige Reporterin lachte ausgelassen und blitzte ihn mit ihren wasserblauen Augen übermütig an. »Aber nein, heute bin ich ausnahmsweise nicht Ihretwegen hier. Ich soll einen Artikel über das Konzert schreiben. Da kann ich Sie ja gleich mal interviewen, um die Meinung des Publikums einzufangen.«

Keeser war anzusehen, dass er davon überhaupt nicht begeistert war. Paula wusste, dass er mit dieser lästigen Zeitungsschnüfflerin beruflich nichts zu tun haben wollte, privat dann sicherlich erst recht nicht. Wahrscheinlich traute er der Journalistin sogar zu, dass sie ihnen ein Verhältnis andichtete, nur weil sie gemeinsam auf einer Veranstaltung waren.

»Keine Zeit, wir müssen vor Pausenende noch den Hund ins Auto bringen«, sagte Keeser unfreundlich.

»Welchen Hund?«, fragte Bettina Mertens und sah sich suchend um.

»Na, den hier«, sagte Paula und sah zu ihren Füßen, neben denen allerdings kein Pudel mehr saß. Lediglich das leere Halsband lag im Gras. »Dieser kleine Mistkerl!«, zischte sie.

»Such du den Hund, ich bringe die Gläser zurück«, bot Keeser an.

Paula trank hastig den letzten Schluck Wein aus und stellte ihr Glas auf einem großen Sandsteinquader ab. Sie war stinksauer auf Othello. Sie wusste genau, wo sie ihn finden würde. Bevor sie sich jedoch einen Weg durch die Leute in Richtung Park gebahnt hatte, tauchte Othello plötzlich vor ihr auf. Noch dreckiger als zuvor, trug er etwas im Maul.

»Aus!«, befahl Paula streng.

Othello legte den Kopf schief und sah zu ihr hoch. Er schien zu überlegen, ob er gehorchen sollte. Paulas düstere Miene überzeugte ihn dann wohl, das eben ausgegrabene Beutestück vor ihren Füßen abzulegen. Aus den Augen ließ er es aber nicht.

Paula ging in die Hocke und versuchte zu erkennen, was es war.

»Sieht aus wie ein Stück Knochen«, diagnostizierte Bettina Mertens fachmännisch. Sie war Paula gefolgt und spähte ihr interessiert über die Schulter.

Paula stupste das Knochenfragment mit dem Zeigefinger an. Othello bellte daraufhin aufgeregt und wollte danach schnappen. Sie konnte ihn gerade noch davon abhalten.

Eines von Keesers karierten Stofftaschentüchern tauchte in ihrem Gesichtsfeld auf. »Hier, nimm das, sonst erfahren wir nie, was er da gefunden hat.«

Mit Hilfe des Taschentuches hob Paula das Fundstück auf und ging damit ins Licht. Es war definitiv ein Knochen. Ein übler Geruch ging von ihm aus. Paula vermutete, dass das an den halb verwesten Fleischresten lag, die noch an ihm hingen. Als sie zwei kleine Gelenke erkannte, hätte sie den Knochen beinahe fallen lassen.

»Das ist ein menschlicher Finger«, sagte sie tonlos.

»Quatsch, wo soll denn der herkommen?« Keeser schüttelte ungläubig den Kopf.

»Zuerst wollte ich diesen Auftrag ablehnen. Wenn das nicht Fügung ist! Das wird einen ganz außerordentlichen Artikel geben«, frohlockte Bettina Mertens und machte ein Foto mit der Kamera, die um ihren Hals hing.

»Sie halten sich gefälligst zurück, bis wir mehr wissen«, fuhr Keeser sie schlecht gelaunt an. »Es handelt sich hier vielleicht um ein Verbrechen und ganz sicher nicht um eine unterhaltsame Gute-Nacht-Geschichte.«

Bettina Mertens sah ihn ernst an. »Aber ja, Herr Kommissar, ich warte natürlich, bis Sie grünes Licht geben. Habe ich Sie schon jemals in dieser Hinsicht enttäuscht?«

Ein verächtliches Schnauben war Keesers Antwort. Paula war

sich sicher, dass er gerade das Gleiche dachte wie sie: Als ob sich schon jemals ein Journalist zurückgehalten hätte!

»Das Gelände rund um die Kirche war vor langer Zeit mal ein Friedhof, der Knochen könnte also noch von früher sein«, mutmaßte ein älterer Herr neben Paula, der die Aktion mitbekommen hatte und den Fund ebenfalls neugierig betrachtete.

»Dafür ist er viel zu frisch«, sagte Paula.

»Dann vielleicht vom neuen Friedhof. Der befindet sich gleich im Anschluss an den Kirchgarten.«

Paula hatte jedoch einen ganz anderen Verdacht. »Hast du eine Taschenlampe im Auto?«, fragte sie Keeser, da es zunehmend dunkler wurde. Als er nickte, bat sie ihn, sie zu holen.

Ohne den üblichen spöttischen Kommentar zog er los und kam wenig später mit der Lampe zurück. »Ich wollte schon immer mal nachts auf einen Friedhof gehen.« Seine Augen sprühten vor kindlicher Unternehmungslust.

»Halt das mal«, sagte Paula und drückte ihm das Taschentuch mit dem Knochen in die Hand, die aus der Stützschlinge ragte, um Othello das Halsband wieder anzulegen. Vorsichtshalber schnallte sie es ein Loch enger, damit er nicht noch einmal ausbüxen konnte.

Keeser verzog das Gesicht, aber Paula machte keine Anstalten, ihm das stinkende Ding wieder abzunehmen.

»Los, Othello, such noch mehr von den leckeren Knochen!«

Der Hund ließ sich das nicht zweimal sagen. Er stürmte sofort los und zerrte Paula hinter sich her.

»Sie bleiben alle hier«, sagte Keeser zu den inzwischen versammelten Neugierigen. Erst dann folgte er Paula.

»Du weiß schon, dass man dich und Othello wegen Grabschändung drankriegen wird«, prophezeite Keeser dicht hinter ihr.

Wie Paula erwartet hatte, zog sie der Hund nicht zum Friedhof, sondern bog nach wenigen Metern bei einer Bank nach rechts auf den Rasen ab. Bevor er unter den Büschen verschwinden konnte, hielt Paula ihn zurück, übergab Keeser die Leine und schaltete die Taschenlampe ein.

Allerlei Gesträuch stand da durcheinander. Paula bahnte sich einen Weg hindurch, bis sie im kreisrunden Lichtstrahl die Stelle entdeckte, an der Othello gegraben hatte.

»Das ist nicht der Friedhof«, stellte Keeser enttäuscht fest.

Paula kämpfte sich weiter durch das Gebüsch und näherte sich vorsichtig dem Loch. Da waren noch mehr Knochen, musste sie zu ihrem Entsetzen feststellen. Erst als sie auf allen vieren halb unter einen Busch gekrochen war, erkannte sie, worum es sich handelte: eine teilweise skelettierte Hand. Die Hand, von der der Finger in Keesers Taschentuch stammen musste, denn genau dieses Stück fehlte hier.

»Jedenfalls nicht der offizielle Friedhof«, sagte Paula trocken und kroch zu Keeser und Othello zurück. »Dort liegt ein Mensch begraben.«

»Willst du mich verarschen?« Er forschte in ihrem Gesicht. »Scheiße, du meinst das ernst!«

»Wir brauchen die Spurensicherung, es muss weiträumig abgesperrt werden – das volle Programm eben.« Paula zückte ihr Handy und wählte die Nummer der Zentrale.

Keeser setzte sich auf die Bank neben dem Weg und betrachtete Othello, der in Habachtstellung vor ihm saß und nur Augen für das Taschentuch mit dem Knochen in seiner Hand hatte. »Gar nicht schlecht, Kleiner. Du bist tatsächlich der beste Polizeipudel, den ich je kennengelernt habe«, sagte er anerkennend.

»Na, haben Sie was gefunden?« Bettina Mertens stand plötzlich neben der Bank, neben ihr der ältere Herr, der ihnen den Tipp mit dem Friedhof gegeben hatte.

Paula erschrak beinahe zu Tode, da sie die beiden nicht hatte kommen sehen.

Keeser erhob sich. »Hab ich mich so undeutlich ausgedrückt? Sie haben hier nichts verloren. Ich muss Sie beide bitten, den Park zu verlassen. Das hier ist ein Tatort. Gehen Sie am besten zurück zu den anderen, es wird gleich ein Einsatzteam kommen und Sie instruieren, was Sie tun müssen.«

»Hier liegt eine Leiche?« Der Herr wirkte mehr begeistert als erschüttert.

»Das darf ich aber doch schreiben?« Bettina Mertens wollte die Chance auf eine Exklusivmeldung keinesfalls ungenutzt verstreichen lassen.

»Ich kann Ihnen noch gar nichts sagen, erst wenn die Spurensicherung alles untersucht hat, wissen wir mehr. Ich bitte Sie also noch einmal zurückzugehen.«

»Frau Mertens«, sagte Paula, »warten Sie einfach ab, bis wir die Spurensicherung dahaben. Alles andere wäre wilde Spekulation.«

»Aber um zweiundzwanzig Uhr ist Abgabeschluss …«

»Es dauert so lange, wie es dauert«, sagte Keeser unfreundlich und drängte die beiden neugierigen Mitmenschen in Richtung Kirche.

In diesem Moment setzte die Orgel ein. Die Pause war vorbei, und das Konzert ging weiter. Paula kam das sehr entgegen. Die Gäste saßen also wieder auf ihren Plätzen und würden von dem, was gleich passieren würde, erst einmal nichts mitbekommen.

Sichtlich ungern entfernten sich die Journalistin und der ungebetene Zaungast. Paula konnte sich genau vorstellen, wie er die Neuigkeit trotz der lauten Musik in der Kirche verbreitete. Sie hoffte, dass nicht noch mehr Schaulustige hier auftauchten.

Paula setzte sich neben Keeser auf die Bank. Othello legte sich mit einem theatralischen Stöhnen vor ihre Füße. Er hatte erkannt, dass das mit dem leckeren Knochen nichts mehr werden würde.

»Die Mertens hat uns gerade noch gefehlt«, brummte Keeser.

»Reg dich nicht auf, es wäre doch eh irgendwann an die Presse gegeben worden.«

»Ja, irgendwann, aber doch nicht gleich heute. Die macht aus der Fundstelle im Gebüsch doch erfahrungsgemäß ein Massengrab.«

Sie lauschten schweigend den gedämpften Klängen der Orgel, die hinter den dicken Kirchenmauern das vorgesehene Programm weiterspielte. Der Mond kroch über das Kirchendach, er war voll und tauchte alles in gespenstisches Licht. Vereinzelte Wolken dunkelten ihn immer wieder ab, bevor sie weiterzogen.

»Wenn du nicht darauf bestanden hättest, den Hund mitzunehmen, wären die sterblichen Überreste dort drüben vielleicht nie gefunden worden«, sagte Keeser plötzlich.

»Willst du mir damit sagen, dass du es toll findest, dass ich manchmal so stur bin?«

»Nein, ich werde mich hüten, dich auch noch dafür zu loben. Ich wollte nur feststellen, dass manches einfach von der Verkettung verschiedener Umstände abhängt. Hätte Marianne nicht abgesagt, dann hätte ich dich nicht dazu überreden müssen, mit mir hierherzukommen. Und wenn Frau Seidel nicht in Reha wäre, hättest du den Hund nicht in Pflege. Ist es nicht denkwürdig, wie sehr alles von Zufällen abhängt?«

Paula setzte gerade zu einer Antwort an, da hörte sie Motorengeräusche und Türenknallen. Sie tippte auf die Verstärkung, die sich jetzt um alles Erforderliche kümmern würde. Sie stand auf.

»Weißt du, was ich meine?«, hakte Keeser nach. »Wäre Sebastian damals mit zu mir zum Essen gekommen, wäre er nie unter Verdacht geraten.«

Paula grinste ihn schief von oben an. »Und hätte ich damals nicht zufällig meine Dienstwaffe in der Handtasche gehabt und wäre damit nicht auch noch rechtzeitig im Parkhaus gewesen, dann wärst du jetzt tot und könntest heute nicht so tiefschürfende philosophische Überlegungen anstellen.«

Keeser brummte unwillig. »Musst du schon wieder davon anfangen?«

»Klar, bei der wunderbaren Vorlage, das muss ich doch auskosten.« Sie legte ihm die Hand auf die fast verheilte Schulter. »Natürlich verstehe ich, was du meinst – aber so ist das Leben nun mal. Jedes Tun und auch Nicht-Tun löst etwas aus. Das macht es doch so spannend.«

Paula ging auf die Kollegen von der Kriminaltechnik zu. Es waren Werner Dreißigackers Leute. Der etwas kleinere, untersetzte Mann, der ihnen folgte, war Dreißigacker selbst.

Sie schleppten Metallkoffer, aber auch Kabeltrommeln und Strahler herbei. Gleich würden der Fundort und die nähere Umgebung in grelles Licht getaucht sein. Mehr Menschen folgten ihnen. Polizeibeamte, Leute von der Gerichtsmedizin. Paula erkannte Andreas Knopp. Sie freute sich, dass er Dienst hatte. Es war immer angenehm, mit ihm zusammenzuarbeiten.

Der lange, schlaksige Umriss, der zum Schluss erschien, konnte nur zu Polizeianwärter Hartmut Berger gehören, der sogar ein paar Zentimeter größer als Keeser war und dadurch noch dünner und staksiger wirkte. Er begann sofort, den Zugang zur Grünanlage mit Absperrband zu verschließen.

»Wir brauchen Strom«, sagte Dreißigacker nach flüchtiger Begrüßung.

Paula erklärte sich bereit, sich darum zu kümmern. Ihrer Meinung nach hatte sie lange genug untätig herumsitzen müssen. Sie ging zurück in die Kirche, wo das Konzert noch immer im Gange war. Die Veranstalterin saß zum Glück in der Nähe des Eingangs, so konnte Paula sie herauswinken, ohne allzu viel Aufsehen zu erregen. Nur der ältere Herr, der die Knochengeschichte hautnah miterlebt hatte, sah neugierig zu ihr herüber.

Wenig später konnte einer der Techniker den Stecker einer Kabeltrommel in einem kleinen Anbau der Kirche in die Steckdose stecken. Die Strahler tauchten Teile des Weges, die Bank, auf der Keeser noch immer saß, die Rasenfläche davor und die Hecken, unter denen sich das kühle Grab eines Unbekannten befand, in unnatürlich helles Licht.

Paula sah, wie sich zwei Beamte daranmachten, mit Baumscheren einen Zugang freizuschneiden. Sie fragte sich, ob diverse Gartengeräte zur normalen Grundausstattung von Einsatzwagen auf dem Land gehörten.

»Ihr zwei macht aber auch immer Ärger«, stellte Knopp mürrisch fest, der gerade seinen »Werkzeugkoffer«, wie er ihn nannte, neben der Bank abstellte. »Beinahe hätte ich es in den Feierabend geschafft. Warum habt ihr nicht ein paar Minuten später angerufen?«

Keeser hob entschuldigend die Schultern. »Wir wollten ja eigentlich auch nur Konzert und nicht Konzert mit Leiche.«

Knopp sah sich über den goldenen Rand seiner Brille hinweg

den Knochen auf Keesers Taschentuch genau an. »Das ist eindeutig nichts Frisches.«

»Was meinen Sie, wie lange der schon dort liegt?«, fragte Paula.

»Ein paar Wochen, ein paar Monate – auf den ersten Blick schwer zu sagen«, antwortete Knopp. »Wir müssen erst mal abwarten, was wir zutage fördern. Es gibt in solchen Fällen vieles zu beachten, zum Beispiel, ob die Leiche in etwas eingewickelt war. Wenn ja, worin? In Folie? In einen Teppich? Der Grad der Verwesung hängt auch vom Erdreich ab – Lehmboden oder sandiger Grund? Und noch von vielem mehr. Ihr merkt schon, das wird spannend. Und es wird ganz bestimmt nicht schnell gehen, nur damit ihr beiden von vornherein Bescheid wisst und mich nicht nervt. Und jetzt entschuldigt mich, ich will bei der Freilegung dabei sein.«

Keeser sah seinem alten Freund ungläubig nach. »Ich habe so das Gefühl, Knoppi freut sich richtig auf diesen Job. Der tut gerade so, als ob es sich um eine archäologische Ausgrabungsstätte handelt.«

Genau so sieht es auch aus, dachte Paula.

Dreißigacker kniete mit einem Kollegen auf dem Boden und entfernte vorsichtig Zentimeter um Zentimeter Gras und Erde, um ja nichts zu beschädigen oder zu verrücken. Er wollte den Leichnam in der originalen Liegeposition freilegen und fotografieren.

Polizeiobermeister Hans Becker trat zu ihnen. »Hännen ihr zwää nit eischendlisch freig'hätt?«, fragte er in schönstem Eingeborenenpfälzisch.

Paula sah ihn verständnislos an. Becker brachte sie regelmäßig an ihre sprachlich-dialektischen Grenzen. Sie erkannte nur, dass es sich um eine Frage handelte.

Zum Glück antwortete Keeser: »Kollegin Stern hatte eigentlich frei – ich bin noch krankgeschrieben. Aber das hat sich wohl gerade für uns beide erledigt.«

Ein Paula noch unbekannter Beamter trat zu ihnen und stellte sich als Polizeihauptmeister Robert Schuster von der Polizeidienststelle Wörth vor.

»Bei uns ist die Meldung über einen Leichenfund eingegangen.« Er sah Becker kritisch von der Seite an. »Was mich allerdings wundert, ist die Tatsache, dass hier die Kollegen aus Landau vor Ort sind. Kriminaltechnik und Kripo sind auch schon da, das ging aber verdammt schnell.«

Keeser stand auf, zog seinen männertypisch dicken Geldbeutel aus der Gesäßtasche und zeigte ihm seinen Dienstausweis. »Das ging nur so schnell, weil zwei Leute von der Kripo, genauer gesagt von der Mordkommission, die Leiche gefunden haben, nämlich Kollegin Paula Stern und meine Wenigkeit.«

Paula schüttelte Robert Schuster die Hand.

»Können mein Kollege und ich noch etwas tun?«, fragte er und sah sich eingehend um.

»Die Personalien der Konzertbesucher müssen aufgenommen werden«, schlug Keeser vor. »Polizeiobermeister Becker und seine Landauer Kollegen freuen sich bestimmt über jegliche Unterstützung.«

Becker nickte zustimmend, er hielt generell nichts von Kompetenzstreitigkeiten. Je mehr Leute anpackten, desto schneller ging alles und desto früher kamen sie alle nach Hause. Er begleitete Schuster zum Kirchenvorplatz.

Paula überlegte, dass sie eigentlich Jochen Lenzmann, ihren momentanen Ermittlungspartner, anrufen müsste.

»Guten Abend, Kollegen«, sagte da eine Stimme, die ihr bekannt vorkam. Unangenehm bekannt. Sie sagte sich aber auch, dass das gar nicht sein konnte.

Irritiert drehte sie sich zu dem Besitzer der Stimme um. Sie hatte sich nicht getäuscht: Da stand tatsächlich Matthias Weber vor ihnen und begrüßte alle mit Handschlag.

»Hallo, Paula, schön, dich zu sehen«, sagte er, als sie an die Reihe kam.

Paula zögerte, gab ihm dann aber doch die Hand. Sie fragte sich, was dieser schleimige Kerl hier wollte. Der konnte doch nicht zufällig hier vorbeigekommen sein. War er etwa genauso wie sie und Keeser in dem Konzert gewesen? Weber und Orgelmusik? Möglich ist alles, dachte sie, schließlich war sie auch hier. Aber dann hätte er sich doch sicherlich schon in der Pause bemerkbar gemacht.

»Was machst du denn hier?«, fragte sie und sah Weber zutiefst argwöhnisch an.

»Ich bin dein neuer Partner. Ich hab mich zur Mordkommission versetzen lassen«, antwortete er breit lächelnd.

Paula verschlug es die Sprache. Weber war der letzte Mann, mit dem sie etwas zu tun haben wollte, und mit ihm zusammenarbeiten wollte sie schon dreimal nicht.

»Ich dachte mir schon, dass du dich wahnsinnig darüber freust«, sagte Weber ironisch.

Keeser beobachtete die beiden wie zwei Bakterien unter einem Mikroskop. Er wusste genau, wie sehr Paula Matthias Weber verabscheute. Schließlich hatte er hautnah mitbekommen, wie Weber Paulas Freund hinter Gitter gebracht und zudem äußerst mies behandelt hatte. Sein skeptischer Blick verriet, dass er nicht ganz verstehen konnte, dass Weber trotz allem eine Zusammenarbeit mit Paula anstrebte. Er machte einen Schritt nach vorn, als rechnete er damit, dass Paula Weber gleich an die Gurgel ging.

»*Du* mein neuer Kollege? Das wüsste ich aber.« Paulas Stimme klang scharf. »Und was machen in der Zwischenzeit die ganzen Vergewaltiger, Nutten und Zuhälter?«

»Die müssen wohl ohne mich auskommen. Mann, Paula, sei nicht so aggressiv. Die Sache ist inzwischen Schnee von gestern. Wir hatten doch das Kriegsbeil längst begraben.«

»Hatten wir das? Ich kann mich nicht daran erinnern. Im Gegenteil, ich habe dir damals die Pest an den Hals gewünscht, und daran hat sich in der Zwischenzeit nichts geändert.« Paula schenkte ihm einen kühlen Blick.

Wenigstens hat er die Haare jetzt anders, dachte sie, ganz kurz und nicht mehr so eklig mit tonnenweise Gel nach hinten geklebt. Bis auf die angeberische Lederjacke, die einer aufwendig gearbeiteten Motorradjacke nachempfunden war und die er schon bei ihrem ersten Zusammentreffen getragen hatte, wirkte er nicht mehr ganz so prollig auf sie wie damals. Aber leiden konnte sie ihn deswegen noch lange nicht.

Auch nicht, wenn er der letzte Mann auf Erden wäre. Zumal *die Sache*, wie er Sebastians Verhaftung wegen angeblicher Vergewaltigung und den daraus resultierenden unfreiwilligen Aufenthalt im Gefängnis so lapidar genannt hatte, in ihrer Beziehung eben *nicht* Schnee von gestern war. Sebastian hatte sich seitdem sehr verändert, er war verschlossen und unzugänglich geworden.

Wut kochte in Paula hoch. Der wollte ihr Kollege sein? Was bildete sich dieser arrogante Kerl eigentlich ein?

»Ey, ich hatte mich doch für alles entschuldigt.« Weber sah hilfesuchend zu Keeser, konnte aber an dessen ungerührter Miene erkennen, dass von ihm keinerlei Intervention zu erwarten war.

»Mir egal«, fauchte Paula, »ich habe jedenfalls schon einen Kollegen. Im Moment ist es Jochen Lenzmann und in Kürze wieder Keeser. Such dir also jemand anderen, den du bei der Mordkommission nerven kannst.«

»Das musst du mit Kriminaloberrat Sonne klären. Der Chef hat nämlich befunden, dass wir zwei ganz vorzüglich zusammenpassen«, sagte Weber mit einem überheblichen Lächeln. »Und jetzt werde ich das Konzert beenden und mit ein paar Kollegen die Personalien der Leute aufnehmen. Bis später.« Er hob die rechte Hand zum militärischen Gruß an die Stirn, machte auf dem Absatz kehrt und verschwand in Richtung Kirche.

Paula sah ihm ungläubig nach. Auch wenn er besser aussieht als früher – er ist doch immer noch derselbe Arsch, dachte sie. »Wie kann Sonne so was über meinen Kopf hinweg entscheiden?«

Keeser verzog das Gesicht und antwortete nur mit einem Schulterzucken. Paula schloss daraus, dass er sich das auch anders vorgestellt hatte. Bestimmt hatte er gehofft, er selbst könnte bei diesem Fall, der besonders interessant werden könnte, endlich wieder mitermitteln. Aber sein Schulterzucken und der Gesichtsausdruck sagten ihr auch noch etwas anderes: Er schien sich Sorgen zu machen, dass er nach seiner Rekonvaleszenz eventuell gar nicht mehr mit Paula zusammenarbeiten würde.

»Sonne hätte mich fragen müssen, bei Lenzmann hat er

schließlich auch gefragt«, sagte Paula unglücklich. Immerhin musste sie den größten Teil des Arbeitstages mit dem Teamkollegen verbringen, oft zehn oder zwölf Stunden am Stück, viele davon in einem engen Büro oder im Dienstwagen. Da musste ihrer Meinung nach die Chemie zwischen den Partnern stimmen. Mit der Chemie zwischen ihr und Weber konnte man nur eines, nämlich Bomben bauen. »Mensch, Keeser, sag doch auch mal was dazu!«

»Ich kann ja morgen mal bei Sonne vorsprechen, aber solange ich nicht vom Amtsarzt einsatzfähig geschrieben werde, hab ich da wenig Hoffnung.«

Die Orgel erstarb mitten im Lied. Schlagartig wurde es still, nur die leisen Unterhaltungen der Beamten um sie herum waren zu hören, ab und zu das Scharren auf Erde und ganz in der Nähe das Zirpen einer Grille.

Es hätte so eine schöne Sommernacht sein können, wenn nicht dieser blöde Weber aufgetaucht wäre, dachte Paula betrübt. Musste Othello denn auch unbedingt eine menschliche Leiche finden, hätte es nicht auch ein Kaninchenkadaver sein können? Jetzt würde es auf jeden Fall eine lange Sommernacht werden.

In der Ferne sah sie Blitze über den Nachthimmel zucken. Ein Gewitter war im Anzug – gar nicht gut für Grabungen im Freien.

»Frau Schdern? Do is e Fräa, die mit Ihne schbreche will«, unterbrach Berger ihre trüben Gedanken.

Paula folgte ihm bis zur Absperrung, wo sich inzwischen eine größere Menschenmenge angesammelt hatte. Es war die Frau, die Paula vorhin wegen des Stroms aus der Veranstaltung geholt hatte.

»Anita Frey«, stellte sie sich erneut vor. »Ich bin die Vorsitzende des Fördervereins der historischen Kirche. Wenn Sie schon unser Konzert platzen lassen, dann will ich wenigstens wissen, was hier los ist.«

Paula hob das Absperrband an und führte Anita Frey ein Stück von den Schaulustigen weg.

»Becker«, rief sie dem Beamten zu, der ihr am nächsten stand,

»sorgen Sie doch bitte dafür, dass die Leute von hier verschwinden!«

Hans Becker nickte, setzte ein wichtiges Gesicht auf und begab sich zu der Absperrung.

»Hier ist doch nicht etwa während des Konzerts ein Mord geschehen?« Frau Frey sah Paula mit großen Augen an.

»Nein, nein, keine Sorge, heute Abend ist gar nichts geschehen«, konnte Paula sie beruhigen. »Aber wir haben die sterblichen Überreste eines Menschen gefunden, die schon länger hier in der Erde geruht haben müssen. Bis wir herausgefunden haben, um wen es sich bei dem oder der Toten handelt und was der Person passiert ist, bleibt die Parkanlage erst einmal gesperrt.«

»Eine Leiche ist hier vergraben? Das ist ja eine schreckliche Vorstellung!« Nicht so schrecklich, dass sie sich nicht den Hals verrenkte, um hinter Paula etwas sehen zu können. »Dort unter dem Gebüsch?«

»Frau Frey, ich bitte Sie jetzt zu gehen. Ihre Adresse haben wir?«

Die Frau nickte, ohne den Blick von dem Geschehen abzuwenden.

»Wir werden uns morgen bei Ihnen melden, falls wir Fragen haben sollten.« Paula nahm sie am Arm und führte sie mit Nachdruck zurück zur Absperrung.

»Was denn für Fragen? Wie könnte *ich* Ihnen denn helfen?« Anita Frey sah Paula ängstlich an. »Ich habe nichts damit zu tun. Ganz bestimmt nicht.«

»Das habe ich auch gar nicht gesagt. Aber Sie kennen sich rund um die Kirche doch bestens aus, nicht wahr?« Paula versuchte geduldig zu bleiben. Sie wollte lieber hinübergehen und bei den Grabungsarbeiten zusehen, als aufgeschreckte Bürger zu beruhigen.

»Ach, das meinen Sie. Natürlich kenne ich hier alles wie meine Westentasche. Und ich helfe Ihnen natürlich gern, jederzeit.«

»Wir rufen vorher an«, sagte Paula und nickte ihr lächelnd zu.

Anwärter Berger hob das Absperrband, und Paula schob Anita Frey sanft darunter hindurch auf die andere Seite. Grußlos machte sie danach kehrt und eilte hinüber zu Keeser, der noch immer auf der Bank saß. »Wie sieht's aus?«

»Scheint ein kompletter Körper zu sein.«

Paula ging über den frisch freigeschnittenen Pfad und sah über die gebeugten Rücken der Kollegen auf die inzwischen nahezu freigelegten Reste eines Menschen. Makellose Zähne grinsten sie aus einem lippen- und augenlosen Gesicht an.

Die Augen sind immer das Erste, über das sich Insekten und Vögel hermachen, dachte Paula. Bei der Vorstellung hob sich ihr Magen. Sie musste gegen den plötzlich aufkommenden Brechreiz ankämpfen. Wenn sie bei Knopp in der Autopsie war, hatte sie zwar immer ein komisches Gefühl in der Magengegend, aber diese Art Übelkeit hatte sie nie zuvor erlebt. Es war schließlich nicht ihre erste unappetitliche Leiche. Mit weichen Knien ging sie zurück zu Keesers Bank.

Zum Glück war ein leichter Wind aufgekommen – Vorbote des nahenden Gewitters, vermutete Paula und atmete tief durch. Es ging ihr gleich ein bisschen besser.

»Bist ja so blass um die Nase«, stellte Keeser fest, als sie sich neben ihn setzte. »So ein schlimmer Anblick?«

»Weiß auch nicht, liegt wahrscheinlich daran, dass ich seit dem Mittagessen nichts mehr in den Magen bekommen habe«, versuchte Paula mehr sich selbst als ihren Kollegen zu überzeugen.

»Ich würde dich ja gern zum Essen einladen, ich hab auch Hunger. Aber es ist jetzt fast elf, da sind die Küchen der Weinstuben und Restaurants schon zu.«

Dass Keeser Hunger hatte, konnte sich Paula gut vorstellen, er hatte schließlich immer Hunger. Aber sie wollte gar nicht von hier weg. Dazu war sie viel zu neugierig, was in dem Grab lag, und Weber würde dann ganz sicher die Ermittlungen an sich reißen. Das ging schon mal gar nicht. Erstens, weil Weber der Neue im Team war, und zweitens, weil es *ihre* Leiche war – sie hatte sie gefunden beziehungsweise Othello, aber der gehörte ja zu ihr.

»Du solltest dich heimfahren lassen«, sagte Paula.

»Warum denn das? Ich denke ja gar nicht daran. Ich bin ein

wichtiger Zeuge.« Keeser sah sie mit drohend zusammengezogenen Augenbrauen an.

»Wir können doch morgen deine Aussage aufnehmen«, schlug Paula vor.

»Vergiss es. Da passiert endlich mal was Interessantes auf meinem langweiligen Krankenabstellgleis, und du willst mich wegschicken?«

»Du darfst sowieso nicht mit an dem Fall arbeiten …«

»Wer sagt denn das? Ich kann euch zwei Jungspunde mit meinem schier unendlichen Wissen und meiner langjährigen Erfahrung schließlich ganz immens unterstützen und beraten.« Er sah sie flehentlich an. »Bitte, lass mich ein bisschen mitermitteln. Als Berater oder so. Daheim werde ich sonst noch verrückt.«

»Na gut«, gab Paula nach. Sie hätte an seiner Stelle auch nicht gehen wollen. »Aber du versprichst mir, dich nicht einzumischen und nichts auf eigene Faust zu unternehmen.«

»Als ob ich das schon jemals gemacht hätte!«

»Ha«, sagte Paula. »Versprich es.«

Keesers Antwort kam kleinlaut: »Versprochen.«

Paula glaubte ihm nicht eine Sekunde.

***

»Na, den Mörder schon gefangen?«, fragte Paula sarkastisch, als Weber sich wieder zu ihnen gesellte.

»Logisch, längst verurteilt und im Knast«, kam die prompte Antwort. »Und ihr wisst sicherlich schon, wer der Tote ist, und habt die Angehörigen verständigt.«

Humor hatte er, das zumindest musste Paula ihm zugestehen. Das war aber auch alles.

»Die Presse ist bereits da, habt ihr das mitgekriegt? Woher diese Aasgeier nur immer wissen, wo was los ist. Bestimmt hören die den Polizeifunk ab«, sagte Weber gereizt.

Paula erklärte ihm, dass die Anwesenheit der Presse purer Zufall war.

»Pech«, sagte er und ging hinüber zu Dreißigackers Leuten.

Nach wenigen Minuten kam er mit spöttisch verzogenem Gesicht zu Paula und Keeser zurück. »Ihr habt ihn ja noch nicht mal ausgegraben.«

Täuschte sich Paula, oder sah Weber tatsächlich blasser aus als zuvor? Oder lag es nur an dem grellen Licht der Scheinwerfer?

»Na, na, na, Kollege Weber, wir wollen doch keine voreiligen Schlüsse ziehen. Es kann genauso gut eine *Sie* sein«, bemerkte Paula spitz.

»Mit *ihn* meinte ich den Leichnam, werte Kollegin Stern, nicht das Geschlecht.«

Keeser schüttelte nur den Kopf. »Wenn ich euch zwei Kampfhähne so anhöre, dann überlege ich es mir vielleicht doch noch, ob ich weiter an den Ermittlungen beteiligt sein will. Wenn das so weitergeht, habt ihr nach Abschluss des Falls zerkratzte Gesichter, Blutergüsse an den Schienbeinen, blaue Augen, und überall liegen ausgerissene Haarbüschel herum.«

Paula und Weber sahen sich betreten an.

»Man könnte nicht meinen, dass ihr erwachsene Menschen seid«, schimpfte Keeser gerade, als Knopp in seinem weißen Ganzkörperkondom, wie die Overalls gern genannt wurden, zu ihnen herüberkam. Der Schutzanzug wurde durch den inzwischen stärker gewordenen Wind so aufgeplustert, dass er wie das Michelin-Männchen aussah.

Knopp strahlte über das ganze Gesicht. »Leute, das ist eine Bilderbuchleiche! Bis auf die Augen ist noch alles dran. Der Körper war zum Glück in mehrere Schichten Plastikfolie eingepackt, sodass noch so gut wie kein Tierfraß stattgefunden hat.« Er deutete auf Othello zu seinen Füßen. »Bis auf ihn natürlich. Wahrscheinlich ist wegen der entstandenen Verwesungsgase vor Kurzem die Folie durch die immer größer werdende Spannung geplatzt, und nur deshalb konnte der Hund das heute riechen. Schon mal überlegt, ihn als Leichenspürhund ausbilden zu lassen?«

Paula winkte lachend ab. »Nein danke, demnächst arbeitet er wieder in seinem alten Job als Seniorenbegleithund.«

»Was machst du denn noch hier?« Knopp sah Keeser an. »Deiner Armschlaufe nach zu urteilen, bist du doch noch gar nicht wieder im Dienst.«

»Ich bin ein wichtiger Zeuge.«

»Ah, wichtiger Zeuge, soso. Jedenfalls werden wir jetzt versuchen, die Überreste an einem Stück in eine Transportwanne umzusetzen, um sie dann so schnell wie möglich in meinen Keller zu bringen.« Knopp sah prüfend in den Himmel, wo dicke Wolken den Mond verdeckten und vermehrt Blitze zuckten. »Bevor es ungemütlich wird und mir alles weggeschwemmt wird.«

Damit keine Beweise und Hinweise zerstört werden konnten, waren hinter ihm ein paar Beamte damit beschäftigt, wenigstens ein paar Planen über der Fundstelle auszubreiten, da dort im zu dicht bewachsenen Gelände kein schützendes Zelt aufgebaut werden konnte. Sie kämpften verzweifelt mit dem stärker werdenden Wind, der ihnen immer wieder die unhandlichen Kunststoffplanen aus den Händen riss. Mit der lauen Sommernacht war es vorbei.

»Hätte das nicht noch ein paar Stunden warten können?«, fragte Knopp rhetorisch und wandte sich zum Gehen.

»Können Sie vorab schon was zu dem Fund sagen? Mann oder Frau, Alter, wie lang schon tot?«, fragte Weber.

Andreas Knopp musterte ihn eingehend. »Wer will das wissen?«

»Entschuldigen Sie – Weber, Matthias Weber. Ich bin der Neue im Mordteam.«

»Ein Neuer?« Knopp sah Keeser verwundert an. »Doch nicht etwa dein Nachfolger?«

»Nein, nur mein Vertreter. So schnell bekommst du mich nicht los, Knoppi.«

»Neu also. Aber er weiß schon genau, wie man Gerichtsmediziner ärgert.«

Ein schadenfrohes Grinsen bemächtigte sich Paulas Gesicht. Gleich würde Weber Knopps Lieblingsstandpauke über Ungeduld und Hexenwerk, die sie selbst nur zu gut kannte, zuteilwerden.

Doch sie wurde enttäuscht.

»Bin ich Hellseher?«, war alles, was Knopp dazu sagte. Stattdessen nahm er den Fingerknochen an sich, der noch immer, von Othello bestens bewacht, auf der Bank lag, und begutachtete ihn genauer.

»Sieht recht zart aus. Definitiv kein Knochen von einer Männerhand. Ich tippe …«, er sah die drei Kommissare eindringlich über den goldenen Rand seiner Brille hinweg an, »… und ich betone, dass das auf gar keinen Fall heißen soll, dass das letztendlich auch wirklich zutreffen wird –, ich tippe also vorsichtig auf eine Frau. Oder ein Kind, eher Teenager. Morgen Abend weiß ich bestimmt mehr.« Die ersten dicken Tropfen fielen aus dem dunklen Himmel. »Ihr solltet zusehen, dass ihr ins Trockene kommt«, fügte er hinzu und eilte mit eingezogenem Kopf zur Fundstelle zurück.

»Ein Kind«, wiederholte Weber mit belegter Stimme. »Scheiße.«

Paula staunte. War das etwa Mitgefühl? Sie sah Weber forschend an. Sie selbst hatte ihre Probleme, wenn es um Fälle mit getöteten Kindern ging – aber er? Dieser immer übertrieben taff auftretende Kerl? Das hätte sie ihm gar nicht zugetraut.

Auch Keeser musterte ihn überrascht.

Matthias Weber waren die Blicke der Kollegen nicht entgangen. »Ich dachte, in eurer Abteilung geht es vor allem um erwachsene Tote. Das war auch mit ein Grund, warum ich um meine Versetzung gebeten hatte: Ich wollte keine misshandelten, gequälten Kinder mehr sehen müssen.«

Wow, dachte Paula, harte Schale, weicher Kern. Wer hätte das gedacht? Insgeheim gab sie ihm dafür einen Pluspunkt, wenn auch nur einen ganz kleinen.

Da öffneten sich die Himmelsschleusen, und heftiger Regen prasselte auf sie herab.

Keeser sprang überraschend flink hoch und spurtete in Richtung Kirche. Paula, Weber und Othello folgten, Letzterer fröhlich kläffend, wohl in dem Glauben, es handle sich um ein aufregendes Spiel.

Da vor der Kirche keinerlei Unterstellmöglichkeit war, rannte

Keeser weiter zum Auto. Im Laufen betätigte er die Fernbedienung an seinem Schlüssel. Beim Wagen angekommen, riss er die Beifahrertür auf, ließ sich auf den Sitz fallen und knallte die Tür schnell wieder zu.

Paula öffnete die Tür dahinter, warf den tiefendurchnässten Othello regelrecht auf den Rücksitz, rannte um den Wagen herum und rettete sich ebenfalls ins trockene Innere.

»Für dein Alter bist du verdammt schnell«, attestierte sie Keeser und strich sich lachend das nasse Haar aus dem Gesicht.

»So nass, wie wir trotzdem geworden sind, hätten wir allerdings auch langsam gehen können«, brummte Keeser.

»Immerhin haben wir so die Presse abschütteln können«, sagte Paula, die glaubte, im Vorbeirennen in der Tür des Kirchenportals Bettina Mertens gesehen zu haben.

In dem Moment wurde die Wagentür hinter ihr aufgerissen, und ein völlig durchnässter Matthias Weber stieg ein.

Was will der denn jetzt?, fragte sich Paula, schlagartig mehrere Grad schlechter gelaunt. Hat der Kerl denn kein eigenes Auto?

»Meine Kiste steht einen halben Kilometer von hier entfernt«, erklärte Weber. »Als ich vorhin ankam, war schon alles zugeparkt.«

Paula wollte vieles, aber ganz bestimmt nicht die gleiche Luft wie Weber atmen. Am liebsten hätte sie ihn rausgeschmissen, doch das ging natürlich nicht, da es nicht einmal ihr Wagen war.

»Könntest du mich zu meinem Auto fahren?«

Paula nahm Keeser wortlos den Schlüssel aus der Hand und startete den Motor. Wortlos, weil ihr beim besten Willen nichts Intelligentes, nicht einmal etwas Boshaftes einfiel, das sie Weber an den Kopf werfen konnte.

Als Othello sich hinter ihr ausgiebig schüttelte und Weber »He, lass das, du blöder Köter!« schrie, war sie wieder einigermaßen mit der Welt zufrieden. Geschieht dem Arschloch recht, entschied sie und nahm sich vor, den Hund mit einem Extraleckerli für diese geniale Tat zu belohnen.

»Halt, das ist er, der Grüne.«

Paula bremste und ließ Weber aussteigen.

»Bis gleich im Büro«, sagte er, bevor er die Tür kraftvoll ins Schloss warf.

Für Paula hörte sich das wie eine Drohung an. Weber würde ab sofort an Keesers Schreibtisch, auf Keesers Stuhl sitzen, ihr genau gegenüber. Sie würde folglich immerzu in seine blöde Visage mit dem überheblichen Lächeln sehen müssen. Bei dem Gedanken wurde ihr zum zweiten Mal an diesem Abend schlecht. Schnell kurbelte sie das Fenster ein Stück herunter, hielt ihr Gesicht in den Regen und atmete tief durch. Sie beobachtete dabei, wie Weber in seinen Wagen stieg, das Licht einschaltete und ihr – tatsächlich – zuwinkte.

Paula gab unnötig viel Gas, sie wollte so schnell wie möglich von ihm wegkommen. »Ruf deinen Kumpel Knopp an und sag ihm, sie sollen das Grab nicht wieder zuschaufeln«, sagte sie grimmig zu Keeser. »Ich werde nämlich Blödmann Weber darin verschwinden lassen.«

»Ja, ich hab schon gemerkt, dass deine Sympathie für ihn gegen null geht«, erwiderte Keeser amüsiert.

»Unter null«, verbesserte ihn Paula. »Weit unter null.«

»Jetzt wart's doch erst mal ab. Er ist ein erfahrener und guter Ermittler. Du wirst sehen, wenn ihr euch erst einmal aneinander gewöhnt habt, willst du mich alten Zausel gar nicht mehr zurückhaben.«

»Das wird nie geschehen.« Paula fuhr alles andere als an die Wetterverhältnisse angepasst. Keeser stemmte sich ängstlich mit seiner gesunden Hand gegen das Armaturenbrett. »Schau einfach zu, dass du schnell wieder arbeiten kannst«, sagte sie.

Sie flogen regelrecht über den Bahnübergang zwischen Minfeld und Winden.

»Fünfzig, Paula, nicht hundertfünfzig«, ermahnte Keeser sie.

»Erst bringe ich Weber um und dann Sonne. Der darf mir auf gar keinen Fall ungestraft diesen … diesen …«, Paula fiel vor Zorn kein passendes Wort ein.

»Vollpfosten?«, schlug Keeser vor.

Sie warf ihm einen dankbaren Blick zu. »Genau, Vollpfosten. Den darf er mir nicht ungestraft zuteilen.«

Der Raiffeisenmarkt kam in Sicht.

»Paula, da vorn kommt 'ne Kreuzung. Mach langsamer!«

»Nerv du mich nicht auch noch«, maulte Paula, trat aber nicht auf die Bremse.

Erst als Keeser neben ihr »Mensch, Paula!« rief, reagierte sie endlich. Nur mit Not brachte sie den Wagen an der Haltelinie zum Stehen. Beide wurden sie unsanft nach vorn geschleudert.

»Verdammt, willst du uns umbringen?«, schrie Keeser sie an. »Wenn du so weitermachst, bekomme ich einen Herzinfarkt, und du kannst für den Rest deiner Dienstzeit zusehen, wie du mit Weber zurechtkommst.«

»Sorry. Da sind wohl die Pferde mit mir durchgegangen.«

»Man sollte dir den Führerschein abnehmen.«

»Es tut mir leid«, sagte Paula eindringlich.

»Nie wieder lass ich dich fahren, darauf kannst du Gift nehmen«, meckerte Keeser weiter.

»Ich sagte doch schon, dass es mir leidtut. Da siehst du mal, wie mich dieser ...«

»Vollpfosten«, half Keeser erneut aus.

»... auf die Palme bringt!«

»Was nicht gerade professionell ist, liebste Kollegin.«

»Ich weiß.«

»Gib ihm einfach 'ne Chance.«

»Ich will ihm aber keine Chance geben.«

»Du sollst ihn ja nicht heiraten, nur mit ihm arbeiten. Das kann doch gar nicht so schwer sein.«

Sie standen immer noch an der Kreuzung. Paula sah im Rückspiegel, wie sich hinter ihr in der Ferne Scheinwerfer durch die Regenwand bohrten und sich näherten. Sie vermutete, dass das Weber war.

»Willst du nicht weiterfahren?«, fragte Keeser vorsichtig.

Paula legte den ersten Gang ein, prüfte vorschriftsmäßig den zu dieser Uhrzeit nicht vorhandenen querenden Verkehr und fuhr langsam durch den Bogen der Eisenbahnunterführung.

»Lass mich bloß nicht allein mit dem Kerl im Büro. Versprich es. Ich kann nämlich für nichts garantieren.«

»Klar, ich lass dich nicht im Stich«, sagte Keeser und tätschelte Paula aufmunternd den Oberschenkel.

Für die kommenden Stunden konnte er ihr das problemlos versprechen, dachte Paula, aber in den nächsten Tagen musste sie es die meiste Zeit irgendwie ohne ihn hinkriegen.

»Ganz schön frisch in den nassen Klamotten.« Er stellte Heizung und Gebläse auf die höchste Stufe. Die Wärme, die gleich darauf aus den Lüftungsschlitzen kam, tat gut.

Schlaflos in Landau

Samstag, 18. August

Als sie weit nach Mitternacht in der Dienststelle ankamen, schaltete Paula als Erstes die Kaffeemaschine ein. Sie waren nass, durchgefroren und müde, nur eine Tasse Kaffee konnte sie jetzt retten.

Othello rollte sich unter der Heizung zusammen, nicht wissend, dass die im Sommer gar nicht an war.

»Geh doch schnell rüber zu dir nach Hause und zieh dir was Trockenes an«, riet ihr Keeser, der sein regengetränktes Jackett auszog und über die Lehne seines Schreibtischstuhles hängte – über die Lehne des Stuhles, auf dem sich ab sofort Vollpfosten Weber breitmachen würde, dachte Paula und sah ihm wehmütig dabei zu.

»Nein, geht schon. Wird ja hoffentlich nicht so lange dauern.«

Sie stellte ihren und Keesers »Bernd das Brot«-Humpen unter den Auslauf der Kaffeemaschine und drückte auf den Knopf, auf dem eine große Tasse abgebildet war. Als ihr der Geruch des frisch gebrühten Kaffees in die Nase stieg, verspürte sie erneut einen Anflug von Übelkeit, der aber schnell wieder verging. Konnte das tatsächlich am Kaffeeduft liegen? Quatsch, tat Paula diesen Gedanken ab. Sie liebte Kaffee, brauchte ihn zum Überleben. Sie überlegte, ob sie etwas Falsches gegessen haben konnte, doch hatte sie im Lauf des Tages eigentlich zu wenig zu sich genommen. Es musste also an Weber liegen. Weber, das Brechmittel, dachte sie, und ihre Stimmung stieg augenblicklich. Mit einem amüsierten Lächeln servierte sie die dampfenden Tassen.

Keeser sah sie prüfend an, sagte aber nichts.

Ein halbes Stockwerk tiefer hörten sie die schwere Eingangstür zufallen, und gleich darauf stand Weber im Büro.

»Herrlich, Kaffee!« Er sah Paula auffordernd an. »Ich trinke ihn schwarz, ohne alles.«

»Wie schön für dich«, antwortete Paula und setzte sich demonstrativ auf ihren Stuhl. Glaubt der Arsch etwa, ich bediene ihn?, dachte sie empört. Den Zahn werde ich ihm gleich ziehen. »Die Kaffeemaschine steht draußen im Gang im Regal, Tassen ebenfalls.«

Matthias Weber stand einige Sekunden unschlüssig im Raum, ging dann aber hinaus und zapfte sich seinen Kaffee selbst.

Paula kam eine blödsinnige Studie in den Sinn, bei der angeblich festgestellt worden war, dass Menschen, die bittere Lebensmittel liebten und ihren Kaffee bevorzugt schwarz tranken, eindeutig psychopathische Tendenzen aufwiesen. Wenn sie an Weber dachte, kam ihr diese Studie auf einmal gar nicht mehr *so* blödsinnig vor.

Weber kam mit einer dampfenden Tasse zurück, schnappte sich einen der beiden Besucherstühle und stellte ihn mit der Lehne nach vorn an die schmale Seite von Paulas und Keesers längs zusammengestellten Schreibtischen. Er setzte sich rittlings darauf und stützte die Arme auf der Lehne auf.

»Ist dir kalt?«, fragte er.

Paula sah Weber aus zusammengekniffenen Augen feindselig an. Sie glaubte nicht an einen Gentleman in ihm, der sich um ihr Befinden kümmerte. Und sie behielt recht damit: Webers Blick war auf ihren Busen gerichtet, und ein amüsiertes – nein, erkannte Paula, ein definitiv lüsternes – Grinsen spielte um seine Mundwinkel. Sie hatte gar nicht registriert, dass auch ihre Bluse samt dem BH darunter nass geworden war und sich ihre Brustwarzen nun fröstelnd in die Höhe reckten. Schnell verschränkte sie die Arme vor der Brust.

»Du bist und bleibst ein blöder Arsch«, sagte sie mit schneidender Stimme.

»Sorry, aber ich bin nun mal ein Mann und reagiere auf derart hübsche Aussichten. Ich konnte ja nicht wissen, dass du so verklemmt bist.«

»Und ich wusste gar nicht, dass du noch mitten in der Pubertät steckst«, sagte Keeser vollkommen ruhig zu Weber, der daraufhin tatsächlich leicht errötete.

Paula schickte einen dankbaren Blick zu Keeser hinüber, behielt die Arme aber weiterhin vor der Brust verschränkt.

»Wird nicht wieder vorkommen«, versprach Weber zerknirscht.

»Das hoffe ich für dich, sonst melde ich dich erst bei der Dienstaufsicht wegen sexueller Belästigung, und danach bekommst du noch von mir höchstpersönlich eins aufs Maul.«

Weber musterte Keeser kurz, als ob er abschätzen wollte, wie seine Chancen in diesem Fall standen. Keeser war etwa zehn Zentimeter größer und dreißig Kilo schwerer als er.

»Ich sagte doch, dass das nicht wieder vorkommen wird«, sagte Weber kleinlaut. Er hatte sich folglich entschieden, sich nicht mit dem Kollegen anzulegen. Als Keeser ihn unverändert grimmig anstarrte, fügte er hinzu: »Sorry, Paula.«

Keeser entspannte sich. »Gut, dass wir das geklärt haben. Und jetzt an die Arbeit.«

Sie einigten sich darauf, dass Weber Keesers Zeugenaussage aufnahm, während Paula ihren Bericht tippte.

Zwischendrin klingelte ihr Handy. Verwundert über den späten Anruf, holte Paula das Gerät aus der Jackentasche. Sebastian, bitte lass es Sebastian sein!, flehte sie insgeheim. Aber es war wieder nicht Sebastian, es war ihr Chef, Kriminaloberrat Heribert Sonne.

»Hallo, Chef«, begrüßte sie ihn, nicht sonderlich überrascht, dass er zu dieser Zeit noch wach war. Es war klar, dass er längst über die Geschehnisse informiert worden war.

»Frau Stern, wie sieht es aus bei Ihnen? Schon was über die illegal abgelegte Leiche rausgekriegt?«

»Nein, Herr Oberrat, noch nichts. Wir hoffen, dass die Gerichtsmedizin bald Licht ins Dunkel bringen kann.«

»Ihren neuen Kollegen haben Sie inzwischen auch schon kennengelernt?« Sonne klang unangenehm vergnügt.

»Hab ich«, sagte Paula kurz angebunden und warf Weber einen vernichtenden Blick zu. Der sah sie interessiert an.

»Brauchen Sie mich? Soll ich rüberkommen?«, fragte Sonne.

Du bist genau das, was mir zu meinem Glück noch fehlt!,

dachte Paula. »Nein, nein, nicht nötig, es wird heute Nacht wohl nicht mehr viel passieren. Wir schreiben noch die Berichte fertig und machen danach Feierabend«, sagte sie schnell.

»Gut, dann sehen wir uns morgen … oder besser gesagt später zur Frühbesprechung.«

Keeser betrachtete kritisch das Handy in Paulas Hand. »Seit wann hast du denn auch so ein doofes Wischding?«

»Seit mein wunderschönes altes Klapphandy runtergefallen ist und nicht mehr funktioniert. Dieses *Wischding* nennt sich übrigens iPhone. Das Handling ist so einfach, dass sogar du damit umgehen könntest. Wenn du willst, erklär ich es dir bei Gelegenheit.«

»Bleib mir bloß weg mit dem neumodischen Kram.«

»Du weißt schon, dass die Dinosaurier damals ausgestorben sind, weil sie sich nicht an die veränderten Lebensverhältnisse anpassen konnten?«, frotzelte sie.

»Keine Sorge, ich werde schon nicht so schnell aussterben. Vor nicht allzu langer Zeit kam man sogar ganz ohne Handys aus, und alle haben das meines Wissens sehr gut überlebt.«

Weber sah verständnislos von einem zum anderen, hielt sich aber aus der Diskussion raus.

Als das Schriftliche erledigt war, besprachen sie die weitere Vorgehensweise.

Keeser beteiligte sich eifrig an der Diskussion, wohl wissend, dass er, sobald Sonne das Zepter in die Hand nahm, nur noch von außen bei den Ermittlungen zusehen durfte. Da aber Weber nichts an seiner Anwesenheit auszusetzen hatte, blieb er einfach auf seinem Stuhl sitzen und genoss den Augenblick.

»Wir müssen gleich morgen die Vermisstendateien durchforsten«, sagte Weber und rieb sich die müden Augen.

»Das hat aber erst Sinn, wenn wir mehr über das Opfer wissen. Was bringt es uns schon, wenn wir tausend Vermisstenmeldungen auf dem Tisch haben und nicht mal wissen, ob das, was wir gefunden haben, Männlein oder Weiblein ist? Und das ungefähre Alter wäre auch sehr hilfreich.« Paula gähnte hinter vorgehaltener Hand. Es ging auf halb drei zu.

Nur Keeser saß wach und munter da. »Ihr junges Gemüse seid doch nicht etwa müde?«, fragte er.

»Darf ich dich daran erinnern, dass du dich im Vergleich zu anderen Leuten wochenlang ausruhen durftest?«, sagte Paula und streckte sich ausgiebig. Das konnte sie inzwischen wieder wagen, denn ihre Bluse war so gut wie trocken, und sie fror auch nicht mehr. Weber verkniff es sich dennoch, zu ihr herüberzusehen.

»*Musste*, meine Liebe, ich *musste* mich ausruhen.«

»Ist doch wurst, wie, du bist auf jeden Fall ausgeschlafen und ich nicht.« Ein Wir brachte sie nicht über die Lippen, denn damit hätte sie Weber eventuell vermittelt, ihn schon als teamzugehörig akzeptiert zu haben. Das hatte sie aber nicht. Und würde es wohl auch nie.

Grundsätzlich war sie sich im Klaren darüber, dass das extrem unprofessionell von ihr war, aber das war ihr egal. Natürlich würde sie mit Weber zusammenarbeiten, weil ihr nichts anderes übrig blieb. Aber das war auch schon alles, was er von ihr zu erwarten hatte. Keine Nettigkeiten, keine Vertrautheiten, kein Wir. Sie hasste den Kerl, und er sollte das spüren. Jeden einzelnen Tag, jede einzelne Stunde.

»Worscht«, bemerkte Keeser und grinste spitzbübisch.

»Was?«, fragte Paula irritiert.

»Das heißt nicht *wurst*, das heißt *worscht*«, belehrte er sie. »So langsam müsstest du wenigstens die wichtigsten Pfälzer Ausdrücke kennen.«

Weber hielt sich zum Glück raus aus der Dialektdiskussion, er zuckte nicht einmal mit der Wimper.

»Ja klar, die Bestimmung von Alter und Geschlecht müssen wir natürlich abwarten. Und wir müssen wenigstens ungefähr wissen, seit wann die Leiche dort schon liegt. Wenn wir das alles wissen, haben wir hoffentlich genügend Anhaltspunkte, nach denen wir die Datei durchforsten können. Wir müssen wohl oder übel den Bericht der Rechtsmedizin abwarten.«

Mit Widerwillen dachte Paula an die »Katakomben des Grauens«, wie Keeser die Räume der Gerichtsmedizin immer nannte, aber daran führte wohl auch diesmal kein Weg vorbei. Eigentlich würde ein ausführlicher schriftlicher Bericht vollauf genügen, doch Knopp ließ es sich nie nehmen, den Ermittlern eine hautnahe Kostprobe seiner Arbeit zu geben. Paula war sich sicher, dass er Freude daran hatte, wenn seine Gäste blass oder grün wurden. Wenn sie an den stinkenden Fingerrest dachte, konnte sie sich lebhaft vorstellen, wie der halb verweste ganze Körper riechen würde. Sie überlegte, wie sie es schaffen könnte, Weber allein in Knopps Reich zu lotsen.

»Dann also erst mal Befragung aller, die mit der Kirche zu tun haben – Vereinsmitglieder, Pfarrer, Gemeindearbeiter, Anwohner und so weiter«, sagte Weber derweil ahnungslos.

»Die ganz normale Vorgehensweise«, konstatierte Paula. »Wenn wir Glück haben, finden die Kollegen ja noch irgendwelche Hinweise auf die Identität des Opfers.« Sie schaltete den Computer aus und sah die Herren auffordernd an. »Mir reicht's für heute. Was dagegen, wenn wir Schluss machen?«

Othello stand augenblicklich neben ihr und sah sie erwartungsvoll an. »Das ist doch wohl nicht dein Ernst. Hast du schon mal auf die Uhr geguckt?«, fragte sie den schwanzwedelnden Hund. »Vergiss es, Othello, lass uns in ein paar Stunden noch mal drüber reden.« Paula zog die fast getrocknete Jacke über und leinte den Hund an.

»Ach, das ist deiner? Ich dachte, er gehört Keeser.« Weber kniete sich neben den Pudel und kraulte ihm ausgiebig das Fell. Othello ließ das nur zu gern über sich ergehen.

Fehlt nur noch, dass er schnurrt, dachte Paula grimmig.

Unverkennbar mochte Weber Hunde – eine Tatsache, für die sie ihm einen weiteren klitzekleinen Pluspunkt gab. Was jedoch immer noch nicht genügte, um ihn auch nur halbwegs zu mögen.

Weber streichelte den Hund ein letztes Mal und erhob sich. »Also denn, Kollegin Stern, bis später. Keeser, schlaf gut.« Dann war er verschwunden.

Paula gähnte herzhaft. »Muss ich dich jetzt noch heimfahren?«

»Lass mal stecken, ich schaff das schon. Sieh du zu, dass du eine Mütze voll Schlaf bekommst.« Keeser schaltete das Licht im Büro aus und folgte Paula nach draußen. »Du hältst mich doch auf dem Laufenden?«

»Aber ja. Fahr vorsichtig.«

»Ja, Mama«, antwortete Keeser grinsend und stieg in sein Auto.

Paula ging mit Othello den regennassen Westring entlang. Das Gewitter war weitergezogen, es tröpfelte nur noch von den Bäumen und hatte erheblich abgekühlt. Paula fröstelte.

Als sie zu ihrer Haustür kam, sah sie einen Mietsprinter im Hof stehen, der normalerweise nicht dort stand. Als sie an Sebastians Wohnung vorbeikam, hatte sie den Transporter aber schon vergessen. Sie hatte ganz andere Probleme und nahm sich deshalb fest vor, heute endlich mit Sebastian zu sprechen. Und wenn sie stundenlang vor seiner Tür stehen musste.

In ihrer Wohnung angekommen, zog sie sich wie in Trance aus und putzte mit geschlossenen Augen die Zähne. Sie hätte im Stehen einschlafen können.

Als sie wenig später endlich ins Bett kroch, war an Schlaf allerdings nicht mehr zu denken. Zu viel ging ihr durch den Kopf. Zuallererst natürlich Weber – allein der Gedanke an ihn ließ ihren Adrenalinpegel ansteigen –, gefolgt von Sebastian, von dem sie seit Tagen nichts mehr gehört hatte und um den sie sich mehr und mehr Sorgen machte, und nicht zuletzt der lippenlose, fast skelettierte Schädel einer nicht identifizierten, in der Erde verscharrten Person.

Es wurde schon hell, als sie endlich einschlief.

***

Paula schlief unruhig, träumte wild und wachte viel zu früh auf. Der Wecker würde erst in einer Dreiviertelstunde klingeln, also versuchte sie, wieder einzuschlafen. Es gelang ihr aber nicht.

Sie stand auf. Sie fühlte sich wie gerädert und alles andere als ausgeschlafen. Ein plötzlicher Brechreiz ließ sie ins Bad rennen und sich über der Toilette übergeben. Dass nichts den Weg aus ihrem Magen fand außer ein bisschen bitterer Gallenflüssigkeit, wunderte Paula nicht. Schließlich hatte sie seit einer halben Ewigkeit nichts mehr gegessen. Nach dem Frühstück würde es ihr hoffentlich besser gehen.

Eine weitere Welle der Übelkeit erfasste sie. Es fühlte sich an, als ob sich ihr Magen umstülpte. Jeglicher Gedanke an Frühstück machte es nur noch schlimmer. Ein Magen-Darm-Virus war das Letzte, was sie jetzt gebrauchen konnte. Paula schleppte sich unter die Dusche.

Als sie eine Viertelstunde später aus dem Bad kam, ging es ihr wesentlich besser. Sie ging in die Küche und durchsuchte ihre Schränke. Irgendwo musste eine angebrochene Packung Kamillentee sein. Und tatsächlich, in der hintersten Ecke ihres Vorratsschrankes, hinter einer Dose Erbsen und einem Karton Cornflakes, wurde sie fündig.

Die Schachtel war noch fast voll – kein Wunder, denn Kamillentee gehörte nicht zu den Getränken, die sie freiwillig zu sich nahm. Entsprechend wunderte sie sich auch nicht über das Mindesthaltbarkeitsdatum: »3.2008«. Dieser Tee stammte noch aus ihrer Zeit in München. Sie konnte sich sogar noch daran erinnern, dass sie ihn nicht für sich, sondern für Leo gekauft hatte, der sich damals eine leichte Gastritis eingehandelt hatte.

Paula öffnete die Packung und schnüffelte vorsichtig an den Teebeuteln. Sie kam zu dem Schluss, dass es zwar nur sehr schwach, aber dennoch eindeutig nach Kamille roch. Kann Tee überhaupt schlecht werden?, überlegte sie.

Sie beschloss, nicht weiter darüber nachzudenken. Immerhin hatte sie schon einige nicht gerade ungefährliche Jahre im Polizeidienst überlebt, da würde ein abgelaufenes Aufgussgetränk ihrem Leben kaum ein Ende bereiten.

Todesmutig hängte sie einen Teebeutel in ihre Lieblingstasse, füllte Wasser in den Wasserkocher und schaltete ihn ein. Sie riskierte noch einen kurzen Blick auf den Inhalt des Schrankes. Auch die Cornflakes waren bereits abgelaufen.

Als das Wasser kochte, goss sie den Tee auf. Danach prüfte sie, was sie an essbaren Vorräten im Haus hatte. Es sah mal wieder traurig aus. Warum schaffe ich es nicht, wie andere Menschen Einkaufszettel zu schreiben und dann regelmäßig einkaufen zu gehen?, fragte sie sich. Kaffee hatte sie komischerweise immer im Haus, Hundefutter auch, nur mit dem Menschenfutter klappte es nicht.

Ihr Blick fiel erneut auf die Cornflakespackung. Die Milch würde bestenfalls für eine Tasse Kaffee ausreichen. Paula fragte sich ernsthaft, ob schon mal jemand getestet hatte, wie die Flakes mit Kamillentee schmeckten. Sie beschloss jedoch, es keinesfalls selbst auszuprobieren.

Eine angebrochene Schachtel Knäckebrot, ein Glas Essiggurken und ein paar verschrumpelte Karotten – mehr war nicht da. Und die Dose Erbsen natürlich. Nur Hundefutter war genügend im Haus, aber das wollte sie Othello ganz bestimmt nicht streitig machen.

Paula nahm sich eine Scheibe Knäcke und kaute wenig begeistert darauf herum. Sie spülte das staubtrockene Zeug mit einem Schluck Tee hinunter. Auch wenn das für ihren derzeit angegriffenen Magen das Beste sein mochte, glücklich machte es sie nicht.

Der schulterschussbedingte Ausfall ihres immer hungrigen Partners Keeser brachte es mit sich, dass es bei ihr an der regelmäßigen Essenszufuhr haperte. Sie hatte schon über ein Kilo abgenommen.

»Wir müssen dringend einkaufen, sonst verhungere ich übers Wochenende«, sagte sie zu Othello, der hoffnungsvoll angerannt gekommen war, als sie den Kühlschrank öffnete. »Wenn ich nämlich verhungere, ist keiner mehr da, der dir deine Dosen aufmacht, und dann sieht es für dich auch schlecht aus.«

Der Pudel sah sie an, als verstünde er jedes Wort. »Wuff«, machte er wie zur Bestätigung.

Paula zog Schuhe und Lederjacke an und schnappte sich die Leine. »Also los, raus mit dir, erledigen wir unsere Geschäfte: Du hebst dein Bein, und ich jage Brot.«

Da alle Supermärkte zu weit weg waren, um sie in der kurzen Zeit bis zum Dienstbeginn zu Fuß zu erreichen, musste sie sich mit diesem einen Grundnahrungsmittel wohl erst einmal begnügen.

***

Mit einem verführerisch duftenden, noch warmen Laib Brot unter dem Arm und dem letzten Rest eines Schokohörnchens in der Hand kam Paula zurück. Nach der Runde mit Othello hätte sie geradewegs wieder ins Bett gehen und schlafen können, aber das würde ein unerfüllter Wunsch bleiben.

Die Hecktüren des Transporters, den sie in der Nacht im Hof entdeckt hatte, standen offen, ebenso die Haustür.

Paula wunderte sich. Sie hatte gar nicht mitbekommen, dass im Haus jemand ein- oder auszog. Vielleicht bekam aber auch nur eine der Mietparteien neue Möbel und musste die alten wegbringen.

Im Erdgeschoss stutzte sie. Sebastians Wohnungstür war nur angelehnt. Bevor sie reagieren konnte, drängte sich Othello durch den Spalt und zog sie hinter sich her.

Mehrere Umzugskisten standen herum, die Bücherregale waren leer geräumt, kein Bild hing mehr an der Wand. Paulas Herz verkrampfte sich in ihrer Brust.

Aus dem angrenzenden Schlafzimmer kam Sebastian, einen großen Karton vor sich hertragend. Als er Paula sah, blieb er erschrocken stehen.

»Du ziehst aus?« Paula brachte die Frage kaum über die Lippen.

»Ja«, bestätigte Sebastian emotionslos, ohne den Karton abzustellen.

Auf Paula wirkte es, als ob er ihn als Schutzschild gegen sie benutzte. Die Gedanken in ihrem Kopf überschlugen sich. Sebastian war der erste Mann in ihrem Leben, bei dem sie sich vorstellen konnte, mit ihm Kinder zu haben, mit ihm alt zu werden. Und jetzt verließ er sie einfach so. Ihr Magen drohte das soeben verspeiste Schokohörnchen wieder retour zu schicken.

»Aber warum denn?«

Sebastian stellte den Karton nun doch ab und packte Sachen hinein, die auf dem Couchtisch standen. Er vermied es, Paula anzusehen. »Es geht nicht mehr. Die Stimmung in der Schule ist unerträglich. Der Großteil meiner Schülerinnen hat sich in die Parallelklassen versetzen lassen. Und meine Kollegen gehen mir aus dem Weg.«

»Aber warum hast du nie mit mir darüber gesprochen?« Paula ging zu ihm und wollte ihm die Hand auf den Arm legen. Sie hatte solche Sehnsucht danach, ihn zu berühren.

Sebastian entzog sich ihr jedoch mit einer abwehrenden Bewegung. »Was hätte das schon gebracht?« Er sah ihr in die Augen, und sein Blick war kühl. »Das hätte an der Situation auch nichts geändert.«

Paula war zutiefst verletzt, aber in ihr stieg auch Zorn auf. »Ach, meinst du?«

»Du hättest nur versucht, mich umzustimmen und es durchzustehen. Dafür habe ich aber keine Kraft mehr.«

Damit hatte er natürlich recht, ganz sicher hätte sie ihm gut zugeredet. Paula fiel spontan zumindest *eine* andere Lösung für sein Problem ein. »Hast du eine einzige Sekunde daran gedacht, dass ich eventuell mit dir zusammen weggegangen wäre?«

Er zuckte schwach mit den Schultern, woraus Paula schloss, dass er sie gar nicht dabeihaben *wollte*. Das tat unerträglich weh, denn sie hatte sich so sicher, so geliebt bei ihm gefühlt.

Aber da war noch ein anderes, ein viel stärkeres Gefühl: unbändiger Zorn. Ihr wurde erneut übel. Wenn sie nicht gleich hier verschwand, würde sie ihm mitten ins Wohnzimmer kotzen.

»Du hättest mir zumindest mitteilen können, dass Schluss ist, anstatt mich wochenlang am ausgestreckten Arm verhungern zu lassen!«, blaffte sie ihn mit dem kläglichen Rest ihrer Würde wütend an. »Na dann, danke für die schöne Zeit und noch ein wunderbares Leben.« Sie drehte sich auf dem Absatz um und zerrte den verdutzten Othello hinter sich her zur Tür. Sie musste schnell hier raus, sonst würde sie sich nicht nur übergeben, sondern auch noch losheulen. Und das wollte sie nicht. Jedenfalls nicht vor Sebastian.

»Paula …«, rief er hinter ihr her.

»Ach, vergiss es«, fauchte sie und stampfte die Treppen hinauf zu ihrer Wohnung.

Kaum dass die Tür hinter ihr ins Schloss gedonnert war, warf sie sich auf die Couch und schluchzte los. Der ganze Frust der letzten Tage und Wochen, die Sorge um Sebastian, der ihr aus dem Weg gegangen war, brachen aus ihr heraus. Letztendlich auch das Schokohörnchen nebst dem Knäckebrot.

***

Paula betrat die Dienststelle ausnahmsweise pünktlich. Sie hatte sich einigermaßen gefangen, fühlte sich aber sterbenselend.

»Guten Morgen, Geigerlein«, begrüßte sie die Sekretärin und gähnte herzhaft.

Othello legte sich nach ausgiebiger Begrüßungszeremonie mit seiner Freundin Tina und einem Willkommensleckerli in das extra von ihr bereitgestellte Hundekörbchen.

Erst jetzt sah Paula die Sekretärin genauer an und schluckte erst einmal.

Tina Geiger saß mit einem freundlichen Lächeln und hellorangeroten Haaren hinter ihrem Schreibtisch. Wobei es nicht das Lächeln war, das Paula irritierte. Während der letzten Monate hatte sie sich nur mit Mühe an das grauenhafte Lila gewöhnt, mit dem der Schopf der Sekretärin zuletzt gefärbt gewesen war, und nun das. Das leuchtende Orange tat in den Augen weh.

Was wird Keeser wohl dazu sagen?, dachte sie. Im selben Moment wurde ihr allerdings klar, dass nicht Keeser in den nächsten Minuten hereinspaziert kommen würde, sondern Weber.

»Wie findest du es?«, fragte Tina Geiger und strich sich über die etwa zehn Zentimeter lange Mähne, die ihr, dank massenweise Gel und Haarspray, wild vom Kopf abstand.

»Na ja …«

»Sogar Hansi gefällt es«, betonte Paulas orangefarbenes Gegenüber.

Hans Beckers Meinung war jedoch nicht Paulas Maß aller

Dinge. Dass ihm diese Farbe auf dem Kopf seiner Freundin gefiel, konnte nur an der rosaroten Brille liegen, die Verliebte bekanntlich tragen. Vielleicht war er auch nur extrem farbenblind.

Der Farbwechsel musste allerdings von langer Hand geplant gewesen sein, denn sowohl Tinas Kleidung als auch der Nagellack und der Lidschatten erstrahlten Ton in Ton mit den Haaren.

»Du siehst aus wie der Sonnenschein persönlich.« Ja, fand Paula, sie leuchte in ihrem trist hellgrau und mintgrün gestrichenen und eingerichteten Kabuff tatsächlich wie eine kleine, pummelige Sonne.

»Ich hab auch allen Grund zum Strahlen«, verriet Tina und senkte geheimnisvoll die Stimme. »Ein Geheimnis, du darfst es aber noch niemandem verraten …«

»Du lieber Himmel, wie sehen Sie denn aus?« Das war Weber, und es klang wie ein Aufschrei. »Sie sollten den Friseur verklagen!«

Othello flitzte zu Weber und sprang vor Begeisterung kläffend an ihm hoch.

Mieser kleiner Verräter, dachte Paula. Bloß weil der Kerl ihn mal kurz hinterm Ohr gekrault hat, musste Othello doch nicht gleich vor Liebe überschäumen! Außerdem würde sie dank dieses Spektakels Geigerleins Geheimnis erst mal nicht erfahren. Der Kerl benahm sich wie der sprichwörtliche Elefant im Porzellanladen.

Tina Geiger büßte jedoch kein einziges Watt ihrer Strahlkraft ein. »Danke für den Tipp, Sie als Fachmann können das natürlich beurteilen«, sagte sie honigsüß.

Weber verließ wortlos ihr Büro und machte sich an der Kaffeemaschine zu schaffen.

»Ist das nicht dieser Weber, der Typ von der Sitte, der deinen Sebastian verhaftet hat? Was macht der denn hier?«, flüsterte sie Paula zu.

»Erstens: Das ist genau *dieser Weber*, und er arbeitet jetzt hier. Mit mir zusammen, um genau zu sein. Und zweitens ist das nicht mehr *mein* Sebastian«, sagte Paula bitter.

»Was soll das denn nun wieder heißen?«, fragte Tina Geiger

und sah Paula zum ersten Mal an diesem Tag genauer an. »Ach herrje, Paulalein, du siehst ja ganz schrecklich aus.« Sie sprang auf, kam um den Schreibtisch herum und nahm Paula in ihre fleischigen Arme. »Süße, was ist denn passiert?«

Paula traten wieder Tränen in die Augen. Sie ließ sich zu einem Stuhl lotsen, auf den sie kraftlos sank.

»Sebastian hat gerade Schluss gemacht«, sagte sie so leise wie möglich, denn Weber sollte das auf gar keinen Fall mitkriegen.

»Das ist ja entsetzlich!« Tina Geiger tätschelte ihr tröstend die Hand.

»Eigentlich hatte ich unterbewusst schon damit gerechnet«, gestand Paula Tina und sich selbst ein. »Tja, so ist das eben, kann man nichts machen. Bin ich eben wieder solo, ist ja auch nicht schlecht.« Sie brachte ein missglücktes Lächeln zustande. »Aber nun zu dir. Erzähl mir von deinem Geheimnis.«

»Ach, ich weiß nicht, ob das jetzt der richtige Augenblick ist«, sagte Tina Geiger ausweichend.

»Na los, sag schon«, drängte Paula.

»Also gut: Hansi und ich werden heiraten.« Sie sah Paula gespannt an. »Was sagst du dazu?«

Paula sagte erst einmal nichts, sie war sprachlos. Tina Geiger schaffte es also nicht nur, seit über einem Jahr einen festen Freund zu haben, nein, sie schaffte es auch noch, ihn vor den Traualtar zu schleppen. Nur ich schaff das nicht, dachte sie, ich bin zu doof dazu. Oder zu abstoßend. Vielleicht hatte ihre Mutter ja doch recht, und sie war wirklich zu wenig mädchenhaft. Irgendwas stimmte nicht mit ihr, es musste schließlich einen Grund geben, dass es kein Mann länger bei ihr aushielt.

»War Hansi nicht schon mal verheiratet?«, war alles, was sie sagen konnte. Dabei freute sie sich für die beiden – auch wenn sie keinen Schimmer hatte, was Tina an Hans Becker fand.

»Ja, mit einer richtigen Schreckschraube. Die hat ihn jahrelang ausgenommen wie eine Weihnachtsgans. Aber sie hat letzten Monat wieder geheiratet, und Hansi muss keinen Unterhalt mehr für sie zahlen. Jetzt kann er sich mich also endlich leisten.« Tina kicherte vergnügt.

»Wow, Geigerlein, das sind wunderbare Nachrichten.« Paula stand auf und drückte sie fest. »Wann denn?«

»Wir haben uns noch nicht auf einen Termin einigen können, es wird wohl irgendwann im kommenden Frühjahr sein.«

»Darf ich deine Brautjungfer sein?«

»Genau das wollte ich dich fragen.«

Paula fühlte sich schlagartig besser. Sie beschloss, sich lieber am Glück anderer zu beteiligen, als sich im eigenen Unglück zu suhlen. »Es ist mir eine Ehre, auch wenn ich die für diesen Job erforderlichen jungfräulichen Voraussetzungen wohl nicht mehr so ganz erfülle. Bis später.«

Paula schleppte sich die Treppe in den ersten Stock hinauf. Sie war schrecklich müde und erschöpft. Ob sich so ein Burn-out anfühlt?, überlegte sie.

Im Besprechungszimmer waren schon fast alle versammelt. Neben Weber war noch ein Stuhl an dem achteckigen Tisch frei. Paula vermutete, dass er ihn für sie frei gehalten hatte. Demonstrativ wählte sie einen Platz auf der anderen Seite des Tisches – und merkte zu spät, dass sie ihm jetzt genau gegenübersaß und ihn so immer im Blickfeld hatte. Also widmete sie ihre Aufmerksamkeit ganz den schönen Stuckverzierungen an der Decke.

Kriminaloberrat Heribert Sonne walzte herein, aus allen Poren schwitzend wie immer. Er begrüßte die Anwesenden, die ab sofort zur »Sonderkommission Finger« gehörten, und pflanzte dann seinen massigen Körper schwerfällig auf seinen angestammten Platz. Er klatschte eine Ausgabe der »Rheinpfalz« auf den Tisch. Mit seinem obligatorischen Großraumtaschentuch wischte er sich den Schweiß aus dem Gesicht.

»Woher weiß die Presse von der Leiche in Minfeld?« Er sah anklagend in die Runde.

»Eine Reporterin von der ›Rheinpfalz‹ war wegen des Konzerts vor Ort, wir haben sie aber auf Abstand gehalten«, erklärte Paula. Sie fragte sich, was Bettina Mertens geschrieben haben konnte, denn viel hatte sie doch gar nicht mitbekommen.

»Sind Sie sicher, dass Sie der nicht zu viel erzählt haben, Frau

Stern? Wenn ich mich recht erinnere, haben Sie genau mit dieser Reporterin im Fall Eichenlaub zu tun gehabt.«

Das konnte Paula nicht von der Hand weisen. Bettina Mertens hatte ihr damals wertvolle Informationen zukommen lassen, und sie hatte ihr im Gegenzug nach Abschluss der Ermittlungen exklusiv Material für einen Artikel geliefert. Sonne war darüber nicht begeistert gewesen, da dieser Artikel schon vor der abschließenden Pressekonferenz erschienen war und somit das Rampenlicht, in dem er so gern stand, etwas gedimmt hatte.

»Diesmal ist die gute Frau wohl über das Ziel hinausgeschossen.« Sonne schob die Zeitung zu ihr hinüber.

»Grausiger Leichenfund«, lautete die Überschrift. Es folgten nur wenige Zeilen:

MINFELD. Gestern Nacht wurde während eines Orgelkonzertes in der historischen Kirche in Minfeld eine im Gebüsch verscharrte Leiche entdeckt. Finder war ein Pudel namens Othello. Da er in Begleitung zweier Beamter von der Mordkommission vor Ort war, konnten die Ermittlungen unverzüglich aufgenommen werden. Bis zur Drucklegung war nicht bekannt, um wen es sich bei dem Leichnam handelt. In Bezug auf die Größe der Leiche könnte es sich möglicherweise um ein Kind handeln. (bem)

Woher weiß die Mertens das mit dem Kind?, fragte sich Paula. Von ihnen nicht, das stand fest. Bisher hatte sie der Reporterin ein gewisses Vertrauen entgegengebracht, aber das war wohl ein Fehler gewesen.

Sie sah sich der Reihe nach alle anwesenden Kollegen an. Von ihnen wird doch wohl keiner geplaudert haben, das sind alles Profis, überlegte sie. Hartmut Berger saß zwar mit hochrotem Kopf da, aber da das bei ihm nichts Außergewöhnliches war, verwarf sie den Verdacht schnell wieder.

Sie legte die Zeitung zusammen und wollte sie zu Weber hinüberschubsen, aber der winkte ab. Sein Blick verriet Paula, dass er den Artikel bereits gelesen hatte.

»Nun ja, ärgerlich, aber nicht zu ändern. Vielleicht stimmt es ja, was diese Schmiertante geschrieben hat, und es handelt sich um ein Kind. Ich hoffe, dass wir in dem Fall möglichst bald neue Erkenntnisse haben und eine Pressekonferenz ansetzen können. Also, wo stehen wir wirklich?«, fragte Sonne in die Runde und sah Paula direkt an.

Ha, er sieht mich an, nicht Weber, bemerkte sie zufrieden und schloss daraus, dass sie die Ermittlungen leiten würde.

»Noch ganz am Anfang«, antwortete sie. »Solange wir nicht wissen, wer der oder die Tote ist und seit wann der Leichnam dort liegt, haben wir kaum Ansatzpunkte. Es sei denn, die Leute von der Spurensicherung haben relevante Spuren oder Hinweise gefunden.«

Sonnes Blick wanderte drei Sitze weiter zu Werner Dreißigacker, der auch nicht gerade ausgeschlafen auf Paula wirkte.

»Wir haben die Leiche heute Morgen gegen ein Uhr exhumiert, sie befindet sich jetzt in der Gerichtsmedizin. Der Körper war in mehrere Schichten Folie eingewickelt, die wir gerade im Labor untersuchen. Wir werden analysieren, um welches Fabrikat es sich dabei handelt, und hoffen, dass wir zurückverfolgen können, wo sie verkauft wurde. Und wir werden sie natürlich hinsichtlich eventueller Fingerabdrücke genauestens unter die Lupe nehmen.«

Oberrat Sonne nickte beiläufig. Er kannte das Prozedere. »Haben Sie noch irgendwelche anderen Hinweise bei der Leiche gefunden, die bei der Identitätsfindung helfen könnten? Kleidung, Schmuck, Ausweispapiere?«

Dreißigacker schüttelte bedauernd den Kopf. »Nichts, die Person war nackt.«

»Wollen wir hoffen, dass wir mit den Zahndaten etwas erreichen. Wie weit ist der Körper denn verwest? Können wir Fingerabdrücke bekommen?«

Dreißigacker verzog das Gesicht. »Sieht nicht sehr vielversprechend aus. Ist alles nur noch eine breiige Masse.«

Paula hatte Mühe, ihre Augen aufzuhalten. Der Wunsch, einfach die Arme auf den Tisch zu legen und ihren Kopf darauf zu betten, war fast übermächtig. Sie fragte sich, wie sie diesen Tag überstehen sollte.

Weber nannte ein paar Fakten über die Leute aus der Kirche, die sie aufgenommen hatten und die sie jetzt überprüfen würden. »Wovon ich mir aber ehrlich gesagt nicht sehr viel verspreche«, sagte er abschließend.

Quatsch, dachte Paula, es ist hinlänglich bekannt, dass die meisten Täter immer wieder an den Tatort zurückkommen.

Dann sprach wieder Sonne. Paula hatte noch nie bemerkt, wie angenehm seine Stimme war, wie beruhigend. Aber sie schien auf einmal von sehr weit weg zu kommen …

Ein lautes Geräusch ließ sie zusammenzucken. Als sie die Augen öffnete, sah sie direkt in Webers Augen, die sie fixierten. Sie musste kurz eingeschlafen sein.

»Sorry, Leute, ich bin normalerweise nicht so tollpatschig«, sagte Weber gerade entschuldigend und wischte mit einem Papiertaschentuch eine Kaffeelache vom Tisch.

Alle Augen waren ihm zugewandt. Sonne warf ihm einen missbilligenden Blick zu.

Wieder sah Weber Paula an, fragend, wie ihr schien. Sie stutzte. Hatte er absichtlich diesen Radau gemacht, um sie aufzuwecken?

»Wir sind eh für den Moment fertig. Wenn es was Neues gibt, sagen Sie mir sofort Bescheid.« Sonne erhob sich und löste damit die Versammlung auf. »Frau Stern, Herr Weber, spätestens um sechs sehen wir uns in meinem Büro, und ich hoffe, Sie können mir dann schon was Brauchbares vorlegen.«

Paula rappelte sich auch auf. Weber wartete an der Tür auf sie und sah sie forschend an.

»Alles okay mit dir?«, fragte er, und es hörte sich tatsächlich besorgt an.

»Ja, geht schon, hatte nur wenig Schlaf letzte Nacht.«

Sie wollte sich an ihm vorbeidrücken, aber er hielt sie am Arm fest. »So wie du aussiehst, hast du gar nicht geschlafen. Mensch, du bist gerade am Tisch eingepennt. Hast du Sorgen oder Schwierigkeiten?«

Das werde ich *dir* ganz bestimmt nicht auf die Nase binden, dachte Paula. Sie konnte sich lebhaft vorstellen, wie schadenfroh er reagieren würde, wenn sie ihm das mit der Trennung verriete.

Weber suchte ihren Blick, und da sie direkt vor ihm stand, konnte sie ihm nicht ausweichen. Zum ersten Mal sah sie bewusst in seine Augen. Wunderschöne Augen, ozeanblau. Wie kann ein so unangenehmer Mensch nur so schöne Augen haben?, fragte sie sich. Sie war irritiert. Weber hatte sie vor ein paar Minuten vor einer peinlichen Situation bewahrt – vielleicht lag Keeser doch nicht so falsch, und Weber war wirklich gar nicht so übel.

»Danke fürs Wecken«, sagte sie gepresst und machte sich von ihm frei.

»Wow, dass ich das mal von dir zu hören bekomme, hätte ich nicht gedacht«, schickte er ihr hinterher.

Paula drehte sich noch einmal um. »Was zu hören bekommst?«

»Ein Dankeschön aus deinem Mund. Das ist ja schon fast ein Ritterschlag.«

Da war er wieder, der spöttisch-arrogante Zug um seinen Mund, und Paula bereute sofort, dass sie es für möglich gehalten hatte, sich in ihm getäuscht zu haben.

Sie ging hinunter in ihr Büro. Auf ihrem Schreibtisch lag ein Klemmbrett mit einem Stapel Blätter. Die Adressen der Konzertbesucher, erkannte Paula. Durchnummeriert, Nummer zweihundertdreiundfünfzig war die letzte Eintragung.

Sie stöhnte auf bei dem Gedanken, alle Personen überprüfen zu müssen, und überlegte, ob man nicht einen Teil der Leute gleich aussortieren konnte, nämlich die, die nicht aus der Gegend waren. Dass ein Karlsruher Täter sein Opfer ausgerechnet in Minfeld hinter einer kleinen Kirche verscharrte, schien ihr doch ziemlich unwahrscheinlich. Oder doch nicht? Ein Täter aus Karlsruhe, Mannheim oder wer weiß woher könnte zum Beispiel eine besondere Beziehung zu diesem Ort haben. Er könnte auch früher in oder um Minfeld herum gelebt haben, und schon wäre eine Verbindung zu der Ablagestelle da.

Paula kam zu dem Schluss, dass sie doch jeden Einzelnen auf

der Liste befragen und genauer beleuchten sollten. Mit irgendetwas mussten sie ja anfangen.

Wenn man Ermittlungen frisch aufnahm, war es immer besonders schwer. Man wusste oft nicht, wo man ansetzen sollte. So lange, bis die ersten Puzzleteilchen auftauchten, die sich dann Stück für Stück zusammenfügten und früher oder später ein Gesamtbild ergaben. Jetzt hieß es, das erste Teilchen zu finden. Blieb also zu hoffen, dass Rechtsmedizin oder Kriminaltechnik etwas fanden – im Idealfall beide –, mit dem sie arbeiten konnten.

Aus dem Raum nebenan drangen Stimmen zu Paula herüber. Irrte sie sich, oder war das tatsächlich Keeser, den sie da hörte? Neugierig ging sie einen Raum weiter.

Sie hatte richtig gehört. Ihr krankgeschriebener Kollege saß in Tina Geigers kleinem Büro und trank Kaffee aus seiner »Bernd das Brot«-Tasse, als ob es das Normalste von der Welt sei.

»Solltest du dich nicht fernhalten?«, fragte sie ihn gespielt streng und lehnte sich mit vor der Brust verschränkten Armen an den Türrahmen.

»Von eurem Fall, ja, aber doch nicht von meiner Lieblingssekretärin.« Er bedachte ebendiese mit einem strahlenden Lächeln und einem Augenzwinkern.

»Ach Commissario, das ist süß von dir!« Tina Geiger schmolz förmlich dahin.

»Ich will dich ja nicht desillusionieren, Geigerlein, aber der Typ hat es einzig und allein auf unseren Fall abgesehen. Neugier und Langeweile treiben ihn zu uns, nicht Liebe und Freundschaft.«

Keeser kratzte sich am unrasierten Kinn. »Erwischt. Aber ein bisschen Liebe ist auch dabei, ehrlich.«

»Wo hast du denn deine Armschlinge gelassen?«

»Ähm … na ja, die hab ich abgemacht, damit ich keinen Ärger bekomme, wenn mich die Kollegen bei einer Verkehrskontrolle anhalten.«

»Herr Keeser, Sie hier?« Sonne stand plötzlich hinter Paula. »Sie sind doch noch krankgeschrieben. Husch, husch, gehen Sie nach Hause und erholen Sie sich, damit Sie schnell wieder auf dem Posten sind.«

»Ich war aber doch dabei, als die Leiche gefunden wurde …«

»Ich weiß, ich weiß, aber das ändert nichts an der Tatsache, dass Sie noch nicht wieder im Dienst sind. Frau Stern und Herr Weber haben alles im Griff.«

Haben wir das?, fragte sich Paula unwillkürlich.

»Auf Wiedersehen, die Herrschaften.« Sonne wischte sich den Schweiß von der Stirn und ging weiter.

»Da hast du's gehört, *husch, husch*, nach Hause mit dir«, äffte Paula ihren Chef nach.

»Du siehst nicht gut aus, Paula.« Keeser musterte sie mit besorgter Miene.

»Danke, Bernd, du verstehst es echt, Frauen Komplimente zu machen.«

»Nein, im Ernst. Du siehst erschöpft aus, bist blass und hast Ringe unter den Augen. So kenne ich dich gar nicht. Hast du abgenommen?«

Wusste er was? Hatte Geigerlein geplaudert? Paula sah Tina fragend an, aber die schüttelte nur vehement ihr orangefarbenes Haupt.

»Klar hast du abgenommen«, beantwortete Keeser seine Frage selbst. »Es füttert dich ja seit Wochen keiner mehr. Das müssen wir schnell wieder ändern. Wie wäre es mit heute Abend?«

»Keine Ahnung, wie lange es heute geht«, versuchte sich Paula herauszureden. »Ich muss dir ja nicht sagen, dass wir einen neuen Fall haben.« Ganz zu schweigen davon, dass sie nur den einen Wunsch hatte, in ihr Bett kriechen zu dürfen.

»Das ist doch gar kein Problem: Ich entführe dich einfach, und dann gehen wir was essen. Eine kurze Pause kann nicht schaden, meine Liebe. Danach verschwinde ich, und du kannst weiterarbeiten, wenn es sein muss. Was hältst du davon?«

»Du willst mich nur über den Fall ausfragen.«

»Das natürlich auch, aber meine Grundintention ist schlicht und ergreifend leckeres Essen.«

»Okay«, stimmte Paula seinem Vorschlag nun doch zu. So

konnte sie zumindest ihr Herz gründlich bei Keeser ausschütten. Er war schließlich nicht nur ihr Kollege, sondern auch ihr bester Freund – jetzt, da Sebastian sich aus dieser Rolle befreit hatte, mehr denn je.

»Ihr müsst doch sicherlich heute Abend bei Sonne zum Bericht antanzen. Sagen wir, ich hole dich gegen sieben Uhr hier ab?«

Paula nickte.

»Dann haben wir also ein Date.« Keeser stand auf und drückte ihr seine leere Tasse in die Hand. »Pass gut auf sie auf.«

***

»Na, genug geplaudert?« Weber saß an Keesers Schreibtisch, als Paula in ihr Büro zurückkam.

Sie hatte schon ein paar passende, wenn auch nicht gerade freundliche Worte auf der Zunge, doch ihr Handy klingelte. »Bettina Mertens«, verriet das Display. Wunderbar, an der konnte sie gleich ihre Wut auf Weber auslassen, entschied sie.

Die Journalistin kam gleich zum Grund ihres Anrufs. »Haben Sie was Neues für mich?«

»Ich hab gerade Ihren Artikel gelesen. Hatten wir uns nicht darauf verständigt, dass Sie sich nur an die Tatsachen halten?«, blaffte Paula ins Telefon. Sogar Weber zog erschrocken den Kopf ein.

»Ich hab mich doch daran gehalten, was regen Sie sich denn so auf?«

»Ach ja? Wie können Sie dann schreiben, dass der gefundene Leichnam ein Kind sein könnte? Davon war nie die Rede.«

Am anderen Ende war es kurz still. »Das hab ich von einem sehr netten jungen Beamten. Ein großer, schlaksiger …«

Hartmut Berger! Groß, schlaksig, etwas unbeholfen und nicht die hellste Kerze am Baum. Genau derjenige, der vorhin im Besprechungszimmer rot geworden war, als Sonne auf besagten Artikel zu sprechen gekommen war. Paula hatte mit ihrem Verdacht doch richtiggelegen.

»Er war sehr redselig«, sagte Bettina Mertens hörbar vergnügt. »Sie sind ja immer so zugeknöpft.«

»Ich werfe auch nicht mit wilden Spekulationen um mich. Ab sofort reden Sie nur noch mit dem Bäcker und nicht mit den Brötchen! Noch besser: Warten Sie einfach die Pressekonferenz ab.«

Paula beendete das Gespräch, bevor Bettina Mertens etwas erwidern konnte.

»Wow, der hast du es aber gegeben«, sagte Weber anerkennend. »Ich hab schon mal die ganzen Adressen sortiert, damit wir das ein bisschen aufteilen können. Soll sich das gemeine Fußvolk mit den Leuten von auswärts rumschlagen, wir befragen die Konzertgäste, die in der Südpfalz wohnen oder hier gerade Urlaub machen. Und die, die für unsere Ermittlungen interessant sein könnten.«

Paula vermutete, dass er mit *gemeinem Fußvolk* die einfachen Polizeibeamten meinte, die der Kripo zuarbeiteten. Er schien sich für etwas Besseres zu halten. Trotzdem war sein Vorgehen durchaus logisch. Was sie ihm natürlich niemals gesagt hätte.

»Okay. Wohin also zuerst?«, fragte sie und unterdrückte ein Gähnen.

»Nach Minfeld. Diese Tante vom historischen Verein, Anita Frey, hab ich ganz oben auf der Liste. Dann ihre Helferlein, den Pfarrer und …«

»Lass uns einfach hinfahren«, unterbrach Paula seine Aufzählung und schnappte sich den Dienstwagenschlüssel aus Keesers Stiftablage. Othello stand sofort einsatzbereit neben ihr.

»Wer fährt?«, fragte Weber.

»Na ich, wer sonst?«

Weber folgte Paula schweigend in den Hof.

»Es würde mir nichts ausmachen, zu fahren«, versuchte er dann doch die Herrschaft über den Wagen zu erlangen.

»Ich fahre. Oder hast du damit ein Problem?«

Sie sahen sich über das Autodach hinweg an – Paula angriffslustig, Weber eher gelassen.

»Nein. Ich dachte nur, du möchtest dich ein bisschen ausruhen.«

Paula schnallte Othello auf dem Rücksitz an, bevor sie selbst einstieg. Sie glaubte nicht an derartige Empathie seinerseits. Weber war ein Mann, und Männer wollten grundsätzlich immer am Steuer sitzen. Keeser war da nicht anders, er ließ sie auch nur fahren, wenn es sich nicht vermeiden ließ.

Sie gab Gas, bevor er seine Tür richtig schließen konnte. Woraufhin er ihr während des Anschnallens einen grantigen Blick zuwarf.

Paula ignorierte ihn, der Kerl sollte ruhig merken, dass sie ihn hasste wie die Pest.

»Wo muss ich in Minfeld hin?«, fragte sie unfreundlich.

»Wir treffen Frau Frey im Pfarrhaus, das ist direkt neben der Kirche.«

Paula hob auch diesmal am Bahnübergang ab, weil sie wieder viel zu schnell unterwegs war. Weber sagte keinen Ton dazu, sondern sah gelangweilt aus dem Fenster. Er klammerte sich auch nicht so ängstlich fest, wie Keeser es getan hatte.

Schade, dachte Paula. Sie wäre genau in der richtigen Stimmung gewesen, um sich mit ihm zu streiten.

Sie stellte den Wagen an derselben Stelle ab wie am Abend zuvor, befreite Othello vom Rücksitz und nahm ihn an die Leine.

»Wollen wir erst mal sehen, was die Spurensicherung macht?« Weber deutete mit dem Daumen in Richtung Kirche und lächelte Paula dabei an.

Dieses Lächeln machte Paula wahnsinnig. Das übertriebene Nettsein, das Einschleimen bei ihr, wo sie doch wusste, dass er ein ausgemachtes Ekel war. Sie würde sich nicht von ihm täuschen lassen. Weber war für sie einer dieser Typen, die einem ins Gesicht lächelten und einem dann, wenn man sich kurz umdrehte, das Messer in den Rücken rammten.

Natürlich war sie neugierig und hätte nur zu gern die Ausgrabungsstelle bei Tageslicht in Augenschein genommen, aber aus Prinzip wollte sie nicht das tun, was Weber vorschlug.

»Kannst du ja machen«, sagte sie deshalb kühl. »Ich spreche jedoch zuerst mit Anita Frey.«

»Gut«, sagte Weber und atmete tief durch. »Dann eben erst zu Frau Frey.«

Das protestantische Pfarramt befand sich in dem Haus mit den grünen Fensterläden direkt neben der Kirche. Kaum dass Paula geklingelt hatte, wurde die Tür von einem großen, sehr schlanken, eher hageren Mann in dunklem Anzug aufgerissen.

»Olaf Laux«, stellte er sich vor. »Ich bin der evangelische Pfarrer der Gemeinde. Sie müssen die Kriminalbeamten sein.« Sein Blick fiel auf den Pudel. »Und das ist wohl der eifrige Schnüffler, dem wir das ganze Durcheinander zu verdanken haben?«

»Wohl eher dem, der die Leiche vergraben hat. Kann er mit reinkommen?«, fragte Paula.

»Aber ja, ich habe nichts gegen Hunde. Ich hatte selbst mal einen Dackel. Folgen Sie mir bitte.«

Er führte sie in ein großes helles Büro, in dem Anita Frey saß. Als Paula und Weber eintraten, stand sie auf und begrüßte die beiden Kommissare mit Handschlag.

»Haben Sie schon etwas über die Leiche herausgefunden?«, fragte sie, als alle Platz genommen hatten.

»Nein, noch nicht«, antwortete Paula vor Weber. »Aber wir stehen ja auch ganz am Anfang unserer Ermittlungen. Wir hoffen, dass uns die Rechtsmedizin im Laufe des Tages wichtige Hinweise geben kann. Bis es so weit ist, wollen wir Näheres über das Umfeld der Kirche erfahren.«

Anita Frey faltete die Hände im Schoß und sah Paula ernst an. »Die Vorstellung, dass einer aus unserem Dorf das getan haben könnte, ist alles andere als angenehm.«

»Herr Pfarrer, ist in letzter Zeit eines Ihrer Schäfchen abhandengekommen?«, fragte Weber ungeduldig dazwischen.

Olaf Laux sah ihn aus auffallend hellgrünen Augen verständnislos an und faltete die Hände auf der Platte seines Schreibtisches wie zum Gebet.

Weber wurde deutlicher. »Wird eines Ihrer Gemeindemitglieder vermisst? Ist vor einiger Zeit jemand aus dem Dorf verschwunden, dessen Verbleib nicht bekannt ist?«

»Meines Wissens nicht.«

»In welchen Orten sind Sie denn noch zuständig für die Rettung der Seelen?«

Paula sah Weber warnend an. Zwar waren die Zeiten vorbei, in denen jedes Dorf seinen eigenen Pfarrer hatte, aber das rechtfertigte nicht, so mit dem Pfarrer zu sprechen. Weber konnte nicht viel für Glaube und Kirche übrighaben. Ihr ging es nicht anders, aber Weber sollte sich ihrer Meinung nach den spöttischen Unterton verkneifen.

»Winden, Hergersweiler und Büchelberg«, zählte Olaf Laux ausgesucht freundlich auf. Der Kommissar war nicht der erste Zweifler, mit dem er es zu tun hatte.

Weber zog ein Notizbuch aus der Jacke und notierte die Namen der Dörfer. »Auch da kein vermisster Bewohner?«

Laux zog die mageren Schultern hoch und schickte einen milden Blick durch seine randlose Brille zu Weber. »Müsste das nicht mittels einer polizeilichen Vermisstenkartei zu überprüfen sein?«

Paula war die feine Spitze gegen Weber nicht entgangen. Der dürre Pfarrer mit den eingefallenen Wangen war ihr schlagartig sympathisch.

Weber musterte Laux mit säuerlicher Miene. »Das werden wir natürlich überprüfen. Ich dachte nur, Sie als Pfarrer wüssten über solche Dinge Bescheid, weil Ihre Schäfchen mit ihren Sorgen zu Ihnen kommen.«

Olaf Laux strich sich über die dünnen Haare, die er nach dem Motto »Hier seid ihr, dorthin sollt ihr« über seine beginnende Glatze gekämmt hatte, als wollte er sich vergewissern, dass sie noch alle an Ort und Stelle lagen. »Ich kann Ihnen leider nicht helfen. Aber muss es denn unbedingt jemand aus meiner Kirchengemeinde sein? Der Park ist für jeden zugänglich. Touristen gehen hier ein und aus.«

Paula konnte sich nicht vorstellen, dass ein Tourist – zum Beispiel aus Bayern oder gar aus Holland – eine Leiche von weit her im Kofferraum nach Minfeld transportierte, um sie hier hinter der Kirche zu verscharren. Auch wenn sie es nicht gern zugab, war sie genau wie Weber der Überzeugung, dass der Täter mit großer Wahrscheinlichkeit von hier war oder zumindest aus der Nähe kam.

»Täter haben in den meisten Fällen einen Bezug zum Tatort oder zum Ablageort«, erklärte Weber ihre Vorgehensweise, als hätte er Paulas Gedanken gelesen. »Es liegt also nahe, erst einmal im Umfeld der Kirche und des Dorfes zu ermitteln. Wenn wir da nichts Relevantes finden, wird das Suchfeld selbstverständlich ausgeweitet.«

Sosehr es Paula auch gefiel, dass der Pfarrer Weber gekonnt Paroli bot, es brachte sie dennoch nicht weiter. »Wer ist denn für die Grünanlage rund um die Kirche zuständig? Gemeindearbeiter oder eine Gärtnerei?«, fragte sie Anita Frey.

»Der Driese Anton. Er ist Landschaftsgärtner im Ruhestand und Mitglied im Förderverein. Er kümmert sich ehrenamtlich um die Kirche und das Drumherum – Elektrik, Heizung, Rasen, Grünanlage. Wenn wir bezahlen müssten, was er alles macht, hätte der Verein ein großes Problem«, sagte Anita Frey ehrfürchtig und wechselte einen Blick mit dem Pfarrer. »Sie müssen wissen, wir sind nur ein kleiner Verein. Wir verfügen über keinerlei Fördergelder und sind deshalb auf Spenden und ehrenamtliche Mitarbeiter angewiesen. Aber unser aller Herz hängt an der historischen Kirche und an ihrem Erhalt.« Erschrocken hielt sie inne. »Sie glauben doch nicht, dass unser Anton etwas mit der Sache zu tun hat?«

»Nein, wir glauben noch gar nichts«, versuchte Paula sie zu beruhigen. »Wir müssen nun mal alle Beteiligten befragen, das gehört zu unserer ganz normalen Ermittlungsarbeit. Wo finden wir diesen Herrn Driese?«

»Dries«, verbesserte Anita Frey. »Anton Dries. Er wohnt in der Nähe der Schule, drüben in der Herrengasse. Die ist, wenn Sie hier aus der Kirchgasse kommen, über die Hauptstraße und genau gegenüber rein.«

Paula vergewisserte sich, dass Weber die Adresse aufschrieb. »Können Sie uns noch weitere Mitglieder nennen, die sich ganz besonders für die Kirche engagieren?«, fragte sie dann.

»Ich kann Ihnen die Mitgliederliste ausdrucken«, erbot sich Anita Frey.

Paula nahm dieses Angebot gern an.

»Da muss ich aber schnell nach Hause an den Computer.«

»Kein Problem, mein Kollege und ich werden sowieso noch in den Kirchgarten schauen. Wenn Sie also so nett wären, die Liste dorthin zu bringen?«, sagte Paula und stand auf.

Pfarrer Laux erhob sich ebenfalls und rieb sich die Hände. »Wenn noch etwas sein sollte – Sie wissen ja, wo Sie mich finden. Morgen um halb elf ist Gottesdienst, und ich würde mich sehr freuen, wenn ich Sie beide dazu begrüßen könnte.«

Paula amüsierte es, dass er dabei Weber ansah.

Der hatte es plötzlich sehr eilig. Im Hof des Pfarramtes wartete er auf Paula. »Ich weiß schon, warum ich keine Pfarrer mag«, maulte er. »Dieses selige Lächeln immerzu, dieses huldvolle Getue, dieses Händereiben … Ich und in die Kirche gehen, ha, da kann er lange warten!«

»Also, ich fand ihn ausgesprochen nett.«

»Nett? Dem traue ich zu, dass er weiß, wer der Täter ist, es aber nicht sagt und uns stattdessen nur dämlich ins Gesicht lächelt«, zog Weber weiter über den Geistlichen her. »Dieses idiotische Beichtgeheimnis müsste längst abgeschafft sein, wir leben schließlich nicht mehr im Mittelalter.«

»Das würde zutreffen, wenn er katholisch wäre.«

Weber sah Paula grantig an. »Wieso katholisch? Ist das bei diesen Pfaffen nicht egal, was sie sind? Die sind doch alle gleich.« Er stapfte davon, die Hände tief in den Taschen seiner Jeans vergraben.

Paula ging hinter ihm her. »Es ist eben nicht egal. Laux ist evangelisch, da gibt es keine Beichte. Er hätte uns also alles erzählen dürfen. Ich schließe daraus, dass er den Täter *nicht* kennt.«

»Vielleicht war er es ja selbst.«

»Klar, ein Pfarrer vergräbt sein Opfer zehn Meter neben seiner eigenen Kirche, neben seinem Arbeitsplatz. Weber, denk doch mal nach!«

»Wie du sicher weißt, handeln Täter nicht immer logisch, und genau deswegen kriegen wir sie auch immer.«

»Ich rate dir jedenfalls, deine Fangzähne erst einmal aus der

Wade des armen Pfarrers zu nehmen und den Lauf der Ermittlungen abzuwarten.«

Als sie aus dem Tor des Pfarramtes traten, bemerkte Paula einen riesigen Baum, der auf der anderen Seite der Kirchgasse stand. Mit einem Stamm, um den ihre Arme dreimal nicht herumreichen würden, und mit einer gewaltigen Krone, die er in den wolkenlos blauen Himmel reckte. Paula blieb stehen, legte den Kopf in den Nacken und sah hinauf in das dichte sattgrüne Laub. Bleischwere Müdigkeit legte sich urplötzlich auf sie, am liebsten hätte sie sich auf der einladenden Bank im Schatten dieses Baumes ausgestreckt, die Augen geschlossen und geschlafen.

»Ein Naturdenkmal, die Minfelder Bergulme. Über vierhundert Jahre alt, etwa vierzig Meter hoch. Die Krone misst zwischen zweiundzwanzig und siebenundzwanzig Meter im Durchmesser«, dozierte Weber.

Während Othello dieses Naturdenkmal ausgiebig beschnüffelte und letztendlich gewissenhaft markierte, sah Paula ihren neuen Kollegen überrascht an. Fing der Kerl jetzt schon genauso an wie Keeser, der einfach alles wusste und der für sie ein wandelndes Lexikon war?

»Steht hier auf dem Schild«, sagte Weber, dem Paulas Blick nicht entgangen war.

Sie war erleichtert, dass seine Allgemeinbildung nicht an Keesers herankam. Wortlos ging sie weiter und ließ ihn stehen. Sie kam an dem Sandsteinblock vorbei, auf dem sie am Abend zuvor ihr Glas abgestellt hatte. Jetzt entdeckte sie ein aus dem Stein herausgearbeitetes Auge in einer Pyramide und hielt inne. Ein Zeichen der Freimaurer? Hier vor einer Kirche?, fragte sie sich.

»Ah, ›Das Allsehende Auge‹«, vernahm sie Webers Stimme neben sich. »Wird oft den Freimaurern zugeschrieben, wurde aber schon im alten Ägypten verwendet. ›Das Auge des Horus‹ wachte angeblich über die Menschen. Auch bei den Hindus gibt es dieses Auge. Sie nennen es ›Das dritte Auge‹, das mehr als das menschliche Auge sehen soll, nämlich die Sünde. Es stellt quasi das schlechte Gewissen dar.«

Diesmal gab es kein Schild, von dem Weber die Informationen hätte ablesen können. Paula hätte ihm am liebsten gegen das Schienbein getreten. Dieser blöde Angeber, dachte sie. Wenn Keeser sein grenzenloses Wissen vor ihr ausbreitete, dann war das in Ordnung, aber bei Weber nicht. Bei ihm hörte es sich selbstherrlich und schulmeisterlich an.

Paula äußerte sich nicht zu Webers Wissenseruption und ging weiter bis zum Absperrband. Galant hob er es für sie an, damit sie bequem darunter durchgehen konnte.

Drei Männer in weißen Schutzoveralls durchforsteten die Umgebung rund um die Leichenfundstelle, darunter Werner Dreißigacker. Als er sie sah, zog er die Kapuze seines Ganzkörperkondoms ab und kam zu ihnen herüber.

»Das ist ja der berühmte Leichensuchhund. Ich hoffe, er hat ein besonders großes Leckerli zur Belohnung bekommen.«

Othello wedelte ihn daraufhin begeistert an. Umsonst, denn es gab kein Leckerli.

»Und, was Neues?«, fragte Weber.

»Nichts«, antwortete Dreißigacker und strich sich die Haare um seine Glatze herum glatt. »Wir haben das Erdreich rund um den Fundort gesiebt, haben aber nichts gefunden, was auf den Täter hindeutet. Kein zufällig beim Graben verloren gegangener Ehering, kein Zigarettenstummel. Auf dem wohlgemerkt nach der langen Zeit in der feuchten Erde sowieso kein DNA-Material mehr sichergestellt werden könnte. Wir brechen hier demnächst ab und geben den Park wieder frei.«

»Hat die Untersuchung der Folie schon was ergeben?«

»Da ist das Labor noch dran, schließlich müssen wir jeden Zentimeter genau unter die Lupe nehmen. Allerdings handelt es sich um handelsübliche Müllsäcke, wie man sie in jedem Baumarkt und jedem Supermarkt kaufen kann, was Ihnen also nicht weiterhelfen wird. Tut mir leid, aber mehr hab ich im Moment nicht für Sie.« Dreißigacker stülpte die Kapuze wieder über den Kopf und ging zurück zur Fundstelle.

Paula ließ ihren Blick durch die so friedlich wirkende Anlage streifen. »Was, wenn hier noch mehr Menschen begraben sind?«

Ein spöttisches »Tsss!« war Webers Antwort. »Ein Serienmörder im beschaulichen Minfeld? Du siehst wohl zu viele von diesen amerikanischen Krimiserien.«

»Nein, die sehe ich nicht. War auch nur so ein Gedanke.«

»Lass uns erst mal rausfinden, wer die aktuelle Leiche ist, danach kümmern wir uns um ihre Kollegen hier im Park, einverstanden?« Weber grinste sie mit spöttisch heruntergezogenen Mundwinkeln an.

Paula hätte ihm am liebsten ihre Faust ins Gesicht gerammt. Natürlich waren weitere Leichen in diesem Park eher unwahrscheinlich, aber bis gestern Abend hätte sich auch niemand vorstellen können, dass überhaupt eine Leiche hier vergraben war. Sie musste an Keeser denken. Der hätte sich bestimmt genauso über ihre Idee lustig gemacht, aber bei ihm hätte es sie nicht gestört. Bei Weber jedoch störte es sie, maßlos sogar.

»Besuchen wir mal den Hausmeister?« Weber hatte wohl gemerkt, dass er Paula auf den Schlips getreten war, denn er sprach jetzt bemüht sachlich.

Gut so, dachte Paula, vielleicht kapiert er ja auch bald, dass seine Idee, sich in meine Abteilung versetzen zu lassen, nicht besonders schlau gewesen ist. Sie nickte und ging davon. Ein Klingeln in ihrer Jackentasche ließ sie anhalten und das Handy herausholen.

»Herr Knopp, was gibt's?«, sagte sie und drehte sich von Weber weg, der sie erwartungsvoll ansah.

»Ich wäre dann so weit. Kommen Sie am besten gleich vorbei«, sagte der Gerichtsmediziner knapp und legte ohne weitere Worte wieder auf.

»Planänderung«, verkündete Paula. »Man erwartet uns sehnlichst in der Rechtsmedizin.«

»Klasse«, sagte Weber und schien tatsächlich erfreut.

Als sie gerade ins Auto steigen wollten, kam Anita Frey papierwedelnd angelaufen. Sie drückte Paula die ausgedruckte Mitgliederliste in die Hand.

»Eine Frage hab ich noch, Frau Stern«, sagte sie etwas außer Atem. »Wir würden das Konzert gern nachholen. Der Organist hat aber nur am Montag Zeit, dann geht er auf Tournee. Wäre das möglich?«

Paula überlegte und sah Weber fragend an.

»Ich denke doch«, sagte der. »Unsere Techniker bauen heute noch ab und geben das Gelände wieder frei.«

»… wenn wir nicht vorher die anderen Leichen finden, die Kollegin Stern in der Erde vermutet«, fügte er hinzu, nachdem sie eingestiegen waren und die Türen geschlossen hatten.

Paula ließ sich nicht zu einer Antwort herab.

***

Die Fahrt in die Gerichtsmedizin brachten Paula und Weber schweigend hinter sich.

So werden wir den Fall nie lösen, dachte Paula. Wenn sie sich nicht austauschten oder ihre Gedanken und Vermutungen besprachen, wie sollten sie dann einen gemeinsamen Nenner finden? Mit Keeser war das gar kein Problem, aber mit Weber … allein wenn sie ihn ansah, stiegen ungeahnte Aggressionen in ihr hoch. Er war schließlich erheblich schuld daran, dass Sebastian sie verlassen hatte. Nie, niemals würde sie Weber das vergeben! Sie mussten den Fall irgendwie lösen, auch ohne groß miteinander zu kommunizieren, entschied sie.

Paula suchte sich vor dem Landauer Klinikum, in dessen Keller die Rechtsmedizin untergebracht war, einen schattigen Parkplatz und ließ alle Scheiben ein paar Zentimeter herunter, damit Othello nicht erstickte. Der blieb mit tieftraurigem Hundeblick im Auto zurück.

Paula atmete auf dem Weg zum Eingang tief ein und aus. Sie wusste, dass es einige Zeit dauern würde, bis sie wieder frische Luft schnuppern konnte. Sie verspürte nicht das geringste Verlangen, in Knopps *Katakomben des Grauens* hinunterzusteigen. Schon bei dem Gedanken wurde ihr übel. Und dem Zustand der Leiche nach zu urteilen, die da unten auf sie wartete, würde es heute besonders schlimm werden. Aber vor Weber würde sie ganz bestimmt keine Schwäche zeigen.

»Bereit?«, fragte sie auf der obersten Stufe der Treppe.

»Warum fragst du das mit diesem komischen Unterton?« Weber sah sie argwöhnisch an. »Denkst du etwa, mir wird schlecht?«

»Man weiß ja nie.« Paula stieg vor ihm nach unten. Schon auf der Hälfte der Treppe kam ihr der typische magenhebende Geruch entgegen. Und das trotz der gut schließenden Schleusentür. Quasi als kleiner Vorgeschmack auf das, was sie hinter dieser Tür erwartete.

Paula betätigte den Knopf rechts oberhalb des Türrahmens, und die zweiflügelige Tür schwang automatisch nach innen auf. Das geballte Aroma der Rechtsmedizin schlug ihnen entgegen.

Weber verzog keine Miene.

Paula versuchte, so flach wie möglich zu atmen.

»Herr Knopp, wo sind Sie?«, rief sie in den menschenleeren Gang. Sie wünschte inständig, er hätte die Leichenschau schon beendet und würde in seinem Büro auf sie warten.

Das tat er jedoch nicht, denn er erschien in voller Montur, die behandschuhten, mit undefinierbarem Glibber beschmierten Hände hielt er in die Höhe.

»Bei der Arbeit natürlich. Ziehen Sie was über und dann nichts wie rein in die gute Stube.« Er verschwand hinter der Schwingtür, durch die er gerade gekommen war.

Paula zog übertrieben langsam ihre Jacke aus und hängte sie an einen Haken neben der Tür. Während sie in einen Kittel schlüpfte und die Einwegüberzieher über ihre Boots stülpte, suchte sie krampfhaft nach einer Ausrede, um nicht mit in den Sektionsraum kommen zu müssen. Sie befürchtete, sich da drinnen nach wenigen Minuten übergeben zu müssen. Es fiel ihr aber nichts wirklich Plausibles ein. Auch kein Anruf rettete sie vor dem, was ihr bevorstand.

»Das ist mein erstes Mal seit meiner Ausbildung«, erzählte Weber munter und folgte Knopp. Paula gab sich einen Ruck und ging ihm hinterher.

Das Erste, was sie sah, war der breite Rücken einer großen vermummten Person, die sich über den Seziertisch beugte. Die Statur dieser Person erinnerte sie unwillkürlich an Keeser. Knopp musste einen neuen Assistenten oder Kollegen haben, den sie noch nicht kannte.

Aus der Ferne wagte sie einen Blick auf den Tisch. Was dort lag, überstieg ihre schlimmsten Befürchtungen. Mit einem Menschen hatte das nur noch der Form nach etwas zu tun. Sie sah schnell wieder weg. Der Mundschutz half nicht wirklich gegen den Gestank, der von der im fortgeschrittenen Stadium der Verwesung befindlichen Masse ausging.

»Hast du so was schon mal gesehen, Paula?«, sagte der vermeintlich neue Assistent mit ihr wohlbekannter Stimme.

Es war tatsächlich Keeser, der sich zu ihr umdrehte. Seine dunkelbraunen Augen blitzten sie unternehmungslustig über dem Mundschutz an.

»Was zum Teufel machst du denn hier?«, presste sie hervor.

»Darf ich denn nicht mal einen guten alten Freund besuchen?« Seinen Mund konnte sie nicht sehen, aber seine Augen lächelten verschmitzt. »Und Knoppi hat mich dann netterweise eingeladen, ihm bei der Arbeit Gesellschaft zu leisten.«

»Wie reizend von *Knoppi*«, sagte Paula spöttisch.

»Kommt doch näher, meine Lieben, das wird euch interessieren«, lud Knopp sie ein. »Das Schlimmste hab ich schon entfernt und abgespült. Das ist übrigens einer der neuen Seziertische mit integrierter Luftabsaugung, das garantiert fast geruchsfreies Arbeiten.« Er klang sehr stolz.

Trotz dieser angeblich genialen Neuerrungenschaft war es hier alles andere als *fast geruchsfrei*. Paula riskierte einen Blick auf Weber, der tatsächlich mit neugierigem Blick an den Spezialseziertisch herantrat.

Sie tat es ihm gleich, fixierte ihre Augen aber auf Knopps Gesicht.

»Die Gute ist tatsächlich schon sehr in Auflösung begriffen«, sagte Knopp. »Sie wurde in der Folie, besonders in den letzten Tagen, die bekanntlich sehr heiß waren, quasi gegart. Das muss man sich wie bei einem Bratschlauch vorstellen, den man zum Kochen verwendet, verstehen Sie?«

Paula würgte.

»*Die* Gute?« Webers Stimme klang völlig normal.

»Wenigstens einer von euch hat aufgepasst.« Knopp nickte Weber wohlwollend zu. »Der Leichnam ist definitiv weiblicher Natur. Schwer zu erkennen in diesem Zustand, ich weiß, aber es gibt dennoch eindeutige Merkmale. Es handelt sich zweifelsfrei um eine erwachsene Frau, das sieht man am voll entwickelten Beckenknochen und an dem vollständigen Gebiss.« Er drehte sich um und deutete auf fünf Röntgenbilder, die in das Negatoskop an der Wand geklemmt waren.

Paula konnte zwar einwandfrei einen Beckenknochen aus zwei verschiedenen Blickwinkeln erkennen, aber woran Knopp festmachte, dass es das Becken einer erwachsenen Frau war, erschloss sich ihr nicht. Auch Aufnahmen vom Gebiss der Toten hingen dort. Da entdeckte sie immerhin zwei Plomben.

»Es ist also kein Kind, wie ich anfangs vermutet hatte, sondern eine relativ kleine Frau. Ein Meter zweiundfünfzig, um genau zu sein. Alter schätzungsweise fünfundzwanzig, plus/minus ein oder zwei Jahre. Schulterlange schwarze Haare.«

Was bedeutet, dachte Paula, dass die Presse mal wieder ein dummes Gerücht in die Welt gesetzt hat. Dass es diese übereifrigen Schreiberlinge einfach nicht abwarten konnten und dadurch Fehlmeldungen in Kauf nahmen! Von Bettina Mertens hätte sie eigentlich mehr Verstand erwartet. Von Polizeianwärter Hartmut Berger allerdings auch.

»Das ist doch schon mal was, womit wir arbeiten können«, erklang es hinter Keesers Mundschutz. »Ähm, ich meine natürlich ihr, womit *ihr* arbeiten könnt.«

Paula sah erneut zu Weber. Er war zu ihrer Freude jetzt doch blass um die Nase geworden. Und sehr still.

»Das ist zwar besser als nichts, aber ein paar mehr Informationen wären nicht schlecht.« Paula erinnerte sich an das, was Keeser stets sagte: Das Beste kommt bei Knopp immer zum Schluss. Deshalb fragte sie hoffnungsvoll: »Sonst noch was? Vielleicht, wie sie gestorben ist?«

»Tatsächlich kann ich Ihnen sagen, dass sie keines natürlichen Todes gestorben ist, worauf im Grunde schon der unkonventionelle Fundort schließen ließ. Sie wurde ermordet, genauer gesagt: erschlagen.« Knopp drehte den gesichtslosen Kopf etwas zur Seite und deutete auf eine Stelle am Schädel, um die herum die schwarzen Haare entfernt worden waren.

Paula sah nur kurz hin. »Sie sagen erschlagen – könnte es nicht auch ein Unfall gewesen sein?«

»Bei *einer* derartigen Verletzung käme ein Unfall eventuell in Frage.« Er ging hinüber zur Wand, nahm eines der Röntgenbilder vom Gebiss weg, klemmte dafür eine Aufnahme des Schädels in das Negatoskop und zeigte auf zwei dunkle Stellen. »Bei *zwei* identischen, leicht ovalen Löchern in der Schädeldecke gehe ich jedoch von Mord aus. Kopfwunden bluten bekanntlich sehr, am Tatort muss es folglich eine Menge Blut gegeben haben.«

»Dreißigacker sagte in der Dienstbesprechung, die Tote sei nackt gewesen.«

»Leider ist das so. Somit haben wir nichts, worauf der Täter Spuren hinterlassen hat. Die Art der Kleidung hätte uns eventuell etwas über das Opfer sagen können, aber das hat sich wohl auch der Täter gedacht und die Klamotten deshalb anderweitig verschwinden lassen. Auch kein Schmuck, keine Ringe oder Ohrringe. Aber allen Vorsichtsmaßnahmen des Mörders zum Trotz werden wir dennoch früher oder später die Identität dieser Frau feststellen«, sagte Knopp zuversichtlich und kam zurück an den Seziertisch. »Ich habe da noch eine Überraschung für euch, wartet kurz …«

Das Beste wie immer zum Schluss, dachte Paula. Andreas Knopp blieb seiner Vorgehensweise mal wieder treu. Zum Schluss kam aber erfahrungsgemäß auch immer etwas sehr Ekliges, deshalb vermied sie es, genau hinzusehen.

Sie sollte recht behalten: Aus dem Augenwinkel heraus sah sie, wie Knopp mit einer Edelstahlzange an der Leiche herumfuhrwerkte. Paula war kurz davor, hinauszustürmen und sich zu übergeben.

Nur Keeser schien sich für die Überraschung zu interessieren. Er stand tief über den Seziertisch gebeugt da. Ihm hat das noch nie etwas ausgemacht, dachte Paula neidisch.

Weber sagte nichts. Als Paula ihn erneut ansah, wirkte er eher grün als blass. Sieh an, frohlockte sie, der coole Kerl ist wohl doch nicht so cool!

»Siehst du das, Bernd? Eure Tote war schwanger, fünfter Monat, schätze ich mal. Gewebeproben für die Bestimmung der DNA sowohl der Mutter als auch des Fötus sind schon im Labor.«

Mit einem schmatzenden Geräusch rutschten in Verwesung begriffenes Fleisch, Innereien und Fettmasse wieder an ihren Platz zurück. »Allerdings kann ich nicht versprechen, dass die DNA-Proben hundertprozentig genau aufgeschlüsselt werden können, die Verwesung ist doch schon sehr fortgeschritten.«

Keeser drehte sich zu Paula und Weber um. Seine Augen funkelten begeistert. »Zahnarztdaten, Vermisstendatei, Frauenärzte – da habt ihr jetzt aber genügend Ansatzpunkte …« Er stockte. »Weber? Ist Ihnen nicht gut?«

Bevor Paula sah, wie schlecht es um Webers Verfassung bestellt war, sprang Keeser schon zu ihm und fing ihn auf. Schade, dachte sie, wenn er vollends umgekippt wäre, hätte er sich nicht nur eine dicke Beule eingehandelt, sondern auch den Hohn des gesamten Kollegenkreises. So war er nur ein bisschen umgekippt.

Keeser schleppte Weber nach draußen auf den Gang und legte ihn der Länge nach auf die vier schwarzen Plastikstühle, die dort an der Wand entlang standen.

Knopp sah mit gekräuselter Stirn auf den ohnmächtigen Kommissar herab. »Das ist also euer neuer Kollege? Herzlichen Glückwunsch«, sagte er trocken.

Paula lachte herzhaft, ihre Übelkeit war verflogen. Ihre Müdigkeit ebenfalls.

»Was meinst du, Bernd, könntest du ihm nicht eine Mund-zu-Mund-Beatmung angedeihen lassen?«, fragte sie boshaft.

Keeser nahm tatsächlich den Mundschutz ab. »Das könnte dir so passen, du kleine fiese Mistbiene«, sagte er. »Er wird auch ohne das zum Gespött der Abteilung gemacht werden – vorausgesetzt, du erzählst es rum.«

Und wie sie das machen würde! Paula konnte es kaum erwarten.

Weber regte sich und schlug die Augen auf. Er musterte die Personen, die auf ihn herabsahen. »Oh nein«, stöhnte er und setzte sich vorsichtig auf.

»Oh doch«, erwiderte Paula schadenfroh.

»Hab ich auch …« Er sah die drei fragend der Reihe nach an.

»Nein, übergeben haben Sie sich zum Glück nicht«, antwortete Knopp.

Weber sah zu ihm hoch. Ihm entging der amüsierte Blick oberhalb des Mundschutzes nicht. »Kann es sein, dass Ihnen das Freude bereitet?«, knurrte er.

»Große Freude, ich geb's gern zu. Sie müssen das verstehen, ich hab hier unten eher selten Spaß.«

»Dir scheint es auch zu gefallen«, stellte Weber mit einem Blick auf Paula fest.

»Hmhm, sehr. Eine größere Freude hättest du mir nicht machen können. Und wenn das erst die lieben Kollegen vom K9 erfahren … Ich verspreche dir, die werden sich ganz bestimmt auch daran erfreuen.« Und erst das *gemeine Fußvolk*, wie Weber die Kollegen der Bereitschaftspolizei so herablassend genannt hat, dachte Paula gehässig. Da konnte er sich dann nicht mehr so aufblasen.

Weber winkte ab und zog sich die Überzieher von den Füßen. »Nur zu, mach halt, damit kann ich leben.« Er zerrte den Kittel von den Schultern und knüllte ihn zusammen.

Dann macht das Weitererzählen aber nur noch halb so viel Spaß, dachte Paula enttäuscht. Sie würde also erst einmal abwarten, wie der Kerl sich weiter benahm, und dann entscheiden, ob sie es erzählte oder nicht.

Ein leises Ping kam aus der Richtung, in der Paulas Jacke hing. Keeser drehte sich lauschend um, konnte das Geräusch als Besitzer eines Uralt-Handys aber nicht einordnen. Paula schon, jemand hatte ihr eine WhatsApp-Nachricht oder eine SMS geschickt. Sie ignorierte es.

»Wie steht es mit Fingerabdrücken?«, fragte sie Knopp.

»Da kann ich nichts versprechen, die Konsistenz der oberen

Hautschichten ist erheblich zerstört. Gehen Sie lieber mal davon aus, dass da nichts Verwendbares zu holen ist.«

»Und der Zeitpunkt des Todes? Wie lange lag sie schon dort?«

Knopp rollte mit den Augen. »Frau Stern, ich kenne die Dame auf meinem Seziertisch gerade mal ein paar Stunden und weiß mit Sicherheit schon mehr über sie, als mancher Ehemann über seine Frau weiß. Lassen Sie mir noch ein bisschen Zeit, dann lüfte ich auch ihre letzten Geheimnisse. Ich hab Sie eigentlich einbestellt, weil ich Sie an meinen ersten Ergebnissen teilhaben lassen wollte – ich hätte mir allerdings denken können, dass Ihnen das mal wieder nicht genügt.« Er wandte sich zum Gehen. »Kollege Armbrüster hat ein Odontogramm erstellt, das schicken wir noch heute an die Zahnärzte raus.« Er nickte Keeser zu und verschwand hinter der Schwingtür.

»Das mit der Geduld müssen wir noch üben«, sagte Keeser vorwurfsvoll und entledigte sich ebenfalls der Schutzkleidung. »Es ist gleich ein Uhr. Hat jemand Lust auf ein Mittagessen mit einem krankgeschriebenen Kollegen?«

Weber lehnte dankend ab. Er bekam nur sehr langsam wieder Farbe ins Gesicht.

Paula verspürte nach dem gerade Gesehenen auch keinerlei Appetit. Sie wollte sich lieber an den Computer setzen und sich an die Arbeit machen. Viel wussten sie noch nicht über die Tote, aber doch einiges mehr als noch vor einer Stunde. Keeser hatte genau die Stellen genannt, an die sie sich jetzt wenden mussten. Sie hatten schon mit weniger Informationen Menschen identifiziert.

Paula stopfte Kittel und Überzieher in eine dafür bereitstehende Tonne und nahm ihre und Webers Jacke vom Haken. »Weber, geht's wieder?«

»Lass ihn uns nach oben bringen«, schlug sie Keeser nach einem Blick auf den noch immer sehr blassen Kollegen vor. »An der frischen Luft wird er sich schneller erholen als hier unten.«

Keeser klemmte sich Weber wie eine Puppe unter den Arm und schleppte ihn den Gang entlang und die Treppe hinauf. Auf einer Bank vor der Klinik setzte er ihn wieder ab.

Auch Paula genoss die frische Brise, die endlich wieder in ihre Lungen strömte. Sie würde nie verstehen, wie jemand freiwillig an so einem schrecklichen Ort wie der Rechtsmedizin arbeiten konnte.

Sie legte Webers Jacke neben ihn auf die Bank und schlüpfte in ihre, obwohl sie an diesem warmen Tag lieber ohne gegangen wäre. Aber dann hätte jeder ihre Waffe gesehen.

Ihr Handy kündigte erneut den Eingang einer Nachricht an.

»Da ist schon wieder dieses komische Geräusch«, sagte Keeser. »Was ist denn das? Hört sich an wie eine Mikrowelle, wenn das Essen warm ist.«

»Mein Handy«, gestand Paula.

»Willst du nicht nachsehen, wer es ist?«

Das wollte Paula eigentlich nicht. Dienstlich konnte es nicht sein, denn da wurde grundsätzlich nur telefoniert. Die Nachricht musste also privater Natur sein, sie tippte auf ihre Mutter. Das konnte sie auch später beantworten.

Jetzt klingelte das Handy auch noch. Paula zog es aus der Tasche. »Basti«, verriet das Display. Auch die vorhergehenden Nachrichten waren von Sebastian. Was wollte er? Sich entschuldigen? Wollte er ihr sagen, dass er einen Fehler gemacht hatte? Dass er sie liebte? Dafür war es jetzt ein bisschen spät, entschied sie und drückte das Gespräch weg.

»Gehst du denn nicht ran?«, fragte Keeser überrascht.

»Der Kandidat hat hundert Punkte«, beglückwünschte Paula seine rasche Auffassungsgabe.

»Okay«, sagte Weber mit deutlich festerer Stimme. »Alles wieder okay. Ich will nur weg von hier.« Er rappelte sich hoch und ging mit wackeligen Schritten in Richtung Auto.

»Weichei«, murmelte Keeser in seinen Mehrtagebart.

»Mich hat es aber auch fast umgewedelt«, gab Paula zu.

»Also gleich zwei Weicheier. Und jetzt bringst du ihn am besten zu einer extrastarken Tasse Kaffee.«

Paula folgte Weber.

»He, Sternchen, nicht vergessen, wir haben heute Abend ein Date!«, rief Keeser ihr noch nach.

»Geht klar.« Auch wenn sie sich nicht vorstellen konnte, jemals wieder etwas zu essen.

***

Im Büro angekommen, kochte Paula als Erstes Kaffee – sogar für Weber ließ sie einen mehrfachen Espresso heraus. Er nahm die dampfende Tasse mit dankbarem Blick entgegen.

»Gewöhn dich nicht daran, das ist und bleibt eine Ausnahme«, sagte Paula.

Sie ging mit ihrem vollen Kaffeebecher ein Büro weiter zu Tina Geiger und ließ sich dort schnaufend auf den einzigen Besucherstuhl fallen.

»Ich brauche die Kontaktdaten von allen Frauenärzten in der Südpfalz«, sagte sie und nippte vorsichtig an dem heißen Milchkaffee.

Tina sah sie aus erschrocken aufgerissenen Augen an. »Du bist doch nicht ausgerechnet jetzt schwanger?«, flüsterte sie, damit es niemand hören konnte.

»Ich? Nein. Aber die Leiche aus dem Kirchgarten.«

Obwohl …, dachte Paula und hielt die Luft an. Ihr war immerzu schlecht … ein paarmal hatte sie sich übergeben müssen … Vor ein paar Wochen hatte sie einmal die Pille vergessen – nur ein einziges Mal. Oh Gott, bloß das nicht!, flehte sie, auch wenn sie schon seit einer Ewigkeit nicht mehr an Unterstützung von irgendwelchen unsichtbaren höheren Instanzen glaubte.

Sie stellte die Tasse ab und holte ihren Kalender aus der Jackeninnentasche. Darin trug sie alles ein, auch den Tag, an dem ihre Periode einsetzte. Sie blätterte zum Juli, fand dort aber keinen entsprechenden Eintrag. Im Juni fand sie dann den roten Kringel, der den Beginn ihrer Monatsblutung markierte, und zwar um den 6. Juni.

Bleib ruhig, sagte sie sich, bestimmt hast du im Juli nur versäumt, den Kringel zu machen. Wenn nicht, dann bist du seit Wochen überfällig …

»Keeser hat schon recht, du siehst wirklich nicht gut aus. Brütest du was aus?« Tina Geiger musterte Paula besorgt.

Etwas ausbrüten, wiederholte Paula im Geiste, und ihr wurde heiß. Wenn Geigerlein wüsste, wie nah sie im schlimmsten Fall an der Wahrheit dran war.

»War ganz schön unappetitlich in der Rechtsmedizin. Knopp hat alle Register gezogen, um uns zu schocken«, redete sie sich heraus und steckte den Kalender wieder ein. Die ganze Fahrt lang hatte sie sich darauf gefreut, Geigerlein Webers peinliche Geschichte zu erzählen, doch nun hatte sie nur noch eines im Kopf: Was, wenn sie tatsächlich schwanger war? Ausgerechnet jetzt, wo Sebastian sich von ihr getrennt hatte. Ein Kind passte überhaupt nicht in ihren Plan. Ohne Sebastian schon mal gar nicht.

Sie musste automatisch an die schwangere Tote denken – vielleicht hatte das Kind, das in ihr heranwuchs, auch nicht in jemandes Pläne gepasst, und sie musste deshalb sterben?

»Du Ärmste, also mich würde das bestimmt aus den Latschen hauen, all diese ekligen Leichen und der Geruch, igitt!« Tina Geiger verzog das Gesicht.

»Du hast wohl nichts anderes zu tun, als allen gleich davon zu erzählen?« Webers ärgerliche Stimme kam von der Tür her.

»So wichtig bist du nicht, dass alle nur von dir reden«, blaffte Paula.

»Was sollte sie mir denn erzählen?«, fragte Tina Geiger neugierig.

»Ach, tut bloß nicht so unschuldig, ihr zwei. Wahrscheinlich lacht ihr euch gleich tot, sobald ich euch den Rücken kehre. Ich bin jedoch nicht der Erste, der am Seziertisch umgekippt ist.«

Tina Geiger sah ihn aus großen Augen an. »Sie sind echt umgekippt?«

Weber erkannte sofort, dass er einen riesengroßen Fehler gemacht hatte, und ging mit hochrotem Kopf davon.

»Jetzt hat er zumindest wieder Farbe«, stellte Paula trocken fest. Zum Lachen war ihr allerdings nicht zumute.

»Die Liste der Gynäkologen besorg ich dir so schnell wie

möglich«, versprach Tina und hielt sich den Mund zu, damit sie nicht laut losprustete.

***

»Das war ein klassisches Eigentor«, sagte Paula schmunzelnd zu Weber, als sie in ihr Büro zurückkam.

Er sah nicht einmal vom Bildschirm auf.

Paula setzte sich und wartete auf eine Reaktion von ihm. Sie hörte ihn auf seiner Tastatur herumtippen, und wenig später ratterte der Drucker los. Weber stand auf und beobachtete, wie ein Blatt nach dem anderen ausgespuckt wurde.

»Pfalzweit sind einhundertzwölf Frauen als vermisst gemeldet, deren Alter, Größe und Haarfarbe mit unserer Leiche übereinstimmen. Die obersten drei sind aus der Südpfalz.« Er klatschte einen Stapel Papiere auf den Schreibtisch.

»So viele? Hätte ich nicht gedacht.« Paula blätterte durch die Seiten. Von den Fotos, die den Akten beigefügt waren, lächelten ihr Frauen entgegen. Die Bilder kamen aus einem herkömmlichen Drucker, waren nicht besonders scharf und in Schwarz-Weiß, aber trotzdem sahen die darauf abgebildeten Frauen allesamt zufrieden aus. Keine von ihnen hatte zu dem Zeitpunkt, an dem das jeweilige Foto gemacht worden war, geahnt, dass sie in naher Zukunft in einer Vermisstendatei landen würde. Es sei denn, sie hätte ihr Verschwinden geplant.

»Und das sind nur die, deren Eckdaten mit denen unseres Opfers übereinstimmen. Ich habe die Akten schon angefordert.«

»War eine von ihnen schwanger?«

Weber verneinte. »Ist allerdings gut möglich, dass die Angehörigen nichts davon wussten. Vielleicht war ja eine ungewollte Schwangerschaft der Grund, warum unser Opfer abgehauen ist. Ein Kind vom Liebhaber oder so was.«

Paula überlegte, ob sie mit fünfundzwanzig abgehauen wäre, wenn sie schwanger gewesen wäre. Wohl eher nicht, sie war in einer wunderbar funktionierenden Familie aufgewachsen, ihre Eltern hätten ihr geholfen und sie unterstützt. Diese vermissten

Frauen, vielleicht auch die Tote, hatten dieses familiäre Auffangnetz womöglich nicht gehabt. Andererseits gab es heutzutage Beratungsstellen, die einem diverse Möglichkeiten aufzeigen konnten, Adoption zum Beispiel oder auch Abtreibung.

»Sie könnte auch wegen der Schwangerschaft getötet worden sein«, gab Paula zu bedenken.

»Eine der Frauen ist sogar seit über einem Jahr abgängig.«

»Wenn das unsere Tote sein sollte, dann wäre sie nach ihrem Verschwinden schwanger geworden.«

Weber zuckte mit den Schultern. »Könnte ein Fall von Entführung und anschließender Gefangenschaft sein. Gibt ja leider genügend solcher Psychos. Wir sollten uns auf jeden Fall mit den Familien in Kontakt setzen und die Hintergründe beleuchten.«

Paula war da anderer Meinung. Das war für sie mal wieder Webers typische Elefantentaktik, die sie schon in Sebastians Fall erleben durfte: erst alles platt trampeln und dann überlegen. »Sollten wir nicht erst die DNA-Ergebnisse abwarten? Was bringt es, die Angehörigen aufzuscheuchen? Warum ihnen Hoffnung machen, dass es endlich ein Ende ihrer Ungewissheit gibt, wenn nur eine Familie davon erlöst werden kann? Und auch das ist nicht gesagt. Es könnte schließlich eine ganz andere Frau sein, die bei Knopp im Kühlschrank liegt.«

Weber dachte über ihre Argumente nach. »Das wäre vorerst vielleicht tatsächlich unnötiger Aktionismus«, sagte er zu Paulas Überraschung. »Warten wir lieber ab, was die DNA sagt. Dann beschränken wir uns mit den Ermittlungen erst einmal auf Minfeld.«

Paula gingen die Frauen nicht aus dem Kopf. »Da ich davon ausgehe, dass nicht alle der hundertzwölf Vermissten aus der Pfalz umgebracht worden sind, frage ich mich, wo sie sind. Es ist doch gar nicht so einfach, in Deutschland unterzutauchen. Was veranlasst jemanden dazu, einfach abzuhauen, ohne eine Spur zu hinterlassen? Eine ungewollte Schwangerschaft, ja, womöglich. Aber es waren doch wohl nicht alle ungewollt schwanger, oder?«

»Da gibt es einige Gründe, prügelnde Ehemänner, um nur den

häufigsten zu nennen. Mit solchen Fällen hatte ich regelmäßig in der anderen Abteilung zu tun.«

»Dafür gibt es Frauenhäuser, man ist dann aber doch nicht ganz verschwunden.«

»Zeugenschutzprogramme«, nannte Weber als weitere Abtauchmöglichkeit.

Paula glaubte jedoch nicht daran, dass auch nur eine einzige dieser Frauen in einem solchen Programm steckte. Sie waren schließlich nicht in Amerika und schon gar nicht in einer amerikanischen Fernsehsendung.

»Mir fallen auf Anhieb noch mehr Gründe ein: totale Verschuldung zum Beispiel. Ein neuer Partner. Kriminelle Taten, allen voran ein Mord oder ein Banküberfall. Ekelhafte Kollegen ...«

Paula sah Weber an. Er hielt ihrem Blick herausfordernd stand, abschätzend, ob die Spitze bei ihr angekommen war.

Natürlich war sie angekommen. Weber hatte vollkommen recht, sie war ekelhaft zu ihm, das musste sie zugeben. Sie beschloss, sich ab sofort zusammenzureißen und mit ihm zusammenzuarbeiten, wie sie es mit jedem anderen Kollegen auch getan hätte. Im Gegensatz zu ihr hatte Weber bisher nichts getan, um sie zu ärgern oder zu verletzen. Er war zwar arrogant und ein Großmaul, aber immerhin ein Großmaul mit Humor. Wäre da nicht die Sache mit Sebastian gewesen, die ihre Zusammenarbeit überschattete, hätte sie Weber eventuell sogar mögen können. Nicht besonders, aber vielleicht ein bisschen.

»Es tut mir leid«, sagte sie nach längerem Überlegen, und sie war sich bewusst, dass sie das schon viel früher hatte sagen müssen. »Normalerweise bist ja du das Arschloch vom Dienst, aber im Moment bin ich das wohl.«

Weber verschränkte die Arme vor der Brust und sah Paula mit skeptischem Gesichtsausdruck an. »Ist das etwa ein Friedensangebot?«

»Waffenstillstand«, schränkte Paula ein.

Weber nickte bedächtig und griff nach seiner Lederjacke. »Besser als nichts. Wir können nicht an einem Fall arbeiten, wenn wir gegeneinander kämpfen, das ist wohl klar. Und jetzt lass uns diesen Gärtner befragen.«

Paulas Handy vibrierte in ihrer Jackentasche. Sie nahm es heraus und öffnete die Nachricht. »Gibt es etwas Neues? Sie halten mich doch auf dem Laufenden? Gruß B. M.«

Traute sich Bettina Mertens nach dem letzten Telefonat nicht mehr, sie anzurufen? Gut so, entschied Paula, und steckte das Telefon in die Tasche.

»Dein Lover?«, erkundigte sich Weber.

Augenblicklich packte sie wieder der Zorn. Zorn auf Weber, diesen Idioten, und auf Sebastian, diesen … ebenfalls Idioten.

»Die Presse«, sagte sie erfolgreich leidenschaftslos und folgte Weber mit Othello im Schlepptau hinaus auf den Gang.

Als Weber wenig später die schwere Eingangstür der Dienststelle für Paula aufhielt, kam Tina Geiger hinter ihnen hergelaufen. Ihre weite orange-weiß gestreifte Tunika flatterte um sie herum, und sie wedelte mit Papieren. »Die Adressen der Frauenärzte!«, rief sie aufgeregt.

»Leg sie bitte auf meinen Schreibtisch, vor Montag ist dort sowieso niemand zu erreichen«, antwortete Paula und ging nach draußen.

***

Den Dienstwagen hatten sie in der Herrengasse geparkt. Jetzt standen sie vor der Eingangstür eines in die Jahre gekommenen Einfamilienhauses. In der Einfahrt parkte ein roter, mit Rost- und Flickstellen übersäter Renault-Kastenwagen, der seine besten Zeiten schon lange hinter sich hatte.

Ein großer, schlanker Mann öffnete nach dem dritten Klingeln. Paula schätzte ihn auf Mitte oder Ende sechzig. Er sah verschlafen aus, sein dichtes graues Haar stand ihm verwuschelt vom Kopf ab, irgendetwas hatte tiefe Abdrücke auf seiner rechten Gesichtshälfte hinterlassen – Paula tippte auf die Falten eines Kissens. Sie hatten ihn wohl aus seinem Mittagsschlaf geholt.

Er trug ausgebeulte, vor Dreck strotzende Jeans, die von

Hosenträgern in seiner Leibesmitte gehalten wurden, und ein definitiv nicht frisches Feinrippunterhemd. Er sah nicht nur ungepflegt aus, er roch auch so. Paula bezweifelte, dass es eine Frau im Leben dieses Mannes gab.

»Wir wollen zu Anton Dries, sind Sie das?«, fragte Weber.

»Wer will des norre wisse?«

Auch das noch, dachte Paula und hoffte, dass Weber besser Pfälzisch verstand als sie. Sie wusste nicht einmal, ob er Pfälzer oder auch ein »Roigeritschter« war, ein Zugezogener.

»Kripo Landau«, sagte Weber. »Das ist Kollegin Paula Stern, mein Name ist Matthias Weber.« Er hielt Dries seinen Ausweis unter die Nase.

Anton Dries fuhr sich mit einer schwieligen Hand über das stoppelbärtige Kinn, schwarze Trauerränder zierten seine Fingernägel. Er kniff die Augen zusammen und betrachtete den Ausweis.

»Ohne Brill kann ich des nit erkenne, Sie kinnet mir also viel verzähle«, sagte er unfreundlich.

»Wie wäre es, wenn Sie Ihre Brille holen würden?«

Dries musterte Weber skeptisch, dann drehte er sich um und schloss die Haustür vor ihrer Nase.

»Was war denn das jetzt?« Weber stand verdattert da. Er streckte gerade den Finger erneut nach der Klingel aus, als sich die Tür wieder öffnete. Dries stand jetzt mit einer Brille auf der Nase vor ihnen und griff nach Webers Ausweis.

Vorbildlich, dachte Paula. Wenn das nur alle alten Leute so machen würden, dann hätte kein Dieb mehr die Chance, unbemerkt in ihre Wohnung zu schlüpfen und sie auszurauben, während sie ihre Brille oder ein Glas Wasser holten.

»Was will dann die Kripo ausg'rechnet vun mir?«, brummte Dries und gab Weber den Ausweis zurück. Er machte keine Anstalten, sie ins Haus zu bitten.

»Es geht um den Leichnam, der letzte Nacht auf dem Kirchengelände gefunden wurde. Wir haben diesbezüglich ein paar Fragen an Sie, Herr Dries.« Paula lächelte ihn entwaffnend an. »Vielleicht können Sie uns ja weiterhelfen?«

»Ich wisst nit, wie«, antwortete er barsch und drehte sich erneut von ihnen weg, allerdings ließ er die Tür diesmal offen, als er wortlos in der dunklen Diele verschwand.

Paula und Weber sahen sich kurz fragend an, dann folgten sie Dries nach drinnen. Sie fanden ihn in einem schäbigen Wohnzimmer, das nach kaltem Rauch und ungewaschenem Menschen roch. Paula hätte am liebsten die Balkontür aufgerissen, denn sie bekam fast keine Luft.

Dries knöpfte ein kariertes Hemd zu, das er inzwischen übergezogen hatte. Er deutete auf zwei Sessel, die allerdings unter Bergen von Zeitungen, Zeitschriften und schmutziger Wäsche verschwanden.

»Schmeiße Sie ääfach alles uff de Bodde, am Mondach kummt mei Putzfrää un macht Ordnung.« Er selbst ließ sich auf einer abgeschabten dunkelbraunen Ledercouch nieder und sah ihnen zu, wie sie die beiden Sitzgelegenheiten freiräumten.

Arme Putzfrau, dachte Paula und sah sich in dem unordentlichen Raum um.

»Also, was wolle Sie vun mir wisse«, fragte Dries, als Paula und Weber endlich saßen. Er nahm eine Zigarette aus einer Schachtel, die neben einem völlig überfüllten Aschenbecher lag, und zündete sie an. Durch den aufsteigenden Qualm hindurch musterte er sie abwartend.

»Sie haben das mit der Leiche mitbekommen?«, fragte Paula.

Dries saugte gierig an seinem Glimmstängel und nickte.

Paula überlegte, ob sie nicht doch einfach aufstehen und die Balkontür aufreißen sollte, traute sich aber nicht. Sie war froh, dass sie Othello im Auto gelassen hatte, denn sie hätte ihn am Abend baden müssen, um den Zigarettengestank wieder aus seinem Fell zu bekommen.

»Wissen Sie auch, wo sie vergraben war?« Sie merkte, wie sie in der schlechten Luft wieder müde wurde.

»Hajo, ich hab's mir heit Morsche aageguggt. Direkt unner dämm Lorbeer, der sich do selbscht ausg'säät hot. Der äänzich Lorbeer iwwerhaupt im Kerchgaarde.«

Dass die Leiche unter dem einzigen Lorbeer lag, den es im

Kirchgarten gab, konnte wahrscheinlich nur einem Gärtner auffallen, vermutete Paula. Dass das relevant für die Ermittlungen war, bezweifelte sie jedoch.

»Ist Ihnen in den letzten Monaten etwas rund um dieses Gebüsch und den Lorbeer aufgefallen?«, fragte Weber.

»Was soll mir dann do uffg'falle sei?«

»Zum Beispiel, dass dort vor einigen Monaten gegraben wurde.«

Anton Dries überlegte. Dann schüttelte er den Kopf. »Ich habb dort selbscht gegraawe, hab des G'schdrübb ausgedünnt. Des wor iwwer die Johr arich zug'wuchert. Habb än wild uffgangene Liguschter aus'graawe und versetzt. Un ich habb dort Uukraut gejät.«

Durch das Sitzen in der stickigen, abgestandenen Luft fiel es Paula zunehmend schwer, den Worten des Mannes zu folgen. Sie setzte sich aufrecht hin und versuchte sich zu konzentrieren.

»Und Ihnen ist dabei nichts aufgefallen? Beim Graben vielleicht?«, fragte Weber.

»Bleedi Frooch – wann ich sellemools die Leich dodebei g'funne hätt, hätt ich eich beschdimmt aag'rufe«, antwortete Dries ärgerlich und steckte sich an seinem glühenden Zigarettenstummel einen frischen Glimmstängel an.

Stolz auf sich, das meiste verstanden zu haben, konnte Paula sich ein Grinsen nicht verkneifen. Natürlich hätte Dries die Polizei verständigt, wenn er die Leiche beim Graben gefunden hätte. Sie stimmte ihm nur zu gern zu: Webers Frage war blöd.

Weber hüstelte, stand auf und öffnete ungefragt die Balkontür. »Und danach?«, fragte er, als er sich wieder gesetzt hatte. »Ist Ihnen später etwas aufgefallen? Ist in der Erde dort später noch mal gegraben worden?«

Dries verneinte. »So genau schau ich awwer ach nit immerzus unner jeede Busch.«

Webers Fragen liefen ins Leere. Aber Paula bewunderte ihn dafür, dass er nicht die Beherrschung verlor und ganz ruhig die nächste Frage stellte.

»Ihnen ist also zu keiner Zeit etwas seltsam vorgekommen?«

»Genau des versuch ich Ihne aadauernd zu vergligg're – ich habb iwwerhaupt nix g'sähne«, sagte Dries nachdrücklich.

Dieses Gespräch war vollkommen nutzlos für ihre Ermittlungen. Paula stand auf. Sie wollte aus der verrauchten Bude raus. Zum Abschied streckte sie Dries die Hand hin. »Danke, Herr Dries, dass Sie uns Ihre Zeit geschenkt haben. Bleiben Sie sitzen, wir finden den Weg nach draußen.«

Beim Hinausgehen entdeckte sie die gerahmten Fotos an der Wand über einem Sideboard. »Ihre Familie?«, fragte sie.

Dries stand nun doch auf und trat neben sie. Er deutete auf ein Foto von sich und einer Frau, die viel kleiner war als er und recht drall. »Mei Fräa. Die isch jetzt aach schun drei Johr unner der Erd. Un des ...« Er zeigte auf das Bild eines Mannes, der aussah wie er, nur mindestens fünfunddreißig Jahre jünger. Neben ihm standen eine Frau und drei Kinder. »... des isch der Thommas, mein jingschder Sohn, mit seiner Familie. Der Thommas isch bei änner große Pharmafirma. Is viel unnerwechs im Ausland, Mexiko und Siedamerika. Un des isch der Hans. Der isch Winzer, ääneverzisch un noch leedisch. Dem dääte Sie sicher g'falle, Sie sinn ganau sein Tübb«, sagte er, auf einmal gesprächig geworden, zu Paula und deutete auf ein anderes Foto in der Galerie.

Paula wollte aber ganz sicher keinen Hans, der sie mit roten Pausbacken, einem dicken Schnauzbart und Doppelkinn aus dem Bild heraus anlächelte.

***

»Der Hans wäre wirklich eine tolle Partie für dich, der sieht so gesund und propper aus«, spöttelte Weber, als sie wieder auf der Straße standen. »Aber halt, du hast ja schon einen Freund! Wie schade für den armen einsamen Hans.«

»Halt die Klappe«, zischte Paula. Muss dieser Idiot mich jetzt an Sebastian erinnern?, dachte sie zornig.

Weber musterte sie mit besorgtem Blick. »Komm, lass mich ausnahmsweise fahren. Du ruhst dich ein bisschen aus, machst ein kleines Nickerchen. Ein paar Minuten Powernapping würden dir sicher guttun.« Er streckte die Hand nach dem Autoschlüssel aus.

Paula zögerte kurz, dann übergab sie ihm den Schlüssel. Sie hätte tatsächlich im Stehen einschlafen können.

»Vielleicht ist Hans ja schwul und will lieber dich«, murmelte sie, als sie es sich auf dem Beifahrersitz gemütlich machte.

Sie waren noch nicht aus Minfeld hinaus, da war sie schon eingeschlafen …

***

Leise Musik drang an Paulas Ohr. Und Vogelgezwitscher. Als sie die Augen öffnete, sah sie Bäume. Sie saß auf dem Beifahrersitz des geparkten Autos. Der Fahrersitz war leer, alle Fenster waren heruntergelassen. Wo zum Henker bin ich? Wo ist Weber?, fragte sie sich benommen.

Sie richtete sich auf und sah sich um. Othello war vom Rücksitz verschwunden. War etwas geschehen? Hatten sie einen Unfall gehabt? Auf den ersten Blick schien mit dem Wagen alles in Ordnung zu sein.

Mit zitternden Fingern öffnete Paula den Gurt. Auf das Schlimmste gefasst, stieg sie aus.

»Hallo, Schlafmütze«, erklang Webers Stimme munter hinter ihr.

Paula fuhr herum. Mit Othello an der Leine kam Weber von einem Waldweg auf sie zu. Beide waren unverletzt, wobei ihr das bei dem Hund besonders wichtig war. Othello riss sich los und kam hechelnd zu ihr gerannt.

»Du hast so tief geschlafen, da hab ich den Wagen hier im Schatten abgestellt und bin mit Othello ein Stück spazieren gegangen.«

»Wie lange?«

Weber sah auf seine Armbanduhr. »Fast ’ne Stunde.«

Paula konnte es nicht fassen. Zum zweiten Mal an diesem Tag war sie im Dienst eingeschlafen. Auch wenn sie sich zugegebenermaßen jetzt sehr viel besser fühlte, fragte sie sich, ob Weber das gegen sie verwenden würde? Quasi ihr Dienstschlaf gegen seine Rechtsmedizin-Peinlichkeit.

»Wo sind wir überhaupt?«, fragte sie mit belegter Stimme.

»Auf dem Parkplatz im Mühlhofener Wald – zwischen Barbelroth und Billigheim. Jetzt sollten wir aber los, demnächst ist die Audienz beim Chef.«

Paula packte den Hund wortlos ins Auto und stieg wieder ein. Erneut überließ sie Weber das Steuer.

Auf der Fahrt nach Landau sah er sie immer wieder prüfend von der Seite an. »Alles in Ordnung bei dir?«

Paula nickte stumm und betrachtete die Landschaft, an der sie vorbeifuhren. Nichts war in Ordnung, gar nichts. Ihr Leben stand gerade kopf, aber lieber würde sie sich die Zunge abbeißen, als mit Weber darüber zu sprechen.

»Bist du sicher? Du kannst mit mir über alles reden.«

»Ich will aber nicht mit dir über alles reden«, sagte sie ruhig und ohne jegliche Aggression. Dafür war sie im Moment zu erschöpft.

»Gut, wenn du meinst. Falls du es dir anders überlegen solltest, weißt du ja, wo du mich findest.«

Sie drehte sich zu ihm und sah direkt in seine meerblauen Augen. »Du solltest lieber auf die Straße sehen«, ermahnte sie ihn nach einer gefühlten Ewigkeit Augenkontakt. »Trotzdem danke für das Angebot.«

»Wir sind Kollegen, wir müssen alles voneinander wissen, damit wir den anderen und seine Reaktionen einschätzen können, wenn es mal brenzlig werden sollte.«

»Ist ja gut, du brauchst mir keine Vorträge über Zusammenarbeit zu halten, ich bin schließlich keine Anfängerin«, fauchte Paula. Erschöpfung hin, Erschöpfung her – der Typ brachte sie mit seiner Art einfach auf hundertachtzig.

Er grinste frech herüber. »Da ist sie ja wieder, meine angriffslustige Partnerin. Ich hatte mir schon Sorgen gemacht.«

Bevor Paula die Beherrschung verlieren konnte, fuhren sie schon auf den Parkplatz der Dienststelle, und sie konnte aussteigen.

Tina Geigers Büro war verwaist. Wenigstens eine, die einen Feierabend hat, dachte Paula und seufzte neidvoll. Sie machte sich eine große, starke Tasse Kaffee und setzte sich vor ihren Computer. Viel Erhellendes hatten sie zwar bei den Befragungen nicht herausgefunden, Berichte mussten sie deswegen aber trotzdem schreiben.

Weber erbot sich, das zu tun, was Paula nicht unangenehm war – sie hatte zu viel im Kopf, um sich auf trockenes Amtsdeutsch konzentrieren zu können.

Ihr war wieder übel und schwindelig. Konnte es tatsächlich sein, dass ein neues Leben in ihr heranwuchs? Ausgerechnet jetzt? Sollte sie es Sebastian sagen? Wenn ja, würde er dann nicht denken, sie wollte ihn damit erpressen, damit er bei ihr blieb? Und wenn er daraufhin tatsächlich bei ihr blieb, war das dann aus Liebe oder aus Verantwortung? Ihr Herz begann zu rasen. Nur auf Verantwortung konnte sie gut verzichten.

Sie warf einen Blick zu Weber hinüber, doch der arbeitete glücklicherweise, ohne sie zu beachten. Sie zwang sich, die Liste der Gynäkologen durchzusehen, um wenigstens etwas Produktives zu tun, als das Telefon auf dem Tisch klingelte.

Da Weber nicht reagierte, nahm Paula ab.

Es war Oberrat Sonne, der sie zum Rapport zitierte.

Fünf Minuten später saßen sie ein Stockwerk höher in seinem Büro, wo die Luft zum Schneiden war. Sonne paffte eine seiner berüchtigten Siegeszigarren. Was er wohl zu feiern hat?, überlegte Paula und kam zu dem Schluss, dass da sicher ein anderes Team einen Fall erfolgreich zu Ende gebracht hatte. Weber und sie hatten jedenfalls nichts erreicht, was sich zu feiern lohnte.

Sie versuchte, den dicken Qualm vor ihrem Gesicht wegzuwedeln, was ihr jedoch nicht gelang. Diese blöden rücksichtslosen Raucher, dachte sie verärgert. Zum zweiten Mal an diesem Tag wurde sie jetzt vollgedampft, ihre Klamotten würde sie am Abend komplett in die Wäsche schmeißen müssen. Ganz zu schweigen von Othello, der es sich ihr zu Füßen bequem gemacht hatte.

Ihr kam noch ein anderer Gedanke: Passives Rauchen schadet dem ungeborenen Kind fast genauso wie aktives, und sie war derzeit ständig diesem giftigen Qualm ausgesetzt. Sie ermahnte sich zur Vernunft, es war schließlich möglich, dass sie gar nicht schwanger war. Eigentlich war es genau wie in ihrem Job auch, wo ein Verdächtiger als unschuldig galt, bis seine Schuld erwiesen war. In ihrem Fall hieß das also, dass sie nicht schwanger war, bis das Gegenteil festgestellt wurde.

»Verzeihen Sie, wie unhöflich von mir.« Sonne wuchtete seinen übergewichtigen Körper aus seinem Stuhl und öffnete das Fenster. Seine wiederentdeckte Höflichkeit beinhaltete jedoch nicht, dass er die Zigarre ausmachte. Er setzte sich wieder, sah Weber und Paula erwartungsvoll an und blies dabei genüsslich Rauchkringel in die Luft.

»Es gibt nicht viel zu berichten, Chef«, sagte Weber und reichte ihm den frisch getippten Bericht.

Sonne überflog die beiden Seiten. »Immerhin, wir wissen jetzt zumindest, dass es eine Frau ist, die im fünften Monat schwanger war und die mit einem schweren Gegenstand erschlagen wurde. Das ungefähre Alter ist ebenfalls bekannt, ihre Identität müsste somit zu klären sein.«

»Genau«, stimmte ihm Paula zu. »Am Montag werden wir deshalb die Frauenärzte in der Umgebung kontaktieren. Heutzutage gehen werdende Mütter regelmäßig zu Schwangerschaftsuntersuchungen, und wir hoffen, dass unsere Tote das auch getan hat. So werden wir hoffentlich schnell ihren Namen erfahren.«

»Wie sieht es mit der Vermisstenkartei aus? Gab es da Übereinstimmungen?«

»Nur ein paar Äußerlichkeiten wie Größe, Haarfarbe und den Zeitraum des Verschwindens. Aber nichts Handfestes«, sagte Weber. »Wir würden gern die Laborergebnisse und die Rückmeldung der Zahnärzte abwarten.«

»Zu dumm, dass mal wieder Wochenende ist«, brummte Sonne. »Das bremst die Ermittlungsarbeiten natürlich ungemein. Dann aber am Montag mit voller Kraft voraus, meine Lieben. Wäre doch gelacht, wenn wir diesen Fall nicht schnell gelöst bekämen.«

Paula traute ihren Ohren nicht. Sie hatte Sonne noch nie so

gelassen und ruhig erlebt. Mit einem zufriedenen Lächeln saß er vor ihnen, die speckigen Arme lässig über seinem mächtigen Bauch verschränkt. Er erinnerte Paula an einen dieser lächelnden Buddhas, die in jedem chinesischen Restaurant zahlreich herumstanden. Seit sie hier saßen, hatte er sich nicht einmal den Schweiß abwischen müssen. Stand er etwa unter Drogen? Paula konnte sich das bei diesem überkorrekten Menschen zwar kaum vorstellen, aber man hatte ja angeblich schon Pferde vor der Apotheke kotzen sehen. Oder war er frisch verliebt? Aber welche Frau würde mit so einem schwitzenden Fleischberg … Paula verbot sich jeden weiteren Gedanken an Sonnes eventuelles Liebesleben.

»Wie geht es denn Ihrer Mutter?«, fragte sie ihn deshalb, um sich von aufkeimenden Horrorbildern abzulenken. Ihres Wissens war Sonnes Mutter, mit der er auch zusammenlebte, über neunzig und ein rechter Drachen. War sie gestorben, und ihr Sohn feierte jetzt ihren Tod und somit seine Freiheit?

Sonne strahlte über das ganze Buddhagesicht. »Die ist mit ihren Canasta-Mädels eine Woche in Bad Wörishofen. Können Sie sich diesen Haufen alte Schachteln in einem Wellnesshotel vorstellen?« Er klatschte sich vor Vergnügen auf die feisten Oberschenkel. »Die armen Angestellten, kann ich da nur sagen.«

Jetzt verstand Paula. Sonne hatte sturmfreie Bude und genoss das in vollen Zügen. Ob er in dieser Zeit auch wilde Partys feierte wie sie, als ihre Eltern damals in Australien gewesen waren? Wohl eher nicht, entschied sie. Sie schätzte ihn eher so ein, dass er es beim Rauchen im Wohnzimmer beließ und sich dabei wie ein wagemutiger Revoluzzer fühlte.

»Gut, dann machen Sie mal Feierabend. Morgen zur Frühbesprechung sehen wir uns wieder.«

***

Bernd Keeser saß auf Paulas Schreibtischstuhl, als sie zurück ins Büro kamen.

»Hast du kein Zuhause?«, fragte sie und zerrte ihre Jacke unter seinem Rücken von der Lehne.

»Wir haben ein Date, schon vergessen?«

»Ich hätte Appetit auf chinesisch«, sagte Paula und wusste gar nicht recht, woher dieses plötzliche Verlangen kam. Sind das etwa die viel zitierten Schwangerschaftsgelüste?, dachte sie beklommen.

»Ich muss dich enttäuschen, ich hab was anderes geplant, nämlich echt deutsch.«

Auch gut, dachte Paula. Sie hatte auf einmal Hunger. Sie hoffte nur, dass Keeser Weber nicht aufforderte, mit ihnen zu kommen.

Was er zum Glück nicht tat. »Können wir?«, fragte er und stand auf. Mit einem »Schönen Abend noch, Matthias« verließ er nach Paula das Büro.

Ganz selbstverständlich setzte er sich ans Steuer seines Privatautos.

Paula stieg auf der Beifahrerseite ein. »Du darfst doch noch nicht Auto fahren, soll ich nicht lieber?«

»Ach was, ich hab gemerkt, dass es mir gleich viel besser geht, wenn ich dieses blöde Stützding nicht trage. Außerdem hat die Krankengymnastin gesagt, ich soll den Arm bewegen und belasten, und man muss doch auf seine Krankengymnastin hören, oder?«

»Wenn du meinst. Bau bloß keinen Unfall.«

»Hab ich nicht vor.« Keeser fuhr vom Hof. Beim Lenken benutzte er nur die linke Hand.

»Was ist mit Marianne? Kommt sie nicht mit?«

»Nein, nur du und ich. Sie muss eine Anklageschrift fertig bekommen und danach zur Yogastunde. Sie will aber morgen zur Frühbesprechung kommen, da eure unbekannte weibliche Leiche inzwischen auf ihrem Schreibtisch gelandet ist.«

Sie fuhren genau die Strecke, die Paula an diesem Tag schon zweimal gefahren war.

»Ich denke, sie kann sich das Aufstehen sparen. Kuschelt lieber eine Runde oder macht, was ihr sonst sonntagmorgens so tut. Wir haben noch nichts Bemerkenswertes herausgefunden. Wenn sie am Montag kommt, reicht das also auch noch.«

»Und was habt ihr bisher?«

»Geht dich nichts an«, neckte Paula ihn.

»Red keinen Quatsch, Sternchen. Du hast mir versprochen, mich auf dem Laufenden zu halten, schon vergessen? Sonst frag ich eben Becker, der ist ein treuer Kollege und wird mir alles erzählen.«

»Oder Berger, der erzählt sogar alles der Presse.«

»Echt, hat er tatsächlich der Mertens was gesteckt?«

»Hast du keine Zeitung gelesen? Er hat das mit dem Kind ausgeplaudert, was, wie du ja hautnah mitgekriegt hast, zum Glück nicht stimmt.«

»Dafür wird ihn Sonne wohl einen Kopf kleiner machen«, vermutete Keeser.

»Also gut, aber wir wissen wirklich nichts, was du nicht auch schon weißt. Keiner der bisher Befragten weiß von einer Vermissten, von einer vermissten Schwangeren erst recht nicht. Sobald die DNA der Toten analysiert ist, werden wir sie mit den DNA-Daten der drei vermissten Frauen aus der Südpfalz abgleichen. Wenn das nichts ergibt, werden wir den Kreis erweitern. Und wir hoffen, in Kürze positive Rückmeldungen von den Zahnärzten oder Frauenärzten zu bekommen. Das war's. Und jetzt möchte ich die nächsten zwei Stunden nicht mehr über den Fall sprechen, verstanden?« Paula musste zugeben, dass es sehr guttat, endlich mit jemandem reden zu können.

»Alles klar, kein Wort mehr über den Fall«, versprach Keeser.

Sie fuhren in den Kreisel bei Barbelroth hinein.

»Wo fährst du überhaupt hin? Doch nicht etwa zum Tatort? Ich dachte, das hatten wir geklärt«, sagte Paula vorwurfsvoll.

»Keine Panik, meine Liebe, entspann dich. Kein Tatort und auch kein Minfeld – wir gehen nur essen, und zwar in Winden. Du warst doch bestimmt noch nie in der ›Hofschänke‹?«

Paula verneinte.

»Dacht ich's mir doch. Du wirst begeistert sein. Dort hab ich mal das beste Rumpsteak meines Lebens gegessen, und ich kenn mich auf diesem Gebiet bestens aus, denn ich habe mir schon so manches Rumpsteak einverleibt.«

In Winden bog er von der Hauptstraße nach rechts ab, dann noch einmal rechts und parkte kurz darauf auf einem großen geschotterten Parkplatz. Sie stiegen aus, gingen durch eine große alte Scheune und landeten in einem sehr ansprechenden Lokal. Die Mischung aus Klinker, dunkelrot gestrichenen Fachwerkwänden und hellem Natursteinboden strahlte Gemütlichkeit aus. Keeser führte Paula durch das Lokal hindurch in einen lauschigen Hof. Unter einem ausladenden Marktschirm fanden sie einen freien Tisch. Othello legte sich brav zu Paulas Füßen.

»Du bist natürlich mein Gast«, sagte Keeser.

»Womit habe ich das verdient?«

»Einfach so, ich dachte, ich muss dich ein bisschen trösten. So viele Wochen ohne mich müssen einfach schrecklich sein, oder etwa nicht?« Keeser strahlte sie an.

»Dein Selbstbewusstsein möchte ich haben. Aber du hast nicht unrecht, du fehlst mir tatsächlich. Besonders seit ich Weber an der Backe habe.«

»Das hast du aber schön gesagt. Marianne behauptet ja, du wärst heilfroh, mich alten Krauter loszuhaben.«

Die Bedienung kam und reichte ihnen die Speisekarten. Keeser bestellte gleich die Getränke. »Da ich fahren muss, nehme ich eine Rieslingschorle.«

»Groß oder klein?«, fragte die Bedienung.

Keeser sah sie entrüstet an. »Sehe ich so aus, als würde ich kleine Weinschorlen trinken? Groß natürlich. Und du, Paula? Wein?«

Alkohol war nichts für Embryos, entschied Paula, auch nicht für eventuelle. Obwohl sie sich jetzt liebend gern den Tag rückwirkend schöngetrunken hätte, würde sie es sich nie verzeihen können, wenn ihr Kind geschädigt zur Welt käme.

Himmel, was denke ich denn da?, ermahnte sie sich. Ich weiß noch nicht mal, ob ich tatsächlich schwanger bin. Trotzdem entschied sie sich für eine rote Traubensaftschorle.

Keeser sah sie mit fragend zusammengezogenen Augenbrauen an, sagte aber nichts. An seinem Gesichtsausdruck konnte Paula genau ablesen, dass er wusste, dass etwas mit ihr nicht stimmte. Er hatte immer ein Gespür dafür, was in ihr vorging.

»Hübsch hier«, sagte Paula betont begeistert und blätterte in der Speisekarte.

Keeser kramte in der Innentasche seines Jacketts und holte ein schmales Etui hervor. Mit einer funkelnagelneuen Lesebrille auf der Nase studierte er das Speisenangebot.

»Endlich doch eine Brille? Waren etwa deine Arme nicht mehr lang genug?«, neckte Paula ihn.

»Ging einfach nicht mehr ohne, und da ich ja gerade mehr als genug Zeit habe, hab ich halt mal dem Optiker einen Besuch abgestattet.«

Paula nahm ihn genauer in Augenschein. »Ich muss zugeben, du siehst damit wahnsinnig intelligent aus.«

Keeser schmunzelte süffisant. »Marianne sagt, sie findet mich damit extrem sexy.«

»Heißt das, du lässt die Brille jetzt auch im Bett auf?«

»Paula, du bist unmöglich. Lies lieber die Karte, anstatt mich aufzuziehen.«

Paula entschied sich für das von Keeser so angepriesene argentinische Rumpsteak, und zwar auf Pfälzer Art mit Zwiebeln plus Bratkartoffeln und Salat. Sie verspürte plötzlich einen Riesenhunger. Keeser bestellte das Gleiche.

Nur wenige Minuten später wurden die Beilagensalate gebracht, und Paula machte sich sofort darüber her.

»Wie kommst du inzwischen mit Weber zurecht?«, erkundigte sich Keeser.

»Gar nicht«, sagte Paula mit vollem Mund. »Ich finde ihn einfach zum Kotzen, auch wenn er sich sehr bemüht, nett zu mir zu sein. Er nimmt alle meine Gemeinheiten hin, ohne jemals sauer zu werden oder sich zu wehren, und das regt mich eigentlich am meisten auf.«

»Er ist ein guter Polizist.«

»Du wiederholst dich, Bernd.«

»Du bist so verbissen in dieser Sache – du *willst* gar nicht mit ihm auskommen, stimmt's?«

»Woher kommt er überhaupt? Ist er aus der Gegend?«, fragte Paula ausweichend.

»Soviel ich weiß, ist er aus Herxheim. Ein waschechter Pfälzer also, genau wie ich.«

Jetzt war Paula klar, warum Weber Anton Dries problemlos verstanden hatte.

»Und er ist im heiratsfähigen Alter …«

Paula wollte ihren Ohren nicht trauen. »Du willst mich doch nicht etwa mit diesem Brechmittel verkuppeln?«

»Was heißt *verkuppeln*, du könntest ihn dir doch einfach mal genauer ansehen.«

»Herzlichen Dank für den Tipp, aber ich hab schon viel zu viel von ihm gesehen.«

Die Steaks und die Bratkartoffeln wurden serviert.

»Könnten wir wenigstens beim Essen von etwas anderem reden? Ich will mir nicht den Appetit verderben lassen«, schlug Paula vor und stürzte sich gierig auf das Fleisch. Es war exakt so gebraten, wie sie es liebte, innen noch saftig rosa, Tendenz zu blutig, und die wunderbar angerösteten Zwiebeln waren als Berg kunstvoll auf dem Steak aufgehäuft.

»Hmmm«, stöhnte sie wonnig nach dem ersten Bissen. Auch wenn sie nicht wusste, was die Zukunft brachte, eines wusste sie ganz genau: Sie würde nie Vegetarierin werden – und Veganerin schon mal gar nicht.

Sie plauderten über dies und das und umschifften elegant alles, was die Arbeit im Allgemeinen und Weber im Besonderen betraf. Keeser erzählte von der Krankengymnastik, Paula von Othello und dessen Frauchen, das in Kürze wieder aus der Reha zurück sein würde.

Paula ließ keinen Krümel auf dem Teller zurück, seit Langem hatte sie nicht mehr mit solchem Appetit gegessen. Obwohl sie zum Platzen satt war, fragte sie Keeser, ob noch ein Dessert bei der Einladung mit drin sei.

»Also ich für meinen Teil kann nichts mehr essen.« Keeser rieb sich demonstrativ seine »sexuelle Schwungmasse«, wie er seinen stattlichen Bauch liebevoll nannte. »Aber wenn du noch was Süßes willst, nur zu. Du scheinst ja richtig ausgehungert zu sein. Wenn ich's nicht besser wüsste, Sternchen, würde ich sagen, du isst heute für zwei.« Er zwinkerte ihr wohlwollend zu.

Augenblicklich verhärteten sich Paulas Gesichtszüge, und ihr Blick wurde eisig. »Ach, halt die Klappe!«, zischte sie.

»Was ist denn jetzt los? So mimosenhaft kenne ich dich gar nicht«, erwiderte Keeser überrascht.

Sie antwortete nicht.

»Ich sehe übrigens auch ohne die Brille, dass es dir nicht gut geht. An Weber allein liegt das ganz bestimmt nicht. Was ist also los mit dir? Bist du krank?« Er nahm besagte Brille ab, die er beim Essen aufbehalten hatte, und steckte sie zurück ins Etui.

»Ach nichts. Mein Magen spielt seit Kurzem verrückt. Mir ist immer wieder schlecht, ich hab mich ein paarmal übergeben müssen. Ich vermute, ein Magen-Darm-Virus.«

Keeser beugte sich über den Tisch zu ihr herüber. »Und wie willst du diesen Virus nennen, wenn er in ein paar Monaten auf die Welt kommt?«, sagte er neckend, ohne zu wissen, dass er ins Schwarze getroffen hatte.

In Paulas Augen sammelten sich Tränen. »Ich darf nicht schwanger sein«, flüsterte sie.

Keeser sah sie schockiert an. »Ach du Scheiße! Ich wollte doch nur einen Scherz machen. Was sagt denn Sebastian dazu?« Er rieb sich erfreut die Hände. »Dann gibt es am Ende in nächster Zeit eine Hochzeit?«

»Keine Hochzeit«, sagte Paula düster. »Und auch keinen Sebastian mehr.«

Keeser sah sie verständnislos an. »Wie meinst du das?«

»Sebastian zieht gerade aus seiner Wohnung aus und hat mir heute Morgen eröffnet, dass wir kein Paar mehr sind.« Ihr wurde gerade klar, dass er vielleicht sogar sang- und klanglos aus ihrem Leben verschwunden wäre, wenn sie nicht zufällig in seine Wohnung geschaut hätte. So ein Idiot!, dachte sie zutiefst gekränkt. »Das geht ihn also gar nichts an.«

»Wenn es sein Kind ist, geht es ihn sehr wohl etwas an, Paula.«

»Er hat Schluss gemacht, ich gehe ihn also nichts mehr an und somit mein Kind auch nicht.« Trotzig verschränkte sie die Arme vor der Brust und lehnte sich zurück.

»Ping« machte ihr Handy. Eine erneute Nachricht von Sebastian – wenn man vom Teufel sprach. Paula ignorierte sie und schaltete das Telefon ganz aus.

»Paula …«, sagte Keeser besänftigend und griff nach ihrem Arm.

»Es kann genauso gut auch ein Virus sein, die Chancen stehen fifty-fifty«, sagte Paula und zog ihren Arm zurück. »Wir streiten uns hier also über ungelegte Eier.«

»Ich darf hoffentlich Patenonkel sein, falls es kein Bazillus ist.«

»Arsch!«, zischte sie ihm zu.

»Onkel Arsch, wenn schon. Aber mal im Ernst, was würdest du tun, wenn du schwanger sein solltest?«

Paula zuckte hilflos die Schultern. »Ich habe keinen Schimmer. Ich wollte schon irgendwann Mutter sein, aber mit einem Ehemann dazu. Ich dachte immer, bei mir geht das mal den normalen Gang, angefangen damit, dass ich einen tollen Mann kennenlerne, wir heiraten, ein Haus bauen, einen Hund anschaffen, und dann machen wir gezielt ein Baby.«

»Davon abgesehen, dass es im normalen Leben nur höchst selten den, wie du sagst, *normalen Gang* geht, wann hätte das denn deiner Meinung nach sein sollen? Du wirst nächstes Jahr dreißig, allzu viel Zeit kannst du dir nicht mehr damit lassen. Oder willst du eine von diesen Spätgebärenden sein, die schon in den Wechseljahren ist, wenn der Spross in den Kindergarten kommt?«

Paula kaute nachdenklich auf ihrer Unterlippe herum. »Ich hab mir immer nur Gedanken um das Wie gemacht, nicht um das Wann. Aber ich glaube, ich könnte auch ohne Kind glücklich sein, so scharf bin ich nun auch wieder nicht auf einen plärrenden Windelscheißer.«

»Vielleicht ist dir diese Entscheidung ja schon abgenommen worden.«

»Auch dann habe ich noch eine Wahl, Bernd, und jetzt hör endlich auf damit! Wenn du erreichen wolltest, dass ich keinen

Appetit mehr auf eine Nachspeise habe, dann hast du das geschafft.«

»Ich gönne dir alle Nachspeisen der Welt, das weißt du«, sagte Keeser väterlich. »Nur damit du Bescheid weißt, ich werde immer für dich und den Bazillus da sein. Und jetzt reden wir über das Wetter, okay?«

Paula schenkte ihm einen dankbaren Blick und musste ungewollt grinsen. Wenn sie wirklich ein Kind bekommen sollte, hätte es schon mal seinen Spitznamen weg!

Im Hof der »Hofschänke« wurde es zunehmend kühler, die Tische um Paula und Keeser herum leerten sich einer nach dem anderen.

»Lass uns auch gehen«, bat Paula und unterdrückte ein Gähnen. Sie war satt und müde und freute sich auf ihr Bett. Vielleicht würde sie diese Nacht endlich richtig schlafen können.

Bevor sie Othello ins Auto verfrachteten, gingen sie noch ein paar Schritte hinter dem Parkplatz spazieren, damit er seine Geschäfte erledigen konnte. Es war inzwischen dunkel geworden.

»Du gehst doch so bald wie möglich zum Arzt?«, fragte Keeser.

»Ich muss eh wegen der schwangeren Toten bei meinem Frauenarzt anrufen, da lass ich mir gleich einen Termin geben.«

»Weiß es Weber?«, wollte Keeser wissen, als sie ins Auto stiegen.

»Um Himmels willen, natürlich nicht! Und er wird es auch nicht erfahren. Ich kann mir seine blöden Sprüche nur zu gut vorstellen.« Paula sah Keeser eindringlich im schummrigen Licht der Innenbeleuchtung an. »Niemand darf es wissen, ist das klar? Auch nicht Geigerlein – *noch* nicht zumindest. Nicht einmal Marianne. Schwör mir, dass du die Klappe hältst.«

»Ich werde schweigen wie ein Grab«, gelobte Keeser und fuhr los.

Die Strecke bis Landau legten sie schweigend zurück. Als sie gerade die Kreiselbaustelle passiert hatten, trat Keeser unvermittelt auf die Bremse und hielt am Straßenrand an. Paula sah ihn fragend an.

»Die Apotheke hat anscheinend Nachtdienst – *die* Gelegenheit für dich, an einen Schwangerschaftstest zu kommen«, sagte er und deutete mit dem Daumen hinter sich.

Paula überlegte kurz und stieg dann aus. Sie wunderte sich, dass nicht sie, sondern ausgerechnet Keeser an diese Möglichkeit gedacht hatte. Vielleicht konnte sie so der quälenden Ungewissheit ganz schnell ein Ende setzen.

Sie klingelte beim Notschalter. Eine Frau in weißem Kittel öffnete ein kleines Fenster und erkundigte sich nach ihren Wünschen.

Als Paula ihr Anliegen geäußert hatte, verzog die Frau unwillig das Gesicht. »Der Notdienst heißt Notdienst, weil er für Notfälle gedacht ist«, sagte sie schlecht gelaunt. »Eine Schwangerschaft ist kein Notfall.«

Für dich vielleicht nicht, dachte Paula, für mich aber schon.

»Wenn Sie aber schon mal da sind, will ich nicht so sein«, gab die Apothekerin nach. »Wie lange sind Sie denn schon drüber?«

»Ein paar Tage, glaube ich zumindest.«

Sie sah Paula durch die kleine Öffnung tadelnd an. »Und das hätte nicht bis Montag warten können?«

Wenig später stieg Paula mit einem Schwangerschaftsfrühtest wieder zu Keeser ins Auto.

Kaum in ihrer Wohnung angekommen, schleuderte Paula die Boots von den Füßen, riss die Packung des Schwangerschaftstests auf und las die Gebrauchsanweisung gleich zweimal. Demzufolge würde sie in ein paar Minuten wissen, ob sie schwanger war oder nicht.

Als sie die Schutzfolie öffnete, um den Teststick herauszunehmen, zitterten ihre Hände vor Nervosität. Will ich es wirklich wissen?, fragte sie sich. Oder wollte sie nicht doch lieber noch ein paar Tage in gnädiger Ungewissheit leben und immer noch die Hoffnung haben, nicht schwanger zu sein? Dann hätte sie allerdings die Apothekerin ganz umsonst geärgert.

Sie atmete tief durch, ging in das Badezimmer und führte den Test gemäß Anleitung durch. Die fünf Minuten, die sie auf das Resultat warten musste, kamen ihr vor wie fünf Stunden. Alle paar Sekunden sah sie auf die Stelle, wo das Ergebnis sichtbar werden sollte. Ein + für Schwangerschaft, ein – für Erlösung, sprich keine Schwangerschaft. Paula fand das unlogisch. Ein + auf diesem Testding, also ein Positiv, wäre für sie kein bisschen positiv, ganz im Gegenteil.

Vor Aufregung wurde ihr erneut schlecht, und das wunderbare, mit so viel Genuss verspeiste Steak samt Beilagen verschwand in ihrer Toilette. Sie bezweifelte stark, dass sie einen Fötus lieben könnte, wenn er ihr das Essen nicht gönnte.

Nachdem die fünf Minuten verstrichen waren, versuchte Paula, ein Ergebnis abzulesen. Das, was sie sah, stimmte aber nicht mit dem überein, was auf dem Beipackzettel abgebildet war. Es gab eine leichte Verfärbung, ja, aber weder ein + noch ein – war zu sehen. Verzweifelt begann Paula zu weinen.

Kurz vor Mitternacht ging sie ins Bett, sie wollte einfach die Augen zumachen, schlafen und diese schnöde Welt für ein paar Stunden hinter sich lassen.

Der Mörder ist immer der Gärtner

Sonntag, 19. August

Exakt um null Uhr dreißig stand Paula wieder auf. Ihr Körper mochte müde sein, aber ihr Gehirn war hellwach und konnte nicht abschalten. Immer wieder spielte es die möglichen Szenarien durch, die ihr mit einem Kind bevorstanden. Glücklich machte sie keines davon. Sie wollte kein Kind – zumindest jetzt nicht, *so* nicht, nicht allein. Und sie wollte nicht mehr über den Worst Case, ihren ganz persönlichen Weltuntergang, nachdenken, sie musste sich dringend ablenken.

Kraftlos schleppte sie sich ins Badezimmer und erschrak, als sie in den Spiegel sah.

»Du siehst echt scheiße aus«, sagte sie zu ihrem blassen Gegenüber mit den dunklen Augenringen. Sie bürstete sich die Haare und flocht einen neuen Zopf, was den Grad ihrer optischen Auflösung etwas eindämmte.

Dann ging sie ins Wohnzimmer und lümmelte sich auf die Couch, auf der schon Othello zusammengerollt lag und seinen Unmut über die Störung mit einem theatralischen Stöhnen kundtat.

Sie schaltete den Fernseher ein und zappte lustlos durch das Nachtprogramm. Als sie auf eine Reportage über minderjährige werdende Mütter stieß, schaltete sie entnervt die Kiste aus.

Ihr Blick fiel auf den Krimi, den sie sich schon vor Wochen gekauft und noch nicht zu lesen angefangen hatte. In der Hoffnung, beim Lesen die nötige Bettschwere zu bekommen, brühte sie einen der abgelaufenen Kamillenteebeutel auf und machte es sich mit ihrer »Mamas Liebling«-Tasse und dem Buch in ihrem grünen Ledersessel bequem.

Schon nach den ersten drei Seiten merkte sie, dass sie sich beim besten Willen nicht auf die Buchstaben konzentrieren konnte. Immer wieder schlichen sich ganz andere Gedanken ein, die sich einzig und allein um eine eventuelle Schwangerschaft drehten.

Seufzend legte Paula das Buch beiseite und schloss die Augen. Wenn sie ihr Gehirn schon nicht ausschalten konnte, wollte sie sich wenigstens den unangenehmen Fragen stellen. Also, was würde sie tun, wenn tatsächlich ein Kind in ihr heranwuchs? Es behalten?

Nein, ich bin noch nicht so weit, rief eine innere Stimme laut und voller Überzeugung.

Dann bliebe nur eine Abtreibung. Aber war sie überhaupt dazu imstande?

Keine Ahnung, wohl eher nicht, sagte die innere Stimme etwas kleinlaut.

Angenommen, sie behielte es. Wie sollte das funktionieren? Für eine Tagesmutter reichte ihr Gehalt nicht. Außerdem hatte sie in ihrem Job keine festen Arbeitszeiten, viel zu oft und vor allem sehr unregelmäßig musste sie bis zum späten Abend, wenn nicht gar in die Nacht hinein arbeiten – welche Tagesmutter würde das akzeptieren? Gab es auch Abend- und Nachtmütter?

Und dann ihre Eltern, was würden die wohl dazu sagen? Grundsätzlich würden sie sich natürlich auf ein weiteres Enkelkind freuen, da war sich Paula sicher, doch die Trennung von Sebastian würde diese Freude gleich wieder dämpfen. Trotzdem wären sie ganz sicher gegen eine Abtreibung. Sie konnte ihre Mutter förmlich sagen hören, dass man schon eine Lösung finden würde, wenn sie wieder nach Würzburg käme.

»Ja klar, das würde euch so passen«, sagte Paula laut in ihre stille Wohnung hinein. »Am besten ziehe ich gleich wieder bei euch ein, das Haus ist schließlich groß genug für mich und das Baby.« Nein, niemals würde sie nach Hause zurückgehen. Dann käme sie sich vor wie diese Typen, die es nie schafften, das Hotel Mama zu verlassen.

Vielleicht sollte sie doch mit Sebastian darüber reden.

Paulas Herz sagte: »Ja!«

Ihr Verstand sagte: »Nein, auf gar keinen Fall!«

Ihr Herz flehte: »Oh ja, sag es ihm, vielleicht kommt er dann zu dir zurück.«

Ihr Verstand lehnte das kategorisch ab: »Willst du etwa, dass er nur wegen eines Kindes zu dir zurückkommt? Nein, das schaffst du auch allein.«

Paula war geneigt, ihrem Herzen nachzugeben, aber der Umzugstransporter war nicht mehr da gewesen, als sie nach Hause gekommen war, und in Sebastians Wohnung hatte kein Licht gebrannt. Bestimmt war er schon weg und richtete seine neue Wohnung ein, strich sie womöglich gerade.

So hatten sie sich damals kennengelernt: Sie war neugierig durch die angelehnte Wohnungstür gegangen, und da hatte er auf der Leiter gestanden, mit der Farbrolle in der Hand, über und über mit Farbe bekleckert. Sein Lächeln, seine strahlenden hellgrauen Augen waren ihr zuerst aufgefallen. Und sein schöner Mund, der sie schon bald geküsst hatte …

Bevor sie zu heulen anfing, schob sie schnell die schmerzlichen Erinnerungen beiseite. Das bringt doch nichts außer Herzschmerz, ermahnte sie sich. Es war vorbei, damit musste sie sich abfinden.

Plötzlicher Heißhunger auf etwas Süßes überfiel Paula. Die liebeskummergebeutelten Frauen in amerikanischen Filmen löffelten immer kiloweise Eiscreme in sich hinein, und sie wünschte, sie könnte es ihnen gleichtun. Aber sie hatte kein Eis im Haus, genauso wenig wie Schokolade oder Pralinen. Nicht einmal Gummibärchen. Kuchen wäre auch akzeptabel gewesen, doch auch den gab ihr lieblos geführter Haushalt nicht her. Aber vielleicht konnte sie zumindest da Abhilfe schaffen.

Paula stand auf und nahm den Inhalt ihrer Küchenschränke unter die Lupe. Mehl war da, Backpulver und Zucker auch – schon mal die halbe Miete, dachte sie. Die Butter war bis auf einen kleinen Rest verbraucht, aber Öl hatte sie eine ganze Flasche. Eier auch. Dazu gesellte sich ein ungeöffnetes Tetra Pak Orangensaft.

Die Walnüsse, die sie im letzten Herbst zusammen mit Sebastian in den Weinbergen gesammelt hatte, fielen ihr ein. Die waren ideal für einen Kuchen, sie mussten nur noch geknackt werden.

Paula betrachtete die zusammengetragenen Schätze auf ihrer Arbeitsplatte und war zuversichtlich, dass sich daraus etwas Kuchenähnliches zaubern ließ.

Während sie die Nüsse eine nach der anderen aus der Schale pulte, kam ihr der Gedanke, dass damit auch ein Stück Erinnerung an Sebastian aus ihrer Wohnung verschwand. Wer hätte gedacht, dass nächtliches Kuchenbacken der Vergangenheitsbewältigung dienen konnte.

Um kurz nach drei Uhr holte sie den fertig gebackenen Gugelhupf aus dem Ofen. Inzwischen konnte sie kaum noch die Augen aufhalten. Da sich ihr Appetit auf Süßes in Luft aufgelöst hatte, ging sie ins Bett, ohne den Kuchen angeschnitten zu haben. Diesmal hatte sie keine Einschlafschwierigkeiten.

***

Der Wecker riss Paula unsanft aus dem viel zu kurz geratenen Schlaf. Sie fühlte sich wie erschlagen. Nur der tröstliche Duft des frisch gebackenen Kuchens gab ihr die Kraft, aus dem Bett zu steigen. Wunderbarerweise war ihr an diesem Morgen gar nicht übel.

Noch bevor sie ins Bad ging, löste sie den Gugelhupf aus der Form. Am liebsten hätte sie sich gleich ein großes Stück davon abgeschnitten und es verspeist, aber sie beherrschte sich. Sie tränkte den Kuchen mit ein paar Löffeln Grand Marnier. Dann rührte sie noch einen Zuckerguss mit dem Likör an und ließ ihn über den Kuchen laufen. Bis sie aus der Dusche kam, sollte er einigermaßen getrocknet sein, und *dann* würde sie sich ein Stück gönnen.

Als sie frisch geduscht ins Schlafzimmer ging, um sich anzuziehen, fühlte sie sich prächtig. Sollte es nur falscher Alarm gewesen sein?, dachte sie hoffnungsvoll. Die Fehlinvestition in einen unnötigen Test hatte sie gern gemacht, wenn dem so war. Das undefinierbare Ergebnis dieses Tests sprach schließlich auch für nicht schwanger. Zwar nicht eindeutig, aber es sprach ja auch nicht eindeutig für schwanger.

Viel besser gelaunt als die letzten Tage, kochte sie Kaffee und schnitt sich ein großes Stück von dem Kuchen ab. Er schmeckte köstlich. Die Hälfte des Gugelhupfs packte Paula in Alufolie – für Keeser und Tina Geiger, ihre liebsten Kollegen und treuen Freunde.

»Und jetzt zu dir, Hund.«

Othello stand schon erwartungsvoll vor der Tür.

Mit dem Kuchen in der einen und der Leine mit Hund in der anderen Hand verließ Paula die Wohnung. Als sie aus dem Haus trat, fiel ihr Blick auf das Klingelbrett. Dort, wo vor Kurzem noch ein Schildchen mit dem Namen Sebastian Kornmann gewesen war, war nur noch eine leere weiße Fläche. Nun war er also weg.

Auf ihrem täglichen Umweg zum Dienst durch den Schillerpark wurde Paula plötzlich klar, dass gar nicht Keeser, sondern Brechmittel-Vollpfosten Matthias Weber da sein würde, und dem wollte sie ganz sicher nichts von dem Kuchen abgeben.

»Ich will meinen Keeser wiederhaben«, sagte sie quengelig zu dem Pudel, der es sich offensichtlich zum Ziel gesetzt hatte, den ganzen Schillerpark abzuschnüffeln und zu markieren, und deshalb keine Notiz von ihr nahm.

Ihr fiel ein, dass ihr Handy noch nicht eingeschaltet war. Im Gehen holte sie das nach. Eine Nachricht von Sebastian auf WhatsApp. Sie spielte mit dem Gedanken, seine Kontaktdaten mitsamt den Chats zu löschen, aber die Neugier siegte dann doch.

»Lass uns heute Abend telefonieren, Gruß Basti«, las sie. Ein Smiley zwinkerte ihr zu.

»Und wenn ich nicht mit dir telefonieren will?«, sagte sie zu dem Handy.

Drei SMS von Bettina Mertens waren eingegangen, die letzten beiden an diesem Morgen.

Als das Handy in ihrer Hand klingelte, ließ sie es vor Schreck beinahe fallen. Bloß nicht Sebastian!, hoffte Paula, denn sie fühlte sich nicht in der Lage, mit ihm zu sprechen.

Das Display zeigte aber weder seinen Namen noch den von Bettina Mertens an.

»Sitz!«, befahl sie Othello und meldete sich mit ihrem Namen.

»Guten Morgen, liebste Paula.« Das war Henriette Seidels Stimme. »Ich hoffe, ich störe Sie nicht?«

»Nein, Frau Seidel, ich bin auf dem Weg zum Dienst«, beruhigte sie die alte Dame. Hättest du aber, wenn ich nicht außerplanmäßig arbeiten müsste, fügte Paula in Gedanken hinzu.

»Wie geht es euch beiden?«

»Othello geht es hervorragend, er sitzt hier neben mir und war heute Morgen geschäftlich schon sehr erfolgreich«, erzählte Paula. Seine Aktion von vorletzter Nacht verschwieg sie. Sein Frauchen musste nicht unbedingt wissen, dass er als Leichensuchhund Furore gemacht hatte und deshalb sogar namentlich in der Tageszeitung erwähnt worden war.

»Ich habe eine tolle Nachricht, und deshalb rufe ich auch so früh an. Mein Arzt hat mir gerade eröffnet, dass ich am Mittwoch nach Hause fahren darf.«

Paula sah zu Othello hinunter, der sie mit neugierig aufgestellten Flauschohren beobachtete. Sie wurde schlagartig traurig. Auch wenn es nicht immer praktisch war, einen Hund im Schlepptau zu haben, hatte sie den kleinen Kerl in ihrer Nähe doch sehr genossen. Ihre Wohnung würde ohne ihn schrecklich leer sein.

Alle verlassen mich, dachte sie zutiefst deprimiert, erst der Zweibeiner und jetzt auch noch der Vierbeiner.

»Oh wie schön, da wird sich Othello aber sehr, sehr freuen«, sagte sie mit gepresster Stimme.

Der Pudel sprang sofort auf, als er seinen Namen hörte, und bellte aufgekratzt.

»Hören Sie, Frau Seidel? Er kann es kaum erwarten.«

Als Paula wenig später die Stufen zum Dienstgebäude hochstieg, fuhr ein Motorrad auf den Hof. Eine Yamaha MT-10 in Schwarz. Eine wirklich schöne Maschine, wie Paula fand.

Bei dem Anblick wurde ihr wehmütig ums Herz, kam sie doch selbst kaum noch zum Motorradfahren, seit sie Othello in

Pflege hatte. So wenig wie in diesem Jahr hatte sie noch nie auf ihrer Mühle gesessen. Sie nahm sich vor, es doppelt und dreifach nachzuholen, wenn Frau Seidel wieder da war.

Paula war neugierig, wer der Fahrer war, und blieb stehen. Ihr war nicht bekannt, dass einer der in diesem Dezernat arbeitenden Kollegen Motorrad fuhr. Sie war bisher die Einzige gewesen und wurde dafür immer wieder als »Rockerbraut« und »Lederlady« aufgezogen.

Als der Yamaha-Fahrer den Helm abnahm, meinte Paula nicht richtig zu sehen. Es war Weber. Sie konnte kaum glauben, dass der Motorrad fuhr. Dann war die Lederjacke im Bikerstil, die er immer trug und die sie für reine Angabe gehalten hatte, gar keine Angeberei von ihm.

Schnell öffnete sie die Tür und betrat das Gebäude, bevor Weber sie sehen konnte.

Sie deponierte Kuchen und Pudel bei Tina Geiger und ging hinauf zur Frühbesprechung. Der Raum platzte fast aus den Nähten, so viele Beamte waren anwesend. Paula setzte sich auf einen der wenigen freien Stühle neben Marianne Renner, die tatsächlich in schwarzen Jeans und gelber Seidenbluse gekommen war, ein Novum, denn die Staatsanwältin steckte sonst immer in schicken Kostümen. Vielleicht lag es daran, dass Sonntag war und sie nicht zu Gericht musste.

»Wie geht es dir?«, fragte Marianne und lächelte sie an.

Wie meint sie das?, dachte Paula erschrocken. Sah Marianne sie nicht betont mitleidig an? Wusste sie etwas? Hatte Keeser etwa doch geplaudert, obwohl er ihr Stillschweigen geschworen hatte?

»Ganz gut«, sagte sie ausweichend.

»Schön. Hast du was von Frau Seidel gehört? Wird doch Zeit, dass sie wiederkommt, oder? Es fehlt mir tatsächlich was beim Joggen, wenn ich sie und Othello nicht ab und zu treffe.«

»Ich hab gerade mit ihr telefoniert. Sie darf am Mittwoch nach Hause fahren. Othello kannst du gern unten im Büro treffen«, sagte Paula erleichtert. Aus dem schnellen Themawechsel schloss sie, dass Marianne wohl doch nichts von ihren Schwangerschaftsbefürchtungen wusste. »Und ein Stück Kuchen gibt es dort auch, wenn du willst.«

Weber kam in den Raum, gefolgt von Kriminaloberrat Sonne.

»So, Herrschaften, dann lassen Sie mal hören«, sagte Letzterer, setzte sich und sah alle auffordernd an. Auch er war leger angezogen, nicht im Anzug wie sonst, sondern im kurzärmeligen bunten Freizeithemd und in Jeans.

Größe XXXL, vermutete Paula. Sie kam zu dem Schluss, dass wohl normalerweise seine Mutter darüber wachte, was er im Dienst trug. Er sah zwar nicht besonders gut in dem riesigen Denim-Teil aus, aber viel sympathischer. Und lockerer. Ein lächelnder Buddha in Jeans und Hawaiihemd.

Hans Becker meldete sich zaghaft.

»Ja, Becker, schießen Sie los.«

»Mir hänn geschdern den ganze Daach die Konzertbesucher iwwerprüft, so wie Kommissar Weber g'saacht hot. En Dääl hänn-mer fertisch. Awwer des wor en Schlaach ins Wasser, wenn Sie mich frooche. Die määschde vun denne waren des erschde Mol in Minfeld. Die wusste allesamt vun nix. Saache se zumindeschd. Bei denne vum Dorf misste mer halt noch emool nachhooke. Die Kollesche aus Wörth hawwe aach nix Interessantes herausg'funne.«

Sonne wischte sich den Schweiß von der Stirn. »Wenn mir damals jemand gesagt hätte, dass man innerhalb Deutschlands einen Dolmetscher braucht, hätte ich es nicht geglaubt«, stöhnte er hannoveranisch-hochdeutsch. »Hab ich das richtig verstanden: Sie haben keinen einzigen Verdächtigen für mich?«

Becker nickte eingeschüchtert. »Da sind die Berichte, wenn Sie selber nachguggen wollen«, sagte er schuldbewusst in verständlichem Deutsch und ließ einen Stapel Papiere zu Sonne durchreichen.

Dieses Ergebnis hatte Paula eigentlich auch erwartet. Die für ihren Fall eventuell interessanten Leute hatte Weber vorab für sich selbst und Paula aussortiert.

»Wenn denn alle die Wahrheit gesagt haben«, ächzte Kriminaloberrat Sonne. »Könnte mal jemand die Fenster öffnen? Es ist ja unerträglich hier drinnen.«

Hartmut Berger sprang eifrig auf und erledigte das.

Sonne nickte dankbar und wandte sich an Werner Dreißigacker. »Was hat die Kriminaltechnik? Neue Hinweise?«

»In der Tat, wir haben Fingerabdrücke auf den Müllsäcken gefunden, reichlich sogar. Der Täter hatte netterweise keine Handschuhe an.«

»Und, Übereinstimmungen bei AFIS gefunden?«

Dreißigacker verneinte mit betrübtem Gesichtsausdruck. »Ich tippe auf einen Ersttäter, auf jemanden, der unter Stress gehandelt und keinen Gedanken an Spuren auf der Folie verschwendet hat.«

»Mist«, entfuhr es Sonne ganz untypisch. »Aber anscheinend doch überlegt genug, die Leiche unbekleidet einzupacken, damit wir da keine Rückschlüsse ziehen können. Irgendwas Neues aus der Rechtsmedizin?« Er sah zu Paula herüber.

»Auch da bisher nichts, Chef.« Sie hatte von Knopp schon lange nichts mehr gehört. »Ich werde dort aber gleich nachhaken.«

»Gut. Also dann, Becker, Sie führen die Befragung der Konzertgäste zu Ende. Und nehmen Sie jemanden von der Kriminaltechnik mit, ich will von *allen* die Fingerabdrücke haben. Auch von denen, die schon befragt wurden. Vielleicht gibt es ja doch eine Übereinstimmung mit denen, die Herr Dreißigacker sichergestellt hat. Was zu schön wäre. Wenn nicht, dann haben wir diese Leute zumindest schon mal ausgeschlossen. Und, ganz wichtig, sprechen Sie mit der Nachbarschaft rund um die Kirche. Es muss doch wenigstens einer was gemerkt haben, wenn da nachts jemand herumgräbt. Ich gehe davon aus, dass das nicht am helllichten Tag gemacht wurde, denn *das* hätte ganz bestimmt jemand beobachtet.«

Da gibt es nur leider nicht viel direkte Nachbarschaft, dachte Paula.

»Und Sie, Frau Stern, Herr Weber, was haben Sie auf dem Zettel?«

»Wir werden uns die Mitglieder des historischen Vereins der Kirche vorknöpfen«, antwortete Weber.

»Wenn wir nicht bald ein paar handfeste Indizien oder besser noch stichhaltige Beweise finden, fischen wir weiter im Trüben, meine Herrschaften. Seit dem Artikel in der ›Rheinpfalz‹, der ja größtenteils an den Haaren herbeigezogen war, steht mein Telefon gar nicht mehr still. Ich werde morgen früh nach der morgendlichen Besprechung eine Pressekonferenz abhalten und der Presse alles weitergeben, was wir bis dahin herausgefunden haben. Also, legen Sie sich ins Zeug, damit ich auch was zu sagen habe. Ich will stets auf dem Laufenden gehalten werden, Frau Stern, dass das klar ist. Ich bin dann zwar auf dem Golfplatz, aber immer erreichbar für Sie. Und heute Abend achtzehn Uhr, nein, sagen wir neunzehn Uhr, sehen wir uns in meinem Büro, wie gehabt. Einen schönen Tag allerseits.« Mit diesen Worten erhob sich Sonne und verließ den Raum.

Daraufhin herrschte allgemeine Aufbruchstimmung.

»Kriminaloberrat müsste man sein, dann hätte ich jetzt auch einen schönen Sonntag«, bemerkte Weber laut und stand ebenfalls auf. Er sah spöttisch lächelnd zu Paula. »Ach, was beschwere ich mich denn, ich habe ja einen zauberhaften Tag mit meiner reizenden Kollegin vor mir.«

Paula streckte ihm daraufhin undamenhaft die Zunge raus.

Weber lachte nur und ging nach draußen.

»Der ist aber schnuckelig«, flüsterte Marianne Renner. »Wenn *ich* den doch mal als Ersatz für Keeser angeboten bekäme …«

»Der und schnuckelig?«, fragte Paula verblüfft.

»Bernd hat mir schon erzählt, dass du ihn nicht ausstehen kannst. Aber hast du diese Augen gesehen? Den feurigen Blick? Und dann dieser durchtrainierte Körper …« Marianne gab einen Ton von sich, der Schnurren sehr nahekam. »Der Typ ist ein richtiges Sahneschnittchen. Ich kann mir vorstellen, dass man mit ihm richtig viel Spaß haben könnte, in jeder Beziehung!«

»Hey, das sag ich Keeser.«

»Man wird doch noch gucken dürfen?«, beschwerte sich Marianne.

»Ich habe jedenfalls keinen Spaß mit ihm. Er geht mir einfach nur auf die Nerven.«

»Vielleicht wäre er aber eine nette Ablenkung für dich. Von Sebastian, meine ich.«

Das hatte Keeser ihr also erzählt. »Lieber gehe ich ins Kloster! Außerdem hab ich von Männern erst mal die Nase voll.«

***

In Tina Geigers kleinem Büro saß Keeser. Vor ihm standen eine Tasse mit dampfendem Kaffee und ein Teller mit dem in Stücke geschnittenen Gugelhupf.

»Du schon wieder?«, fragte Paula gespielt ärgerlich.

»Ich wollte nur meine süße Staatsanwältin abholen, und da wurde ich doch tatsächlich zu einem Stück Kuchen überredet. Wie unangenehm mir das ist, muss ich wohl nicht betonen.« Er stand auf und küsste besagte Staatsanwältin zur Begrüßung. »Und ich wollte mich natürlich nach dem Bazillus erkundigen.« Er sah Paula gespannt an.

Marianne Renner und Tina Geiger ebenfalls. »Bist du krank?«, fragte Tina besorgt.

»Nein, ich bin nicht krank, mir geht es gut.« Paula warf Keeser einen scharfen Blick zu. »Ich hatte gestern nur das Gefühl, ich bekomme einen Magen-Darm-Infekt.«

Weber kam herein. Augenblicklich wandte sich jegliche Aufmerksamkeit ihm zu. Othello sprang ihn freudig kläffend an, Marianne warf ihm lüsterne Blicke zu, und Tina Geiger wurde rot bis zu den Haarwurzeln.

Sind die Mädels denn allesamt verrückt?, fragte sich Paula. Sogar Geigerlein schwärmte diesen miesen Macho an, das durfte nicht wahr sein!

Nur Keeser ließ sich nicht irritieren und stopfte sich Kuchen in den Mund.

Weber hielt Othello ein Hundeleckerli vor die Nase, worauf der sich artig wie ein Osterhase hinsetzte und den Spender anhimmelte.

Ha, den Hund kannst du vielleicht bestechen, dachte Paula verärgert. Mich aber nicht! Allerdings betrachtete sie Weber zum ersten Mal etwas genauer, sozusagen mit Mariannes Augen. Er trug dunkle Jeans und ein schlichtes kurzärmeliges weißes T-Shirt mit Knopfleiste. Darunter zeichneten sich gut ausgebildete Brust- und Bauchmuskeln ab. Seine Arme waren auch muskulös, nicht zu arg, genau richtig. Genau so, wie Paula es mochte. Zu ihrer Schande musste sie eingestehen, dass er wirklich verdammt gut aussah.

»Auch ein Stückchen Kuchen?«, flötete Tina Geiger.

Das war die Höhe – wie konnte Geigerlein dem verhassten Kerl von ihrem Kuchen anbieten! Paula stieg augenblicklich die Galle hoch. Aber nicht nur die Galle, auch ihr Mageninhalt. Mit vor den Mund gehaltener Hand stürzte sie hinaus in Richtung Klo. Dort übergab sie sich ausgiebig. Das Thema Schwangerschaft war also vorerst doch noch nicht vom Tisch.

Nachdem sie Gesicht und Hände gewaschen und sich im Spiegel davon überzeugt hatte, dass sie schrecklich aussah, öffnete sie das Fenster und atmete tief durch.

Bevor sie ins Büro zurückging, schrieb sie Bettina Mertens eine Nachricht: »Morgen 10 Uhr Pressekonferenz, Gruß P. Stern.« Das war bestimmt nicht das, was die Reporterin sich erhofft hatte, aber noch einen Anschiss wollte Paula sich von Sonne nicht einfangen.

Alle sahen ihr gespannt entgegen, als sie mit wackeligen Knien zurückkam.

»Der Bazillus?«, fragte Keeser.

»Möglich.« Paula zuckte schwach mit den Schultern.

»Hoffentlich nichts Ansteckendes. Dann werde ich dich heute besser nicht küssen«, sagte Weber frech grinsend und schob sich den letzten Bissen von Paulas Kuchen in den Mund.

»Keine Sorge, das wird niemals geschehen«, fauchte Paula verärgert.

»Ich warte im Auto auf dich«, sagte er im Hinausgehen.

Keeser begleitete Paula in das angrenzende Büro. »Und?«, fragte er neugierig, als sie endlich allein waren.

»Was *und*?«

»Was hat der Test ergeben?«

»Er hat nichts ergeben. Vielleicht hab ich was falsch gemacht, jedenfalls hat er nicht funktioniert.«

»Zu dumm«, sagte Keeser. »Soll ich dir einen neuen besorgen?«

»Lass mal, ich traue diesen Tests sowieso nicht so ganz. Morgen geh ich zum Frauenarzt, dann weiß ich es hundertprozentig.«

»Wie kannst du diese Ungewissheit nur aushalten?«

Paula tätschelte ihm lachend die unrasierte Wange. »So wie du dich anstellst, könnte man meinen, du seist der werdende Vater.«

***

»Du solltest zum Arzt gehen, Kollegin«, sagte Weber.

Paula war erstaunt. War es möglich, dass er sich Sorgen um sie machte? Oder hatte er nur Angst, dass er den verzwickten Fall allein bearbeiten musste?

Er hatte ohne zu fragen die Schlüssel genommen, war auf der Fahrerseite eingestiegen und saß jetzt wie selbstverständlich am Steuer. Paula kam das zwar im Moment sehr entgegen, denn sie fühlte sich elend, aber sobald es ihr wieder besser gehen sollte, würde sie die Herrschaft über das Auto zurückerobern.

Othello saß auf dem Rücksitz und hielt begeistert seine Schnauze in den Wind, der ihm durch Paulas halb heruntergelassenes Fenster direkt ins Gesicht wehte.

Was für wunderbare Düfte er wohl riecht?, überlegte Paula, die ihn im Außenspiegel beobachtete. Düfte, die die viel schlechter entwickelten Menschennasen gar nicht wahrnehmen können.

»Hast du gehört? Mit einem Magen-Darm-Virus ist nicht zu spaßen. Du könntest damit die ganze Abteilung lahmlegen.«

Paula bezweifelte, dass sie mit dem Bazillus, von dem sie meinte, er hätte sich bei ihr eingenistet, irgendjemanden anstecken konnte.

»Jaja, ich ruf so bald wie möglich an und lass mir einen Termin geben.« Dass es ein Termin beim Gynäkologen sein würde, verriet sie nicht.

Sie erinnerte sich daran, dass sie sich bei Knopp melden wollte, und holte ihr Handy aus der Jackentasche.

»Dir ist schon klar, dass heute Sonntag ist? Da wird kein Arzt Sprechstunde haben«, belehrte sie Weber.

»Halt dich doch einfach aus Dingen raus, die dich nichts angehen«, zischte Paula.

Nach dem dritten Klingeln hatte sie Andreas Knopp am Ohr.

»Das trifft sich gut, Frau Stern, ich wollte Sie auch gerade anrufen. Nach einigen Tests kann ich Ihnen jetzt ziemlich genau sagen, seit wann die arme Frau dort in der Erde lag: irgendwas zwischen Ende April und Anfang Mai. Ich hoffe, das hilft Ihnen weiter. Das war's dann aber auch schon. Einen schönen Sonntag noch.«

Paula gab die Information an Matthias Weber weiter und versuchte sich dann auf die Liste der Mitglieder des historischen Vereins der Minfelder Kirche zu konzentrieren. Da gab es neben Anton Dries, den sie ja schon besucht hatten, noch einen Thomas Dries. Hatte der Gärtner nicht von zwei Söhnen gesprochen?

Oje, dachte Paula, hoffentlich ist das nicht der ledige Weinbauer mit den roten Pausbacken, in dessen Beuteschema ich angeblich passe. War sein Name Thomas gewesen? Sie konnte sich nicht erinnern.

»Wohin zuerst?« Weber bremste am Minfelder Ortsschild ab.

»Noch ein Dries, wohnt Im Sand.«

»Das wird doch nicht der heiratswillige Hansi sein?«, feixte Weber.

Genau, Hans hieß das dicke Rotbäckchen auf dem Bild, jetzt fiel es Paula auch wieder ein. »Nein, dieser Dries heißt Thomas«, sagte sie betont kühl.

»Dann schau doch mal auf der Liste nach, ob dieser Hans Dries auch draufsteht – den wollen wir uns doch auf gar keinen Fall entgehen lassen, oder? Der war doch süß.« Er bog nach links in die Hauptstraße ab. »Ich meine ja nur, falls du deinen Sebastian mal in den Wind schießen solltest, hättest du gleich schnuckeligen Ersatz.«

Konnte der Typ sie nicht einfach in Ruhe lassen? Paula überlegte, wie es wohl wäre, ihre Waffe zu ziehen und ihn abzuknallen. Sie ließ es bei der wunderbaren Vorstellung und sah ihn nur giftig an.

Weber bog lachend nach rechts ab, und schon las Paula auf einem Straßenschild »Im Sand«. Woher weiß dieser Arsch, wo die Straße ist?, dachte sie verwundert.

»Hab mir vorhin kurz den Stadtplan angesehen«, sagte Weber beim Aussteigen, als ob er ihre Gedanken gelesen hätte.

Othello machte keine Anstalten, auch auszusteigen. Er schien inzwischen zu wissen, dass die Menschen ihn nicht dabeihaben wollten. Fügsam legte er sich auf den Rücksitz.

Paula folgte Weber schweigend zu der angegebenen Hausnummer. Sobald er geklingelt hatte, erhob sich lautes Kindergeschrei hinter der Haustür.

»Hört sich an wie Kindergeburtstag«, sagte Paula.

»Vielleicht ist er ja gar nicht da, sein Vater hat doch gesagt, dass er viel im Ausland unterwegs ist.« Weber klingelte erneut.

Aber Thomas Dries war da, er öffnete ihnen die Haustür und wirkte genervt. Zwei Kinder, Jungs von etwa drei und fünf Jahren, hingen fröhlich kreischend an je einem väterlichen Bein. Das Wort »Kriminalpolizei« verstand Dries daher erst bei der dritten Wiederholung.

Nicht besonders zärtlich pflückte er die Rangen von sich ab und scheuchte sie nach drinnen zu ihrer Mutter. Laut kreischend liefen sie davon.

Thomas Dries entschuldigte sich und bat die Beamten herein. Er führte sie in ein unordentliches Wohnzimmer, dessen Boden mit Spielzeug übersät war. Die beiden Kinder spielten kichernd Fangen, mittendrin krabbelte ein laut weinendes Kleinkind herum.

Paula sah sich um. Auf dem Sofa türmten sich geschätzte eineinhalb Meter Wäsche, daneben stand ein aufgeklapptes Bügelbrett mit einem halb gebügelten Hemd und einsatzbereitem Bügeleisen.

Ist es nicht gefährlich, ein heißes Bügeleisen unbeobachtet in der Nähe von tobenden Kindern herumstehen zu lassen?, dachte Paula trotz ihrer Unerfahrenheit auf diesem Gebiet tadelnd.

In zwei überquellenden Körben wartete Wäsche aus dem Trockner aufs Zusammenlegen. Auf dem Couchtisch herrschte klebriges Durcheinander, ein umgekipptes Glas lag inmitten einer Pfütze, in der angebissene Kekse, ein angelutschter Lolly und eine in Streifen gerissene Fernsehzeitung schwammen.

Paula war selbst keine herausragende Hausfrau, das gab sie offen zu, aber das war ein Zustand, den selbst sie nicht ertragen könnte. Der Krach, den die drei kleinen Menschen machten, war infernalisch. Der Gedanke, dass in ihr eventuell auch so etwas Lärmendes heranwuchs, machte ihr Angst.

Thomas Dries zog den Stecker des Bügeleisens. Nun konnten sich die Kinder zwar nicht mehr die Finger verbrennen, aber das schwere Bügeleisen konnte immer noch auf sie herabstürzen, wenn sie beim Spielen an das Brett stießen.

Dries lenkte die Ermittler in die Küche und schloss die Tür hinter ihnen, um den Krach draußen zu lassen. Eine Frau stand mit dem Rücken zu ihnen und räumte die Spülmaschine ein. Als sie sich umdrehte, traf Paula fast der Schlag: Sie war hochschwanger, sah aus, als ob sie jeden Augenblick platzen würde. Ungesund blass war sie, völlig übernächtigt und erschöpft.

Die Ärmste, dachte Paula und überlegte, warum sich die Frau noch einen weiteren Schreihals hatte andrehen lassen. Drei Kinder waren doch mehr als genug.

»Maria, die Herrschaften sind von der Kripo. Sie sind wegen der Leiche im Kirchgarten hier«, stellte Thomas Dries den unerwarteten Besuch vor.

Maria Dries strich sich eine Strähne ihrer sehr feinen hellbraunen Haare aus dem Gesicht und setzte sich schwerfällig auf einen Stuhl. In der typischen Schwangerenpose legte sie beide Hände auf ihren Bauch.

»Weshalb kommen Sie denn zu uns?«, fragte sie und versuchte ein Lächeln, was ihr jedoch nicht gelang. Hinter der Küchentür krachte etwas zu Boden, die Kinder zerlegten offenkundig gerade die Einrichtung.

Thomas Dries ging hinüber ins Wohnzimmer und ließ einen gewaltigen Brüller los. Daraufhin kehrte erst einmal wohltuende Ruhe ein. Logisch, dachte Paula. Sie hätte sich sogar als Erwachsene keinen Muckser mehr zu machen getraut.

Mit dem jüngsten Kind auf dem Arm kam Dries zurück in die Küche und stopfte ihm einen Schnuller in den Mund. Das kleine Mädchen – an einem Minizöpfchen mit rosa Schleife eindeutig zu erkennen – musterte mit großen Augen und rotzverschmiertem Gesicht den fremden Besuch und schmiegte sich an seinen Papa, die Ärmchen fest um seinen Hals geschlungen.

»Sie sind immer so aufgedreht, wenn ihr Vater mal zu Hause ist«, versuchte Maria Dries den Tumult zu erklären. Paula hörte eine große Portion Vorwurf heraus. »Etwa drei Wochen im Monat ist Thomas unterwegs, manchmal sogar mehr.«

Paula konnte nicht verstehen, dass man unter diesen Umständen *noch* ein Kind in die Welt setzte. Zumal die Frau den größten Teil des Monats ganz allein mit den Kindern zurechtkommen musste. Ein Leben nur für die Kinder, eingesperrt in einem Haus, nicht mehr arbeiten gehen können, immer nur die Knirpse um sich und keine Kollegen mehr, keine Abwechslung, keine Ablenkung, den ganzen Tag nur volle Windeln und Geschrei – Paula war sich sicher, dass sie unter solchen Umständen durchdrehen würde.

Maria Dries war Paulas entgeisterter Blick auf ihren Bauch nicht entgangen. Sie strich zärtlich darüber und schaffte nun doch ein mattes Lächeln. »Es kann jederzeit losgehen«, sagte sie. »Deswegen ist im Moment auch alles etwas beschwerlich für mich, und die Kinder nutzen das natürlich schamlos aus. Ich bin heilfroh, wenn die Zwillinge endlich schlüpfen.«

Zwillinge? Fünf Kinder? Für Paula war das purer Irrsinn.

Webers Gesichtsausdruck nach zu urteilen war auch er geschockt.

Paula versuchte zu schätzen, wie alt Maria Dries sein mochte. Dreiunddreißig? Oder eher fünfunddreißig? Jedenfalls nicht viel älter als sie selbst.

»Hoffentlich kommen sie noch diese Woche, denn dann muss

ich wieder arbeiten«, sagte Thomas Dries. Es klang gereizt und unverkennbar vorwurfsvoll. Als ob seine Frau etwas dafür konnte, dass sich der Nachwuchs länger Zeit ließ als geplant.

Paula fragte sich, ob diese Ehe glücklich war. Ob Thomas Dries oder Maria glücklich waren. Ihrer Meinung nach sahen weder er noch sie danach aus. So konnte also die große Liebe enden: mit endlos vielen Kindern, genervten und überforderten Eltern und einem Ehemann, der seine Flucht in seinem Job weit weg von der Familie suchte.

Warum hatten die beiden nicht nach dem zweiten Kind die Reißleine gezogen? Verhütung war für sie wohl ein Fremdwort. Jetzt war der Ausstieg aus der Ehe so gut wie unmöglich. Thomas Dries würde sich dumm und dämlich zahlen und Maria mit fünf Kindern ganz sicher keinen neuen Mann finden. Sie waren sich auf Gedeih und Verderb ausgeliefert. Der Liebe war das sicherlich nicht zuträglich. Paula konnte sich ein solches Leben nicht vorstellen.

»Sie sind Mitglied im historischen Verein der Kirche, Herr Dries, genau wie Ihr Vater. Aber das wohl nur als zahlender Unterstützer, denn ich gehe nicht davon aus, dass Sie noch Zeit finden, in irgendeiner Weise aktiv mitzuarbeiten«, sagte Weber und lenkte das Gespräch zu ihrem eigentlichen Anliegen.

»Sagen Sie das nicht«, sagte Maria Dries abfällig. »Er ist zweiter Vorsitzender und bei jeder Aktion der Erste, der sich um die Arbeit reißt. Letzten Freitag beim Konzert hat er beim Ausschank geholfen, und im Frühjahr hat er mit seinem Vater den Kirchgarten auf Hochglanz gebracht.« Man merkte sofort, dass sie nicht viel von diesem Arbeitseifer hielt.

Thomas Dries hob nur die Schultern und wiegte die Kleine, die inzwischen auf seinem Arm eingeschlafen war, sanft hin und her. »Ich bin nun mal zweiter Vorsitzender, da wird eben von mir erwartet, dass ich mitanfasse. Ich mache es ja auch gern, sonst wäre ich dem Verein gar nicht beigetreten.« Auch er klang nicht besonders freundlich.

»Nur weil dein Vater dich dazu überredet hat«, bemerkte seine Frau unfreundlich.

»Lass meinen Vater da raus, der hat damit gar nichts zu tun. Mir liegt einzig und allein die Kirche am Herzen«, erwiderte Thomas Dries verärgert. Er wirkte peinlich berührt, dass sie sich vor zwei Kripobeamten über ein Thema stritten, das offensichtlich schon lange ein schwelender Kriegsherd zwischen ihnen war.

»Deine Familie sollte dir aber mehr am Herzen liegen«, sagte seine Frau vorwurfsvoll, hielt abrupt die Luft an und drückte mit schmerzverzerrtem Gesicht den Rücken durch.

Weber sah Paula nervös an. Sie wird doch nicht hier und jetzt ihr Baby bekommen?, sagte sein Blick.

Maria Dries atmete tief aus. »Nur der verdammte Ischias, keine Sorge.«

Weber entspannte sich.

»Du hilfst doch auch manchmal«, meinte Dries gelassen. Ihn schien die Aktion seiner Frau nicht aus der Ruhe gebracht zu haben. Er kannte sich inzwischen wohl zur Genüge mit Schwangerschaften und deren Begleiterscheinungen aus.

»Ja, aber auch nur, damit wir ab und zu etwas *zusammen* machen.«

Paula ging das Geplänkel auf die Nerven. Der Ehezwist zwischen den beiden interessierte sie nicht. Sie wollte mehr über den Arbeitseinsatz im Kirchgarten erfahren.

»Ihre Frau sprach gerade davon, dass Sie mit Ihrem Vater im Kirchgarten gearbeitet haben. Wann war das genau?«

Thomas Dries machte einen Schritt zum Kühlschrank, an dessen Seite ein Kalender hing. Nach kurzem Blättern sagte er: »Anfang Mai, da hatte ich zwei Wochen Urlaub. Mein Vater wollte schon Monate vorher die Sträucher auslichten, aber da hatte ich keine Zeit. Also erledigten wir das im Mai, obwohl da schon die Nistzeit angebrochen und es eigentlich verboten war.«

Das stimmt haargenau mit dem überein, was die Rechtsmedizin errechnet hat, dachte Paula. Sie nahm sich vor, noch einmal bei dem alten Dries nachzuhaken. Die Sträucher hätten doch sicherlich auch bis zum Herbst dort stehen bleiben können. Vielleicht hatte er ja einen Grund gehabt, dass er genau zu dem Zeitpunkt rumbuddeln wollte, zu dem die Leiche dort vergraben worden war. Hatte er sie doch selbst dort abgelegt? Oder hatte er jemandem dabei geholfen? Paula zog ihren Notizblock aus der Tasche und schrieb diese Variante auf.

»Ist Ihnen da etwas Ungewöhnliches aufgefallen? Eine frisch gegrabene Stelle zum Beispiel, an der Sie selbst aber gar nicht gearbeitet hatten. Stand Ihr Werkzeug anders da, als sie es tags zuvor zurückgelassen hatten? Etwas in dieser Art?«, fragte Weber.

Thomas Dries schüttelte langsam den Kopf. Seine Frau sah ihm aus kritisch zusammengekniffenen Augen dabei zu. Ihr schienen diese Einsätze für den Verein mächtig zu stinken.

»Das Werkzeug haben wir jeden Abend in den Geräteschuppen hinter der Kirche gebracht und eingeschlossen. Da kam niemand außer uns ran. Mein Vater hat mir gesagt, dass die Leiche dort lag, wo wir die Sträucher vor dem wilden Lorbeer entfernt haben. Kann schon sein, dass jemand die Stelle genutzt hat. Die Erde war durch uns ja schön gelockert. Aber aufgefallen ist mir nichts.«

»Sie haben nicht zufällig selbst die Leiche dort abgelegt?«, fragte Paula spontan. Keeser hätte sie dafür tadelnd angesehen, Weber grinste nur beifällig.

Wer nicht grinste, war Maria Dries. Sie schoss förmlich von ihrem Stuhl in die Höhe. »Sind Sie verrückt geworden?«

»Reg dich nicht auf. Was meinst du denn, warum die hier sind? Sie suchen einen Mörder und müssen diese Frage stellen«, sprach Thomas Dries begütigend auf seine Frau ein. Er wandte sich direkt an Paula. »Hat eigentlich schon mal jemand mit ›Ja‹ darauf geantwortet?«

»Soviel ich weiß, nicht«, gab sie zu.

»Ich muss leider auch Nein sagen, ich habe weder jemanden ermordet noch ihn dort begraben. Ich hoffe, Sie sind nicht allzu enttäuscht.« Er verzog sein Gesicht zu einer spöttischen Grimasse.

Paula hatte nichts anderes erwartet.

»Von einer schwangeren Frau um die fünfundzwanzig, die um den 1. Mai herum verschwunden ist, wissen Sie auch nichts?«

»Die Tote war schwanger?«, fragte Thomas Dries sichtlich überrascht. »Oh mein Gott!«

»Im fünften Monat«, konkretisierte Paula.

Die noch immer stehende Maria Dries stöhnte auf und stemmte ihre Hände in den Rücken. »Mir ist nicht gut, ich muss mich hinlegen.«

»Ich bringe Sie hinaus, wenn Sie keine weiteren Fragen haben«, sagte Thomas Dries und begleitete die Beamten nach draußen.

***

»Du fällst wohl gern mit der Tür ins Haus?« Weber stupste Paula kumpelhaft mit dem Ellbogen an, als sie wieder auf der Straße standen.

»Was sollen wir immer lange um den heißen Brei reden?«, versuchte sie ihr Vorgehen zu verteidigen.

»Wenn du die Frage nicht gestellt hättest, hätte ich es getan.«

Paula öffnete die Beifahrertür. »Leider hat Herr Dries aber nicht verdächtig reagiert.«

»Fünf Bälger, wie kann man nur! Die Frau ist die reinste Gebärmaschine.« Weber stieg ein. »Als wir dort reinkamen – die Hölle, oder? Und wie es da aussah. Ich hätte schon längst das Weite gesucht.«

»Das macht ihr Göttergatte doch regelmäßig. Sein Job ist wirklich ideal für ihn, da bekommt er den nötigen Abstand zu seiner Großfamilie. Das ist nicht fair, der Mistkerl hat die Kinder immerhin gemacht. Mir tut die Frau leid.«

»Die tut mir gar nicht leid«, sagte Weber. »Es gibt schließlich die Pille. Meiner Meinung nach ist sie selbst schuld an ihrer Situation.« Er nahm die Mitgliederliste vom Armaturenbrett und suchte ihr nächstes Opfer aus. »Wenn du mich fragst, hat sie die vielen Kinder nur bekommen, um ihn an sich zu binden. So was machen Frauen gelegentlich.«

»Hätten dafür nicht die ersten drei gereicht?«

Weber wiegte den Kopf. »Manche sammeln Briefmarken, andere Kinder, wer weiß?« Er setzte den Blinker und fuhr los. »Willst du mal Mutter sein?«

Paula schluckte. Vielleicht war sie ja schon auf dem Weg dorthin? »Schon möglich«, sagte sie vage.

»Sebastian ist Lehrer, der müsste doch für ein, zwei Kinderlein empfänglich sein.« Er sah Paula prüfend von der Seite an.

»Das Thema hat sich noch nicht ergeben«, sagte sie schroff.

In Webers Blick leuchtete Erkenntnis auf.

Mist, dachte Paula, bestimmt hat er nun doch gemerkt, dass es bei Sebastian und mir kriselt. Hoffentlich reitet er jetzt nicht darauf herum. Seine beißende Schadenfreude war das Letzte, was sie im Moment gebrauchen konnte.

»Ich fahre als Nächstes zu Luzia Schillinger«, antwortete Weber überraschend neutral.

Er steuerte zielsicher zurück auf die Hauptstraße und bog dann nach links in die Herrengasse ein. Er fuhr die Nächste wieder links und parkte das Auto auf dem Parkplatz der Mundo-Halle.

»Das ist aber nicht die Eichstraße, sondern die Raiffeisenstraße«, bemerkte Paula und dachte höhnisch, dass sich dieser Angeber vielleicht doch nicht so gut auskannte, wie er vorgab.

»Ich weiß, das ist die Parallelstraße. Wir müssen nur ein paar Schritte durch die Bachgasse gehen, und schon sind wir in der Eichstraße. Ein bisschen Bewegung kann dir nicht schaden, Kollegin.«

Das verblüffte Paula dann doch. »Hast du etwa den Stadtplan auswendig gelernt?«

»Von Stadt kann man hier wohl kaum reden, in diesem Kaff gibt es keine zwanzig Straßen. Außerdem verfüge ich über ein fotografisches Gedächtnis. Was ich mir einmal angesehen habe, vergesse ich nicht mehr.«

»Damit könntest du Taxifahrer werden.«

»War ich ja auch, in Ludwigshafen, bevor ich beschloss, Bulle zu werden.«

Wärst du doch bloß Taxifahrer geblieben, dachte Paula, dann müsste ich mich jetzt nicht mit dir herumschlagen.

Die Kirchenglocken begannen zu läuten und riefen die Gläubigen zum Gottesdienst, wie es sich für einen Sonntag gehörte.

Bei der angegebenen Adresse handelte es sich um ein kleines Fünfziger-Jahre-Häuschen.

»Luzia – dem altmodischen Namen nach zu urteilen ist sie bestimmt schon ein älteres Modell. Hoffentlich ist sie nicht gerade in der Kirche.«

Mit seiner Vermutung, was das Alter anging, lag Weber vollkommen richtig, denn die Frau, die ihnen öffnete, hatte die siebzig sicher schon überschritten. Ihr weißes Haar war kunstvoll zu einem Dutt gedreht, aus einem faltigen Gesicht sahen sie muntere Augen neugierig an. Allerdings war es nicht Luzia Schillinger, die vor ihnen stand, sondern Walburga Friedmann, die sich als deren ältere Schwester vorstellte. Obwohl es Mittagessenszeit war, bat sie die Beamten herein. Es roch nach Sonntagsbraten.

»Meine Schwester ist nicht da, sie ist mit unserer Gruppe vom Pfälzerwald-Verein unterwegs. Ich kann leider nicht mehr so gut laufen wie sie«, sagte Walburga Friedmann munter, während sie in ein kleines helles Wohnzimmer voranging. Auf einem grünsamtigen altmodischen Sofa mit Häkeldeckchen in allen Größen und Formen auf Kopf- und Armlehnen bot sie ihnen Platz an.

In einer Vitrine und auf der Fensterbank zwischen üppig blühenden Orchideen in allen Farben drängelten sich Nippesfiguren, Frau Hummel ließ grüßen. Paula hatte selten etwas derart Spießiges gesehen. Aber im Vergleich zu dem Wohnzimmer bei Thomas und Maria Dries war es um Welten besser.

»Luzia und ich wohnen zusammen, seit ihr Mann vor zehn Jahren gestorben ist. Wir haben beide eine ziemlich kleine Rente, aber zusammen kommen wir sehr gut zurecht. Kann ich Ihnen etwas anbieten? Ein Likörchen vielleicht?«

Paula und Weber winkten synchron ab.

Mittags schon Likör, dachte Paula, dann wäre der Tag für mich gelaufen. Außerdem war einer von ihnen eventuell schwanger …

»Wir sind im Dienst«, erklärte sie, als Walburga Friedmann sichtlich enttäuscht dreinschaute. Wahrscheinlich hätte sie gern selbst einen Kleinen gekippt, der unerwartete Besuch wäre ein wunderbares Alibi dafür gewesen.

»Was wollen Sie denn von Luzi? Hat sie etwas ausgefressen?« Walburga Friedmann kicherte ausgelassen.

»Davon gehen wir nicht aus, aber im Zuge unserer Ermittlungen befragen wir alle Mitglieder des historischen Vereins. Wann erwarten Sie Ihre Schwester denn zurück?«

»Ach, das kann spät werden. Heute sind sie nach Annweiler gefahren und laufen den Richard-Löwenherz-Weg. Danach kehren sie immer noch ein, vor acht Uhr wird sie sicherlich nicht zurück sein. Vielleicht kann ich Ihnen ja helfen?«

Paula hatte das untrügliche Gefühl, dass die Frau hocherfreut über den unverhofften Besuch war und liebend gern noch ein bisschen mit ihnen plauderte.

»Sind Sie denn auch in dem Verein der historischen Kirche?«, fragte Weber skeptisch, der offensichtlich keine Lust auf einen Plausch mit einer Rentnerin mit zu viel Zeit hatte.

»Nein, das nicht, das ist Luzis Angelegenheit. Aber ich bin hier aufgewachsen und kenne jeden im Dorf. Ich kriege alles mit. Es geht doch sicher um die Leiche im Kirchgarten?«

»Wissen Sie etwas darüber?« Paula sah sie aufmerksam an.

»Schon möglich.« Walburga Friedmann lehnte sich in ihrem Sessel zurück und verschränkte die Arme über der Kittelschürze. Sie sah Paula eindringlich an. »Haben Sie schon den alten Dries verhört?«

»Wir haben mit ihm *gesprochen*, ja. Warum fragen Sie?«

»Der ist nicht ganz koscher, wenn Sie mich fragen. Der hatte Anfang des Jahres nämlich eine junge Frau bei sich. Die war ein paar Wochen so ziemlich jeden Tag da, sie hat sogar beim Anton gewohnt, und dann war sie plötzlich verschwunden.« Walburga Friedmann beugte sich nach vorn. »Vielleicht ist das ja diese Tote, die Sie gefunden haben«, sagte sie mit wichtigem Gesichtsausdruck und geheimnisvoller Stimme.

Weber machte sich Notizen. »Wie alt war die Frau Ihrer Meinung nach?«

»Auf jeden Fall viel zu jung für den alten Kerl.«

Weber grinste. »Schon klar, aber wie alt war sie? Zwanzig, fünfundzwanzig oder älter?«

»Fünfundzwanzig, würde ich mal sagen. Die trug immer so schwere Stiefel, wie ein Mann. Schrecklich. Und sie hatte pechschwarze Haare, bestimmt gefärbt. Und blass war die wie der Tod. Einen Ring durch die Lippe hatte sie – das muss doch schrecklich wehtun. Geschminkt war sie auch, ganz dunkel um die Augen und schwarze Lippen, da konnte man es mit der Angst bekommen.«

Jemand aus der Gothic-Szene, vermutete Paula. Was hatte diese Frau mit dem griesgrämigen Anton Dries zu tun gehabt? Sie nahm sich vor, ihn noch heute zu fragen.

Dann dachte sie über das angebliche Piercing der Unbekannten bei Anton Dries nach. Knopp hatte gesagt, er habe keinerlei Schmuck bei der Toten gefunden. Aber der Ring konnte vom Täter entfernt worden sein, genauso wie die Kleidung. Und so wie das Gesicht der Leiche aussah, bezweifelte Paula, dass man da noch das kleine Loch eines Piercings erkennen konnte.

»Entschuldigen Sie mich kurz«, sagte sie, ging in die Diele und rief erneut in der Gerichtsmedizin an. »Ich noch mal, Herr Knopp. Ich habe eine Frage zu den Haaren der Toten: Sind die gefärbt oder von Natur aus schwarz?«

»Das kann ich Ihnen so nicht sagen, ich müsste das genauer untersuchen. Wieso? Ist das relevant für die Ermittlungen?«

»Weiß ich noch nicht, schon möglich. Bitte klären Sie das ab. Da wäre aber noch etwas: Können Sie im jetzigen Zustand der Toten feststellen, ob sie einmal ein Lippenpiercing getragen hat?«

»Ich bezweifle es, aber wenn man weiß, wonach man suchen muss, findet man manchmal etwas. Ich werde gleich nachsehen. Sonst noch was?«

»Nein, im Moment nicht. Rufen Sie mich bitte an, wenn Sie es wissen.«

Paula ging zurück ins Wohnzimmer, wo Weber nicht viel weitergekommen war.

»Sie sagten, die Frau sei plötzlich verschwunden. Wie meinen Sie das?«, sagte er gerade, und es klang nicht so, als ob er dieser Geschichte Glauben schenkte.

»Na, erst war die jeden Tag hier, hat dem Anton im Kirchgarten und in seinem eigenen Garten geholfen, und dann eben nicht mehr. Das ist doch auffällig, oder?«

»Wann war das?« Paula sah das anders als Weber. Es war immerhin ihr erster Hinweis auf eine schwarzhaarige Frau im richtigen Alter.

»Im Frühjahr, März und April«, antwortete Walburga Friedmann, ohne nachzudenken.

Paula fragte sich, ob sie über die anderen Dorfbewohner auch so gut Bescheid wusste. In jedem kleineren Ort gab es solche Menschen, die sich mehr um das Leben ihrer Nachbarn als um das eigene kümmerten.

»Und Sie haben die Frau jeden Tag gesehen?«, fragte Weber skeptisch.

»Hajo, wenn ich zum Friedhof gegangen bin. Da geh ich nämlich jeden Tag hin und besuch meinen Franz. Die beiden waren entweder beim Anton im Garten oder bei der Kirche. Waren ziemlich vertraut miteinander, *sehr* vertraut, wenn Sie mich fragen.«

Paula rief sich den Weg hierher in Erinnerung. Sie waren sowohl an der historischen Kirche und dem angrenzenden Friedhof als auch bei Anton Dries vorbeigekommen. Wenn Walburga Friedmann diesen Weg zum Grab ihres Mannes nahm, kam sie zwangsläufig am Haus vom alten Dries vorbei. Und ein »Goth«, wie diese Typen sich auch nannten, fiel schließlich in einem Dorf auf – einer konservativen älteren Frau ganz bestimmt. Das konnte tatsächlich ihre erste ernst zu nehmende Spur sein.

»Wir werden dem nachgehen«, sagte Weber freundlich.

Walburga Friedmann strahlte tiefste Zufriedenheit aus. »Meine Schwester kann Ihnen das bestätigen, sie putzt nämlich einmal die Woche beim Anton. Immer montags. Sie bessert so ihre Rente ein bisschen auf.«

Paula sah das unappetitliche Wohnzimmer von Anton Dries vor sich. Morgen würde Luzia Schillinger dort also wieder für Ordnung und Sauberkeit sorgen.

»Luzi putzt übrigens auch beim jungen Dries, beim Thomas«, verriet Walburga Friedmann weiter. »Seine Frau kriegt den

Haushalt mit den drei Kindern einfach nicht in den Griff. Wenn Sie mich fragen, ist das ja alles nur eine Frage der Organisation.«

Paula war sich bewusst, dass derartige Informationen für die Ermittlungen nicht von Interesse waren. Sie wollte lieber so schnell wie möglich zu Anton Dries und ihn wegen der jungen Frau in Springerstiefeln befragen.

»Die Maria ist ja schon wieder schwanger. Da fragt man sich doch, wie das sein kann, wo der Thomas kaum noch daheim ist. Es wird gemunkelt, dass da ein anderer der Vater ist.«

Das mag ja sein, dachte Paula, aber erstens geht das niemanden außer Thomas Dries und seine Frau etwas an, und zweitens ist auch das für unseren Fall nicht relevant. Ihre Leiche war eine Frau, also definitiv nicht der ermordete Liebhaber von Maria Dries. Sie sollten gehen, bevor Walburga Friedmann noch mehr spekulativen Dorftratsch vor ihnen ausbreitete.

»Gut, Frau Friedmann, Sie haben uns sehr geholfen.« Weber erhob sich. Auch er schien keinen Appetit auf wilde Spekulationen und Nachbarschaftsklatsch zu haben.

»Wollen Sie denn gar nicht hören, wer die Nebenbuhler sein könnten?« Walburga Friedmann wirkte beleidigt, sie hätte allzu gern ihre Vaterschaftstheorien vor den Beamten dargelegt.

»Ich denke, das hat mit unseren Ermittlungen nichts zu tun.« Paula stand ebenfalls auf. Sie musste hier raus, es roch zu gut nach Essen, und ihr leerer Magen knurrte begehrlich. Hätte die alte Dame sie jetzt zum Essen eingeladen, wäre sie nicht abgeneigt gewesen. Dafür hätte sie sogar alle Dorfgerüchte und Skandälchen über sich ergehen lassen.

Doch Walburga Friedmann war definitiv eingeschnappt. »Dann halt nicht. Obwohl ja der eine mögliche Kindsvater selbst verheiratet ist und seine Frau seit ein paar Monaten aus dem Dorf verschwunden ist. Nach einem lauten Streit, wohlgemerkt. Keiner weiß, wo die abgeblieben ist.« Sie sah die Beamten eindringlich an, als ob es auf der Hand lag, was da passiert sein musste.

Paula seufzte. »Sie haben recht«, sagte sie, »dem sollten wir tatsächlich nachgehen.«

Das versöhnte Walburga Friedmann. »Peter Gemar wohnt im Wiesengrund«, nannte sie nur zu gern den Namen und die Adresse des besagten Fremdgehers und seiner abgängigen Frau.

Paula gab ihr beim Abschied ihre Visitenkarte. »Sagen Sie Ihrer Schwester bitte, sie soll sich umgehend bei uns melden.«

»Meine Mutter hat einen wunderschönen Namen für solche Leute: Dorf-BILD-Zeitung«, sagte Weber abfällig, als sie auf dem Weg zurück zum Auto waren. »Ich hasse das. Die meisten dieser Leute sollten lieber mal vor ihrer eigenen Haustür kehren. Ich finde, derart gemeiner Tratsch sollte mit einer Nacht im Knast bestraft werden, dann würden es sich diese Schandmäuler dreimal überlegen, was sie in der Weltgeschichte rumerzählen.«

Paula mochte es auch nicht, wenn Menschen permanent ihre Nasen in Dinge steckten, die sie nichts angingen. Aber es war wie ein Zwang, sie *musste* Weber einfach widersprechen. »Genau solche Menschen beobachten aber oft etwas, was der Polizei weiterhilft.«

Matthias Weber zog verwundert die Augenbrauen in die Höhe. Er hatte eigentlich Zustimmung von seiner stets so kritischen Kollegin erwartet. »Genau solche Hallo-ich-weiß-was-Menschen sind aber auch oft Verbreiter von unsinnigen Gerüchten und verantwortlich für nicht wiedergutzumachenden Rufmord.«

Paula zuckte mit den Schultern.

»Die alte Schreckschraube hat uns gerade gesagt, dass sowohl Anton Dries als auch dieser Gemar Mörder sein könnten. Glaubst du, das erzählt sie nur uns? Nee, die verbreitet das im ganzen Dorf, darauf kannst du Gift nehmen! Solche Gerüchte sind nicht selten die Auslöser für Lynchjustiz, das muss ich dir ja wohl nicht sagen.«

»Wir werden das früher oder später aufklären, noch bevor jemand zu Schaden kommt«, antwortete Paula leidenschaftslos, obwohl sie Weber in allen Punkten zustimmen musste.

»Das mag sein, aber es bleibt dann doch immer ein, wie die Schwaben so schön sagen, ›G'schmäckle‹ zurück. Die Dörfler werden zwar die Tatsache akzeptieren, dass einer der beiden unschuldig ist – höchstwahrscheinlich hat sogar keiner von ihnen was damit zu tun –, aber in ihren Hinterstübchen sitzt der Verdacht für alle Zeit fest. Und wenn dann mal wieder etwas vorfallen sollte, dann werden ganz schnell diese beiden Personen genannt werden, schließlich sind sie ja schon einmal als verdächtig aufgefallen«, echauffierte sich Weber, der mit tief in den Taschen seiner Lederjacke vergrabenen Händen neben Paula herging.

»Is ja gut, ich weiß um dieses Problem. Aber ändern werden wir das nicht, nicht in tausend Jahren und erst recht nicht in Minfeld«, sagte Paula. Witzig, dachte sie, sonst war sie es immer, die sich bei Keeser über solche Sachen aufregte. So hörte es sich also an, wenn *sie* loslegte. Oje!

Sie musste sich schwer bemühen, nicht zu lachen. Vielleicht waren sie und der verhasste Weber sich gar nicht so unähnlich.

»Es könnte aber doch etwas dran sein. Nehmen wir Anton Dries: Eine junge Frau arbeitet wochenlang mit ihm zusammen. Sie hat sogar bei ihm gewohnt. Dann sieht man sie auf einmal nicht mehr. Dries könnte sie vergewaltigt und geschwängert haben. Und sie könnte ihn damit erpresst haben, ihm damit gedroht haben, ihn anzuzeigen, und er hat sie daraufhin umgebracht.« Kaum dass sie es ausgesprochen hatte, merkte Paula, dass diese Theorie Lücken hatte.

Weber rieb ihr diese auch gleich unter die Nase: »Wenn sie mit einer Anzeige gedroht haben sollte, dann frage ich dich, warum sie fünf Monate damit gewartet hat. Sie hätte dann doch viel länger hier gewesen sein müssen als nur die paar Wochen, von denen die Friedmann gesprochen hat. Immerhin war die Tote im fünften Monat. Warum ist sie bei dem Kerl geblieben, der ja wirklich nicht lecker ist und zudem noch viel zu alt für sie. Einen Sugardaddy stelle ich mir jedenfalls ein bisschen anders vor. Und jetzt sag nicht, er könnte sie gefangen gehalten haben, denn sie wurde in aller Öffentlichkeit mit ihm gesehen. Sie hätte schreien und auf sich aufmerksam machen können. Sie hätte einfach wegrennen können. Nein, Paula, das ist Quatsch.«

Paula musste zugeben, dass es so, wie Weber es sagte, wirklich unlogisch klang. Aber wer wusste schon genau, was in Menschen vorging.

Ihre Gedanken drehten sich weiter. Es war ja auch möglich, dass diese Frau einfach eine Zeit lang bei Dries gewohnt hatte, eine Verwandte vielleicht, die bei ihm untergeschlüpft war, warum auch immer. Sie könnte zum Beispiel schwanger gewesen sein, nicht von Dries, von irgendjemandem. Und weil ihre Familie deswegen durchdrehte, kroch sie bei Dries, einem Onkel, Großonkel oder was auch immer, unter, bis sich die Wogen glätteten. Ein wirklich stimmiges Szenario. Aber in ihrem Alter? Das würde eine Minderjährige machen, keine Frau über zwanzig.

Paula kam eine andere Idee: Was, wenn sie vor einem prügelnden Ehemann davongelaufen war und Dries sie aufgenommen hatte? In der Gothic-Szene trieb sich jede Menge menschlicher Bodensatz herum. In beiden Fällen blieb die Frage, warum er sie erschlug. Erwischte er sie beim Klauen? Hatte sie sein Konto geleert? Auch das war denkbar bei Menschen aus diesem Milieu. Dries rastete daraufhin aus und brachte sie im Zorn um.

Ja, das würde hinhauen, fand Paula. Sie hatte aber keine Lust, diese mögliche Variante Weber mitzuteilen.

Beim Wagen angekommen, erklärte Weber, dass der Wiesengrund, wo Peter Gemar, der Ehemann der angeblich verschwundenen Frau wohnte, nur zwei Straße weiter sei. »Das ist direkt am Dorfrand. Was hältst du davon, wenn wir den Hund aus dem Auto holen und vor der Befragung ein Stück mit ihm laufen?«

Paula wollte nichts weniger, als mit Weber zusammen Gassi zu gehen, aber Othello zuliebe stimmte sie zu. Sie befreiten den Pudel aus seinem rollenden Gefängnis. Der konnte sein Glück kaum fassen und lief aufgeregt schnüffelnd im Zickzack vor ihnen her.

Tatsächlich erreichten sie am Ende der Herrengasse freies Gelände, und Paula ließ Othello von der Leine.

»Ich hatte als Kind auch einen Hund, Bello, einen Schnauzermix«, erzählte Weber. »Er war mein bester Kumpel. Leider wurde er von einem Auto angefahren und musste eingeschläfert werden. War damals 'ne schlimme Zeit für mich.«

Paula ging schweigend neben ihm her. Muss der Typ jetzt auch noch tierlieb sein und ausgerechnet Hunde mögen?, dachte sie gereizt. Sie wollte ihn nicht sympathisch finden. Aber alles, was er von sich erzählte, war sympathisch.

»Und du?« Weber sah sie mit seinen meerblauen Augen interessiert an.

»Was *ich*?«

»Hattest du ein Tier als Kind?«

»Wellensittich und Hamster, das Übliche.«

»Keinen Hund?«

Paula dachte an Astor, ihren heiß geliebten Dalmatiner, ihren Schatten, wie Leo, ihr Exfreund, ihn stets genannt hatte. Leo hatte behauptet, sie hätte den Hund mehr gemocht als ihn. Auch Astor hatte eingeschläfert werden müssen, aus Altersgründen, ihr hatte das damals fast das Herz gebrochen. Und es tat heute, nach fünf Jahren, immer noch weh. Dieses Gefühl wollte sie Weber jedoch keinesfalls anvertrauen. Am Ende machte er sich noch über sie lustig.

»Doch, er hieß Astor«, sagte sie knapp und beobachtete Othello, der vergnügt durch die Gegend jagte und überall geschäftig sein Beinchen hob, um allem seine Duftmarke aufzudrücken. In drei Tagen musste sie ihn hergeben, sie durfte gar nicht daran denken.

»Welche Rasse«, bohrte Weber weiter. Er ignorierte einfach, dass sie nicht mit ihm reden wollte.

»Dalmatiner. Mit braunen Flecken allerdings, eine Fehlfarbe.«

»Ich hätte gern wieder einen Hund, aber mit unseren Dienstzeiten ist das leider nicht machbar. Das arme Tier wäre den ganzen Tag, oft auch nachts, allein. Und ich möchte dann schon einen richtigen Hund, nicht so was kleines Pudeliges, und den könnte ich dann nicht so einfach in den Dienstwagen packen.«

»Othello ist ein richtiger Hund«, versuchte Paula die Ehre ihres Schützlings zu retten. »Er hat sich immerhin als ausgezeichneter Spürhund bewährt.«

Weber lachte. »Stimmt, das hat er wirklich gut gemacht.«

Sie erreichten den Waldrand und drehten dort um.

Paula erfuhr von Weber, dass das der Bienwald war. Sind denn alle Pfälzer Kripobeamten so gebildet?, fragte sie sich genervt. Und mussten die ihr dann auch noch allesamt ihr Wissen ungefragt zuteilwerden lassen?

Als sie bei Peter Gemars Adresse ankamen, klingelte Weber. Lautes Hundegebell erklang hinter der Tür. Es hörte sich nach einem großen Hund an, und Weber wich automatisch einen Schritt von der Tür zurück. Othello hingegen ging näher heran, stellte interessiert die Ohren auf und wedelte mit dem Stummelschwanz.

»Ich dachte, du magst große Hunde?«, sagte Paula spöttisch.

»Das schon, aber der klingt nicht sehr freundlich.«

»Weichei.« Paula zeigte auf den Hund. »Sieh dir Othello an, sogar ein kleiner Pudel ist mutiger als du.«

»Der versteht ja auch die Hundesprache, ich nicht.«

Das Bellen jenseits der Haustür erstarb abrupt. Ein großer Mann in ausgeleierter Jogginghose und eng anliegendem, schweißdurchtränktem Muskelshirt, das von seinem unnatürlich austrainierten Oberkörper fast gesprengt zu werden schien, öffnete ihnen. So wie es aussah, störten sie ihn gerade beim Training.

Beide Arme des Mannes waren extrem muskulös und flächendeckend bunt tätowiert. Ein Piercing prangte an seiner rechten Augenbraue. Auf dem muskulösen Hals und der ausgeprägten Schulterpartie wirkte sein Kopf sehr klein, was Paula schon bei vielen Bodybuildern aufgefallen war. Viel zu klein für den muskelbepackten Körper, wie bei Popeye. Das blonde Haar des Mannes war etwa fünf Zentimeter lang und mit viel Gel steil nach oben frisiert.

Mit diesem Neandertaler soll sich Maria Dries eingelassen haben?, fragte sich Paula und bescheinigte Walburga Friedmann insgeheim eine blühende Phantasie.

Mit einer Hand hielt der Muskelprotz einen geifernden und knurrenden Rottweiler am Nietenhalsband zurück. Paula entschied bei diesem Anblick, dass Weber doch nicht der letzte Mann auf Erden war, mit dem sie etwas anfangen würde. Er war gerade zum vorletzten aufgestiegen.

»Ja?«, begrüßte Arnold Schwarzeneggers Zwilling sie argwöhnisch und musterte die gezückten Ausweise flüchtig, während sein Hund nur Augen für Othello hatte und aufgeregt zu fiepen begann.

»Peter Gemar?«

Der Mann sah Weber angriffslustig an. »Polizssei? Wass wollen Ssie denn von mir?«

Er lispelt! Dieser Schrank von einem Kerl lispelt! Paula hätte beinahe laut gelacht.

Der Blick, den Peter Gemar Paula zuwarf, war kein bisschen aggressiv, eher interessiert. Verdammt interessiert, eindeutig lüstern, fand Paula und wich angewidert ein Stück zurück.

Offensichtlich gefiel Weber Gemars anzügliches Verhalten genauso wenig, denn er ging entschlossen auf den Muskelmann zu. »Kripo Landau, hätten Sie einen Moment Zeit für uns?«, sagte er barsch.

Wie David und Goliath, dachte Paula, obwohl Gemar kaum größer war als Weber. Wie sie heute Morgen auf Mariannes Anregung hin festgestellt hatte, war er ebenfalls gut durchtrainiert, also auch kein halbes Hemd, aber gegen den aufgepumpten Gemar wirkte er so.

»Warum denn dass? Wass iss denn loss?«

»Können wir das drinnen besprechen? Oder wollen Sie, dass Ihre Nachbarschaft alles mitbekommt?« Weber straffte automatisch die Schultern, um größer und bedrohlicher zu wirken.

Peter Gemar trat mit einem verlegenen Lächeln in Paulas Richtung zur Seite. »Alla guut, ess iss allerdingss nicht aufgeräumt.«

»Kann mein Hund mit rein, oder soll ich ihn hier draußen anbinden?«, fragte Paula.

Ein Grinsen breitete sich auf Gemars Gesicht aus. »Wenn er meine Karla nicht frissst, kann er reinkommen.«

Danach sah es nicht aus. Othello und Karla beschnüffelten sich unentwegt und schienen sich auf Anhieb zu mögen. Der Pudel bebte geradezu vor Begeisterung. Paula schenkte dem aber keine weitere Beachtung und folgte Gemar und Weber ins Wohnzimmer. Jedenfalls in einen Raum, der mal als Wohnzimmer gedacht gewesen war, in dem jetzt aber verschiedene Sportgeräte aufgebaut waren. Paula kannte sie alle von ihren seltenen Besuchen in einem Fitnessstudio. Auch die Bilder von eingeölten posierenden Bodybuildern, die hier an den Wänden hingen.

Peter Gemar schnappte sich ein Handtuch und legte es sich sportlich-dekorativ um den Nacken. Er führte sie weiter nach draußen auf die Terrasse, wo sie sich auf handelsübliche dunkelgrüne Plastikgartenstühle setzten. Paula machte sich insgeheim Sorgen, dass Gemar da allein nicht wieder rauskam, denn er musste seine extrem muskulösen Oberschenkel regelrecht in den Sitz hineinzwängen. Karla und Othello tobten ausgelassen durch den unübersichtlichen Garten.

Peter Gemar heftete seinen Blick ungeniert an Paula fest.

»Wir sind wegen Ihrer Frau hier, Herr Gemar«, sagte Weber und lenkte so dessen Aufmerksamkeit auf sich.

»Wegen Karla? Warum denn dass?«

Paula glaubte sich verhört zu haben. War das Hirn dieses Kraftmeiers durch Anabolika und Steroide schon so geschrumpft, dass er dachte, er sei mit seinem Hund verheiratet?

»Nicht wegen des Hundes, wegen Ihrer Frau«, konkretisierte Weber.

»Ach, ich verstehe. Meine Frau heissst doch auch Karla.« Gemar klatschte sich vor Freude über dieses Missverständnis auf die säulenartigen Oberschenkel. »Aber wass iss denn mit meiner Frau? Iss ihr wass passsiert?«

»Das wollen wir ja von Ihnen hören«, sagte Weber.

Paula überlegte, was wohl ein Psychologe dazu sagen würde, wenn ein Mann seinen Hund nach der Exfrau benennt.

Gemars Fröhlichkeit versiegte abrupt. »Dass weisss ich doch nicht, ich hab sseit Monaten keinen Kontakt zsu ihr.«

»Lebt Ihre Frau noch?«

»Wass?«

»Lebt Ihre Frau noch?«, wiederholte Weber ungerührt.

»Natürlich lebt ssie noch, wass iss denn dass für eine komische Frage?« Gemars Gesichtsausdruck verriet, dass er nicht verstand, was hier vorging.

»Seit wann ist Ihre Frau denn weg?«, fragte Weber ausgesucht freundlich.

»Sseit Ssonntag, den 6. Mai.«

Abgesehen davon, dass das zeitlich mit den Gartenarbeiten im Kirchgarten übereinstimmte, war Paula noch nie zuvor aufgefallen, dass in der deutschen Sprache so viele S vorkamen.

»Eine Zeugin hat erwähnt, dass Ihre Gattin ganz plötzlich verschwunden und nie wieder im Ort gesehen worden sein soll«, sagte sie, krampfhaft bemüht, das Lispeln nicht nachzuahmen. »Wir wollen nur überprüfen, ob eventuell ein Verbrechen vorliegt.«

Peter Gemars Gehirn arbeitete sichtlich angestrengt. Dann riss er plötzlich die Augen weit auf. »Ssie denken doch nicht etwa, ich habe meine Frau umgebracht? Wer isst denn diesse Zseugin? Dass isst doch nicht zsufällig die alte Friedmann, diesse bosshafte Hexse?«

Paula sagte nichts dazu, sie sah auffällig interessiert zu den Hunden hinüber, die dicht nebeneinander im Gras lagen und ausgesprochen glücklich wirkten.

»Aha, wussst ich'ss doch. Der müssste mal einer ihr gemeiness Schandmaul stopfen!« Gemars Kopf wurde dunkelrot vor Wut. Er verschränkte seine bunt gemusterten Arme vor der gewaltigen Brust.

Haargenau wie Popeye, stellte Paula erneut fest, fehlen nur die Matrosenmütze und die Pfeife.

»Meine Frau hat einen anderen Kerl kennengelernt und wohnt jetzt bei ihm«, sagte Peter Gemar trotzig.

»Haben Sie ihre Adresse?«

»Nein, aber ihre Handynummer iss noch die gleiche.«

Paula zog ihr Handy aus der Tasche und ließ sich die Telefonnummer diktieren. Nach dem dritten Klingeln meldete sich eine weibliche Stimme.

»Ja?«

»Spreche ich mit Karla Gemar?«

»Ja, und wer sind Sie?«

»Paula Stern von der Landauer Kripo.«

Am anderen Ende war Stille. »Ist was mit Peter?«, fragte die Frau dann vorsichtig. »Hat er sich etwa …?«

Paula musterte Peter Gemar prüfend. Wie ein Selbstmordkandidat sah er für sie zwar nicht aus, aber sie wusste nur zu gut, dass das den meisten Menschen leider nicht auf der Stirn geschrieben stand. Auch einem Mörder sah man nicht an, dass er einer war.

»Nein, nein, alles in Ordnung mit ihm, er sitzt mir gegenüber. Wir wollten uns nur nach Ihrem Befinden und Ihrem aktuellen Wohnort erkundigen.«

Wieder kurzes Schweigen. »Und Sie sind wirklich von der Polizei? Nicht irgendeine Bekannte von Peter, die nur für ihn herausfinden will, wo ich bin?«, fragte die Frau argwöhnisch.

Paula wusste sofort, dass da mehr als nur eine normale Trennung vorgefallen sein musste. Sie dachte an Stalking.

»Hören Sie, ich schlage Ihnen etwas vor«, sagte sie deshalb. »Haben Sie etwas zum Schreiben? Gut, dann gebe ich Ihnen jetzt die Nummer des Sekretariats im Dezernat durch. Die rufen Sie gleich an und lassen sich zu mir weiterverbinden. Ich bin Kriminaloberkommissarin Paula Stern. Bis gleich.« Paula beendete das Gespräch.

Weber hatte interessiert zugehört und gab ihr durch Nicken zu verstehen, dass er die Zusammenhänge erfasst hatte. Sein Gesicht verriet Abscheu. Paula wurde bewusst, dass er in seiner bisherigen Abteilung mit genau solchen Männern zu tun gehabt hatte, nämlich mit Männern, die Frauen und Kinder quälten und misshandelten, dass Stalking für ihn nur eine weitere perverse Abart von Misshandlung war.

Das Klingeln ihres Handys riss sie aus ihren Gedanken. »Hallo, Frau Gemar, Paula Stern hier«, meldete sie sich. »Glauben Sie mir jetzt?«

»Ja, alles klar.«

»Also, wo leben Sie derzeit?«

»Bei meinem Freund in Germersheim«, sagte Karla Gemar leise, als befürchtete sie, der Mann, den sie verlassen hatte, könne mithören.

»Würden Sie mir bitte Ihre Adresse geben, damit wir das von einem Kollegen überprüfen lassen können?«

»Ich weiß nicht so recht. Aber gut, wenn Sie meinen. Aber nur, wenn Peter nicht erfährt, wo ich bin. Versprechen Sie mir das?«

»Keine Sorge, das bleibt unter uns.« Als Paula Peter Gemars neugierigen Blick sah, klappte sie ihren Notizblock zu und steckte ihn demonstrativ ein. Einen Straßennamen würde sie sich auch so merken können.

Als sie das Gespräch beendet hatte, stand Weber auf. »Gut«, sagte er, »das wäre also geklärt. Dann wollen wir Sie nicht länger stören, Herr Gemar. Danke für Ihre Mitarbeit.«

Paula rief nach Othello. Der kam tatsächlich zu ihr getrottet, sah sich dabei aber immer wieder sehnsüchtig nach seiner neuen Freundin um.

»Wass iss jetzt mit der Friedmann? Kann ich die anzsseigen wegen Verleumdung?«

»Das können Sie natürlich, aber nicht bei uns. Das müssen Sie bei der zuständigen Polizeidienststelle in Wörth machen.«

An der Tür sah Peter Gemar Paula tief in die Augen. »Bekomme ich keine Vissitenkarte von Ihnen? Fallss mir noch wass einfallen ssollte, meine ich?«

Weber hielt ihm kühl lächelnd eine von seinen unter die Nase. »Hier, falls Ihnen noch was einfallen sollte.«

Peter Gemar war sichtlich nicht begeistert, aber er gab die Hoffnung noch nicht auf. »Vielleicht könnten wir ja mal einen Kaffee zsussammen trinken, Frau Stern? Ssie wissen ja, wo Ssie mich finden.« Er zwinkerte Paula zu.

»Wohl eher nicht, mein Freund. Frau Stern und ich sind verlobt. Auf Wiedersehen.« Weber nahm Paula am Arm und führte sie zur Tür hinaus.

»Verlobt?«, blaffte Paula, als sie um die Ecke und somit außer Hörweite waren. Sie war empört. Der Kerl hatte ja wohl nicht alle Tassen im Schrank!

»Entschuldige, ich wollte dir nur helfen. Ich konnte ja nicht ahnen, dass du mit diesem Kraftmeier ausgehen wolltest. Wenn du willst, gehe ich zurück und sage dem lispelnden Riesenbaby, dass du heute Abend noch nichts vorhast.«

»Nein danke, aber merk dir gefälligst für die Zukunft, dass ich mir Männer ganz allein vom Hals halten kann«, fauchte sie.

»Da kann ich ein Lied von singen«, bemerkte Weber trocken.

»Wie meinst du das?«, hakte Paula angriffslustig nach.

»So wie du dich benimmst, wagt sich doch keiner freiwillig in deine Nähe. Nur Doofe und dummtrainierte Bodybuilder.«

»Blöder Arsch«, warf sie ihm an den Kopf.

»Genau, und Ärsche, die wie ich mit dir zusammenarbeiten müssen.«

Sie sprachen den Rest des Weges bis zum Auto kein Wort mehr miteinander. Dort blieb Weber stehen.

»Dir ist sicher nicht entgangen, dass Karla eine Hündin ist?«, brach er das Schweigen.

»Klar ist Karla eine Hündin, was soll der Scheiß?«

Weber ging neben Othello in die Hocke und kraulte ihm das lockige Fell. »Eine läufige Hündin. Und dieser Hund ist ein wahrhaft strammer Rüde.«

Paula sah ihn verblüfft an. »Du meinst …?«

Weber nickte. »Ja, ich meine. Ich hab die zwei Verliebten genau beobachtet.«

»Othello!« Paula sah ihren Pflegehund tadelnd an.

»Was denn? Othello hat getan, was jeder Mann in dieser Situation gemacht hätte: Er hat die einmalige Gelegenheit genutzt. Kannst du dir Rottweilerbabys mit Locken vorstellen?«

Konnte sie nicht und wollte sie auch nicht. »Was ist bloß aus dem netten Pudel einer älteren Dame geworden? Erst findet er Leichen, und dann schwängert er eine unschuldige Hündin.«

»Mal langsam, Paula. Erstens war es nur eine einzige Leiche, und zweitens war Karla gar nicht so unschuldig, wie du meinst. Sie hat Othello eindeutig verführt, ich bin sein Zeuge.«

»Klar, dass ihr Kerle bei diesem Thema zusammenhaltet!« Und Paula war auch klar, dass Frau Seidel von den sexuellen Machenschaften ihres Lieblings niemals etwas erfahren würde.

Sie setzten den potenziell werdenden Hundevater auf den

Rücksitz des Dienstwagens und gingen erneut die Herrengasse entlang, um Anton Dries noch einmal zu besuchen. Als sie vor seinem Haus ankamen, klingelte Paulas Handy. Es war Knopp.

»Die Haare sind nicht gefärbt«, sagte er ohne Umschweife. Seine Stimme klang aufgeregt. »Sie haben mich übrigens mit der Frage nach den Haaren auf eine Idee gebracht. Ich habe eine Isotopenanalyse veranlasst, damit können wir genau bestimmen, in welchem Landstrich die Tote zuletzt lebte. Morgen wissen wir dann mehr.«

Paula hatte schon von dieser Methode gehört, aber noch nie bei den Ermittlungen darauf zurückgreifen müssen. Was der Mensch isst oder einatmet, in welcher geografischen Region der Erde er aufwächst oder wohnt, das alles hinterlässt Spuren in seinem Körper. Diese abgelagerten Spuren, die Isotopen, werden mit Hilfe der Isotopenanalyse bestimmt und mit den Ergebnissen einer entsprechenden Datenbank abgeglichen. Die Isotopen eines Grönländers sind andere als bei einem Menschen, der im Ruhrpott aufgewachsen ist oder im Mittelmeerraum, wodurch man die Herkunft einer Person ziemlich genau bestimmen kann. Keeser hatte recht: Knopp schien dieser Fall und die damit verbundene Forschungsarbeit ganz besonders zu gefallen.

»Unsere Tote war naturschwarz«, sagte sie zu Weber.

Der sah sie fragend an.

»Frau Friedmann hat doch gesagt, dass die Haare der jungen Frau bei Dries bestimmt schwarz gefärbt waren«, erklärte Paula.

»Was aber nicht heißen muss, dass dem auch so ist. Solche Tratschtanten reimen sich, wie wir ja wissen, gelegentlich auch mal etwas zusammen. Wollen wir nicht erst mal überprüfen, ob die Fremde, die angeblich bei Anton Dries gewesen sein soll, noch lebt, bevor wir uns um ihre Haare kümmern?«

Paula musste ihm diesbezüglich beipflichten.

»Aber halt, die Information ist doch bestimmt enorm wichtig, ihr Frauen legt schließlich immer sehr viel Wert auf eure Haare.« Er grinste selbstgefällig.

Aufgrund dieses idiotischen Spruches erzählte Paula ihm

nichts von der Isotopenanalyse, die Knopp genau in diesem Moment nur deshalb machen ließ, weil sie nach den Haaren des Opfers gefragt hatte. Ohne Weber eine Antwort zu geben, drückte sie auf die Klingel.

Anton Dries öffnete, kaum dass sie den Knopf losgelassen hatte. Er trug diesmal Hemd und Anzug, war rasiert und sah richtig passabel aus. Ganz anders als am Tag zuvor.

»Ich bin uff de Schbrung, was gebbt's dann noch?« Er machte wieder keine Anstalten, sie hereinzubitten.

»Es haben sich noch ein paar Fragen ergeben, Herr Dries, es wird nicht lange dauern«, sagte Paula. Wenn du jedoch eine Frau ermordet und im Kirchgarten begraben hast, dann könnte das sogar ein paar Jahre dauern, fügte sie in Gedanken hinzu.

»Alla hopp, awwer nur korz, ich muss zum Kaffee zu mein'rer Schwicherdochder.« Er führte sie auch diesmal in das Wohnzimmer, in dem sich ordnungstechnisch nichts verändert hatte. Er lud sie jedoch nicht zum Sitzen ein.

»Sie wurden im Frühjahr mit einer jungen Frau beobachtet, Herr Dries. Schwarzes Haar, Springerstiefel, Ring in der Lippe – sagt Ihnen das etwas?«

Dries kniff die Augen zusammen und sah Paula böse an.

»Klar saacht mir des ebbes, des isch die Anja. Was soll die Frooch?«

»Anja, und wie weiter?« Weber zog sein Notizbuch hervor und machte den Kugelschreiber einsatzbereit.

»Weiter wääß ich nit, warum isch das dann wichtich?«

»Diese Frau soll wochenlang hier gewesen sein und mit Ihnen zusammengearbeitet haben.« Weber sah ihn abwartend an.

»Wer saacht des?«

»Eine Zeugin.«

»Die Walburga, wer sunschd!« Anton Dries setzte sich nun doch und zündete sich eine Zigarette an. »Hot die etwa behaubt, die Anja isch eier Leich?« Er lachte trocken und schüttelte den Kopf. »Jo, die Anja war do, sechs Woche lang. Braktikum«, erzählte er schließlich. »Ich helf em Juuchendpfleecher aus Neischdadt. Der schickt mer als emool Juuchendliche, die Brobleme hänn, mit

Drooche, ihre Eldre oder der Bolizei. Die wohne dann bei mir und schnubbre mool nei in den Gäärdnerberuf.«

Wenn Paula richtig verstanden hatte, war Anton Dries Anlaufstelle für gestrauchelte junge Menschen. Lobenswert, von der Sorte Erwachsene sollte es viel mehr geben, fand sie. Wenn die Geschichte tatsächlich stimmte, wäre geklärt, warum sich eine fremde junge Frau wochenlang in Minfeld und in Dries' Nähe aufgehalten hatte.

»Wann war das? April, Mai?«, fragte sie.

Dries zuckte mit den Schultern. »Irchendwann im Friehjohr, soebbes merk ich mir doch nit.«

»Das müssen wir natürlich überprüfen, Herr Dries. Haben Sie Adresse und Telefonnummer von dieser Anja?«

»Die hot känni Adress, die isch änni Rumdreiwerin. Die hot bei mir des erschde Mool widder e Dach iwwerm Kopp g'hatt. Awwer ich habb ihr Handynummer.« Dries stemmte sich aus dem Sessel und ging in die Diele. Er kramte in der obersten Schublade eines Schränkchens, auf dem das Telefon samt Station stand. Mit einem fleckigen Zettel in der Hand kam er zurück. Paula nahm ihn ihm ab und tippte die daraufgekritzelte Nummer in ihr Handy.

Eine automatische Stimme vom Band teilte ihr mit, dass der von ihr angewählte Teilnehmer nicht erreichbar sei. Sie versuchte es noch einmal, bekam aber genau das Gleiche zu hören. Das musste nichts heißen. Das Handy konnte kurzzeitig ausgeschaltet worden oder kaputt sein. Der Akku konnte leer sein. Es bedeutete noch lange nicht, dass Anja ermordet und im Kirchgarten von Minfeld vergraben worden war.

Sie speicherte die Nummer, damit sie es später noch einmal versuchen konnte.

Weber betrachtete Dries forschend.

Paula konnte ihm ansehen, dass er den notorischen Grantler unsympathisch fand. Auf ihrer persönlichen Beliebtheitsskala hätte sie Dries auch eher unten eingetragen. Aber ist er ein Mörder?, fragte sie sich. Der ehemalige Landschaftsgärtner setzte sich für aus der Bahn geratene junge Menschen ein. Das war etwas,

was sie ihm hoch anrechnete. Was aber, wenn er diesen Einsatz schamlos ausnutzte, um so an hilflose, entwurzelte Jugendliche heranzukommen, die er dann missbrauchte und schlimmstenfalls tötete?

Die beiden Ermittler hatten reichlich Erfahrung mit solchen Typen. Die meisten kamen ganz harmlos daher, nicht selten unter dem Deckmantel des Helfers oder Beschützers. Wie Anton Dries. Rentner, ehrenamtliche Tätigkeiten, einwandfreier Leumund, saubere Personalakte. Die sie in seinem Fall allerdings noch nicht überprüft hatten.

Anton Dries zündete sich mit zitternden Fingern eine frische Zigarette am Stummel der ersten an. Ist er nervös?, fragte sich Paula. Hat er doch etwas zu verbergen?

»Wir müssen mit diesem Jugendpfleger sprechen, würden Sie uns bitte seine Kontaktdaten geben?«, sagte Weber schließlich.

Anton Dries legte seine angerauchte Zigarette auf dem noch immer nicht geleerten Aschenbecher ab und verließ das Wohnzimmer erneut. Sie hörten ihn die Treppe hinaufsteigen.

»Wir könnten auf der richtigen Spur sein«, sagte Weber leise.

Könnten wir tatsächlich, dachte Paula, sagte es aber nicht laut.

Als Dries wenig später zurückkam, hatte er einen roten Aktenordner in der Hand, den er Paula überreichte. Er schnappte sich seine qualmende Kippe, zog gierig daran und drückte sie dann aus.

Paula setzte sich auf die Lehne eines Sessels und klappte den Ordner auf. Zuoberst war ein Flyer abgeheftet, der das Jugendprogramm »Von der Straße in den Job« bewarb. Sie überflog das Gedruckte. Es handelte sich um eine Initiative des Neustädter Jugendamtes, um älteren Jugendlichen ohne Schulabschluss zu einem solchen und/oder zu einer Lehrstelle zu verhelfen. Ein Adrian Wild war Leiter dieser Organisation.

Paula fotografierte die Seite mit der Kontaktadresse ab. Wenn Keeser wüsste, wie praktisch so ein Smartphone ist, würde er sich nicht länger dagegen wehren, dachte sie.

Hinter der Infobroschüre war ein Formular mit Namen und diversen Angaben zu der genannten Person abgeheftet. Dahinter per Hand und nicht sehr ordentlich beschriebene Blätter, Arbeitsberichte, wie Paula bei genauerem Hinsehen erkannte. Durch Registerseiten getrennt und mit verschiedenen Vornamen gekennzeichnet, fand sie mehrere dieser Ablagen. Sie folgerte daraus, dass Dries schon einige Jugendliche unter seine Fittiche genommen hatte. Jungs und Mädchen.

»Sie machen das schon länger?«, fragte Paula, während sie nach den Unterlagen von Anja suchte.

Anton Dries nickte. »Seit isch in Rente bin.«

Sie fand den gesuchten Personalbogen und überflog ihn. Viel gab es nicht zu lesen, die meisten Felder waren leer. Nirgends fand sie ein Datum, an dem man Anjas Aufenthalt in Minfeld festmachen konnte. Alles, was sie über die junge Frau erfuhr, war ihr Name – Anja Ernst –, dass sie keinen Wohnsitz und keinen Schulabschluss hatte und dass es keine Kontaktadressen gab. Anhand des Geburtsdatums konnte Paula ausrechnen, dass Anja inzwischen vierundzwanzig Jahre alt wäre.

Ihr Alter stimmt schon mal mit dem ungefähren Alter der Toten überein, resümierte Paula.

Hinter dem Personalbogen eine knappe Liste, was Anja während ihres Aufenthaltes alles gearbeitet hatte.

»Und, nützt es was? Kommen diese Kids wieder auf die richtige Spur?« Paula sah Anton Dries über den Ordner hinweg an.

Er sah betrübt drein. »Der ähne oder annere schun. Leider nit all.« Er kam zu ihr herüber und blätterte die Seiten durch. Mit der flachen Hand klopfte er schließlich auf einen der Personalbogen und sagte sichtlich stolz: »Des isch der Marco, der isch jetzt fescht aag'schdelder Gärtner beim Hauptfriedhof in Karlsruh.«

Paula klappte den Ordner zu. »Und Anja?«

Dries hob die Schultern. »Ich wääß nit. Ich habb nie mehr ebbes von ihr g'hört.«

»Ist das normal, dass Sie nicht erfahren, was aus Ihren Schützlingen geworden ist?«

»Eichendlich nit. Der Adrian hält mich normalerweis immer uff'm Laufenden. Aber die Anja … die war eh annersch als die anner'n.«

Er steckte den nächsten Glimmstängel an. Paula bekam in dem vollgequalmten Zimmer kaum noch Luft – und draußen vor dem Fenster war ein strahlender, sonniger Sonntagnachmittag!

»Anders? Wie meinen Sie das?«

»Älder. Die wor die Äldscht vun alle, iwwer zwanzisch. Erwachsen halt, die hot in ihr'm junge Lewwe schun einisches durchg'macht, des arme Mädscher.«

Du hast sie hoffentlich nicht noch mehr durchmachen lassen, dachte Paula spontan. Sie wollte Gewissheit haben, sofort. Deshalb öffnete sie den Ordner wieder und gab die Telefonnummer ein, die auf dem Flyer stand. Viel Hoffnung hatte sie nicht, dass sie an einem Sonntag jemanden erreichen würde. Aber es wurde tatsächlich abgenommen.

»Adrian Wild«, meldete sich genau der Mann, den sie sprechen wollte.

Paula erklärte ihm kurz, worum es ging, und fragte, ob er wisse, wo sich Anja Ernst aufhielt, die im Frühjahr bei Anton Dries untergebracht gewesen war. Dann betätigte sie die Mithörtaste und legte das Handy auf den Tisch. Im Hintergrund war ein Plätschern zu hören, und Paula fragte sich, ob sie Adrian Wild in der Badewanne erwischt hatte.

»Die Anja, ich erinnere mich gut an sie. Sie war dreiundzwanzig und die bisher Älteste in meinem Programm. Ein besonders schwerer Fall. Schlimmste Familienverhältnisse, kein Schulabschluss, null Bock auf nichts, Sie wissen schon. Sie hatte jahrelang auf der Straße gelebt, als ich sie aufgabelte.« Er machte eine kurze Pause, bevor er weitersprach. »Aber die Zeit bei Anton hat ihr gutgetan, die Arbeit in der Natur hat ihr gefallen, sie hatte sogar einen Ausbildungsplatz in Aussicht. Dafür hätte sie nur das letzte Jahr Hauptschule nachmachen müssen. Anja war auf einem guten Weg.«

Paula war hellhörig geworden. »*War?* Was ist mit ihr geschehen?«

»Sie hat sich seit Anfang Mai nicht mehr bei mir gemeldet. Ich habe keine Ahnung, wo sie ist und was sie macht. Auf ihrem Handy erreiche ich sie nicht.«

»Machen Sie sich denn keine Sorgen um sie? Was sagen ihre Freunde dazu?«

Adrian Wild schwieg kurz, dann fuhr er fort: »Anja hatte keine Freunde in dem Sinne, sie hatte keinerlei Bindungen und keinen festen Unterschlupf. Sie zog einfach von Stadt zu Stadt. Anscheinend hatte sie genug von der Gegend hier.«

»Haben Sie sie als vermisst gemeldet?«

»Nein, hab ich nicht. Erstens ist sie volljährig, und zweitens ist das typisch für sie, immer wieder plötzlich abzuhauen. Was ist denn mit ihr? Ist Anja was passiert?« Adrian Wild klang jetzt äußerst besorgt.

»Das wollen wir ja herausfinden.«

»Wissen Sie zufällig, ob sie zu dem Zeitpunkt, als Sie zuletzt Kontakt hatten, schwanger war?«, mischte sich Weber ein.

»Schwanger? Keine Ahnung. Wie kommen Sie darauf?«

Paula ignorierte die Frage. »Waren Anjas Haare gefärbt?«

»Warum wollen Sie das alles wissen? Wieso die Haare? Da hab ich doch nicht drauf geachtet. Sagen Sie mir endlich, was los ist?«

Paula nahm das Telefon hoch und hielt es an ihr Ohr. »Wir wissen noch nicht, was los ist, Herr Wild. Wenn wir etwas in Erfahrung bringen, melden wir uns bei Ihnen. Ach, noch eine Frage: Wann genau war Anja bei Herrn Dries?«

»Das könnte ich Ihnen sagen, wenn ich nicht gerade in einem Kajak auf dem Altrhein säße. Morgen früh bin ich wieder im Büro, dann melde ich mich sofort bei Ihnen.«

Paula gab ihm ihre Handynummer durch und beendete das Gespräch. Fragend sah sie Weber an.

Der baute sich vor Dries auf. »Ich fürchte, Ihr Kaffeeklatsch fällt aus. Sie werden uns jetzt nach Landau begleiten, wo wir in der Kriminaltechnik Ihre Fingerabdrücke und eine Speichelprobe nehmen werden.«

***

Auf der Fahrt nach Landau beteuerte Anton Dries immer wieder, Anja ganz bestimmt nichts angetan zu haben. Er behauptete, dass sie eines schönen Tages ihren Rucksack gepackt und sich verabschiedet habe. Dass sie sein Angebot, sie mit seinem Auto nach Winden zum Bahnhof zu fahren, abgelehnt und sich zum Trampen an die Straße gestellt habe.

In der kriminaltechnischen Abteilung ließ er sich anstandslos einen Wangenabstrich machen und seine Fingerabdrücke abnehmen. Werner Dreißigacker versprach, diese gleich mit den sichergestellten Abdrücken auf den Müllsäcken zu vergleichen.

Danach saß Anton Dries wie ein Häufchen Elend auf einem Stuhl in Paulas und Webers Büro. Noch einmal wiederholte er die Geschichte für das Protokoll. Paula saß an ihrem Schreibtisch und schrieb stichwortartig mit, Weber war stehen geblieben.

»Wie kumme Sie blooß uff die Idee, *ich* hätt der Anja was aagetan? Ich mag des Mädscher doch!«, beschwor Dries die Beamten. »Ich habb ihr ja sogar aagebote, uff Dauer bei mir zu wohne, des Haus isch doch viel zu groß fer mich allänich.«

»Vielleicht mochten Sie sie ja zu arg?«, sagte Paula, auch wenn es ihr zu denken gab, dass er »ich mag das Mädchen« gesagt hatte, nicht »ich mochte«. Das hörte sich so an, als ob Anja für ihn noch lebte. Aber das konnte ein Trick sein. Wobei sie Anton Dries nicht für so raffiniert beziehungsweise für keinen so guten Schauspieler hielt.

»Wie määne Sie des?«

»Meine Kollegin meint, dass Sie Anja eventuell zu sehr auf die Pelle gerückt sind, dass Sie was von der jungen Frau wollten, was die nicht wollte. Und da haben Sie sie getötet«, erklärte Weber.

»Ich bin doch iwwer verzisch Johr älder als die Anja.« Dries wirkte schockiert. »Ich bin doch känner vun denne Perverse!«

»Vielleicht war es ja ein Unfall, weil sich Anja gegen Sie gewehrt hat?« Weber beugte sich bedrohlich zu Dries hinunter und stützte sich mit den Händen auf den Armlehnen des Besucherstuhls ab. Sein Gesicht war jetzt direkt vor dem von Anton Dries, sein Blick bohrte sich in die Augen seines sichtlich eingeschüchterten Gegenübers.

Dries sah aus, als ob er gleich heulen würde. Er zitterte am ganzen Körper, seine Finger spielten nervös mit den Knöpfen seiner Anzugjacke.

»Vielleicht haben Sie sie auch mundtot machen wollen, weil Anja Sie anzeigen wollte.«

Paula gefiel Webers Ton ganz und gar nicht. Aber so kannte sie ihn – kaltschnäuzig, überheblich, fies.

Sebastian hatte damals, nachdem er unschuldig verhaftet und von Weber verhört worden war, kein gutes Haar an ihm gelassen. Mit der Inquisition hatte er seine Verhörmethoden verglichen. »Er wollte einfach, dass ich schuldig bin«, hatte Sebastian zu Paula gesagt, und genau so kam es ihr hier und jetzt auch vor: Weber wollte mit aller Gewalt, dass Dries der Täter war.

»Haben Sie Anja geschwängert und dann umgebracht, damit es nicht an die Öffentlichkeit kommt?« Weber richtete sich wieder auf und sah auf den Landschaftsgärtner hinab. Er schoss eine Frage nach der anderen auf Anton Dries ab, der ihn nur schockiert anstarrte und sich unter den schrecklichen Anschuldigungen regelrecht duckte. Er brachte keinen Ton heraus.

»Warten wir doch einfach die DNA-Analyse ab, Kollege«, sagte sie schärfer als beabsichtigt, um die Quälerei zu beenden.

Weber fuhr herum und sah sie verärgert an. Bevor er etwas erwidern konnte, klingelte Paulas Handy, und sie nahm das Gespräch an.

»Das war Dreißigacker«, teilte sie ihm zwei Minuten später mit. »Die Fingerabdrücke auf den Plastiksäcken stimmen nicht mit denen von Herrn Dries überein.« Sie wandte sich an Anton Dries und sagte betont sanft: »Wir bringen Sie jetzt wieder nach Hause.«

»Ich muss erscht emool dringend uff die Doilett.« Dries' Stimme zitterte.

Paula beschrieb ihm den Weg dorthin und holte das fertige Gesprächsprotokoll aus dem Drucker.

»Ich hatte ihn fast so weit«, fauchte Weber, als Dries das Büro verlassen hatte. Er kochte innerlich, das war unübersehbar.

»Ach ja? So weit, dass er sich in die Hose macht oder einen Herzinfarkt bekommt?« Paula stand ihm jetzt genau gegenüber und hielt seinem wütenden blauen Blick stand. »Wenn seine DNA mit der des Fötus übereinstimmt, dann darfst du ihn zerlegen. Ich assistiere dir dann sogar dabei. Aber bis dahin ist er nur ein Zeuge, bestenfalls ein Verdächtiger, und so behandeln wir ihn auch, ist das klar?«

»Du willst ihn tatsächlich gehen lassen?«

»Ja, du weißt genau, dass wir nichts gegen ihn in der Hand haben, um ihn festzuhalten. Seine Fingerabdrücke sind nicht auf den Müllsäcken, weshalb willst du ihn denn dann bitte schön hierbehalten?«

»Er könnte beim Einwickeln der Leiche Handschuhe getragen haben«, sagte Weber trotzig.

»Und von wem sind dann die Abdrücke?«

»Von jedem, der die Dinger in der Hand hatte, bevor Dries sie benutzte. Die Spuren können bei der Herstellung drauf gekommen sein, beim Verpacken, was weiß ich. Weißt du noch, der Skandal wegen der verunreinigten Wattestäbchen, die die Kriminaltechnik benutzt hat? Auf allen befand sich durch einen Hygienefehler die DNA einer Angestellten des Herstellers, was die Ermittler europaweit ins Schleudern brachte. Das könnte hier genauso sein, oder? Er könnte genauso gut einen Helfer gehabt haben, der beim Verschwindenlassen der Leiche, im Gegensatz zu ihm selbst, keine Handschuhe getragen hat.«

»›Könnte‹ heißt noch lange nicht, dass es auch so war. Solange wir nichts Stichhaltiges gegen ihn in der Hand haben, gilt er als nicht schuldig.«

Das wusste Matthias Weber natürlich auch. Er dachte kurz nach. »Dann sollten wir bei der Staatsanwaltschaft einen Durchsuchungsbeschluss für sein Haus beantragen, vielleicht finden wir da was Stichhaltiges.«

»Das ist doch mal eine richtig gute Idee.« Paula sah ihn zufrieden an.

»Hast du die Nummer von der scharfen Staatsanwältin, dieser Renner?«

Oha, lass das bloß nicht Keeser hören, dachte Paula. »Ich mach das, ich hab sie eingespeichert.«

»Hat die einen Kerl? Ist sie verheiratet?«, fragte Weber, während Paula dem Klingeln an ihrem Ohr lauschte.

»Hat sie, und was für einen! Und sie ist älter als du.«

»Ich stehe auf reife Frauen, die …«

Zu Paulas Glück wurde am anderen Ende abgenommen. Sie gab Weber ein Zeichen, still zu sein. »Hallo, Marianne, ich störe euch ungern, aber wir müssten ein Haus durchsuchen lassen.« Sie schilderte die Sachlage und legte dann auf. »Sie erledigt das sofort. Ich gehe schnell hoch und sage in der Kriminaltechnik Bescheid, dass von denen jemand kommt, um eventuelle Spuren zu sichern. Knopp hat gesagt, dass es am Tatort jede Menge Blut gegeben haben muss, und ich gehe davon aus, dass auch eine gute Putzfrau dieses nicht restlos entfernen kann. Jetzt werden wir aber erst einmal in Ruhe Kaffee trinken und Herrn Dries eine Zigarette rauchen lassen, bevor wir ihn nach Minfeld zurückfahren.«

***

Am späten Nachmittag trafen sie gleichzeitig mit sechs weiteren Beamten und zwei Leuten von der Spurensicherung vor Anton Dries' Haus ein. Das mit der Hausdurchsuchung hatte Paula ihm auf dem Weg schon genau erklärt, auch dass ihre Kollegen bemüht seien, nicht allzu viel Unordnung anzurichten. Obwohl sie nach einem kurzen Rundgang durch das Haus nicht glaubte, dass das viel Unterschied zum vorherrschenden Wohnambiente machen würde. Anton Dries hatte mit Ordnung entschieden nichts am Hut. Er hatte nur ergeben genickt.

Während die Beamten im Haus das Unterste zuoberst kehrten, warteten Paula und Weber mit Anton Dries in dessen Wohnzimmer. Dries saß auf dem Sofa, steckte eine Zigarette an der anderen an, starrte blicklos vor sich hin und schwieg.

Weber hatte seine Lederjacke ausgezogen, stand vor der geöffneten Balkontür, die Hände in den Hosentaschen, und sah stumm nach draußen. Die Sonne war jetzt weg, Regenwolken zogen sich am Himmel zusammen. In der Ferne war leises Donnergrollen zu hören, und ein angenehm frischer Wind wehte herein.

Der Kerl sieht von hinten auch nicht schlecht aus, er hat einen wirklich nett anzusehenden Knackarsch, stellte Paula fest. Sie verscheuchte diesen Gedanken aber schnell wieder und lauschte den Geräuschen über und in den Räumen neben ihr.

Noch einmal nahm sie den Ordner zur Hand und blätterte ziellos darin herum. Als sie bei Anja Ernsts Unterlagen angekommen war, klingelte ihr Handy.

»Stern«, meldete sie sich.

Es war Adrian Wild, der ihr das Datum von Anjas erstem Tag bei Anton Dries mitteilte. Sie bedankte sich, steckte das Telefon wieder ein und wandte sich an Anton Dries.

»So, Herr Dries, von Herrn Wild weiß ich jetzt, dass Anja am 26. März zu Ihnen kam.«

Dries sah sie stumm an.

»Ich dachte, der hockt in einem Boot auf dem Rhein«, sagte Weber verwundert.

»Er hat von seinem Boot aus eine Kollegin angerufen, die sofort im Büro vorbeigefahren ist und in die Akten gesehen hat.«

»Solche Mitarbeit lobe ich mir.« Weber nickte zufrieden.

»Herr Dries, haben Sie Anja schon vor diesem Datum gekannt?«, fragte Paula.

Dries verneinte.

Paula kaute nachdenklich auf ihrer Unterlippe. Ihr war klar, dass er, wenn er die Wahrheit sagte, Anja definitiv nicht geschwängert haben konnte – wenn es denn überhaupt Anja war, die in der Gerichtsmedizin lag.

Matthias Weber hatte sich umgedreht. Er war wohl zum selben Schluss gekommen, denn Paula sah ihm die Enttäuschung über die Entwicklung der Dinge an.

***

Nach einer Stunde war das kleine Häuschen von oben bis unten durchsucht. Im Gästezimmer im ersten Stock war nicht viel gefunden worden, nur ein ausgewaschenes Rammstein-T-Shirt, das Anton Dries als Anjas identifizierte. Aber nichts, was darauf hinwies, dass hier jemand verschwunden war, ohne seine Sachen mitzunehmen. Kein Rucksack, keine Klamotten, keine Waschutensilien, nichts Persönliches.

Gut, wenn Dries ihr tatsächlich etwas angetan hat, hätte er natürlich inzwischen alle Spuren verschwinden lassen, sagte sich Paula. Warum hat er dann aber das eine T-Shirt liegen lassen? Wenn er es in der ersten Aufregung vergessen haben sollte, dann hätte er danach genügend Zeit gehabt, es nachträglich zu entsorgen.

Die Spurensicherung fand ein paar Haare und Fingerabdrücke, die nicht mit denen von Anton Dries übereinstimmten. Die konnten von Anja sein, was natürlich ganz logisch war, da sie ja wochenlang hier gewohnt hatte. Sie konnten aber auch von Frau Schillinger, der Putzfrau, stammen. Oder von den anderen Jugendlichen, die vor Anja in diesem Zimmer untergebracht waren. Auf jeden Fall bestand die Hoffnung, dass eines dieser Haare endlich zu einer Identifizierung der Toten führte.

Werner Dreißigacker versprach ihnen, sowohl mit den hier gefundenen Spuren als auch mit Anton Dries' Proben ein Rapid-DNA-Profiling, einen DNA-Schnelltest, durchzuführen. Dann würden sie spätestens am nächsten Morgen Genaueres wissen.

Ansonsten fand die Spusi nichts Besonderes. Keinerlei Hinweise darauf, dass in diesem Haus größere Mengen Blut vergossen und wieder weggewischt worden waren.

Auch Weber sah ein, dass das nicht genug Beweismaterial war, um Anton Dries in Untersuchungshaft zu stecken.

Sichtlich unzufrieden mit dem Ergebnis, verließ er mit den Leuten von der Kriminaltechnik grußlos das Haus.

Paula entschuldigte sich bei Anton Dries für die Unannehmlichkeiten, die sie ihm bereitet hatten. Je länger sie ihn kannte, desto mehr glaubte sie an seine Unschuld. Er war wahrhaftig kein sonniger Typ, eher kurz angebunden und verschlossen, ungepflegt noch dazu, aber er nahm sich gestrandeter Jugendlicher an. Paula bewunderte diesen Einsatz für wildfremde und noch dazu schwierige Gören. Ja, sie wünschte sich sogar insgeheim, dass er unschuldig war.

***

»Hast den alten Zausel wohl noch ein bisschen getröstet?« Weber lehnte am Auto und sah Paula missmutig entgegen.

Othello sprang vor Glück, sie zu sehen, fast durch das heruntergelassene Fenster. Paula kraulte ihm den Lockenkopf und sah Weber eindringlich an.

»Genau deswegen kann ich dich nicht leiden: weil du so bist, wie du bist. Deine Art, mit Menschen umzugehen, geht mir einfach gegen den Strich. Mag ja sein, dass du in deiner bisherigen Abteilung mit dieser Herangehensweise erfolgreich warst …«

»Sehr erfolgreich sogar.«

»Schön für dich, aber dann bin ich nicht die richtige Partnerin für dich. Ich werde in diesem Fall mit dir zusammenarbeiten, weil es nicht anders geht, aber dann nie wieder.«

Weber wirkte gekränkt. »Du kannst doch nicht jeden Verdächtigen mit Samthandschuhen anfassen.«

»Das vielleicht nicht, aber ich muss ihm ja nicht gleich mit der Brechstange den Schädel einschlagen. Dries ist vielleicht ein brummiger Sonderling, aber ich glaube, er ist unschuldig.«

Webers Gesichtsausdruck wechselte von gekränkt zu spöttisch. »Ach ja? Und das sagt dir natürlich dein weiblicher Instinkt?«

Eine Windböe fegte durch die Raiffeisenstraße und wirbelte Staub auf. Das Donnern war jetzt nicht mehr weit entfernt, die ersten Blitze zuckten durch die fast schwarzen Wolken.

»Lass uns einfach weiterarbeiten und den Fall so schnell wie möglich lösen«, schlug Paula resigniert vor. Sie hätte sich gleich denken können, dass dieses Gespräch nichts bringen würde.

»Witzig, dass du das sagst, denn genau *das* habe ich die ganze Zeit vor«, sagte Weber spitz und sah zum Himmel hoch. Ohne Übergang schaltete er auf einen neutralen Ton um: »Wir sollten uns schnellstens ein trockenes Plätzchen suchen. Wie wäre es mit

Abendessen? Ich sterbe fast vor Hunger. Um die Ecke ist eine Weinstube.«

Und ich sterbe lieber, als mit dir an einem Tisch zu sitzen, dachte Paula.

»Du kannst dich ja woanders hinsetzen, wenn du meine Gegenwart nicht länger ertragen kannst«, schlug er freundlich lächelnd vor, als hätte er ihre Gedanken gelesen.

Eines musste Paula ihm lassen: Nachtragend war er nicht. Jetzt, da sie an Essen dachte, schlug auch ihr Magen vor Hunger Purzelbäume. »Also gut«, gab sie nach.

Matthias Weber holte Othello aus dem Auto, kurbelte die Scheibe hoch und schloss ab.

»Auf dem Rückweg zum Auto können wir noch mal schauen, ob Luzia Schillinger von ihrer Wanderung zurück ist. Die Weinstube ist nämlich genau in der Straße, in der sie und ihre Schwester wohnen. Vielleicht haben wir ja dieses Mal mehr Glück.«

Paula und Weber hatten das Lokal noch nicht erreicht, als es zu regnen begann. Paula liebte Sommergewitter, die eigenartige Stimmung, die herrschte, kurz bevor es richtig losging. Dieses ganz besondere gelbliche Licht, Zwielicht hatte ihre Oma es immer genannt, den aufkommenden Wind, die über den Himmel jagenden Wolken in allen Grauschattierungen und den typischen Geruch, der ganz kurz in der elektrisierten Luft hing, wenn die ersten Regentropfen auf die sonnendurchglühten, trockenen Straßen fielen. Und hinterher, wenn Blitz und Donner weitergezogen waren, die angenehme Abkühlung und die gereinigte, klare Luft.

Sie rannten die letzten paar Meter, und Othello sprang aufgeregt kläffend an ihnen hoch – er hielt das für ein tolles Spiel.

Da man nicht mehr draußen sitzen konnte, stürzten mit ihnen zusammen die Gäste aus dem Biergarten in die sichere Gaststätte. Trotzdem konnten sie sich den, wie Paula fand, schönsten Platz sichern, nämlich einen Tisch mit gemütlicher Holzbank neben einem grünen Kachelofen.

Paula strich sich ein paar nasse Haarsträhnen aus dem Gesicht und sah sich um. Es war sehr gemütlich. Mit den Korblampen, dem dunkelroten Klinkerboden, dem Kachelofen und den dunklen Holzbalken an der Decke hätte das auch ein Lokal irgendwo im Bayerischen sein können.

Durch die Fenster sah sie, dass es, obwohl es erst früher Abend war, draußen dunkel wie die Nacht war. Der Wind heulte um das Haus und peitschte den Regen gegen die Scheiben. Das Gewitter war jetzt ganz nah, hing offenbar direkt über ihnen.

Ein lauter Donner ließ die Gespräche im Lokal verstummen, alle Gäste sahen sich beunruhigt an. Außerhalb der sicheren Wände herrschte Weltuntergangsstimmung. Der nächste Donner kam schon von weiter weg, der Regen ließ auch langsam nach, und die Unterhaltungen setzten – wenn auch gedämpft – wieder ein.

»Weinstubb uff de Bach«, las Paula auf der Speisekarte. Sie dachte nicht lange über den komischen Namen nach, sondern widmete sich dem Speisenangebot. Das war typisch pfälzisch, was Paula sehr gelegen kam, denn alles, was sie den ganzen Tag gegessen hatte, war Kuchen, und den hatte sie nicht mal bei sich behalten. Seit diesem unangenehmen Intermezzo auf der Dienststellentoilette hatte sich ihr Magen erfreulich ruhig verhalten. Etwas Herzhaftes kam ihr also gerade recht. Sie entschied sich für die Wildbratwürste mit Sauerkraut und Bratkartoffeln.

»Bist du sicher, dass du das verträgst? Wäre für deinen angeschlagenen Magen nicht was Leichtes besser?«, fragte Weber.

Für Paula klang das eine Spur zu vertraut. Sie befürchtete, dass das Paar, das mit ihnen am Tisch saß, denken könnte, sie und Weber seien ebenfalls ein Paar. Das wollte sie auf gar keinen Fall.

»Lass mal meinen Magen meine Sorge sein, Kollege«, sagte sie deshalb etwas zu laut.

»Wenn du meinst, Kollegin. Kotz mir aber später nicht ins Auto«, antwortete Weber nicht minder laut und klappte die Karte zu. Er bestellte den Bachteller, Bratwurst, Saumagen und Leberknödel mit Kraut und Brot. Dazu eine große Weißherbstschorle.

Paula hätte auch gern Wein getrunken, orderte aber eine Flasche Mineralwasser.

Als die Getränke kamen, musterte Weber sie eingehend, sein

Blick schien sich direkt in ihren Kopf zu bohren. »Sag mal, bist du etwa schwanger?«, fragte er schließlich mit gedämpfter Stimme.

Paula verschluckte sich fast beim Trinken. »Spinnst du jetzt total?«, entgegnete sie so unverkrampft wie möglich.

»War nur eine Frage. Erst übergibst du dich, und dann trinkst du Mineralwasser …«

In diesem Moment klingelte ihr Handy. Paula griff danach, in der Hoffnung, der Anruf könnte sie aus der unangenehmen Situation retten. Da es aber Sebastian war, der sie zu erreichen versuchte, und ein Gespräch mit ihm noch erheblich unangenehmer war als das mit Weber, drückte sie ihn schnell weg.

»Magen-Darm, schon vergessen?«, sagte sie und versuchte, unbeteiligt auszusehen.

Er zwinkerte ihr zu. »Ach ja, genau deswegen isst du ja auch Schonkost.«

»Richtig erkannt. Sauerkraut reinigt bekanntlich den Verdauungstrakt.«

Wie aufs Stichwort wurde das Essen serviert.

»Na dann, lass dir deinen Darmreiniger gut schmecken«, wünschte Weber.

»Klingt richtig lecker, wie du das sagst.« Nichtsdestotrotz verspeiste Paula ihr Essen mit bestem Appetit.

Trotz der anfänglichen Unterhaltungsdiskrepanzen fanden sie dann doch noch ein neutrales Thema. Beide waren nämlich Sprösslinge aus Lehrerfamilien.

Auch das noch, dachte Paula. Sie fragte sich, wie so ein unangenehmer Mensch wie Weber so viel mit ihr gemeinsam haben konnte.

»Was sagen deine Eltern dazu, dass du Polizeibeamtin geworden bist?«

»Sie zeigen wenig bis gar keine Begeisterung. Sie können meine Entscheidung überhaupt nicht verstehen, immer wieder schmieren sie mir das tolle Lehrergehalt und die vielen Ferien aufs Brot.«

Weber lachte. »Die müssen die gleiche Platte haben wie meine Eltern, ich bekomme das auch ständig zu hören.«

Lachend kam er richtig sympathisch rüber, stellte Paula fest. Zum Glück lachte er nicht so oft.

»Außerdem hat meine Mutter permanent Angst, dass mir was passiert.«

»Meine auch, und sie findet es schrecklich, dass ich eine Waffe trage.«

»Unsere Erzeuger sollten eine Selbsthilfegruppe für Eltern von Kindern im Polizeidienst gründen«, schlug Weber vor.

»Wir sind aber keine Kinder mehr, das scheinen die immer zu vergessen.«

»Für sie werden wir ein Leben lang Kinder sein, ihre Kinder. Daran ist wohl nichts zu ändern. Hast du Geschwister?«

»Drei Schwestern, ich bin die Jüngste«, sagte Paula. »Wenigstens die Älteste ist Lehrerin geworden. Und bei dir?«

»Einzelkind. Auch kein leichter Job, kann ich dir sagen. Egal, was passierte, egal, was angestellt wurde, es kam immer nur einer dafür in Frage: ich. Vielleicht ist meine Mutter ja deswegen immer so extrem besorgt um mich?«

»Weil du immer was anstellst?«

»Das sicherlich auch, aber ich meinte eigentlich, weil ich notgedrungen ihr Lieblingskind bin.« Er sah auf die Uhr. »Wenn wir noch vor dem Rapport beim Chef bei der Schillinger vorbeiwollen, müssen wir los.«

Sie bezahlten, jeder für sich. Paula war froh, dass Weber keine Anstalten machte, sie einzuladen, was sie natürlich entschieden abgelehnt hätte. Was wiederum mit ziemlicher Sicherheit die momentan herrschende Harmonie ins Wanken gebracht hätte.

Als sie die Weinstube verließen, hatte es aufgehört zu regnen. Einzig die vielen abgerissenen Blätter und Äste zeugten von dem heftigen Gewitterguss. Die Straßen waren fast schon wieder trocken, nur ein paar vereinzelte Pfützen waren übrig geblieben, und aus jeder einzelnen trank Othello auf dem Weg zu Luzia Schillingers Haus ein paar Schlucke. Ob sie alle gleich schmecken oder jede anders?, fragte sich Paula, die ihm dabei belustigt zusah.

Von dem Pudel würde sie wohl keine Aufklärung darüber

erhalten, und da sie es ganz sicher nicht selbst ausprobieren wollte, würde das für alle Zeit ein ungelüftetes Geheimnis für sie bleiben.

Als ihr Handy klingelte, war sie noch so in diese Überlegung vertieft, dass sie das Gespräch annahm, ohne auf das Display zu sehen.

»Warum, verdammt noch mal, gehst du nicht ran, wenn ich dich anrufe?« Sebastians Stimme drang vorwurfsvoll in ihr Ohr.

Abrupt blieb Paula stehen und drehte sich von Weber weg. »Ganz einfach, weil ich nicht mit dir sprechen wollte«, sagte sie halblaut und gereizt.

»Aber wir müssen reden …«

»Nein, müssen wir nicht«, zischte sie. »Dafür ist es jetzt zu spät. Lass mich einfach in Ruhe und ruf mich nie wieder an.« Mit diesen unbeabsichtigt laut gesprochenen Worten beendete sie das Gespräch.

»Etwa Zoff im Paradies?« Weber sah sie neugierig an.

»Halt einfach die Klappe«, fuhr sie ihn an. »Das geht dich nichts an.«

»Okay«, sagte Weber und ging weiter.

Luzia Schillinger war noch nicht von ihrem Wanderausflug zurück. Das erfuhren Paula und Matthias Weber von deren Schwester Walburga Friedmann.

»Wollen Sie trotzdem hereinkommen?« Sie trat einladend zur Seite. Wahrscheinlich hofft die alte Dame, die neuesten Neuigkeiten aus erster Hand zu erfahren, schlussfolgerte Paula.

Ihre Annahme wurde auch sofort bestätigt: »Ich hab gehört, Sie waren schon beim Driese Anton – ist denn bei der Hausdurchsuchung was Interessantes rausgekommen?«

Paula wunderte sich nicht, dass Walburga Friedmann so gut informiert war. Es war zu erwarten gewesen, dass derartige polizeiliche Unternehmungen in einem kleinen Ort wie Minfeld wie ein Lauffeuer die Runde machten.

»Darüber dürfen wir Ihnen keine Auskunft geben, Frau Friedmann. Wir müssen außerdem zurück ins Präsidium«, sagte sie zur Enttäuschung der Frau.

Bevor Paula und Weber gingen, betonten sie noch einmal, wie wichtig es sei, dass ihre Schwester sich bei ihnen meldete, und ließen Walburga Friedmann mit ihrer ungestillten Neugierde allein.

***

Pünktlich um neunzehn Uhr saßen Paula und Weber ihrem Chef gegenüber. Heribert Sonne lehnte zufrieden in seinem XXL-Schreibtischstuhl und nuckelte an einer zum Glück nicht angezündeten Zigarre. Er schien einen angenehmen Tag hinter sich zu haben.

Ganz im Gegensatz zu Paula und Weber. Paula fühlte sich erschöpft. Schon im Auto, auf dem Weg zur Dienststelle, hatte sich die Müdigkeit bemerkbar gemacht, aber hier, in Sonnes Büro, traf sie sie plötzlich mit aller Macht. Sie hatte Mühe, ihre Augen offen zu halten, und hoffte inständig, in der kommenden Nacht endlich mal richtig schlafen zu können. Weber übernahm das Reden, wofür sie ihm sehr dankbar war.

Sonne hörte konzentriert zu. »Anja Ernst – die könnte Ihrer Meinung nach unser Opfer sein?«, sagte er, als Weber seinen Bericht beendet hatte.

Weber druckste ein wenig herum. »Na ja, was wir von ihr wissen, und das ist nicht besonders viel, passt in einigen Punkten zu dem, was wir von der Leiche wissen. Sie ist etwa im selben Alter wie unsere Tote, sie hatte ebenfalls schwarze Haare, und sie lebte einige Zeit bei Anton Dries, der für die Pflege des Kirchgartens verantwortlich ist, wo die Leiche gefunden wurde. Außerdem fehlt seit Mai jegliche Spur von ihr, ihr Handy ist nach Aussage ihres Jugendbetreuers seit Wochen nicht aktiv – das ist schon einiges, das Dries als Täter in die erste Reihe bringt.«

»Diese Hausdurchsuchung bei ihm war aber nicht von Erfolg gekrönt, da wurde nichts, aber auch gar nichts Verdächtiges gefunden.« Sonne drückte den Finger in die Wunde.

»Das nicht, das heißt aber nicht, dass Dries nicht der Täter sein könnte«, verteidigte Weber seinen bevorzugten Schuldigen. »Die Rechtsmedizin ist der Meinung, dass unsere Tote sehr blutig aus dem Leben geschieden ist. Es wurde bisher lediglich ausgeschlossen, dass sie in seinem Haus getötet wurde. Er könnte sie aber überall umgebracht haben, im Kirchgarten zum Beispiel. Wir müssen also unbedingt seine Geräte in dem Schuppen hinter der Kirche auf Spuren untersuchen lassen.« Weber machte sich eine Notiz und wirkte schlecht gelaunt.

Paula schloss daraus, dass er sich genauso wie sie darüber ärgerte, dass das nicht gleich im Zuge der Hausdurchsuchung gemacht worden war.

»Wenn es sich bei der Toten überhaupt um Anja Ernst handelt«, gab sie zu bedenken. »Es könnte ja auch jemand ganz anderes sein. Wir warten auf den DNA-Abgleich, den die Kriminaltechnik für morgen zugesagt hat. Und auch wenn es Anja sein sollte, dann ist Anton Dries trotzdem nicht zwangsläufig der Mörder, denn erwiesenermaßen sind die Fingerabdrücke auf den Müllsäcken nicht von ihm.«

»Was, wie gesagt, gar nichts heißen muss, da er einen Helfer gehabt haben könnte«, sagte Weber. »Außerdem schließt es ihn nicht automatisch als Mörder aus, wenn es sich bei der Toten nicht um Anja Ernst handeln sollte.«

Typisch Weber, dachte Paula. Er will partout an seinem Lieblingsverdächtigen festhalten.

»Wollen Sie damit sagen, dieser Dries war so schlau, selbst Handschuhe zu tragen, aber seinem Helfer hat er das nicht geraten? Das ist nicht besonders logisch, oder?«

Sogar Heribert Sonne bemängelte Webers Theorie, stellte Paula zufrieden fest.

»Affektmörder handeln meistens nicht logisch.«

»Affektmörder vielleicht nicht«, stimmte Sonne Weber zu und drehte die Zigarre zwischen seinen wurstigen Fingern. »Aber dank dieser ganzen amerikanischen Fernsehserien über Gerichtsmediziner weiß heutzutage jedes Kind, dass man zwingend Handschuhe anziehen muss, wenn man auch nur einen Kaugummi klauen und nachträglich nicht überführt werden will.

Das Beseitigen einer Leiche ist ein schwerwiegendes Vergehen, warum sollte also ein Helfer so dumm sein und ausgerechnet dabei keine Handschuhe tragen?«

Paula hätte Sonne wegen dieser Aussage glattweg küssen können. Theoretisch zumindest.

Weber sagte nichts dazu. Was hätte er auch sagen sollen, Sonnes Argument war schließlich einleuchtend.

Wenn Paula nicht so müde gewesen wäre, hätte sie mit Genuss nachgetreten, aber sie wollte nach Hause, die Augen schließen und endlich, endlich schlafen. Da kam ihr eine Idee.

»Machen wir doch Folgendes: Gehen wir einfach mal davon aus, dass der Täter *nicht* Anton Dries ist, aber aus Minfeld oder der näheren Umgebung stammt – wovon ich persönlich überzeugt bin. Wir nehmen von allen erwachsenen Einwohnern die Fingerabdrücke und gleichen sie mit denen auf den Müllsäcken ab. Und wenn dabei nichts herauskommt, haben wir zumindest alle als Täter«, sie sah kurz zu Weber rüber, »oder meinetwegen als Mittäter ausgeschlossen.«

Sonne wiegte nachdenklich den Kopf. »Und wenn es jemand war, der hier Urlaub gemacht hat, ein Tourist?«

»Dann wird der nächste Schritt sein, die zu überprüfen, die sich Ende April, Anfang Mai hier aufgehalten haben. Über den Tourismusverband kommen wir an die Meldelisten.«

»Das klingt nach einem Plan, Frau Stern. Gut, veranlassen Sie das gleich für morgen. Und lassen Sie das Handy dieser Anja Ernst orten, vielleicht bringt uns ja das weiter. Sonst noch was?«

Paula konnte den Drang zu gähnen nicht länger unterdrücken und versuchte, es hinter einer Hand zu verstecken. Sonnes tadelnder Blick traf sie.

»Entschuldigung, war ein langer Tag, Chef.«

Sonne sah auf seine Armbanduhr. »Sie haben recht, machen wir Schluss für heute. Schreiben Sie noch Ihre Berichte und legen Sie sie meiner Sekretärin auf den Tisch. Ich werde sie vor der Besprechung noch mal gründlich durchgehen. Vielleicht haben wir Glück und wissen danach endlich mehr. Ich muss doch der Presse irgendwas erzählen.«

Er zündete sich die Zigarre an und stand auf. »Wir sehen uns dann morgen.«

***

Als die Berichte endlich vom Drucker ausgespuckt wurden, war es zwanzig Uhr dreißig. Paula erklärte sich bereit, die Unterlagen hoch in Sonnes Sekretariat zu bringen.

Weber schlüpfte in seine Lederjacke und holte seinen Helm vom Aktenschrank. »Also dann, einen schönen Abend noch.« Sprach's, und schon war er zum Büro hinaus.

Als Paula gerade die Berichte auf den verwaisten Schreibtisch in Sonnes Vorzimmer legte, hörte sie den Motor von Webers Motorrad anspringen. War sie eben noch hundemüde gewesen, so weckte das satte Wummern sofort alle ihre Lebensgeister. Eine milde Abendsonne schien durchs Fenster herein, kein Wölkchen war mehr am Himmel zu sehen. Um diese Uhrzeit waren die Straßen frei von trödelnden Touristen, nervenden KaLuMas und Berufsverkehr.

Spontan entschied sie, auch noch eine Runde zu fahren, und auf einmal konnte sie gar nicht schnell genug aus dem Dezernat herauskommen.

Ihren täglichen Heimweg durch den Park kürzte Paula radikal ab. Sie befand, dass Othello für diesen Tag schon genug Auslauf gehabt hatte. Daheim gab sie ihm schnell Futter und schlüpfte in ihre rot-schwarz-weiße Lederkombi. Keeser hatte recht, sie hatte tatsächlich ein wenig abgenommen, die Hose saß lockerer als sonst. Aber wie lange noch?, fragte sie sich. Wenn sie wirklich schwanger sein sollte, dann würde der Anzug sehr bald zu eng sein. Was sollte sie dann zum Motorradfahren anziehen? Gab es Schwangerschafts-Motorradkleidung? Sie hatte noch nie davon gehört.

Als sie nach Helm und Handschuhen griff, stellte sie sich eine ganz andere Frage: Durfte sie schwanger überhaupt noch Motorrad fahren? Und wenn ja, wie lange? Bis zum fünften oder sechsten Monat? Irgendwann wäre der ständig wachsende

Bauch im Weg, und sie würde nicht mehr an Gas und Kupplung rankommen.

Paula zog die Wohnungstür hinter sich ins Schloss und stieg die Treppe hinunter. Und nach der Entbindung?, überlegte sie weiter. Würde sie dann noch Zeit und Gelegenheit zum Fahren haben, oder würde sie erst einmal darauf verzichten müssen? Ein schrecklicher Gedanke für sie. Aber Kindersitze für Motorräder waren schließlich noch nicht erfunden worden.

Punkt einundzwanzig Uhr stieg sie auf ihre Honda und startete den Motor. Das Glücksgefühl, das sie dabei empfand, würde ihre Mutter wohl nie verstehen können.

Langsam rollte sie vom Hof auf die Straße, und alles, was mit Schwangerschaft und Babys zu tun hatte, blieb hinter ihr zurück.

Sie überlegte kurz, ob sie nach Johanniskreuz hochfahren sollte, entschied sich dann aber spontan für die entgegengesetzte Richtung. Aus einem unerfindlichen Grund musste sie nämlich an den lispelnden Muskelprotz und an die Adresse seiner Ex denken, die diese ihr anvertraut hatte. Es hätte sowieso überprüft werden müssen, ob es sich wirklich um Karla Gemar handelte, mit der sie telefoniert hatte. Aber das konnte sie auch selbst erledigen.

Sie schlug also den Weg nach Germersheim ein. Vielleicht hatte sie ja Glück und traf die Frau an.

***

Paula war noch nie zuvor in Germersheim gewesen, und da sie kein Navi besaß, fand sie erst nach mehrmaligem Fragen die Straße, in der Karla Gemar derzeit wohnte. Vor dem Haus stand eine Yamaha MT-10 in Schwarz, genau wie Weber eine hatte. Sie las das Nummernschild, als sie ihre Maschine dahinter abstellen wollte: SÜW-MW … M für Matthias, W für Weber – das war Weber!

Empörung packte sie. Was zum Henker machte der denn hier? Konnte sie nicht mal in ihrer Freizeit Ruhe vor dem Kerl haben? Und wie kam der überhaupt zu der Adresse? Die hatte Karla Gemar doch nur ihr gegeben.

Sie widerstand dem Wunsch, einfach wieder wegzufahren, klappte stattdessen den Seitenständer aus und stieg ab. Auf dem Weg zur Haustür zog sie Handschuhe und Helm aus. Nach dem dritten Klingeln wurde ihr von einer zierlichen dunkelhaarigen, etwa einen Meter sechzig großen Frau geöffnet.

»Karla Gemar?«, fragte Paula. »Mein Name ist Paula Stern, wir haben heute Nachmittag telefoniert.«

»Es ist schon ein Kollege von Ihnen da«, sagte die Frau sichtlich erstaunt und ließ Paula ins Haus. »Ich hatte ja keine Ahnung, dass mein Wegzug aus Minfeld solche Wellen schlagen würde.«

Sie führte Paula durch das Haus hinaus auf eine kleine Terrasse, auf der Weber in einem Gartenstuhl thronte und ihr entgegengrinste.

»Paula! Hattest du etwa Sehnsucht nach mir?«

Paula ging lieber nicht auf diese Frage ein. »Woher hast du die Adresse?«, fragte sie scharf.

»Popeye hat dir doch die Handynummer diktiert, die ich mir dank meines fabelhaften Gedächtnisses natürlich gemerkt habe.«

Natürlich, äffte Paula ihn im Stillen nach. Du Blödmann mit dem Superhirn!

»Also hab ich hier angerufen und ein Treffen ausgemacht.«

Paula setzte sich auf den Stuhl, den Karla Gemar ihr angeboten hatte, und legte ihren Helm neben Webers auf den Boden.

Karla Gemar schenkte für Paula ein Glas Mineralwasser ein. »Sie nennen meinen Mann *Popeye*?« Sie sah Weber aus großen rehbraunen Augen an. Der schluckte und fragte sich, ob er sich im Ton vergriffen hatte.

»Das ist … das ist einfach perfekt!« Karla Gemar kicherte. »Genau so sieht er nämlich aus, wie dieser Popeye. Dabei war er früher ganz normal, eher dünn und schmächtig. Bis er mit diesem blöden Muskeltraining begann. Anfangs war das ja okay für mich, aber irgendwann fing er an, es zu übertreiben, er trainierte plötzlich täglich, und das mehrere Stunden, und nahm dazu noch irgendwelche Mittelchen.«

Paula versuchte, sich die zierliche Frau unter diesem Muskelmonster vorzustellen – der Kerl musste sie doch regelrecht erdrücken!

»Aber nicht nur sein Körper veränderte sich, es war, als hätte ich auf einmal einen ganz anderen Mann. Er wurde immer eifersüchtiger, spionierte mir nach und machte mir wegen nichtiger Kleinigkeiten ständig Szenen.«

»Hat er sie geschlagen?«, fragte Paula.

Karla Gemar zögerte mit der Antwort. »Nur ein Mal«, sagte sie schließlich. »Am 5. Mai. Wir kamen spätnachts von einer Geburtstagsfeier und hatten schon im Auto gestritten. Er warf mir vor, ich hätte den ganzen Abend mit seinem besten Freund rumgeflirtet. Ich sagte ihm, dass das völliger Quatsch sei und er sich das nur einbilden würde. Er gab mir daraufhin eine Ohrfeige, entschuldigte sich aber sofort dafür. Als er schlief, packte ich das Nötigste zusammen, und am nächsten Morgen hab ich ihn verlassen.«

»Hatten Sie zu dem Zeitpunkt schon einen anderen Mann?«

Karla Gemar sah Weber vernichtend an. »Nein, ich habe Peter niemals betrogen, das hat er sich, wie gesagt, alles nur eingebildet.«

»Er hat uns aber gesagt, Sie hätten ihn wegen eines Mannes verlassen, wegen des Mannes, bei dem Sie jetzt wohnen«, sagte Weber, und es klang wie eine Verteidigung.

»Das erzählt er? Tja, das stimmt aber nicht. Ich bin zuerst bei einer Freundin in Neustadt untergekrochen. Dort habe ich dann bei einer Ausstellung im Saalbau Jürgen kennengelernt. Ich bin erst vor sechs Wochen zu ihm nach Germersheim gezogen.«

»Und wie hat Ihr Mann auf den Auszug reagiert?«, fragte Paula.

»Er hat mich mit Anrufen terrorisiert und meine Freunde und Verwandten unter Druck gesetzt, damit sie ihm verraten, wo ich mich aufhalte. Meine Eltern haben dann Anfang Juli Unterlassungsklage beantragt, weil er ständig vor ihrer Tür stand und ihnen entweder die Ohren vollgeheult oder sie bedroht hat. Seitdem hält er sich zum Glück zurück.«

»Sein Hund …«

»Peter hat jetzt einen Hund?«, unterbrach Karla Gemar Paula überrascht.

»Eine Rottweilerhündin, und sie heißt Karla.«

»Hoffentlich behandelt er die besser als mich«, sagte Karla Gemar trocken. »Und hoffentlich ist sie ihm immer treu.«

Nun, einmal hat sie ihn ganz bestimmt schon betrogen, dachte Paula und hoffte, dass die Welpen keine Locken hatten und Othello ungeschoren davonkam.

»Fahren wir noch 'ne Runde zusammen?«, fragte Weber, als sie neben ihren Motorrädern standen und ihre Helme aufsetzten.

Paula fand, dass sie an diesem Tag schon mehr als genug Weber gehabt hatte, und lehnte das Angebot ab.

»Gut, dann bis morgen«, sagte er und schwang sich auf seine Yamaha.

Allerdings fuhren sie dann doch mehr oder weniger eine Runde zusammen, denn er war den ganzen Weg nach Landau immer direkt vor ihr. Er gab dabei ordentlich Gas, als wolle er austesten, ob sie mit ihm mithalten konnte.

Sie ließ sich jedoch nicht abschütteln.

Orgelkonzert, zweiter Versuch

Montag, 20. August

Als Paula vom Läuten des Weckers aus dem Schlaf gerissen wurde, blieb sie noch ein paar Minuten liegen. Sie hatte endlich wieder einmal richtig geschlafen und fühlte sich erholt und fit. Sogar das schwere Essen hatte sie gut vertragen und bei sich behalten. Genüsslich rekelte sie sich unter der Bettdecke.

Vor dem offenen Schlafzimmerfenster, in dessen Ausschnitt sie einen makellos blauen Himmel sehen konnte, zwitscherten die Vögel um die Wette. Der Tag versprach schön zu werden.

Sobald sie sich jedoch aufgesetzt hatte, revidierte Paula alles bis zu diesem Zeitpunkt Gedachte und Gefühlte, denn ihr wurde augenblicklich schlecht. Nur mit Mühe schaffte sie es ins Bad und zur Kloschüssel, über der sich ihr Magen gewissenhaft jedweden Inhalts entledigte.

Erschöpft lehnte Paula an der kühlen gefliesten Wand zwischen Toilette und Dusche, als ihr Handy klingelte. Beim schnellen Aufstehen wurde ihr schwindelig, ihr Kreislauf spielte verrückt. Sie hangelte sich vom Waschbecken zur Türklinke und von dort aus durch die Diele und ins Wohnzimmer. Bevor ihr endgültig schwarz vor Augen wurde, ließ sie sich auf das Sofa plumpsen. Fast blind griff sie nach dem Handy, das sie am Abend vorher dort liegen gelassen hatte.

»Ja?«, meldete sie sich mit einem Krächzen. Nach kurzem Räuspern brachte sie ein etwas klareres »Ja?« heraus.

»Frau Stern? Ich hab Sie doch hoffentlich nicht geweckt?«

Das war Bettina Mertens' Stimme. Hätte Paula das Display kontrolliert, wäre sie nicht drangegangen.

»Nein, haben Sie nicht.«

»Sind Sie etwa krank? Sie hören sich gar nicht gut an.«

Was du nicht sagst, dachte Paula, antwortete aber nicht.

»Hören Sie, die Pressekonferenz ist ja in ein paar Stunden, und ich wollte einfach mal nachfragen, ob Sie mir vorab nicht schon ein paar klitzekleine Informationen zukommen lassen könnten.«

Paula hätte am liebsten aufgelegt, aber selbst dazu war sie zu schwach.

»Ich hab gestern mehrmals versucht, Sie zu erreichen, aber Sie waren wohl zu beschäftigt, sich bei mir zu melden. Ist bei der Hausdurchsuchung bei Anton Dries etwas herausgekommen?«

»Haben Sie von einer Verhaftung gehört?«, fragte Paula genervt.

»Nein …«, antwortete Bettina Mertens zögerlich.

»Dann ist dabei anscheinend nichts Ermittlungsrelevantes gefunden worden. Frau Mertens, ich kann Ihnen gar nichts sagen, weil wir noch nichts haben. Ehrlich. Bei der Pressekonferenz werden Sie alles erfahren, was wir bisher wissen.«

Eben, gar nichts wissen wir, dachte Paula. Sie tappten im Dunkeln, aber Oberrat Sonne würde es schon so formulieren, dass sie nicht als vollkommene Nieten dastanden.

»Und was ist mit der jungen Frau, die bei Anton Dries gewohnt hat? Ist sie die Tote, die wir am Freitag gefunden haben?«

Paula hätte der bestens informierten Pressefrau am liebsten vorgeschlagen, die Pfade des Journalismus zu verlassen und dafür eine kriminalistische Laufbahn einzuschlagen. Am meisten störte sie jedoch das Wort »wir«. Bettina Mertens hatte die Leiche nicht gefunden, sie war nur zufällig in der Nähe gewesen, als eine Leiche gefunden wurde.

»Frau Mertens, Sie sind doch schon hervorragend über alles unterrichtet. Mehr haben wir auch noch nicht herausgefunden.« Paula hätte das Gespräch am liebsten mit einem Knopfdruck beendet, aber ihre gute Erziehung ließ das nicht zu.

»Aber sie ist verschwunden, stimmt's?« Bettina Mertens war wie Othello: Wenn sie erst mal einen Knochen witterte, dann hörte sie nicht auf, danach zu graben.

»Wir kennen nur ihren momentanen Aufenthaltsort nicht.«

»Lassen Sie mir ein Foto von der Frau und die wichtigsten Eckdaten zu ihrer Person zukommen, und ich starte eine Suchmeldung in meiner Zeitung.«

Grundsätzlich keine schlechte Idee, dachte Paula. Diese Aktion wäre jedoch unnötig, wenn sich herausstellen sollte, dass Anja Ernst und die Tote ein und dieselbe Person waren. Genau das würden sie schon in den nächsten Stunden wissen. Und wenn Anja Ernst nicht die tote Frau war? Wäre es dann noch von Interesse, wo sie sich aufhielt?

Sie kraulte Othello, der zu seiner vollen Länge ausgestreckt neben ihr lag und ihr sein Bäuchlein entgegenreckte. Ja, doch, entschied sie. Anja Ernst könnte als Zeugin wichtig sein, denn sie war nicht nur genau zu der Zeit in Minfeld gewesen, *als* die Leiche dort verscharrt wurde, sie arbeitete auch genau in den Grünanlagen, *wo* sie verscharrt wurde. Aber keinesfalls konnte sie Bettina Mertens dafür grünes Licht geben.

»Besprechen Sie das mit meinem Chef, ich hab das nicht zu entscheiden.«

»Könnten Sie das nicht mit ihm abklären, Frau Stern? Auf mich reagiert er immer … sagen wir, allergisch.«

Was Paula keinesfalls verwunderte, besonders nach dem letzten spekulativ-aufreißerischen Artikel, den sie geschrieben hatte.

»Ich werde es ihm vorschlagen, wenn die zu erwartenden Ergebnisse dafürsprechen sollten.«

Bettina Mertens schnappte nach der unbedacht ausgesprochenen Information wie ein Fisch nach dem Köder. »Sie erwarten also Ergebnisse? Welche sind das?«

»Frau Mertens, wir warten immer auf irgendwelche Ergebnisse. Lassen Sie es gut sein, Sie werden nichts von mir erfahren. Einen schönen Tag noch.« Gute Erziehung hin oder her – Paula beendete das Gespräch nun doch ohne Vorwarnung.

»Mist«, sagte sie laut, als ihr Blick auf die Uhr fiel. Das Gespräch mit der Pressetante hatte ihr wertvolle Minuten geraubt. Sie musste sich schnellstens fertig machen und zum Dienst. Ein Gutes hatte das Telefonat jedoch: Ihre Übelkeit war wie weggeblasen.

Auf dem Weg durch den Park zum Dienst klingelte erneut Paulas Handy. Sie fragte sich, was nur alle heute Morgen von ihr wollten. Nach einem Blick auf das Display meldete sie sich.

»Hallo, Lieblingskeeser, was willst du denn schon zu so früher Stunde?«

»Ich will nur hören, wie es dir und Bazillus geht.«

»*Mir* geht es nach einer total leckeren trockenen Scheibe Knäckebrot und einer Tasse feinstem Kamillentee ganz wunderprächtig. Wie es Bazillus geht, weiß ich nicht.«

»Du gehst heute zum Arzt, versprich mir das. Ich will keine Ausreden hören.«

»Ja, Papa Keeser, mache ich. Ich will ja selbst wissen, was los ist.«

»Ruf mich an, wenn du den Termin hast, ich fahre dich hin.«

»He, ich bin schon groß, das schaffe ich ganz allein. Oder traust du mir nicht?«

»Ich bezweifle nicht, dass du das allein kannst, aber willst du dich allen Ernstes von Weber zum Frauenarzt fahren und ihn womöglich noch im Wartezimmer auf dich warten lassen?«

Da musste sie Keeser beipflichten, das wollte sie nicht. Schon gar nicht, nachdem Weber sie gefragt hatte, ob sie schwanger sei.

»Ich ruf dich dann an. – Ach, und Keeser … danke.«

»Keine Ursache.«

***

»Guten Morgen, Paula, wie geht's?«, fragte Tina Geiger, als Paula wenig später ihr Sekretariat betrat, um Othello bei ihr zwischenzuparken. Apfelgrün war Tinas Kleiderwahl des Tages: apfelgrüner Rock, apfelgrünes T-Shirt, apfelgrüne weite Flatterbluse, apfelgrüne wadenhohe Stiefeletten, apfelgrüner Nagellack.

Grün ist die Farbe der Hoffnung, dachte Paula unwillkürlich. Es nervte sie jedoch langsam, dass sich alle nach ihrem Wohlbefinden erkundigten.

»Gut, Geigerlein.« Damit log Paula nicht einmal, im Moment ging es ihr wirklich gut. Auch das Knäckebrot war noch dort, wo es sein sollte, nämlich in ihrem Magen. Sie überlegte, ob es nicht besser wäre, in Zukunft immer nur kleine Portionen zu essen.

Weber streckte den Kopf zur Tür herein. »Guten Morgen, die Damen. Paula, kommst du? Es scheint Neuigkeiten zu geben.«

Paula folgte ihm ein Stockwerk höher.

Sie waren die Letzten in der Runde. Oberrat Sonne, wegen der bevorstehenden Pressekonferenz an diesem Morgen wieder ordentlich in Hemd und Anzug verpackt, winkte sie hektisch in den Besprechungsraum. Paula entdeckte in dem voll besetzten Raum einen freien Stuhl neben Marianne Renner und war gespannt, was sie gleich zu hören bekamen. Für Weber blieb nur ein Stehplatz an der Wand ihr gegenüber.

Sonne ließ das gewohnte Begrüßungsprozedere aus und wandte sich sofort an Werner Dreißigacker. »Dann lassen Sie mal hören.«

»Wir haben die DNA-Auswertungen. Der letzte Test war bekanntermaßen ein Schnelltest, aber wir gehen dennoch von einer sehr hohen Genauigkeit aus.«

Paula rutschte ungeduldig auf ihrem Stuhl herum.

»Gleich vorab: Wir haben eine Übereinstimmung«, sagte Dreißigacker und sah zufrieden in die Runde.

Oh, mach's doch nicht so spannend!, dachte Paula. Ist es nun Anjas Leiche, die Othello gefunden hat, oder nicht?

»Zuerst einmal handelt es sich bei der Toten nicht um Anja Ernst.«

Ein Raunen ging durch den Raum.

Mist, dachte Paula. Nicht dass sie Anja Ernst den Tod gewünscht hätte, aber jetzt wussten sie immer noch nicht, wer die tote Frau war.

»Des Weiteren stimmt die DNA der Toten mit keiner der vermisst gemeldeten Frauen überein.«

»Sagten Sie nicht was von einer Übereinstimmung?«, platzte es aus Paula heraus.

»Dazu komme ich jetzt, werte Kollegin. Und zwar geht es um die DNA von Anton Dries – viele seiner DNA-Marker stimmen mit denen des Fötus überein. Er könnte also der Vater des Kindes sein.«

Lautes Getuschel erfüllte das Besprechungszimmer.

»Na bitte«, rief Weber über den Tumult hinweg und sah Paula triumphierend an.

»Meine Herrschaften, Ruhe bitte!« Sonne klatschte mehrmals mit der flachen Hand auf die Tischplatte, woraufhin der Geräuschpegel abrupt auf null abfiel.

»Wie gibt's denn das, wenn es nicht Anja Ernst ist?«, fragte Paula überrascht in die entstandene Stille hinein.

»Männer können ihr Ding auch in mehrere Frauen stecken«, sagte Weber mit höhnischem Unterton und handelte sich dafür einen vernichtenden Blick von Sonne ein. »Jedenfalls ist er jetzt wieder unser Verdächtiger Nummer eins«, fuhr er unbeeindruckt und sichtlich zufrieden fort. »Er hat also eine andere junge Frau geschwängert und aus dem Weg geräumt. Vielleicht kann er seinen ›Willi‹ einfach nicht bei sich behalten? Das könnte auch der Grund für das Verschwinden dieser Anja gewesen sein: Als er ihr ebenfalls an die Wäsche wollte, ist sie abgehauen. Oder«, er sah Paula eindringlich an, »er hat auch sie getötet. Dann läge Kollegin Stern gar nicht so falsch mit ihrer Vermutung, dass im Kirchgarten noch mehr Leichen vergraben sein könnten. Jemand von der Hundestaffel sollte mit einem Leichensuchhund das Gelände absuchen, um auf Nummer sicher zu gehen.« Zu Werner Dreißigacker gewandt sagte er: »Die Spurensicherung muss auch noch mal nach Minfeld raus. Da die Tatwaffe nicht in Anton Dries' Haus war, könnte sie in dem Geräteschuppen hinter der Kirche versteckt sein.«

»Ich kümmere mich umgehend um den Haftbefehl«, sagte Marianne Renner. Sie nahm ihr Handy, stand auf und zog sich zum Telefonieren in eine Ecke zurück.

Paula wollte nicht glauben, dass Anton Dries tatsächlich ein Mörder war. Sollte ihre Menschenkenntnis, auf die sie sich immer hatte verlassen können, auf einmal so unterirdisch schlecht sein? Unmöglich.

»Auch wenn das Baby von ihm ist, muss er noch lange nicht der Mörder sein«, sagte sie in die entstandene Unruhe hinein. »Die Frau könnte von jemand anderem getötet worden sein.«

Weber verschränkte die Arme vor der Brust und sah sie herausfordernd an. »Ach ja? Und warum hat Dries dann nichts davon erzählt, dass er ein Baby gemacht und seit Mai nichts mehr von Mutter und Kind gehört hat?«

»Weil er vielleicht gar nichts von dieser Schwangerschaft wusste?« Paula fand selbst, dass das sehr dünn klang.

Weber schüttelte unwirsch den Kopf. »Blödsinn. Welche werdende Mutter will absichtlich allein mit einem Kind dastehen und auf Alimente verzichten?«

»Die Frau könnte verheiratet gewesen sein und somit einen Versorger für das Kind gehabt haben. Oder sogar geglaubt haben, es sei von ihrem Mann.«

Weber schnaubte. »Klar, und dann lässt sich eine junge Frau ausgerechnet mit dem vierzig Jahre älteren, ungepflegten Sonnenscheinchen Dries ein.«

Stimmt, dachte Paula, freiwillig sicherlich nicht. Und unfreiwillig? Dann hätte die Frau Anton Dries doch angezeigt, oder? Wenn er bereits strafrechtlich aufgefallen wäre, wären seine Fingerabdrücke gespeichert.

»Wir müssen …«, setzte sie an, aber Weber unterbrach sie: »Und warum hat dann der Ehemann nicht das Verschwinden seiner schwangeren Frau angezeigt? Sag jetzt nicht, dass er auch nichts davon wusste, denn den fünften Monat kann man nicht mehr übersehen, schon gar nicht bei einer zierlichen Person wie unserer Toten.«

Weber hatte recht, von all den vermisst gemeldeten Frauen war nicht nur keine schwanger gewesen, es gab auch keine DNA-Übereinstimmung. Paula gingen die Argumente aus.

»Wir müssen …«, setzte sie erneut an, doch Weber fuhr ihr wieder ins Wort. »Sieh es endlich ein: Anton Dries ist unser Täter.«

Marianne Renner hatte ihr Telefonat beendet und kam an den Tisch zurück. »Alles klar. Richter Adam stellt den Haftbefehl aus, er kann in einer halben Stunde beim Amtsgericht abgeholt werden.«

»Das erledigen wir«, sagte Weber für sich und Paula.

»Also dann Schluss mit den Diskussionen. Bringen Sie Dries her«, sagte Sonne abschließend und stand auf. »Da der Mann bisher nicht besonders gesprächig war, könnte es sein, dass er weiterhin den Zugeknöpften gibt. Bis er gestanden hat, laufen die Ermittlungen fürs Erste ganz normal weiter. Wir müssen schnellstmöglich in Erfahrung bringen, wer die Frau in der Rechtsmedizin ist. Kümmern Sie sich also gleich um die Frauen- und Zahnärzte. Die Befragung der Minfelder Einwohner hat bisher auch noch nichts ergeben. Da bleiben Sie aber mit Ihren Leuten dran, Becker, bis auch der Letzte befragt wurde und seine Fingerabdrücke abgegeben hat. Einer muss doch schließlich was gesehen haben. Weber, Sie machen das mit dem Hund, um auszuschließen, dass dort noch mehr Leichen herumliegen. Sie wissen also alle, was zu tun ist. Ach, was ist eigentlich mit diesem Isotopen-Dings, das Dr. Knopp durchführen wollte?«

»Er hat sich noch nicht gemeldet«, sagte Paula. »Ich werde bei ihm nachhaken.«

»Tun Sie das, wäre doch gelacht, wenn wir die Identität der Toten nicht auch ohne Anton Dries' Mithilfe herausbekommen würden. Wenn zwischendurch was Wichtiges sein sollte, rufen Sie mich an. Ansonsten Bericht wie gehabt heute Abend. Ich hoffe, wir wissen dann mehr.« Sonne schob geräuschvoll seinen Stuhl zurück. »Gut, das war's dann wohl. Ich bereite mich jetzt auf die Pressekonferenz vor.« Er stampfte davon.

»Wir müssen Anton Dries' Fingerabdrücke mit AFIS abgleichen, dann sehen wir, ob er in der Vergangenheit schon mal auffällig geworden ist«, brachte Paula endlich ihren Satz zu Ende.

Dreißigacker nickte ihr zu. »Wird erledigt.«

»Wirst du doch endlich vernünftig? Ich warte im Büro auf dich«, sagte Weber und verließ gleich nach Sonne den Raum.

Marianne folgte ihm mit ihren grünen Augen. »Von dem würde ich mich zu gern verhaften lassen«, raunte sie Paula zu.

»Soll ich Keeser einen Tipp geben, dass du auf so was abfährst?«, bot Paula an.

»Ach, doch nicht von Bernd! Wehe, du sagst ihm was!«

***

Paula sah kurz in ihr Büro. »Bin gleich so weit, muss nur schnell noch was erledigen«, rief sie Weber zu.

Tina Geiger telefonierte, als sie deren Kabuff betrat.

»Kann ich mal die Liste der Frauenärzte sehen?«, fragte Paula, als das Gespräch beendet war.

»Ja klar, willst du mir etwa ein bisschen helfen?« Tina Geiger strich schnell noch einen Eintrag durch und schob Paula dann den Stapel Blätter zu.

»Das könnte dir so passen.«

»Hätte ich mir ja denken können. Ein paar hab ich schon abtelefoniert, leider ergebnislos. Was suchst du denn?« Sie beobachtete, wie Paula mit dem Zeigefinger die Adressen entlangfuhr und dann bei einer bereits durchgestrichenen innehielt. »Da hab ich aber schon angerufen«, sagte sie, als Paula die Nummer in ihr Handy tippte.

»Guten Morgen, hier ist Paula Stern«, sagte Paula und gab Tina ein Zeichen, still zu sein. »Ich brauche so schnell wie möglich einen Termin, am liebsten gleich heute.« Sie lauschte und sah Tina dabei an. »Sofort? Oh, das ist ja toll. Danke, bis gleich.«

»Frauenarzt? Bei einem Magen-Darm-Virus braucht man aber doch …« Tina Geigers Augen wurden groß und größer. »Oje, sag mir, dass es nicht das ist, was ich denke.«

»Genau das will ich überprüfen lassen.«

Tina Geiger lehnte sich in ihrem Stuhl zurück und verschränkte die Arme vor der üppigen Brust. »Wusst ich's doch gleich, mir kann man eben nichts vormachen. Ich hab dir das mit dem Virus von Anfang an nicht abgekauft.«

Paula wählte Keesers Nummer. »Bist du bereit? Ich kann sofort kommen«, sagte sie ohne Begrüßung. »In Ordnung, ich warte unten.«

Tina Geiger lehnte sich gespannt nach vorn. »Sebastian geht mit? Habt ihr euch versöhnt?«

»Nein, Keeser bringt mich hin.«

»Der Commissario? Er weiß davon und geht mit dir zum Frauenarzt? Wie süß.«

»Pssst, nicht so laut, braucht keiner zu wissen.«

Tina Geiger machte mit der Hand eine Bewegung, als würde sie ihren Mund mit einem Schlüssel verschließen und diesen dann wegwerfen. »Ich will aber wissen, was bei der Untersuchung rauskommt«, flüsterte sie.

Paula nickte. »Drück mir die Daumen, dass ich keinen Untermieter habe.«

Auf dem kurzen Weg in ihr Büro überlegte sie, was sie Weber sagen sollte. Sie könnte ihm einen Zahnarzt- oder Tierarztbesuch vorflunkern. Letztendlich entschied sie sich, so nahe wie möglich an der Wahrheit zu bleiben, denn wenn sie etwas überhaupt nicht konnte, dann war es lügen.

Weber sah vom Bildschirm zu ihr hoch. »Bin gleich so weit, nur noch einen Moment. Ich sehe mir gerade die Polizeiakten durch und habe nichts über Anton Dries gefunden. Der war bisher total unauffällig, hat noch nicht mal ein Knöllchen für falsches Parken bekommen.« Er schaltete den Rechner aus, stand auf und griff nach seiner Motorradjacke. »Dann haben wir natürlich seine Fingerabdrücke auch nicht gespeichert. Der Leichenspürhund ist inzwischen angefordert.«

»Du musst Dries ohne mich abholen«, sagte Paula.

Weber kontrollierte, ob sein Handy in der Jacke steckte, und griff nach dem Autoschlüssel. »Wieso das denn?«

»Ich hab 'nen Arzttermin. Die Magensache, du weißt schon«, sagte Paula und vermied es, ihm in die Augen zu sehen. »Bis du ihn hergebracht hast, bin ich bestimmt auch wieder da.«

»Alles klar, das schaffe ich auch allein. Ich hab ja zwei Beamte dabei, die mich unterstützen.« Er kam um den Schreibtisch herum und stellte sich genau vor sie.

Paula musste ihm nun doch in die ozeanblauen Augen sehen. Sie roch sein Rasierwasser. Herb-frisch, sauber, männlich, ungemein anziehend, meldete ihr für den Geruchssinn zuständiges Gehirnareal. Ihr wurde schlagartig heiß. Bitte, bitte, lass mich nicht rot werden!, flehte sie.

»Ich kann dich gern dort absetzen, bevor ich zum Amtsgericht fahre.«

»Nicht nötig, Keeser kommt gleich und bringt mich hin«, brachte Paula gerade so über die Lippen.

Webers eben noch weiche Gesichtszüge verhärteten sich. »Keeser? Der kommt extra her, um dich zu fahren? Na dann, er kann das ja auch bestimmt viel besser als ich.« Seine Stimme troff vor Sarkasmus.

Paulas Verlegenheit schlug augenblicklich in Zorn um. »Red doch kein Blech. Er hat es mir gestern angeboten, und ich habe das Angebot gern angenommen. Das hat gar nichts mit dir zu tun. Überhaupt dreht sich nicht ständig alles nur um dich!«, fauchte sie.

»Alles klar. Keine Sorge übrigens, du bist mich bald los. Ich hab schon mit dem Chef gesprochen, nach diesem Fall bekommst du deinen Busenfreund Keeser wieder zurück.« Er warf sich die Jacke über die Schulter und ging an Paula vorbei. Vom Gang aus rief er ihr noch zu: »Dann drück ich mal die Daumen, dass es nichts Ernstes ist.«

Paula sah ihm nach. Sie hoffte auch, dass es nichts *Ernstes* war. Wie hieß es doch so schön? »Aus Spaß wurde Ernst. Ernst ist jetzt drei Jahre alt.«

***

»Wow, der hat aber eine Laune!« Keeser kam Paula von der Eingangstür her entgegen. Er musste Weber direkt in die Arme gelaufen sein. »Hast du den armen Kerl wieder geärgert?«

»Ich bin mir keiner Schuld bewusst. Ich hab ihm nur gesagt, dass er mich nicht zum Arzt fahren muss, weil du das machst. Und schon ist er wie eine Rakete hochgegangen.«

»Mich wundert das nicht.« Nachdem er den herbeigestürzten Othello begrüßt hatte, nahm Keeser seine Tasse aus dem Regal und stellte sie unter den Auslauf der Kaffeemaschine. Er drückte auf den Knopf für doppelten Espresso.

»Wie meinst du das?«, fragte Paula über das laute Geräusch des Mahlwerks hinweg.

»Weber steht auf dich, das sieht doch ein Blinder. Sag bloß, das hast du noch nicht gemerkt?«

Wenn du wüsstest, auf wen der tatsächlich steht, dachte Paula. Der bevorzugt Vollblutweiber wie deine Marianne und nicht so kurvenlose Frauen wie mich. Gott sei Dank, nebenbei bemerkt.

»Quatsch«, sagte sie aber nur. »Der mag mich genauso wenig wie ich ihn.«

Keeser nippte vorsichtig an dem dampfenden Kaffee und sah sie amüsiert an. »Bist du da ganz sicher?«

»Natürlich«, blaffte Paula. »Wir streiten den ganzen Tag.«

»Was sich liebt, das neckt sich.«

»Ich necke ihn nicht, ich hasse ihn!«

»Ach ja? Warum regst du dich denn gleich so auf? Man sagt nicht umsonst, dass nur getroffene Hunde bellen.«

»Könntest du mal diese schwachsinnigen Sprüche lassen? Du nervst nämlich. Und jetzt muss ich zum Arzt.« Sie ging die paar Schritte zu ihrem Stuhl und angelte sich ihre Jacke von der Lehne. »Kommst du nun mit, oder willst du lieber noch mehr Kalendersprüche aus Geigerleins Abreißkalender auswendig lernen?«

»Ich sage nur: getroffene Hunde …« Er grinste sie frech an und drückte ihr seine leere Tasse in die Hand.

Am liebsten hätte Paula sie an die Wand gepfeffert. Sie beherrschte sich aber und brachte sie zum Waschbecken in ihrem Büro.

»Ich werde erst Weber umbringen und dann dich«, prophezeite sie ihm und nahm den erwartungsvoll schwanzwedelnden Othello an die Leine.

»Wir werden sehen, Paulalein.«

»Sag nicht Paulalein zu mir, das dürfen nur meine Oma und Geigerlein.«

***

Bernd Keeser weigerte sich, mit Paula in die Praxis zu gehen. Er wollte nicht als einziger Mann zwischen lauter Frauen im Wartezimmer sitzen. Was er erst recht nicht wollte, war, für einen alten Lustmolch gehalten zu werden, der eine Frau geschwängert hatte, die seine Tochter sein könnte. Er bestand darauf, mit Othello im Auto zu warten.

Mit klammem Gefühl stieg Paula aus und überquerte die Industriestraße. Ihre Gedanken schlugen Kapriolen. Wenn sie diesen Weg später wieder zurückging, würde sie wissen, ob sie ein Kind bekam oder nicht. Dieser Weg war sozusagen ihr Schicksalsweg, womöglich ihr Gang zum Schafott. Jedes Mal wenn sie in Zukunft hier vorbeikäme, würde sie sich an das schreckliche Gefühl erinnern, das sie gerade eben empfand.

Sie drückte die Eingangstür auf und verharrte einen kurzen Moment. Noch hätte sie gehen und die Gewissheit noch etwas hinausschieben können. Sie verwarf diesen Gedanken jedoch, denn das hätte nichts gebracht außer weiterem Bangen. Sie atmete tief durch und nahm sich vor, einfach fest daran zu glauben, dass sie nicht schwanger war.

An der Anmeldung nannte sie ihren Namen und gab ihre Krankenkassenkarte ab. Die Arzthelferin steckte sie in das Lesegerät und runzelte die Stirn. »Ich sehe gerade, dass Sie erst vor drei Monaten bei uns waren. Am Telefon klangen Sie aber, als ob es sehr dringend sei.« Sie reichte Paula ihre Karte über den Tresen zurück. »Haben Sie irgendwelche Beschwerden?«

»Ähm … na ja, ich fürchte, ich könnte schwanger sein.«

Ihr Gegenüber schenkte ihr ein strahlendes Lächeln. »Wie schön! Das werden wir gleich genau wissen.«

Schön? Paula fand daran gar nichts schön. Sie nahm einen Urinbecher entgegen, auf den die Arzthelferin zuvor ihren Namen geschrieben hatte.

»Wenn Sie auf der Toilette waren, geben Sie den Becher einfach im Labor nebenan ab. Danach nehmen Sie bitte noch kurz im Wartezimmer Platz.«

Paula ging wie in Trance zur Garderobe. Als sie ihre Jacke ausziehen wollte, fiel ihr ein, dass sie das Schulterhalfter mit ihrer Dienstwaffe noch trug. Also ging sie mit Jacke zur Toilette, erledigte den Auftrag und brachte den Becher mit dem Babybeweismaterial ins Labor.

Im Wartezimmer saßen schon zwei Frauen. Eine davon war

hochschwanger, sie sah aus, als ob sie gleich platzen würde. Vielleicht sehe ich in ein paar Monaten genauso aus, dachte Paula entsetzt. Danach konnte man doch nie und nimmer wieder einen normalen Körper bekommen, oder? Sie konnte die Augen nicht von der gigantischen Ausbuchtung abwenden.

»Zwillinge«, erklärte die Schwangere, die ihren Blick bemerkt hatte, und strich liebevoll über ihren Babybauch.

Die auch?, dachte Paula entsetzt. War das etwa eine pfälzische Seuche? Die Zwillingsseuche?

An diese überaus erschreckende Möglichkeit hatte Paula bisher noch keinen Gedanken verschwendet. In ihrer Familie gab es keine Zwillinge, das wusste sie, aber sie hatte keine Ahnung, wie das bei Sebastian war. *Ein* Kind wäre ja schon schlimm – *zwei* jedoch wären das absolute Armageddon!

Liebes Universum, bitte, bitte, lass das nicht zu, flehte sie inbrünstig. Lass mich am besten gar nicht schwanger sein, ich werde auch nie wieder die Pille vergessen, versprochen. Nein, nein, warte, liebes Universum, ich weiß noch was viel Besseres: Wenn du mich nicht schwanger sein lässt, werde ich nie wieder Sex vor der Ehe haben, ich schwör's!

Während sie das im Stillen wie ein Mantra immer und immer wieder dachte, blätterte sie durch eine Frauenzeitschrift, ohne sich auf einen der Artikel konzentrieren zu können.

Als Erstes verschwand die Zwillingsmama in einem der Behandlungszimmer, dann die andere Frau. Paulas Nervosität stieg von Minute zu Minute, ihre Hände wurden feucht, klebten an den Seiten des Magazins fest. Nach einer gefühlten Ewigkeit wurde sie endlich aufgerufen.

Sie widerstand dem Drang zu fliehen und folgte der Arzthelferin wie ein Opferlamm, das zur Schlachtbank geführt wurde.

Dr. Weller wartete bereits auf sie und schüttelte ihr die schweißfeuchte Hand. »Nehmen Sie bitte Platz, Frau Stern. Sie sind also hier, weil Sie eine Schwangerschaft vermuten?« Er überflog ein Blatt Papier und wiegte dabei den Kopf.

Bitte, bitte, sag, dass ich mich geirrt habe!, schickte Paula ein letztes stilles Stoßgebet gen Himmel.

»Sie haben richtig vermutet, Sie sind schwanger«, sagte Dr. Weller, und es klang tatsächlich erfreut. »Herzlichen Glückwunsch!«

Paula sah ihn schockiert an. Obwohl sie es liebte, recht zu haben, in diesem Fall hätte sie sich allzu gern getäuscht.

Jetzt war es Fakt: In ihrem Bauch wuchs ein Baby heran, ein fieser kleiner Eindringling, der ihr ganzes wunderschönes Leben über den Haufen werfen würde. Und dieser Blödmann von einem Arzt gratulierte ihr auch noch dazu!

»Dann wollen wir doch mal nachsehen, wie weit Sie sind«, sagte er fröhlich. »Ziehen Sie bitte Ihre Jacke aus und legen Sie sich auf die Liege. Ich mache eine Ultraschalluntersuchung.« Er zog ein hellblaues Heftchen aus einer seiner Schreibtischschubladen. Als er es aufklappte, um etwas darin zu notieren, konnte Paula lesen, was vorn draufstand: »Mutterpass«.

»Frau Stern?«

Paula zog geistesabwesend und ohne an ihre Waffe zu denken die Jacke aus.

»Sie wollen mich doch hoffentlich nicht erschießen?«, sagte Dr. Weller mit einem unsicheren Lächeln.

Paula überdachte diese Option, kam aber zu dem Schluss, dass das an ihrer verfahrenen Situation nichts ändern würde. Sie müsste sich dann auch noch einen neuen Frauenarzt suchen – einen, der auch im Gefängnis praktizierte.

»Entschuldigung, ich wollte Sie nicht erschrecken. Ich bin im Dienst.« Paula zog die Waffe aus dem Halfter und legte sie zusammen mit der Jacke auf einen Stuhl. Wie geheißen legte sie sich auf die Liege.

Dr. Weller rollte mit seinem Hocker zu ihr heran, schob ihr T-Shirt bis zur Brust hoch und schmierte Kontrastgel auf Paulas Bauch. »Dann schauen wir mal nach Ihrem Nachwuchs«, sagte er munter und drückte den Schallkopf seines Gerätes in den Glibber. Er schob ihn kreuz und quer über ihren Bauch und beobachtete dabei einen kleinen Monitor, auf dem Paula nur konturloses Grau und Schwarz erkennen konnte.

»Da haben wir es ja – das Herz Ihres Babys.«

Paula entdeckte einen blinkenden Punkt auf dem Monitor. Das Herz ihres Kindes? Augenblicklich wurde ihr warm um ihr eigenes Herz.

»Neunte oder zehnte Woche, würde ich sagen«, sagte der Arzt und wischte ihr mit einem Papiertuch das Gel vom Bauch. »Genauer kann ich das bestimmen, wenn Sie in vier Wochen zur nächsten Untersuchung kommen. Dann kann ich Ihnen auch den ungefähren Geburtstermin sagen. Wir werden dann ein CTG und das erste Foto von Ihrem Baby machen.« Er rollte zu seinem Schreibtisch zurück und füllte den Mutterpass weiter aus. »Jetzt gehen Sie noch mal rüber ins Labor. Dort werden sie gewogen, und wir nehmen Ihnen ein bisschen Blut ab, für Antikörpertest, Rötelntest et cetera.«

Paula stand wie betäubt auf und nahm ihre Jacke. Dr. Weller erhob sich ebenfalls, überreichte ihr den Mutterpass und schüttelte ihr zum Abschied die Hand. »Es sieht alles bestens aus, Frau Stern, wenn dennoch etwas sein sollte – Blutungen, Schmerzen –, dann kommen Sie umgehend her. Bis in vier Wochen.« Und schon war er in das benachbarte Behandlungszimmer entschwunden.

Paula starrte verdutzt auf die geschlossene Tür. Dass *er* wusste, was alles auf Paula zukommen würde, war ihr klar. Für ihn war das Routine. Aber sie selbst fühlte sich total verloren. Rötelntest, Antikörpertest, CTG waren spanische Dörfer für sie.

Er hatte nicht einmal gefragt, ob sie das Kind überhaupt haben wollte, dachte sie beim Blutabnehmen. Setzten Frauenärzte denn immer voraus, dass eine Schwangerschaft und das daraus resultierende Kind gewollt waren?

An der Anmeldung ließ sie sich einen Termin für den nächsten Monat geben. Mit dem Mutterpass in der Hand verließ sie die Praxis. Wieder auf der Straße, streckte sie das Gesicht in die Sonne und versuchte in sich hineinzuhören: Wollte sie dieses Baby?

»Nein, auf gar keinen Fall!«, sagte ihre Vernunft. Der Zeitpunkt war denkbar ungünstig, so ohne passenden Partner und Vater für das Kind.

»Ja, warum eigentlich nicht?«, sagte ihr Gefühl. Mit neunundzwanzig war sie schließlich alt genug dafür. Sie hatte das winzig kleine Herzchen lebenslustig pochen sehen. Das Würmchen in ihr war nun keine Unbekannte in der Gleichung mehr, es war da, sie hatte es *gesehen*.

Ihr Handy klingelte in der Jackentasche.

»Stern«, meldete sie sich wie in Trance und ohne auf das Display zu sehen.

»Hallo, Frau Stern, Bettina Mertens hier.«

Paula bereute augenblicklich, ans Telefon gegangen zu sein.

»Ich komme gerade von der Pressekonferenz. Ihr Chef hat sich ja extrem vorsichtig zu dem Fall geäußert, eigentlich hat er uns gar nichts erzählt, was es wert wäre, abgedruckt zu werden. Haben Sie nicht ein paar interessante Details, die ich bringen kann?«

Ich könnte dir erzählen, dass ich schwanger bin, dachte Paula gereizt, aber das wird dich wohl nicht interessieren und deine Leser auch nicht. »Kein Kommentar. Sie wissen doch, dass ich Ihnen nichts sagen darf, was unsere Ermittlungsarbeit gefährden könnte.«

»Haben Sie Anton Dries inzwischen verhaftet? Hat er gestanden?«

Paula war sich sicher, dass Sonne vor der Presse von einer bevorstehenden Verhaftung gesprochen hatte, aber ganz sicher hatte er keinen Namen genannt. Bettina Mertens fischte also im Trüben.

»Davon ist mir nichts bekannt.«

»Weiß man schon, wer der Vater des Babys ist?«

Paula stutzte. Woher zum Henker wusste diese penetrante Frau das von ihrer Schwangerschaft? Dann wurde ihr jedoch klar, dass sie nicht von *ihrem* Baby sprach, sondern von dem Fötus im Bauch der Toten.

»Ist Anton Dries der Vater des ungeborenen Kindes?« Bettina Mertens ließ nicht locker.

»Frau Mertens, das sind alles wilde Spekulationen, und die haben nichts mit der Realität zu tun. Ich muss jetzt Schluss machen, ich muss nämlich einen Mörder finden.« Paula drückte das Gespräch weg.

Keeser war aus dem Auto gestiegen und sah erwartungsvoll zu ihr herüber. Dass er ein erklärter Presseverweigerer war, verstand sie immer besser.

Paula ging zu ihm, drückte ihm wortlos den Mutterpass in die Hand und setzte sich auf den Beifahrersitz. Othello bellte sie freudig an und gab erst Ruhe, als sie ihm den Kopf getätschelt hatte.

Keeser stieg ebenfalls ein und wedelte mit dem Heftchen vor ihrer Nase herum. »Du hast also tatsächlich eine Ente im Ofen? ... Und jetzt?«

Paula griff danach. »Keine Ahnung, ich muss darüber nachdenken.«

»Wollen wir bei einem Frühstück darüber reden?«

»Nein danke, mir ist gerade nicht nach Essen zumute. Außerdem muss ich zurück ins Dezernat, Weber hat in der Zwischenzeit Anton Dries, den ehemaligen Landschaftsgärtner, verhaftet, und ich will beim Verhör dabei sein.«

»Der Mörder ist immer der Gärtner«, sagte Keeser und ließ den Motor an.

»In diesem Fall glaube ich das allerdings nicht. Mein Bauchgefühl ...« Sie stockte, weil sie unwillkürlich an das denken musste, was in ihrem Bauch heranwuchs. »Also, ich halte ihn für unschuldig.«

Während Keeser sie zurück in den Westring kutschierte, blätterte sie durch den Mutterpass. Da gab es diverse auszufüllende Tabellen, Gravidogramm, Ultraschalldiagnostik, Cardiotokographische Befunde ... Jetzt wusste sie wenigstens, wofür die Abkürzung CTG stand. Was es bedeutete, wusste sie allerdings noch immer nicht. Eine neue, unbekannte Welt tat sich vor ihr auf.

Keeser hielt gegenüber der Dienststelle. »Willst du heute Abend darüber reden? Ich könnte Marianne nach dem Konzert bei ihr daheim absetzen und dann zu dir kommen.«

»Mal sehen, ich weiß noch nicht. Aber danke für das Angebot. Ich ruf dich auf jeden Fall an.« Sie brachte ein schwaches Lächeln zustande und stieg aus.

»Pass mir gut auf Bazillus auf«, gab er ihr noch mit auf den Weg, als sie Othello vom Rücksitz holte.

***

Gerade als Paula den Mutterpass in die oberste Schublade ihres Schreibtisches legen wollte, stürmte Matthias Weber ins Büro. Er sah stinkwütend aus, und sie schloss schnell die Lade. Dieses Mal konnte nicht sie der Grund für seine Laune sein, da war sie sich ziemlich sicher. Jemand anderes musste ihn geärgert haben.

»Der Mistkerl hat sich aus dem Staub gemacht«, polterte Weber los und trat dabei gegen seinen Schreibtisch, dass dieser einen geschätzten halben Meter durch den Raum rutschte. »Ich hab schon die Fahndung nach ihm eingeleitet.«

Paula nahm an, dass er von Anton Dries sprach und dass er diesen nicht wie geplant verhaftet hatte. Und sie nahm auch an, dass der Tritt gegen den Tisch wehgetan haben musste, aber Weber verzog keine Miene.

»Wie kommst du darauf, dass er abgehauen ist?« Paula begrüßte Webers Ausbruch, so fragte er wenigstens nicht nach ihrem Arztbesuch. Sie musste somit nicht schon wieder lügen.

»Er war nicht da, sein Auto war auch weg. Wir haben ganz Minfeld nach ihm abgesucht. Ich wusste gleich, dass der Kerl Dreck am Stecken hat. Bestimmt ist er rüber nach Frankreich, nach Straßburg oder Paris, und sitzt längst in einem Flieger, trinkt Champagner und lacht über uns dämliche Polizisten!«

Paula glaubte zwar nicht, dass Dries der Champagner-Typ war, aber das tat hier nichts zur Sache.

»Habt ihr mit Thomas Dries gesprochen?«

»Der wusste auch nichts über den Verbleib seines Vaters. Der Alte muss sich völlig überstürzt dünnegemacht haben, denn so wie es in seiner Bude aussah, hat er nicht mal Klamotten eingepackt.«

»Ihr wart in seinem Haus?«

»Klar, ich hab die Tür aufgebrochen.«

Paula sah ihn mit kritischem Blick an. »Ich weiß nicht, das

hört sich für mich nicht gerade nach einer Flucht an. Was, wenn er nur einkaufen ist?«

Weber zerrte den Schreibtisch zurück an seinen Platz. »Ich hab einen Beamten vor seinem Haus postiert. Der sagt sofort Bescheid, falls er zurückkommt.«

Sein Handy klingelte, und er nestelte es aus der Innentasche seiner Lederjacke. »Wenn man vom Teufel spricht …«, sagte er nach einem Blick auf das Display und ging ran. Nach kurzem Lauschen blaffte er in rüdem Befehlston: »Nicht reinlassen und festhalten, bis wir kommen.« Er legte auf und rannte zur Tür hinaus. »Los, Paula, komm schon, wir müssen nach Minfeld.«

Paula gab Othello bei Tina Geiger ab und folgte ihm nach draußen. »Ist Dries aufgetaucht?«, rief sie ihm nach.

Weber wartete an der schweren Eingangstür und hielt sie für Paula auf. »Nein, aber diese Schillinger. Die steht vor seinem Haus und will dort putzen.«

Bis Winden fuhren oder besser gesagt rasten sie, ohne ein Wort miteinander zu sprechen.

»Wie war's übrigens beim Onkel Doktor?«, fragte Weber plötzlich.

Paula schluckte. Das kam so unvermittelt, und sie hatte sich noch keine gute Ausrede einfallen lassen. Mit einem Magen-Darm-Virus wäre sie sofort krankgeschrieben worden, das taugte also nicht als Krankheit. Sie musste etwas Harmloseres finden.

»Alles gut, nichts Ernstes. Ich hab mir wohl nur den Magen verdorben.«

Er sah sie spöttisch von der Seite an. »Kochst du etwa so schlecht?«

»Wahrscheinlich«, sagte sie ungewöhnlich ruhig nach dieser Steilvorlage, die sie normalerweise sofort in einen höheren Aggressionszustand versetzt hätte. Sie hatte gerade zum ersten Mal bewusst ihr Baby verleugnet. Insgeheim bat sie es um Verzeihung.

Weber sah sie verblüfft an. Paula vermutete, dass er wohl eine bissige Retourkutsche von ihr erwartet hatte. Ja, es kam ihr fast so vor, als sei er enttäuscht, dass sie sich nicht aufregte.

»Kannst du nun kochen oder nicht?«

»Ich esse lieber. Kochen dauert immer so schrecklich lange, besonders wenn man hungrig ist«, sagte sie wahrheitsgetreu. Die Hand, die sie schwangerentypisch auf ihren Bauch gelegt hatte, schob sie schnell auf ihr Knie.

»Backen kannst du jedenfalls toll. Der Kuchen, den du gestern mitgebracht hast, war klasse. Den hast doch du gebacken?«

Paula nickte. Sie hätte was drum gegeben, jetzt ein Stück davon essen zu können, denn sie verspürte auf einmal großen Hunger.

»Gut, dann können wir ja heiraten, ich könnte mich nämlich von Kuchen ernähren.« Er sah sie aufmerksam an.

Für diesen Spruch wäre Paula normalerweise an die Autodecke gegangen. Sie tat es aber nicht, sondern sah nur zum Fenster hinaus und zuckte mit den Schultern.

»Ist auch wirklich alles okay mit dir?«, erkundigte sich Weber verunsichert.

»Ich will nicht darüber reden«, sagte Paula ruhig. Ihr war klar, dass ihre Gelassenheit ihn argwöhnisch machte. Vielleicht glaubte er jetzt, sie sei ernstlich krank. Auch gut, dachte sie, dann lässt er mich vielleicht in Ruhe.

Weber fragte nicht weiter und bog in die Herrengasse ein. Schon von Weitem konnten sie Hartmut Berger sehen, der sich tief zu einer älteren Frau hinabbeugte und mit hochrotem Kopf auf sie einredete.

»Das muss Luzia Schillinger sein«, sagte Paula.

»Können wir helfen?«, fragte Weber, als er direkt neben den heftig Diskutierenden anhielt und ausstieg.

»Gott sei Dank sinn Sie do!«, sagte Berger zutiefst erleichtert. »Ich habb mir schunn den Mund franselisch gebabbelt, awwer die Frää will ääfach nit uff mich höre.«

Paula amüsierte Bergers Verzweiflung, die kleine Person hatte ihm offensichtlich schwer zugesetzt. Weber hielt sich von der aufgebrachten älteren Dame tunlichst fern und überließ Paula das Reden.

»Frau Schillinger, Sie suchen wir schon seit gestern, hat Ihre

Schwester Ihnen das nicht gesagt?«, sagte sie zu der Frau, die ihr gerade mal bis zur Schulter reichte.

Luzia Schillinger sah sie aus munteren grauen Augen an. Ihr Haar war schneeweiß, aber der freche Igelschnitt ließ sie jünger aussehen, als sie war.

»Doch, das hat sie. Aber Walli hat auch gesagt, dass Sie nur ein paar Fragen an mich hätten. Ich fand es also nicht so wichtig. Ich bin gestern recht spät nach Hause gekommen und musste früh wieder raus. Nach dem Putzen hätte ich schon noch angerufen. Aber der junge Mann hier lässt mich nicht ins Haus.« Sie warf Berger einen giftigen Blick zu. »Anton wird nicht begeistert sein und schon gar nicht davon, dass seine Tür aufgebrochen wurde.«

»Der Schaden wird natürlich schnellstmöglich behoben, unsere Behörde kommt selbstverständlich dafür auf«, versuchte Paula die Frau zu beruhigen. »Es war aber unumgänglich, wir mussten ins Haus, denn wir suchen nach Anton Dries. Haben Sie eine Ahnung, wo er sich aufhalten könnte?«

»Wo soll er schon sein? Wenn er nicht bei der Kirche ist, dann in irgendeinem Baumarkt, um Material einzukaufen, oder in einer Gärtnerei. Sie denken doch nicht etwa, es ist ihm etwas zugestoßen?« Sie schlug bestürzt eine Hand vor den Mund. »Wo doch anscheinend ein Mörder im Dorf unterwegs ist …«

Paula wollte ihr nicht sagen, dass es gut möglich war, dass Anton Dries dieser Mörder war.

»Wir sollten nicht auf der Straße reden, lassen Sie uns dazu ins Haus gehen.« Paula nahm Luzia Schillinger am Arm und dirigierte sie zur Eingangstür.

»Ach, jetzt darf ich auf einmal rein?«

»Weil wir dabei sind. Sie sollten nur nicht allein ins Haus«, erklärte Paula.

»Du meine Güte, wie sieht es denn hier aus!«, rief Luzia Schillinger beim Betreten des Wohnzimmers und fing gleich damit an, die herumliegende Schmutzwäsche einzusammeln. »Letzte Woche konnte ich nicht kommen, und jetzt sehen Sie sich dieses Chaos an. Männer! Oder waren Sie das?«

»Nein, das waren nicht wir«, sagte Paula, nahm ihr alles aus der Hand und drückte sie auf einen Sessel. »Das Aufräumen kann warten, Frau Schillinger. Wir würden gern erst mit Ihnen über Anton Dries sprechen.«

Luzia Schillinger sah beunruhigt zu ihr auf. »Was wollen Sie denn über den Anton sprechen? Da gibt es doch gar nichts Interessantes.«

Weber setzte sich ihr gegenüber auf das Sofa. »Ihre Schwester ist da aber ganz anderer Meinung.«

»Walburga?« Luzia Schillinger machte eine wegwerfende Handbewegung. »Die wittert doch hinter allem und jedem was Verdächtiges. Wenn Sie mich fragen, dann ist das schon krankhaft. Was hat Sie Ihnen denn über den armen Anton erzählt?«

»Dass es eine junge Frau gab, die im Mai bei ihm gesehen wurde.«

»Die Anja? Was soll mit der sein? War anfangs ein bisschen seltsam, das arme Ding. Sehr zurückhaltend, aber nach ein paar Wochen hatte Anton sie *geknackt*, so nennt er das immer, wenn die Jugendlichen sich ihm endlich öffnen.«

»Ihre Schwester deutete an, dass Anja sich ihm eventuell zu sehr geöffnet hatte, und das eventuell nicht freiwillig«, mischte Weber sich ein.

Luzia Schillinger lachte schallend. »Und sie hat Ihnen sicherlich auch gesagt, dass Anja die Tote im Kirchgarten ist?«

»Nun, nicht direkt«, sagte Paula. »Aber das hat sowieso keine Relevanz mehr für unsere Ermittlungen, denn bei der Toten handelt es sich erwiesenermaßen nicht um Anja.«

»Na also, dann ist doch alles geklärt. Worüber wollen Sie sonst noch mit mir sprechen?« Luzia hatte sich während des Gesprächs genau umgesehen, und Paula merkte ihr an, dass sie endlich zur putzenden Tat schreiten wollte.

»Hatte Anton Dries außer zu Anja noch andere Beziehungen zu Frauen?«

Luzia Schillinger sah Weber skeptisch an. »Wieso wollen Sie das denn wissen? Der Anton hat bestimmt keine Frau umgebracht. Und falls doch – er mag keine Intelligenzbestie sein, aber so doof ist er nun auch wieder nicht, dass er eine Leiche dort vergräbt, wo er arbeitet.«

Weber ging nicht darauf ein. »Hatte er Frauenbekanntschaften?«

»Sie beide kennen den Anton doch schon, oder?«

Weber und Paula nickten.

»Sieht der etwa aus wie ein Herzensbrecher? Anton ist bald siebzig, verschroben, wortkarg und ungepflegt – mal ehrlich, welche Frau würde sich auf so einen Kerl einlassen?«

»Soll ich das als ein Nein werten?«

»Das sollen Sie, junger Mann. Warum sind Sie denn so hinter Anton her? Er tut doch keiner Fliege etwas zuleide. Im Gegenteil, er hilft aus der Bahn geratenen Jugendlichen. Haben Sie keinen besseren Verdächtigen?«

Das traf den Nagel auf den Kopf, musste Paula eingestehen. Sie hatten sogar gar keinen anderen Verdächtigen, aber das durften sie natürlich nicht laut zugeben.

»Wir haben unsere Gründe für unsere Fragen, Frau Schillinger. Das ist ganz normale Vorgehensweise«, sagte Weber unbeeindruckt.

Aufgeregte Stimmen drangen von der Haustür herein. Dann hörten sie, wie die Eingangstür laut gegen die Wand donnerte, schwere Schritte näherten sich durch die Diele. Gleich darauf stand Anton Dries leibhaftig und sichtlich erzürnt vor ihnen.

»Sinn Sie verrückt g'worre, mei Dier eisedräähte? Des isch ja wohl die Heh!« Mit geballten Fäusten baute er sich vor den Beamten auf. »Was gebbt's denn so Brisantes, dass Sie nit uff misch waarte gekinnt hänn?«

Paula verstand nur die Hälfte.

»Es tut uns leid mit der Tür, Herr Dries, aber wir dachten, Ihnen sei etwas zugestoßen, und mussten schnell handeln«, log Weber.

Paula störte, dass er immerzu »wir« sagte, denn das musste sich für Dries anhören, als ob sie an der Aktion beteiligt gewesen sei. Wäre sie jedoch dabei gewesen, hätte sie Weber ganz sicher davon abgehalten.

Dries musste das erst einmal verarbeiten. »Warum soll mir

dann ebbes zug'schdooße sei? Unn was isch mit dir, Luzi, du hoscht doch en Schlissel?«

»Mich hat aber keiner gefragt, ich bin auch erst danach gekommen.«

Weber ging auf Dries zu, zog Handschellen aus der Jackentasche und ließ eine nach der anderen um dessen Handgelenke zuschnappen. »Anton Dries, ich verhafte Sie hiermit aufgrund des dringenden Tatverdachtes, eine Frau ermordet und in der Grünanlage hinter der historischen Kirche vergraben zu haben. Sie haben das Recht zu schweigen, denn alles, was Sie jetzt sagen, könnte später gegen Sie verwendet werden. Sie haben das Recht auf einen Anwalt. Wenn Sie sich keinen leisten können, wird Ihnen von Amts wegen ein Pflichtverteidiger gestellt.«

Frau Schillinger fuhr vom Sessel hoch. »Das ist doch nicht Ihr Ernst!«

Weber führte Dries, der kein Wort zu der Anklage gesagt hatte, nach draußen.

Paula war ebenfalls aufgestanden. »Es wird sich alles aufklären, Frau Schillinger.«

Diese schenkte Paulas Worten keinerlei Beachtung und lief verstört hinter Weber und Dries her. »Mach dir keine Sorgen, Anton, ich kümmere mich hier um alles. Ich mach denen Dampf, dass die Tür in Ordnung gebracht wird. Bis du wieder da bist, hab ich alles blitzblank geputzt«, rief sie ihm nach. An Paula gewandt sagte sie: »Muss er denn nichts mitnehmen, Waschzeugs oder so?«

»Er bekommt alles in der Untersuchungshaft, wenn es überhaupt dazu kommt.«

»Aber seine Brille braucht er, sonst kann er nicht lesen, was Sie ihn unterschreiben lassen«, sagte Luzia Schillinger unfreundlich und eilte ins Wohnzimmer, um kurz darauf mit einem Brillenetui und einer Tablettenpackung zurückzukommen. »Das sind seine Herztabletten, die muss er regelmäßig nehmen. Nicht dass er wegen Ihnen einen Herzkasper bekommt.«

***

»Herr Dries, das bringt uns doch nicht weiter. Ihre DNA wurde bei dem ungeborenen Kind der Toten festgestellt. Irgendwie muss sie ja da reingekommen sein. Sie sind der Vater dieses Kindes, das steht fest!«

Seit zwei Stunden nahm Weber Anton Dries in dem kahlen Verhörraum bereits in die Mangel. Auf einen Anwalt hatte Dries gleich zu Anfang verzichtet. Er sei ja unschuldig, hatte Dries gesagt, als er noch mit ihnen redete. Jetzt schwieg er jedoch, seit einer geschlagenen Stunde hatte er nicht einmal mehr Piep gesagt.

Paula beobachtete ihren Kollegen kritisch. Sie befürchtete, dass er Anton Dries demnächst an den Kragen ging, wenn der so weitermachte und die Aussage verweigerte. Als ihr Handy klingelte, entschuldigte sie sich und ging nach draußen.

Es war Werner Dreißigacker, und Paula hoffte, dass er etwas Positives zu berichten hatte.

»Die Gartengeräte und Werkzeuge in dem Schuppen waren alle sauber«, sagte Dreißigacker und machte damit ihre Hoffnungen zunichte. »Wir fanden keinerlei Blutspuren daran, auch keine Haare der Toten. Damit wurde also keiner erschlagen.«

Nichts anderes hatte Paula erwartet. Dries war kein Mörder, egal, wie sehr Weber sich das auch wünschte. Sie hatte keine Erklärung für ihr Bauchgefühl. Für das Baby mit der Dries'schen DNA allerdings auch nicht. Sie fragte sich nicht zum ersten Mal, warum er nicht einfach zugab, der Vater zu sein. Aus Scham, weil die Tote so viel jünger war als er? Oder aus Schuldgefühlen, weil er die junge Frau vergewaltigt hatte?

»Bei seinen Fingerabdrücken ist dann wohl auch nichts rausgekommen?«, fragte sie.

»Der Mann ist zumindest in den letzten drei Jahren erfassungstechnisch nicht aufgefallen. Vom Hundeführer soll ich Ihnen ausrichten, dass der Hund nichts gefunden hat. Das Gelände rund um die Kirche ist sauber«, sagte Dreißigacker.

Also keine weiteren Leichen, resümierte Paula und war froh darum. Sie bedankte sich bei Dreißigacker und kehrte in den Verhörraum zurück.

»Isch habb niemand umgebrocht«, sagte Dries gerade stoisch ruhig.

»Mag sein, dass Sie die Frau nicht getötet haben – was ich jedoch bezweifle –, aber dass Sie sie geschwängert haben, das ist bewiesen!«, schrie Weber und schlug mit der flachen Hand auf den Tisch. Dries zuckte nicht einmal.

»Lass uns eine Pause machen«, sagte Paula und drückte die Wirbelsäule durch. Sie fühlte sich erschöpft und müde. Etwas zu essen hätte sie auch gut gebrauchen können.

Weber sah sie zornig an, nickte dann aber. Sie verließen den Raum und schickten an ihrer Stelle einen Beamten zu Anton Dries hinein.

»Dieser sture Bock!« Weber rieb sich die Augen.

»Wenn er es nicht war, was soll er dann anderes sagen? Eben hab ich mit Dreißigacker gesprochen. Dries' Werkzeuge waren ohne Befund.«

»Er kann die Tatwaffe längst weggeworfen haben«, knurrte Weber.

»Es könnte aber auch sein, dass er nicht der Täter ist, sondern jemand anderes. Der Leichenspürhund hat übrigens auch nichts gefunden.«

Weber setzte zu einer Antwort an, aber da klingelte sein Handy. Er bedachte Paula mit einem genervten Blick und holte es aus der Hosentasche.

»Grüß dich«, sagte er um einiges sanfter zu dem Anrufer. »Mitten in einem Verhör, wieso?« Er sah nachdenklich zu Paula. »Ich weiß nicht, hört sich aber sehr verlockend an … Gut, bis gleich. Ja … ich dich auch.« Dann legte er auf.

Matthias Weber hat also eine Freundin, schlussfolgerte Paula. Das »Ich dich auch« schien ihm aber sehr schwer über die Lippen gegangen, ja geradezu peinlich gewesen zu sein, oft sagte er das wohl nicht.

»Hast du Hunger?«, fragte er unvermittelt.

»Ich sterbe gleich.«

»Dann lass uns was essen gehen.«

Paula sah ihn überrascht an. »Und Dries?«

»Der kann in der Zwischenzeit ein bisschen schmoren. Vielleicht wird er dadurch gesprächiger.«

»Ich sag Bescheid, dass man ihn in eine Zelle verfrachtet«, sagte Paula.

»Nein, lass den Kerl ruhig da sitzen. Wenn es ihm zu ungemütlich wird, redet er vielleicht endlich, damit er hier rauskommt.«

Jetzt verstand Paula, warum Sebastian gesagt hatte, Weber würde Foltermethoden anwenden. Sie war prinzipiell gegen solche drastischen Verhörmaßnahmen, aber sie hatte keine Lust, das jetzt mit ihm auszudiskutieren.

»Wenn du meinst. Lass ihm aber wenigstens was zu trinken bringen.«

»Dass ihr Mädels immer so sanft sein müsst. Aber gut, wenn du meinst.« Weber hatte offenkundig auch keine Lust zu streiten, denn er sprach einen Beamten an, der gerade vorbeikam, und bat ihn, eine Flasche Wasser zu besorgen und in Verhörraum Nummer zwei abzuliefern.

»Jetzt zufrieden?«

Paula nickte.

»Können wir dann endlich gehen? Wir werden nämlich erwartet.«

Weber ging eiligen Schrittes vor ihr her, und Paula folgte ihm. Sie verstand nicht ganz. Wieso wartete jemand auf sie? Sie dachte an das Telefonat, das er vor ein paar Minuten geführt hatte – oh nein, er wollte sie doch nicht etwa seiner Freundin vorstellen? Darauf hatte sie nun wirklich keine Lust.

»Wohin gehen wir denn?«, fragte sie vorsichtig, als sie das Polizeigebäude gegenüber ihrer Dienststelle verließen.

»Lass dich überraschen.«

Genau das war es ja, was Paula nicht wollte. »Was ist mit Othello?«

»Der ist bei Tina Geiger bestens aufgehoben.«

***

Weber verließ Landau in Richtung Queichheim, fuhr weiter bis Offenbach und bog dann nach rechts ab. »Herxheim«, stand auf dem Pfeilwegweiser.

Keeser hatte Paula erzählt, dass Weber von dort käme. Wohnte er noch immer in diesem Ort? Was will er da?, fragte sie sich. Doch hoffentlich nicht wirklich zu seiner Freundin fahren? Oder gab es hier ein Lokal, in das er mit ihr gehen wollte?

Gleich nach den ersten Häusern bog Weber nach rechts in den Nordring ein. Wenig später fuhr er in die Einfahrt eines Einfamilienhauses und stellte den Motor ab.

Das war eindeutig kein Lokal, erkannte Paula. »Wohnst du hier?«

»Ich? Nein, ich wohne in Nußdorf. Meine Eltern wohnen hier, und meine Mutter hat was Feines gekocht.« Weber stieg aus.

Paula wäre am liebsten sitzen geblieben. Ihr war die Sache äußerst unangenehm. Wie kam der Kerl bloß darauf, sie seiner Mutter vorzustellen? Und dann brachte er sie auch noch unangemeldet zum Essen mit. Überhaupt – sie schielte auf die Uhr und sah, dass es gleich drei war –, was für eine komische Essenszeit?

Weber bemerkte ihr Zögern und beugte sich ins Wageninnere hinein. »Komm, meine Mama beißt dich schon nicht.«

»Ich kann doch nicht einfach so zum Essen kommen.«

»Keine Sorge, sie kocht immer für eine ganze Fußballmannschaft.«

»Ich weiß nicht … mein Magen …«

»Dein Magen wird sich über das freuen, was er gleich bekommt: Dampfnudeln mit Weinschaumsoße. Und Vanillesoße gibt es auch, falls du keine Weinsoße mögen solltest. Das ist genau das Richtige für angeschlagene Magennerven, Heilnahrung gewissermaßen.« Weber ging ums Auto herum und öffnete ihr galant die Tür.

Paula ergab sich in ihr Schicksal, kletterte aus dem Wagen und folgte Weber zur Haustür, die aufgerissen wurde, bevor er geklingelt hatte.

»Na endlich, das hat aber lange gedauert! Komm rein, es wird ja alles kalt«, befahl eine große, schlanke Frau, die gleich wieder im Inneren des Hauses verschwand.

Mütter sind wohl alle gleich, dachte Paula und musste schmunzeln. »Und du bist ganz sicher, dass sie nicht beißt?«

Weber hob hilflos die Hände und führte sie durch eine schmale Diele in eine helle Küche. Ein köstlicher Duft nach warmem Hefekuchen empfing sie, und Paula beschloss, dafür die Gefahr eines Bisses zu riskieren.

Weber trat zu seiner Mutter, die geschäftig am Herd hantierte, und gab ihr einen Kuss auf die Wange.

»Grüß dich, Mama. Ich habe übrigens jemanden zum Essen mitgebracht.«

Frau Weber fuhr abrupt herum und wischte sich die Hände an ihrer bunten Schürze ab. Verlegen lächelnd gab sie Paula die Hand. »Entschuldigen Sie bitte, wie unhöflich von mir. Ich habe nur Matthias gesehen.« Sie hatte schulterlanges schwarzes Haar, das Weber wohl von ihr geerbt hatte, nur war ihres altersbedingt von einzelnen silbernen Strähnen durchzogen.

»Das ist Paula, Paula Stern, meine neue Kollegin, ich hab dir ja schon von ihr erzählt.«

»Hanna Weber, sehr erfreut. Das ist aber schön, dass ich Sie kennenlerne. Ich weiß immer gern, mit wem mein Sohn zu tun hat. Sie sind wirklich so hübsch, wie Matthias gesagt hat.«

Paula und Weber wurden synchron rot und vermieden jeglichen Augenkontakt.

Weber findet mich also hübsch, dachte Paula. Und das, obwohl ich nicht in sein Beuteschema passe. Das war zwar recht schmeichelhaft, aber dass sie das nun wusste und er gleichzeitig wusste, dass sie es wusste, machte die momentane Situation mehr als unangenehm.

»Dann geht mal raus auf die Terrasse, ich bringe das Essen. Matthias, nimm doch bitte einen Teller und Besteck für deine Kollegin mit.«

Weber holte brav alles aus dem Küchenschrank. Paula bestand darauf, auch etwas zu tragen, und bekam eine Sauciere in jede Hand gedrückt. Sie folgte Weber durch ein modern eingerichtetes Wohnzimmer auf eine wunderschöne Terrasse. Ringsum standen Zitronen- und Olivenbäumchen und über und über blühende Oleanderbüsche in riesigen Terrakottakübeln. Sie fühlte sich, als wäre sie in der Toskana gelandet. Der Blick in den Garten war allerdings wie der Blick in einen englischen Park.

»Traumhaft«, war alles, was sie sagen konnte.

Weber nahm ihr die Soßen ab und stellte sie auf den Tisch. »Tut mir leid mit gerade eben – Mütter sind manchmal schrecklich peinlich.«

»Mach dir nichts daraus, ich habe auch so ein Exemplar daheim. Am liebsten packt sie vor Fremden meine Kinder- und Jugendsünden aus.«

»Dann weißt du ja, was dich hier noch erwartet.« Er zwinkerte ihr verschwörerisch zu und ging seiner Mutter entgegen, um ihr eine schwere gusseiserne Pfanne mit Glasdeckel abzunehmen und auf einem Topfuntersetzer in der Mitte des Tisches abzustellen.

»Setzt euch doch, ihr habt bestimmt nicht viel Zeit.« Hanna Weber schob Paula zu einem Gartenstuhl aus verschnörkeltem Metall und drückte sie mit sanfter Gewalt hinein. »Matthias, sei doch so lieb und kümmere dich um die Getränke.«

Weber verschwand augenblicklich im Haus, ganz der gut erzogene Junge. Ob er wohl immer so folgsam ist?, fragte sich Paula.

»Wie kommen Sie denn mit ihm klar?«, erkundigte sich Hanna Weber, während sie den Deckel von der Pfanne abnahm. »Er ist ja nicht immer einfach, mein Matthias. Will immer mit dem Kopf durch die Wand, schon als kleiner Junge war er so. Vielleicht hätte ihm ein Geschwisterchen gutgetan.«

Paula musste ihr im Stillen zustimmen, leicht war es nicht, mit ihm auszukommen. Auch wenn das teilweise an ihrer unvorteilhaften Vorgeschichte liegen mochte.

»Geht so, wir müssen uns noch aneinander gewöhnen«, sagte sie so neutral wie möglich. Neugierig sah sie in die Pfanne. Hellgelbe, fast weiße Teigkugeln drängten sich darin eng aneinander. Das waren also die viel gelobten Dampfnudeln, die Paula noch nie gegessen hatte.

Hanna Weber holte mit zwei großen Löffeln eine der Teigkugeln heraus und verfrachtete sie auf Paulas Teller. »Nehmen Sie sich ordentlich Soße dazu, ich habe drinnen noch jede Menge davon.«

Zum Glück kam Weber mit einem Sortiment Flaschen zurück auf die Terrasse. »Wein, Wasser, Apfel- oder Johannisbeersaft?«

»Wasser«, sagte Paula, und er schenkte ihr ein.

»Und du, Mama?«

Die ließ sich eine Weinschorle mischen. Er selbst nahm auch Wasser. »Wenn meine Kollegin so standhaft nüchtern bleiben will, dann erkläre ich mich solidarisch.«

Seine Mutter lud gleich zwei Dampfnudeln auf seinen Teller. Er wehrte sich nicht. »Meine Mama macht übrigens die besten Dampfnudeln in der ganzen Südpfalz«, schwärmte Weber. Mit Löffel und Gabel riss er die erste in der Mitte auseinander und verteilte reichlich Weinschaumsoße darüber.

Paula verfuhr mit ihrem Hefeteil genauso und untersuchte es interessiert. Der Teig war zart und fluffig, der Boden braun und knusprig.

Weber sah ihr dabei zu. »Sag bloß, das ist deine erste Dampfnudel?«

»Ja, mein erstes Mal sozusagen.«

Weber reichte ihr die Vanillesoße, mit der Weinsoße versuchte er es nicht einmal. Paula wunderte sich zwar, war ihm aber dankbar dafür.

»Sie kennen keine Dampfnudeln? Gibt es das in Franken denn nicht?« Hanna Weber schien entsetzt, als wenn der Verzehr dieses Gerichtes überlebenswichtig wäre.

»Wir haben bei uns etwas Ähnliches, nämlich Rohrnudeln. Die werden aber im Ofen gebacken. Sie sind dadurch rundum braun und knusprig und eher wie Hefekuchen.«

Paula stach mit ihrem Löffel den ersten Bissen ab und schob ihn in den Mund.

Weber und seine Mutter saßen bewegungslos da und beobachteten sie wie ein seltenes Tier.

Die untere Kruste war salzig, stellte Paula verwundert fest. Der Rest war luftig-locker und geschmacklich eher neutral.

»Und, wie schmeckt es Ihnen?« Hanna Weber sah Paula erwartungsvoll an. Sie hatte die gleichen meerblauen Augen wie ihr Sohn.

»Göttlich«, sagte Paula mit vollem Mund.

Hanna Weber war zufrieden mit dieser Antwort und widmete sich endlich ihrem eigenen Essen. Dabei fragte sie Paula nach Strich und Faden aus. Nach ihren Schwestern – sie wusste tatsächlich von ihren drei Schwestern –, nach ihren Eltern und welche Fächer ihr Vater unterrichtet hatte.

Was hat Weber seiner Mutter wohl noch alles erzählt?, überlegte Paula. Sicherlich nicht, wie eklig sie zu ihm war, denn Hanna Weber wäre bestimmt nicht so nett zu einer Frau, die ihren Sohn schlecht behandelte.

Nach der dritten Dampfnudel lehnte Paula dankend ab. »Um Himmels willen, ich platze gleich.«

»Dann packe ich Ihnen zwei ein, die können Sie dann morgen mit Butter und Marmelade zum Frühstück essen.« Hanna Weber brachte die leere Pfanne nach drinnen.

»Wie viele von den Dingern hat sie denn gemacht?«, fragte Paula Weber.

»Schätzungsweise an die dreißig Stück. Wie schon gesagt, meine Mutter kocht immer für eine ganze Fußballmannschaft.«

Paulas Handy klingelte, und sie meldete sich mit: »Hallo, Geigerlein. Warte, ich schalte dich auf Lautsprecher.«

Die Stimme, die gleich darauf aus dem Telefon ertönte, klang vorwurfsvoll: »Ich dachte, ihr seid beim Verhör, aber da seid ihr nicht. Ich bin ganz umsonst da rübergelaufen. Sonne hat auch schon nach euch gefragt. Wo treibt ihr euch denn rum?«

»Im Schlaraffenland«, sagte Paula, »aber wir sind schon auf dem Weg zurück. Was gibt es denn so Wichtiges?«

»Schlaraffenland? Ihr seid also beim Essen. Bring mir was Gutes mit, dann verrate ich dem Chef nicht, was ihr mitten in einem Verhör treibt.«

»Das hört sich aber sehr nach Erpressung an, Frau Kripo-Sekretärin. Also, warum rufst du an?«

»Ich hab die Gynäkologen durch. Keiner vermisst eine

schwangere Patientin. Es gibt zwar ein paar Ärzte, bei denen Schwangere weggegangen sind, die haben sich aber ordentlich wegen Um- oder Wegzug bei ihnen abgemeldet. Diese Frauen gehen jetzt aber alle zu Ärzten in den neuen Wohnorten – hab ich alles überprüft. Das hat also nichts gebracht. Einer hat jedoch gemeint, dass es sich bei der Toten um eine Frau handeln könnte, die generell nicht zum Frauenarzt gegangen ist. Ausländerinnen und Flüchtlingsfrauen zum Beispiel würden diese Dienste eher selten nutzen, zum einen, weil es ihre Sitten verbieten, zum anderen, weil sie es in ihren Heimatländern auch nicht tun.«

»Mist. Es wäre auch zu schön gewesen. Danke dir, Geigerlein.«

»Apropos Gynäkologe …«, setzte Tina Geiger an. Paula wurde vor Schreck heiß. Weber hörte mit, und sie wusste genau, was Tina als Nächstes fragen würde. Weil sie nicht schnell genug die Mithörfunktion abstellen konnte, beendete sie kurzerhand das Gespräch, was ihr einen verwunderten Blick von Weber einbrachte.

»Eine Flüchtlingsfrau?«, sagte er, ohne auf ihr Verhalten einzugehen. »Die schwarzen Haare der Toten würden auf jeden Fall zu dieser Theorie passen.« Sein Gesichtsausdruck war alles andere als erfreut. »Am Ende noch eine nicht registrierte – wie sollen wir dann die Identität klären? Eine Ausländerin in Anton Dries' Nähe wäre aber doch den Dorfbewohnern aufgefallen, oder? Besonders dieser neugierigen Walburga Friedmann. Die hat aber kein Wort darüber verloren. Wir kommen aus dieser Sackgasse einfach nicht raus.«

Hanna Weber kam wieder auf die Terrasse.

Matthias sprang auf und drückte seine Mutter. »Die Pflicht ruft, wir müssen los.« Er ging die Stufen zum Rasen hinunter und winkte Paula, es ihm gleichzutun.

Paula erhob sich ebenfalls. »Vielen, vielen Dank für das leckere Essen. Es war schön, Sie kennenzulernen.«

Hanna Weber drückte ihr ein in Alufolie gewickeltes Päckchen in die Hand, der Form nach handelte es sich dabei um zwei Dampfnudeln.

»Gern geschehen. Dampfnudeln mache ich etwa alle vier

Wochen für meine Männer, kommen Sie jederzeit gern wieder mit.«

Paula folgte Weber durch den Garten und durch ein antikes Türchen, das direkt zur Einfahrt und zu ihrem Auto führte.

»Was ist eigentlich mit deinem Vater? Warum war der nicht da?«

»Montags hat er immer Nachmittagsunterricht. Er bekommt seine Dampfnudeln zum Abendessen.« Weber zwinkerte ihr über das Autodach hinweg zu. »Meine Mutter nutzt das immer, um mich ganz für sich allein zu haben.«

»Die Rechnung ging ja heute nicht auf.«

»Nicht ganz, aber das ist in Ordnung, denn sie mag dich.«

»Ach ja? Woher weißt du das?«

»Sie hat dir Dampfnudeln eingepackt. Glaub mir, das ist wie ein Ritterschlag!«

***

In der Dienststelle angekommen, ging Weber sofort wieder zu Anton Dries in den Verhörraum. Paula wollte erst einmal zu Tina Geiger und zur Kaffeemaschine. Othello hatte sie kommen hören und schoss aus dem Sekretariat heraus, um sie stürmisch zu begrüßen. Während der Kaffee in ihre Tasse lief, überlegte sie jedoch, ob Kaffee gut für das Baby war oder ob sie lieber auf Tee umsteigen sollte.

»Du hast mich abgewürgt«, erklang die vorwurfsvolle Stimme Tina Geigers aus deren Büro. Das Klackern ihrer hohen Absätze kam näher, und gleich darauf erschien ihr orange gefärbtes Haupt in der Tür. Vorsichtig kontrollierte sie den Gang und flüsterte dann: »Hat er etwa mitgehört?«

»Du kannst laut sprechen, *er* ist drüben beim Verhör. Und ja, er hat mitgehört.«

»Dachte ich's mir doch. Und, spuck's schon aus, bist du …?«

Paula nickte stumm. Sie hatte einen Wahnsinnsappetit auf Kaffee und beschloss, sich diese Tasse zu gönnen. Sie streckte Tina Geiger das Alupaket entgegen. »Für dich, Geigerlein,

Schweigedampfnudeln.« Sie folgte der Sekretärin in das kleine Büro und ließ sich auf den Besucherstuhl plumpsen.

»Und jetzt? Was wirst du machen?«

»Ich hab das Miniherz blinken sehen, Geigerlein, das war ein ganz unbeschreibliches Gefühl …«

Ein Lächeln machte sich auf Tina Geigers Gesicht breit. »Du wirst es also behalten! Wir werden dir alle helfen, ich, Hansi, der Commissario sowieso – glaub mir, du kriegst das hin.«

Davon war Paula nicht so ganz überzeugt. »Ich krieg nicht mal meinen Haushalt hin, bestimmt lasse ich das arme Würmchen verhungern.«

»Othello lebt ja auch noch, er hat die Wochen bei dir bestens überstanden.«

Paula sah zu dem stummelschwanzwedelnden Pudel zu ihren Füßen hinunter. »Der hat ja auch von allen Seiten Leckerlis zugesteckt bekommen.«

»Wir Frauen haben jede Menge Instinkte, der Mutterinstinkt ist einer davon. Du wirst sehen, du wirst alles richtig machen, sobald das Kind da ist.« Sie schwieg einen Moment und sagte dann vorsichtig: »Vielleicht solltest du doch mal mit Sebastian reden …«

Paula stand so abrupt auf, dass ihr Kaffee beinahe übergeschwappt wäre. »Ich will diesen Namen nie wieder hören«, sagte sie grantig und ging hinüber in ihr eigenes Büro. Dort holte sie ihr Handy aus der Tasche und wählte Knopps Nummer.

Der meldete sich beim ersten Klingeln. »Paula, gut, dass Sie anrufen, ich wollte mich gerade bei Ihnen melden. Zuallererst: Es gab keine Übereinstimmungen bei den Zahndaten. Die getötete Frau hat ihre Plomben also nicht hier in Deutschland eingesetzt bekommen«, sprudelte er los.

Na wunderprächtig, dachte Paula. Dann hatten sie also tatsächlich eine Ausländerin im Kühlfach. Blieb nun zu klären, ob es sich dabei um eine Urlauberin oder eine Einwanderin handelte. Weber würde das gar nicht gefallen. Ihr gefiel es allerdings auch nicht.

Bevor sie Knopp auf die Isotopenuntersuchung ansprechen

konnte, redete der hörbar begeistert weiter. »Gut, dass ich die Isotopenanalyse veranlasst habe, die verrät uns nämlich, woher die Unbekannte kam.«

Paula wartete darauf, dass er fortfuhr, aber er legte eine dramatische Pause ein.

»Woher kommt sie denn nun?«, fragte sie ungeduldig.

»Aus dem asiatischen Raum, genauer gesagt aus China. Noch genauer: aus dem Raum Peking.«

»Eine Chinesin oder jemand, der längere Zeit dort gelebt hat?«

»Eine gute Frage, die ich mir natürlich auch gestellt habe. Deshalb habe ich mir nach der Isotopenanalyse den Schädel des Opfers genauer angesehen und bin aufgrund paläoserologischer Gesichtspunkte zu dem Schluss gekommen, dass ...«

»Paläo... was?«, unterbrach Paula ihn.

»Egal, anhand der für Asiaten typischen Schädelform kann ich Ihnen sagen, dass es sich um eine Chinesin handelt. Und bevor Sie das fragen: Laut Isotopenanalyse hat diese Chinesin nicht hier bei uns gelebt, sie kann erst vor Kurzem nach Europa gekommen sein. Ich hoffe, das hilft Ihnen weiter.«

»Danke, Dr. Knopp, jetzt wissen wir immerhin schon mal mehr als vorher.« Ob ihnen das jedoch tatsächlich weiterhelfen würde, das bezweifelte Paula nach diesem Gespräch.

Sie hatte das plötzliche Bedürfnis, mit Keeser zu sprechen, und da sie ihr Handy noch in der Hand hatte, wählte sie seine Nummer. »Hallo, Lieblingskollege, hast du kurz Zeit?«

»Ja, aber wirklich nur kurz, ich muss in einer halben Stunde los und Marianne abholen. Das Nachholkonzert, du weißt ja, und heute hat sie endlich Zeit. Seid ihr mit den Ermittlungen weitergekommen?«

»Die Tote ist Chinesin.« Diese Information hätte sie eigentlich als Erstes an Weber weitergeben müssen, nicht an Keeser, aber Paula war das im Moment egal.

»Das werde ich Marianne gleich erzählen. Wenn ich dann eh in Minfeld bin, kann ich mich ganz dezent bei dem Konzert umhören, ob jemand was von einer Chinesin weiß. Sonst alles gut bei dir?«

»Geht schon. Ich wünsche euch einen schönen Abend, und grüße deine ganz persönliche Staatsanwältin von mir.«

Paula steckte das Handy ein und betätigte die Kaffeemaschine erneut. Aus einem unerklärlichen Grund ließ sie Kaffee in Webers Tasse laufen und ging damit hinüber zum Verhörraum. Werde ich weich?, überlegte sie, während sie versuchte, beim Gehen so wenig wie möglich von der dunklen Brühe zu verschütten. Oder beginne ich etwa, ihn zu mögen? Sie fand diesen Gedanken beunruhigend und hoffte, Weber würde es nicht so auslegen.

Paula öffnete die Tür zum Verhörraum. »Kannst du mal kommen?«

Weber stieß sich von der in deprimierendem Grau gestrichenen Wand ab, an der er mit verschränkten Armen gestanden hatte, und durchschritt den Raum. Bevor er auf den Gang trat, bedachte er Anton Dries noch mit einem bösen Blick.

Er sah Paula erstaunt an, als sie ihm die Tasse reichte.

»Als Dankeschön für das Essen«, sagte sie betont kühl, damit er das auf gar keinen Fall falsch deutete.

»Danke, den kann ich jetzt gut gebrauchen«, sagte Weber und trank einen großen Schluck. »Der Kerl da drin macht mich wahnsinnig.«

»Ich hab gerade mit der Rechtsmedizin gesprochen. Alles deutet darauf hin, dass die Tote Chinesin ist, Knopp ist sich da sicher.«

Weber sah sie ungläubig an. »Eine Chinesin? Wie kommt die denn ausgerechnet nach Minfeld?«

»Zudem eine Chinesin, die nicht in Deutschland gelebt hat, sondern laut Isotopenanalyse erst vor Kurzem hier angekommen sein kann.«

»Aus ’nem Touribus gefallen oder wie?« Weber schüttelte nachdenklich den Kopf und nagte dabei an seiner Unterlippe – genau wie Paula es manchmal machte. »Das kann aber gar nicht sein. Wie kommt dann das Baby von Anton Dries in ihren Bauch?« Er starrte in seinen Kaffee, als ob da die Antwort zu finden wäre.

»Samenspende?« Paula meinte das natürlich nicht ernst.

Weber jedoch stieg voll darauf ein. »Quatsch, warum sollte sich eine Chinesin mit den Samen eines Weißen befruchten lassen? Und dann auch noch mit den Samen eines alten weißen Mannes? Ist Dries nicht eigentlich zu alt zum Spenden? Da muss es doch ein Höchstalter geben …« Weber hob den Blick von seiner Tasse und sah in Paulas amüsiertes Gesicht. »Ach so, du verarschst mich nur. Haha, sehr witzig!«

Er trank aus und sagte dann: »Sie war im fünften Monat, dann muss sie mindestens fünf Monate lang hier gewesen sein.«

»Vielleicht war Anton Dries ja in China?«

»Der und in China?« Weber öffnete die Tür und betrat gefolgt von Paula wieder den Verhörraum.

»Herr Dries, wo waren Sie zuletzt im Urlaub?«, fragte Weber und nahm seinen Platz an der Wand wieder ein.

Ganz nach Lehrbuch, dachte Paula. Bei einem Verhör soll der Verhörende ein Gespräch in Augenhöhe vermeiden, um so zu signalisieren, dass er es ist, der den Ton angibt.

»Urlaub? Ich mach kään Urlaub«, sagte Anton Dries ruhig und schloss die Augen.

Gibt er tatsächlich seinen Widerstand auf und beginnt zu erzählen? Will er endlich alles hinter sich haben, sich die Schuld von der Seele reden?, dachte Paula hoffnungsvoll. Webers Methode, ihn mürbezumachen, ging anscheinend auf.

Anton Dries sah müde aus, alt und blass, nicht wie ein Mann, der die meiste Zeit im Freien verbringt. »Bei uns in de Palz isch es doch schää, warum soll ich dann wegfahre?«

»Und was ist mit Fliegen? China zum Beispiel? Waren Sie da mal? Sagen wir um Weihnachten herum?«

»China? Was soll ich denn in China?« Anton Dries sah Weber an, als ob er ihn für verrückt hielt. »Ich vertraach jo nit emool des Esse beim Chines.«

Paula sah Weber an, dass er gleich ausrasten würde. Doch er atmete tief durch und sagte erstaunlich beherrscht: »Das können wir ganz einfach nachprüfen, Herr Dries. Sie bleiben bis dahin unser Gast.«

Er rief einen Beamten herein und ließ Anton Dries in eine Zelle bringen.

»Du willst ihn wirklich hierbehalten?«, fragte Paula vorsichtig. »Wir haben nichts, das ihn als Täter belastet.«

»Bis auf das Baby mit seiner DNA«, bemerkte Weber.

»Das ist aber auch schon alles. Kein Blut in seinem Haus, kein Blut auf seinen Arbeitsgeräten, keine Fingerabdrücke und keine Spuren von ihm an der Leiche oder auf den Müllsäcken.«

»Er bleibt so lange in Gewahrsam, wie wir ihn festhalten dürfen, wenn wir keine weiteren Beweise gegen ihn auftreiben können«, schnaubte Weber. »Auf jeden Fall so lange, bis wir vom Auswärtigen Amt wissen, wer die Tote ist, wann sie eingereist ist, aus welchem Grund sie nach Deutschland reiste und, wenn wir Glück haben, zu wem sie wollte.«

***

Tina Geiger war gerade im Begriff aufzubrechen, als Paula und Weber zurück ins Büro kamen.

»Schaut mich nicht so an. Immer wenn mich einer von euch so ansieht, muss ich Überstunden machen«, sagte sie und stellte ihre reisetaschengroße orangefarbene Handtasche, die sie sich über die Schulter gehängt hatte, wieder auf dem Schreibtisch ab.

Paula setzte gekonnt ihren Bettelblick auf. »Nur ein paar Über*minuten*, Geigerlein, versprochen. Du musst mir nur schnell die Nummer vom Auswärtigen Amt raussuchen.« Paula hätte die Nummer der Zentrale auch übers Internet herausfinden können, aber dann wäre sie wahrscheinlich zigmal weiterverbunden worden. Eine Sekretärin der Kriminalpolizei war jedoch Hüterin aller Direktnummern.

»Brauchst du ein Visum?« Tina Geiger hatte sich schon hingesetzt und blätterte in ihrem dicken Adressbuch.

»Nein, hab kein Geld und auch keinen Urlaub. Wir wollen nur herausbekommen, wann unser Opfer in Deutschland ankam.«

»Ihr wisst jetzt also, dass sie aus dem Ausland gekommen ist? Woher denn?«

Tina Geiger blätterte, las, hörte zu, fragte und notierte die gefundene Telefonnummer, und das alles gleichzeitig – diese Frau war eindeutig multitaskingfähig, stellte Paula bewundernd fest. Eine Eigenschaft, die ihr selbst völlig abging.

»Dr. Knopp hat herausgefunden, dass sie aus China ist.«

»Was macht eine Chinesin denn ausgerechnet in dem verschlafenen Minfeld?«, fragte nun auch Tina Geiger. »Ich dachte immer, die reisen in Bussen durch die Welt – zwanzig Sehenswürdigkeiten in zehn Tagen oder so ähnlich.« Sie reichte Paula den Zettel mit der Nummer. »War's das? Kann ich jetzt gehen? Hansi wartet nämlich, wir sind bei seiner Mutter zum Essen eingeladen.«

Wie die arme Frau wohl auf Tinas Farbwahl reagiert, dachte Paula. Sie musste an die bevorstehende Hochzeit denken. Würde Geigerlein da auch so bunt vor den Standesbeamten treten oder doch eher normal? Apropos normal, sie wusste gar nicht, welche Geigerleins natürliche Haarfarbe war.

»Ja, geh nur, wir sehen uns dann morgen.«

Tina Geiger schnappte sich ihre exorbitante Tasche, drückte Paula einen Schmatzer auf die Wange und flatterte mit wehender Bluse wie ein großer bunter Schmetterling aus dem Büro.

Bevor Paula in ihr eigenes Büro ging, machte sie einen Abstecher in die Kriminaltechnik einen Stock höher. Nur um zu erfahren, dass das Handy von Anja Ernst nicht lokalisiert werden konnte. Ein Signal von diesem Apparat war zuletzt am 22. Juli von einem Signalmast in der Nähe von Siebeldingen empfangen und weitergegeben worden. Diese Erkenntnis ließ Paula zu dem Schluss kommen, dass Anja zu dem Zeitpunkt noch am Leben gewesen war – vorausgesetzt, ihr Handy war nicht geklaut worden und sie hatte es selbst benutzt.

Siebeldingen?, überlegte Paula. Wenn sie sich nicht täuschte, dann war das nicht allzu weit weg von hier, irgendwo bei Godramstein an der alten Weinstraße gelegen. Sie war schon öfter durch den kleinen Ort gefahren.

Mit der neuen Erkenntnis ging sie hinunter zu Weber, der über dem Tagesbericht saß. Sie beschlossen, dass die Information keine Relevanz mehr für ihren Fall hatte und dass sie es auf sich beruhen lassen würden.

»Ich ruf dann mal beim Auswärtigen Amt an«, sagte Paula und holte das Telefon zu sich heran.

Weber sah prüfend auf die Uhr an der Wand. »Ist da überhaupt noch jemand? Wir haben schon fast sieben.«

»Soviel ich weiß, haben die einen Vierundzwanzig-Stunden-Service. Aber das werden wir ja gleich merken.« Paula wählte.

Nach dem dritten Klingeln wurde abgehoben.

»Kripo Landau«, meldete sie sich und stellte sich mit Namen und Dienstgrad vor. Dann schilderte sie dem sympathisch klingenden Mann am anderen Ende der Leitung ihr Anliegen und gab ihm die bisher bekannten Daten der Toten durch.

»Das dürfte kein Problem sein. Von welchem Zeitraum sprechen wir?«

Paula überlegte kurz. »Da wir den genauen Todeszeitpunkt nicht kennen, sage ich mal von Anfang April bis Ende Mai diesen Jahres. Wenn es da keine Ergebnisse geben sollte, erweitern wir das Zeitfenster. Und überprüfen Sie doch bitte auch gleich, ob es bei den Antragstellenden jemanden gibt, der fünf oder sechs Monate vorher schon einmal in Deutschland war.«

»Gut, das wird aber etwas dauern.«

»Kein Problem. Ähm, wenn Sie schon dabei sind: Könnten Sie auch noch für mich überprüfen, ob ein Anton Dries aus Minfeld, Rheinland-Pfalz, im November oder Dezember ein Visum für China beantragt hatte?«

»Klar, gar kein Problem für mich. Sind Sie auf der Nummer, die ich hier auf meinem Display sehe, den ganzen Abend zu erreichen?«

Paula verneinte und gab ihm ihre private Handynummer, mit der Bitte, sie ungeachtet der Uhrzeit auf jeden Fall anzurufen, wenn er fündig werden sollte.

»Die haben anscheinend auch so miese Dienstzeiten wie wir«, sagte Weber, als sie das Gespräch beendet hatte.

»Zum Glück. Vielleicht wissen wir dadurch in ein paar Stunden schon mehr über die geheimnisvolle tote Chinesin.«

Ihr Handy klingelte. Sollte das etwa so schnell gehen?, fragte sie sich verwundert. Aber es war Heribert Sonne, der wissen wollte, ob sie im Haus waren.

»Der Chef hat Sehnsucht nach uns«, teilte sie Weber mit.

***

»Das hört sich doch vielversprechend an«, bemerkte Sonne, nachdem sie ihm Bericht erstattet hatten, und steckte sich eine Zigarre an. Genüsslich paffend lehnte er sich zurück.

Für eine Siegeszigarre war es Paulas Meinung nach eindeutig zu früh, denn noch kannten sie nicht einmal den Namen der Toten. Außerdem musste sie mit ungutem Gefühl an das winzige Menschlein in ihrer Gebärmutter denken, dass bei jedem Atemzug, den sie machte, etwas von dem Qualm abbekam. Allerdings traute sie sich nicht, ihren Chef in seinem eigenen Büro auf das allgemeine Rauchverbot in öffentlichen Gebäuden hinzuweisen.

»Wenn wir morgen endlich wissen, wer die tote Frau ist, können wir systematisch alle ihre Schritte nachverfolgen, die sie auf deutschem Boden gegangen ist, bis hin zu ihrem Mörder«, sinnierte er laut und mit zufriedenem Gesichtsausdruck. Er stieß eine stinkende Qualmwolke nach der anderen aus. Paula bekam kaum noch Luft, da half auch das geöffnete Fenster hinter ihm nichts.

Sonne nickte wohlwollend. »Ich bin ganz Ihrer Meinung, Weber: Anton Dries ist, bis wir genau wissen, welche Rolle er in der Sache spielt, bei uns bestens aufgehoben. Eine zeitaufwendige Fahndung, falls er versuchen würde, sich aus dem Staub zu machen, wäre das Letzte, was wir jetzt brauchen.«

Paulas Handy klingelte. Mit einem verlegenen »Entschuldigung« stand sie auf und verließ das Büro.

Als sie zurückkam, hatte sie Neuigkeiten: »Das war der Jugendpfleger aus Neustadt. Nach dem Telefonat mit mir hat er sich Sorgen um Anja Ernst gemacht und seine Fühler ausgestreckt.

Er hat sie in einer Entzugsklinik in Eußerthal ausfindig machen können. Dort ist sie seit vier Wochen auf eigenen Wunsch zum Entzug. Das stimmt exakt mit der letzten Ortung ihres Signales überein. Sie musste beim Betreten der Einrichtung ihr Handy abschalten, deswegen war sie nicht erreichbar. Sieht so aus, als wolle sie ihr Leben endlich in den Griff bekommen.«

***

Paula ging mit Othello durch den Park nach Hause. Sie ließ sich dabei Zeit, denn der arme kleine Kerl hatte fast den ganzen Tag in irgendeinem Büro oder im Auto zubringen müssen. So toll war sein Leben bei ihr halt doch nicht, musste sie zugeben. Bei Frau Seidel spielte er die uneingeschränkte Hauptrolle, gut also, dass die alte Dame sich endlich wieder selbst um ihn kümmern konnte. Auch wenn Paula das quirlige Lockenknäuel fehlen würde.

Als sie endlich ihre Wohnungstür aufsperrte, war es schon nach acht Uhr. Sie freute sich auf eine Dusche, eine aufgebackene Tiefkühlpizza und ein paar entspannende Stunden vor dem Fernseher.

Nachdem sie Othello sein Futter hingestellt hatte, wählte sie die Telefonnummer ihrer Eltern. Die Uhrzeit war zwar ungeschickt gewählt, denn sie würde beim Abendspielfilm stören, aber sie fühlte sich gerade mutig genug, um ihnen von ihrer Schwangerschaft zu erzählen.

»Hallo, Paps«, sagte sie, als sich ihr Vater meldete.

»Du willst bestimmt mit deiner Mutter reden«, sagte der, bevor sie noch irgendetwas sagen konnte, und reichte den Hörer an seine Frau weiter.

»Paula, was ist denn? Ist was passiert?«, hörte sie die besorgte Stimme ihrer Mutter.

Augenblicklich verflüchtigte sich Paulas Mut. Sie wusste schlagartig, dass sie ihrer Mutter nichts von dem Baby erzählen würde. Sollte man das nicht besser persönlich machen und nicht so über ein paar Telefondrähte?, versuchte sie eine Ausrede für ihre Feigheit zu finden. Hatte sie heute überhaupt noch genügend Energie für aufreibende Diskussionen, unangenehme Fragen und Vorwürfe? Denn genau das würde ihr Geständnis bewirken. Nein, entschied sie, nicht jetzt. Sie würde sich lieber so bald wie möglich aufs Motorrad setzen und nach Würzburg fahren.

»Nein, Mutsch, alles gut«, log sie also. »Es waren nur ein paar anstrengende, lange Tage, und ich wollte einfach mal eure Stimmen hören.«

»Du klingst nicht gut, meine Kleine. Ist wirklich alles in Ordnung bei dir?«

Mütter und ihre verflixte Intuition! Paula verfluchte sich, dass sie überhaupt angerufen hatte. Andererseits wäre das *die* Gelegenheit, ihr Herz doch auszuschütten.

»Ich bin nur erschöpft.« Schwupps, war die Gelegenheit vertan. »Zu allem Übel muss ich auch noch mit einem neuen Kollegen zusammenarbeiten, den ich überhaupt nicht riechen kann.« Das ist wenigstens ein bisschen Herzausschütten, dachte Paula.

»Ist Bernd denn noch immer krankgeschrieben? Wie lange denn noch?«

»Bald ist er wieder einsatzfähig, er kann es genauso wenig erwarten wie ich.«

»Grüß ihn ganz lieb von mir. Wann kommst du denn mal wieder zu uns? Papa sagte erst heute Morgen, dass er schon gar nicht mehr weiß, wie du aussiehst.«

Paula wurde warm ums Herz, und sie bekam Sehnsucht nach den beiden. »Ich schicke euch ein Bild«, sagte sie und merkte selbst, dass ihre Stimme weinerlich klang.

»Paula? Da ist doch was. Willst du es mir nicht sagen? Ist was mit Sebastian?«

Paula hatte es schon immer geahnt, aber jetzt wusste sie es genau: Mütter können auch durch Telefondrähte direkt in die Herzen ihrer Kinder sehen. Würde sie das bei ihrem Kind auch eines Tages können?

»An meinem nächsten freien Tag komme ich zu euch, versprochen«, lenkte sie von dem heißen Thema ab.

Kaum hatte es sich Paula mit einer großen Tasse Kamillentee neben Othello auf dem Sofa bequem gemacht, klingelte ihr Handy. »Keeser«, sagte ihr das Display. Sollte er nicht in der Minfelder Kirche sitzen?

»Sag jetzt nicht, das Konzert wurde schon wieder wegen einer Leiche abgebrochen«, frotzelte sie, als sie ranging.

»Nein, keine Leiche, aber es steht nicht gut um die Frau«, antwortete er ernst.

»Was soll das denn heißen?« Paula war sich sicher, dass Keeser sie auf den Arm nahm.

»Hier ist kurz vor Ende des Konzerts eine ältere Dame zusammengebrochen. Die Sanitäter verfrachten sie gerade in den Krankenwagen. Sie haben nicht viel Hoffnung, dass sie das überlebt«, berichtete er.

Paula hörte Stimmen im Hintergrund und dann das Einsetzen des Martinshorns. Keeser verkohlte sie also tatsächlich nicht.

Aber was geht mich eine wildfremde Frau an, die in einer Kirche zusammengebrochen ist?, fragte sich Paula. »Und warum rufst du da mich an?«

»Der Notarzt geht von einer Vergiftung aus. Sagt dir der Name Luzia Schillinger etwas?«

***

Zwanzig Minuten später fuhr Paula mit ihrer Honda in den Hof des Pfarramts, da sie keine Lust hatte, nach einem Parkplatz zu suchen. Die Parkmöglichkeiten direkt neben dem Gemeindehaus waren von einem Streifenwagen und einem Privat-Pkw belegt. Von einem Privat-Pkw, den Paula als Keesers erkannte. Der faule Kerl hatte mal wieder »genau vor dem Loch« geparkt, wie er es immer so schön nannte.

Sie stellte ihre Maschine neben einem anderen Motorrad ab, neben einer schwarzen Yamaha MT-10. Weber war also auch hier. Helm und Handschuhe legte sie auf der Sitzbank ab, dann stiefelte sie vorbei an zwei Fahrzeugen der Kriminaltechnik zur Kirche.

Der Platz davor war geräumt worden, diesmal behinderten keine Schaulustigen die Arbeit. Paula sah Keeser und Marianne Renner vor dem Eingangsportal stehen. Weber, genau wie sie in Motorradkluft, trat gerade aus dem Inneren der Kirche und stellte sich zu ihnen.

Keeser winkte Paula zu und kam ihr ein paar Schritte entgegen.

»Warum ist der denn schon hier?«, zischte Paula ihm zu.

»Marianne hat ihn angerufen, und er war zufällig gerade in der Gegend unterwegs.«

»Grüß dich, Marianne«, sagte Paula, Weber nickte sie nur zu. Sie stellte sich neben die Staatsanwältin, die mal wieder beneidenswert gut aussah: Sie hatte einen schmalen, jede ihrer atemberaubenden Kurven betonenden knielangen schwarzen Rock mit großen roten Mohnblumen an. Dazu trug sie schwarze hochhackige Pumps und eine schlichte, ärmellose mohnblumenrote Bluse.

Paula kam sich daneben in ihren Motorradstiefeln und der Lederkombi wie immer plump und unweiblich vor.

»Also, was ist mit Frau Schillinger?« Sie sah Keeser gespannt an.

»Die Frau ist mir ehrlich gesagt vorher gar nicht aufgefallen«, berichtete er. »Ich bin mir sogar ganz sicher, dass ich mit ihr nicht gesprochen habe, als ich mich dezent umhörte, ob jemand von einer Chinesin in Minfeld wüsste. Dass es sich um Frau Schillinger handelt, hab ich erst erfahren, als der Notarzt eintraf.«

»Sie kam etwas zu spät, erst zur Pause, und hat dann gleich beim Ausschank geholfen«, sagte Weber. »Das hat mir gerade Frau Frey erzählt. Sie meint, dass es ihr zu dem Zeitpunkt offensichtlich gut ging. Die anderen Helfer hab ich noch nicht dazu befragt, die warten in der Kirche auf uns. Jedenfalls saß die Schillinger nach der Pause in der vierten Reihe und ist dort kurz vor dem Ende des Konzerts plötzlich zur Seite gesackt. Walburga Friedmann – die war ihre Banknachbarin – dachte zuerst, ihre Schwester sei eingeschlafen. Als sie sich aber nicht mehr rührte und Schaum vor dem Mund hatte, rief sie um Hilfe.

Kollege Keeser hat daraufhin sofort alles Nötige veranlasst.« Weber nickte Keeser anerkennend zu. »Wenn die Frau überlebt, dann nur, weil du so schnell reagiert hast.«

Paula entging nicht, dass Marianne derweil Matthias Weber anerkennend betrachtete, der Kerl schien es ihr wirklich angetan zu haben. Sie wunderte sich, dass Keeser das nicht bemerkte. Vielleicht sollte sie ihm diesbezüglich mal einen kleinen Hinweis geben.

»Und warum geht der Arzt von einer Vergiftung aus und nicht von einem Herzinfarkt?«

»Er sagt, die Symptome könnten auch von einer Vergiftung herrühren«, sagte Keeser.

»Könnten? Fest steht das also gar nicht? Und deswegen mobilisierst du die Mordkommission?«

»Ich bin eingefleischter Bulle, hast du das etwa vergessen? Da wir hier in Minfeld sind, wo wir schon ein Mordopfer gefunden haben, hab ich mich nach dem Vorfall ein bisschen umgehört. Als mir dann erzählt wurde, dass diese Frau Schillinger bei eurem Hauptverdächtigen putzt, wurde ich hellhörig und fragte den Arzt, ob sie einen Herzinfarkt erlitten habe. Als der sagte, er vermute eher eine Vergiftung, hab ich einfach nur eins und eins zusammengezählt und sofort euch und die Spurensicherung angerufen. Du hättest nicht anders gehandelt, wenn du hier gewesen wärst.«

Paula musste ihm diesbezüglich zustimmen. »Aber warum sollte jemand eine Putzfrau umbringen wollen?«

»Putzfrauen sehen viel und bekommen viel mit«, gab Marianne Renner zu bedenken. »Manchmal vielleicht zu viel.«

»Ihr denkt also alle, dass die Sache mit der Leiche hinter der Kirche mit dem, was Frau Schillinger passiert ist, zusammenhängt?«, fragte Paula und sah in die Runde.

Die drei nickten.

»Anton Dries sitzt aber in einer Zelle, er kann nichts damit zu tun haben. Er hatte keinerlei Kontakt nach draußen, er kann also auch niemanden beauftragt haben«, überlegte Weber laut.

Er war nicht glücklich über diese Tatsache, das sah Paula ihm an. Für sie war es jedoch die Bestätigung, dass sie mit ihrem Bauchgefühl wieder mal richtiggelegen hatte.

»Dann könnte sie anscheinend jemand anderem mit ihrem Wissen schaden, und wir lagen bisher total falsch«, sagte sie deshalb. Eigentlich lag ja nur Weber falsch, aber das sagte sie nicht.

Der gab sich jedoch nicht so leicht geschlagen: »Oder jemand will Anton Dries schützen, indem er eine Mitwisserin ausschaltet.«

»Bevor ihr euch weiter in Vermutungen ergeht, kann ich euch noch sagen, dass von den Leuten, die ich vorsichtig ausgehorcht habe, niemand etwas von einer Chinesin wusste«, mischte sich Keeser ein. »Ich habe natürlich in der kurzen Zeit nicht ganz Minfeld befragen können. Eine Haus-zu-Haus-Befragung würde da sicher mehr Licht ins Dunkel bringen. Ist ja sowieso euer Job, ich bin ja nur der kranke Kommissar.«

Werner Dreißigacker kam, gefolgt von mehreren seiner Kollegen, aus der Kirche. Sie trugen alle Weinkartons, Flaschen klirrten aneinander.

»Ihr denkt, sie wurde mit dem Kirchwein vergiftet?«

»Der heißt ja nicht umsonst ›Teufelstropfen‹, oder?«, sagte Weber. »Die Gebäckteilchen hab ich natürlich auch eintüten lassen.«

»Leider«, brummte Keeser.

»Was ist mit den anderen Getränken?«, fragte Paula.

»Frau Schillinger hat nur Wein getrunken, da war sich ihre Schwester sicher.«

»Könnte es nicht auch ein Anschlag auf diese Veranstaltung gewesen sein und nicht auf eine einzelne Person?«, gab Marianne Renner zu bedenken.

Bernd Keeser schüttelte energisch den Kopf. »Dann hätte es doch auch andere Gäste und nicht nur eine Frau – und dann noch ausgerechnet Frau Schillinger – getroffen.«

Werner Dreißigacker blieb kurz stehen und zeigte ihnen eine Beweismitteltüte. Paula konnte durch die Folie nichts erkennen.

»Das ist das Glas der Frau«, erklärte er. »Genauer gesagt die Scherben ihres Glases, denn es ist ihr aus der Hand gefallen, als sie ohnmächtig wurde. Aber wenn Gift darin gewesen sein sollte, werde ich das feststellen können.«

Paula sah ihm nach.

»Schade um den guten Wein«, sagte Keeser neben ihr.

Paula ging neben Weber zum Kirchenportal.

»Wo hast du denn den Polizeipudel gelassen?«, fragte er.

»Der Glückliche durfte, im Gegensatz zu mir, auf dem Sofa liegen bleiben.«

»Du hättest mir ruhig sagen können, dass die scharfe Staatsanwältin mit Keeser liiert ist«, sagte Weber vorwurfsvoll.

»Hab ich das nicht?«, fragte sie mit Unschuldsmiene.

»Nein, hast du nicht. Du hast nur gesagt, dass sie einen Kerl hat, aber nicht, welchen.«

»Wenn ich mich recht erinnere, hast du dich auch nur danach erkundigt, *ob* sie einen Kerl hat. Somit war meine Antwort vollkommen korrekt.«

»Du wolltest wohl, dass mir Keeser eins aufs Maul haut?«

»Ich muss zugeben, dass mir diese Vorstellung ein gewisses Vergnügen bereitet«, sagte Paula und nickte Hartmut Berger, der neben dem Portal Posten bezogen hatte, zum Gruß zu.

Sie traten in das Dämmerlicht der Kirche. Angenehme Kühle umfing sie.

»Wenn ich nicht so gut erzogen wäre, würde ich jetzt glatt Miststück zu dir sagen«, flüsterte Weber neben ihr.

»Nur zu, tu dir keinen Zwang an, ich stehe auf Kosenamen.«

Paula sah sich um. Bis auf die fünf Personen, die flüsternd vor dem Altar standen, war niemand mehr da. Sie erkannte Anita Frey, die besorgt zu ihr herübersah, und die schwangere Maria Dries. Die drei anderen waren ihr unbekannt.

Sie gingen auf den Altarraum zu, ihre Schritte in den schweren Motorradstiefeln hallten von den hohen Wänden wider. Paula fröstelte trotz der Motorradjacke, denn hier drinnen war es um einige Grad kühler als im Freien.

Weber stellte ihr die anderen Helfer des Abends vor: Johanna Weiter, eine Frau in Paulas Alter mit kurzen roten Haaren, Martin Kolb, einen gedrungenen Mittvierziger mit unangenehm stechendem Blick, und den etwa siebzigjährigen weißhaarigen Alfred Bohrer, der Paula an den niedlichen Mr. Stringer erinnerte, der die resolute Miss Marple treu durch all ihre Film-Kriminalfälle begleitete.

Paula überlegte, ob einer von diesen fünf Menschen Luzia Schillinger nach dem Leben getrachtet haben könnte.

Weber führte Mr. Stringer zu den hinteren Bänken, um ihm einige Fragen zu stellen. Paula wollte mit Maria Dries anfangen, damit die so schnell wie möglich nach Hause gehen konnte.

»Wollen Sie sich nicht lieber setzen?«, fragte sie die schwangere Frau, die sich daraufhin schwerfällig auf der vordersten Kirchenbank niederließ.

Hoffentlich werde ich nicht auch so entsetzlich dick, dachte Paula unwillkürlich. »Warum sind Sie denn noch hier, Frau Dries?«

»Ihr Kollege hat gesagt, dass Sie mich noch befragen müssen, ich war nämlich auch im Ausschank.«

»In Ihrem Zustand?«

Maria Dries lächelte, verzog dann aber das Gesicht und streichelte ihren Bauch. »Ich bin schwanger und nicht krank. Wenn ich nur daheim hocke und warte, dass es endlich losgeht, werde ich verrückt. Eigentlich hatte ich gehofft, dass die Bewegung und das lange Stehen die Wehen auslösen würden. Ich habe diesen riesigen Bauch so satt, ich kann nicht mehr richtig sitzen, liegen auch nicht. Jede Bewegung ist beschwerlich, ich kann mir nicht mal mehr selbst Socken anziehen. Wie Sie sehen, hat es leider nichts geholfen.«

Paula setzte sich neben sie. »Frau Schillinger kam zu spät zu der Veranstaltung. Hat sie gesagt, warum?«

»Nein«, sagte Maria Dries. »Dazu war auch gar keine Zeit, denn als sie kam, stand schon eine recht lange Schlange vor dem Getränketisch. Sie hat sofort angefangen, Wein auszuschenken.«

»War sie denn heute Abend zum Helfen eingeteilt?«

»Ja, sie hatte sich sogar freiwillig gemeldet. Sie macht das oft, und normalerweise ist sie immer pünktlich. Wissen Sie, wie es ihr geht?«

»Noch nicht, aber wir werden sofort benachrichtigt, wenn sich an ihrem Zustand etwas ändert.«

»Luzi ist also noch bewusstlos?«

»Soviel ich weiß, ja. Hatte sie Feinde?«

Maria Dries überlegte kurz und schüttelte dann langsam den Kopf. »Nein, das glaube ich nicht. Luzi ist eine reizende Person, die immer gern hilft. Ohne sie wäre mein Haushalt schon längst zusammengebrochen und der von meinem Schwiegervater auch.«

»Frau Schillinger hatte also Ihrer Meinung nach keine Feinde?«

»Wieso fragen Sie das? Es war doch ein Infarkt, oder etwa nicht?«

»Wir wissen nicht genau, was zu ihrem Zusammenbruch geführt hat, aber der Notarzt zieht die Möglichkeit in Betracht, dass es kein Infarkt war.«

Maria Dries wurde blass, verzog schmerzvoll das Gesicht und begann in kurzen Zügen zu atmen. Dabei strich sie mit beiden Händen kreisförmig über ihren prallen Bauch.

Paula musterte sie besorgt und überlegte, ob sie einen Krankenwagen rufen sollte.

»Geht schon wieder, nur eine kleine Kontraktion, das ist normal«, sagte Maria Dries eine Minute später und lächelte entschuldigend.

Wenn sich leichte Kontraktionen schon so heftig äußern, wie mögen dann erst richtige Wehen sein?, fragte sich Paula. Sollte sie sich das wirklich antun?

»Wer hatte alles Zugang zum Wein?«

Maria Dries riss entsetzt die Augen auf. »War denn was im Wein?«

»Das muss noch untersucht werden, aber wir gehen derzeit davon aus. Wer kam an den Wein ran?«

»Wir alle, also alle vom Verein. Ins Lager kommt jeder, der einen Schlüssel hat, der gesamte Vorstand. Und natürlich der Winzer, der uns den Wein abfüllt und bringt.«

»Und wer war heute Abend vor und während des Ausschanks mit dem Wein beschäftigt?«

Sie deutete mit dem Kopf zu ihren Kollegen hinüber, die noch in der Kirche waren. »Wir fünf, die Anita, der Fred, die Johanna, der Martin und ich. Und die Luzi natürlich.«

Paula ging nicht davon aus, dass Luzia Schillinger ihren eigenen Wein vergiftet hatte. »Haben Sie etwas beobachtet? War etwas beim Öffnen der Flaschen oder beim Einschenken auffällig? Hat sich jemand anders benommen als sonst? Nervös zum Beispiel oder ungewohnt ungeschickt? Denken Sie nach, manchmal fällt einem so was erst hinterher auf, wenn man weiß, worauf man achten muss.«

Maria Dries dachte angestrengt nach. »Nein«, sagte sie schließlich und lächelte schief, »keiner war ungeschickter als sonst. Hektisch und nervös war nur Luzi, aber das war wohl, weil sie zu spät kam.«

Paula konnte sich die Situation vor oder während des großen Ansturmes der Gäste nur zu gut vorstellen: Alle wollten gleichzeitig ein Getränk, stellten Fragen, bezahlten, bekamen eventuell Wechselgeld heraus – da war keine Zeit, um auch noch auf die Kollegen links oder rechts zu achten.

»Wie läuft das ab? Ich meine, wie machen Sie das, wenn über zweihundert Leute gleichzeitig etwas zu trinken haben wollen? Gießen Sie den Wein schon vor Beginn der Pause ein, damit es dann schneller geht?«

»Klar, sonst dauert es zu lange. Warum?«

»Die gefüllten Gläser stehen also einige Zeit da herum?«

»Ja, schon … meinen Sie, einer der Gäste könnte den Wein manipuliert haben?«

Dann hätte es Luzia Schillinger rein zufällig getroffen, dachte Paula. So wie russisches Roulette, nur mit vergiftetem Wein statt teilweise geladener Waffe. Das wäre eine recht perfide Art zu morden und noch dazu vollkommen unpersönlich.

»Denkbar wäre es …« Weiter kam Paula nicht, denn sie hörte laute Stimmen vom Eingang her.

»Ich will sofort zu meiner Frau, lassen Sie mich gefälligst durch!« Mit diesen Worten stürmte ein aufgebrachter Thomas Dries herein. Er sah sich kurz um, entdeckte seine Gattin und eilte zu ihr. Nachdem er sich neben sie gesetzt hatte, legte er schützend beide Arme um sie.

»Mein Vater genügt Ihnen wohl nicht, müssen Sie jetzt auch noch meine Frau schikanieren?«, fauchte er Paula voller Wut an.

Die erhob sich und sah auf die beiden herab. »Ich schikaniere Ihre Frau nicht, ich befrage sie nur. Womit ich jetzt auch fertig bin. Vielen Dank, Frau Dries, wenn noch etwas sein sollte, melde ich mich bei Ihnen. Einen schönen Abend noch.« Sie drehte sich um und ging zu den verbliebenen drei Ausschankhelfern hinüber, die die ganze Zeit neugierig zu ihnen herübergesehen hatten und jetzt leise tuschelten. Der mit dem stechenden Blick war Paula zutiefst unsympathisch, den würde sie Weber überlassen, entschied sie.

»Mein Vater ist unschuldig!«, rief Thomas Dries ihr hinterher. »Das ist reine Willkür, was Sie da betreiben. Ich werde mich über Sie und Ihren Kollegen beschweren!«

»Tun Sie sich keinen Zwang an«, antwortete Paula ungerührt, ohne sich umzudrehen. Eine derartige Drohung hörte sie nicht zum ersten Mal. »Wenn Ihr Vater tatsächlich unschuldig ist, wird er bald wieder zu Hause sein.«

Sie wandte sich der rothaarigen Frau zu, die ihr ängstlich entgegensah. Sie hatte sich ihren Namen nicht gemerkt. »Frau …?«

»Weiter, Johanna Weiter«, sagte diese mit belegter Stimme.

»Frau Weiter, es wird nicht lange dauern.« Paula führte die Frau zu der Bank, auf der sie gerade noch mit Maria Dries gesessen hatte und die jetzt leer war. Sie sah, wie Thomas und Maria Dries eng umschlungen die Kirche verließen.

»Ich weiß gar nicht, was ich Ihnen erzählen soll«, sagte Johanna Weiter und fuhr sich mit den Händen nervös durch die roten Haare. Ein Rot, das Paula als nicht natürlich einstufte und von dem sie überzeugt war, dass es Geigerlein ganz sicher gefallen hätte.

»Ich werde Ihnen helfen und Fragen stellen.« Paula notierte zuerst einmal die Adresse der Frau. »Also, was haben Sie in der Pause gemacht?«

»Wein eingeschenkt, kassiert … Sie denken doch nicht etwa, dass *ich* etwas damit zu tun habe?«

»Ich denke im Moment noch gar nichts, ich trage vorerst nur Hinweise und Beobachtungen zusammen. Erinnern Sie sich an den Moment, als Luzia Schillinger dazukam?«

»Natürlich, wir waren alle erleichtert, als sie endlich eintrudelte. Zumal da noch ein Mann komische Fragen stellte und uns von der Arbeit abhielt.«

»Ein Mann stellte komische Fragen? Was war das für ein Mann und was für Fragen?«

»Ach, das war so ein großer Kerl mit Bauch, wuscheligen Haaren und buschigen Augenbrauen. Ich glaube, der wollte sich nur wichtigmachen«, tat Johanna Weiter ihre Beobachtung als belanglos ab. »Er wollte wissen, ob uns im Frühjahr im Ort eine Chinesin aufgefallen sei. Das hat er alle gefragt, die an den Stand kamen. Eine Chinesin! Der hatte doch nicht alle Tassen im Schrank.«

Paula konnte sich ein Schmunzeln nicht verkneifen. Sie war sich ehrlich gesagt auch nicht immer sicher, ob dieser Mann, den sie zweifelsfrei als ihren Kollegen Bernd Keeser identifizierte, alle Tassen im Schrank hatte. Hatte er ihr nicht gesagt, dass er sich *dezent* umgehört habe? Dezent war ihrer Meinung nach anders.

»Und, was haben Sie ihm geantwortet? Haben Sie eine Chinesin gesehen?«

»Ist das denn tatsächlich wichtig?« Johanna Weiter sah Paula erstaunt an. »Ich habe keine Chinesin gesehen, das hab ich dem Mann auch gesagt. War das etwa ein Privatdetektiv?«

»So was Ähnliches.«

»Oh, Sie kennen ihn?«

Paula nickte, wollte aber nicht näher darauf eingehen. »Was war mit Frau Schillinger?«

»Wie gesagt, die kam erst in der Mitte der Pause, ziemlich abgehetzt. Gerade rechtzeitig, denn Maria musste dringend aufs Klo. Das muss sie in letzter Zeit häufiger, weil die beiden Babys auf die Blase drücken. Die Luzi hat sich gleich in die Arbeit geschmissen. Als dann alle mit Getränken versorgt waren, hat sie sich auch ein Glas Rotwein gegönnt, als Belohnung, hat sie gesagt, daran erinnere ich mich noch ganz genau.«

»Hat sie sich das Glas selbst eingeschenkt, oder stand das schon fertig auf dem Tisch? Oder hat es ihr womöglich jemand in die Hand gedrückt?« Paula sah Weber nach vorn zum nächsten der Helfer und mit ihm in die angrenzende Sakristei gehen. Endlich, dachte sie erleichtert, denn der Blick dieses Mannes hatte sich die letzten Minuten erbarmungslos in sie festgebohrt.

»Was Sie alles wissen wollen. Keine Ahnung, darauf hab ich nicht geachtet. Ich hab ein bisschen aufgeräumt, hab zum Beispiel die ganzen leeren Flaschen, die überall herumstanden, in die Kartons gepackt. Denken Sie etwa, jemand von uns hat die Luzi vergiftet?«

Paula hielt das grundsätzlich für möglich. Luzia Schillinger konnte das Gift, oder was auch immer zu ihrem Zusammenbruch geführt hatte, jedoch genauso gut vor der Veranstaltung zu sich genommen haben. Sie mussten also herausfinden, wo sie davor gewesen war.

»Wir glauben vorerst noch gar nichts, denn wir wissen noch viel zu wenig über das, was geschehen ist. Was meinen Sie, ist Frau Schillinger beliebt?«

»Aber ja, sehr beliebt. Luzi besucht zum Beispiel die bettlägerigen alten Leute im Dorf. Sie liest regelmäßig im Kindergarten vor, und manchmal macht sie auch den Babysitter – kostenlos. Bei meinen Kindern auch schon. Sie liebt Kinder, hat aber keine eigenen gehabt. Sie ist eine wirklich nette Person.« Johanna Weiter senkte die Stimme. »Ganz anders als ihre schrecklich neugierige Schwester, die nur zu gern ihre Nase in fremder Leute Angelegenheiten steckt. Also wenn jemand versucht hätte, *die* umzubringen, dann würde ich das ja verstehen. Aber die Luzi? Nein, auf gar keinen Fall!«

So wie es aussieht, hat es aber jemand versucht, dachte Paula. Oder war es doch ein Versehen gewesen, und es hätte jemand anderes treffen sollen?

»Danke, Frau Weiter, das war es erst einmal. Wenn wir noch Fragen haben sollten, melden wir uns bei Ihnen. Und falls Ihnen noch etwas zum heutigen Abend einfällt, rufen Sie mich bitte an.« Paula gab ihr eine Visitenkarte.

Johanna Weiter stand auf und verließ die Kirche.

Paula blieb noch sitzen, legte den Kopf in den Nacken, schloss die Augen und atmete tief durch. Erst jetzt merkte sie, wie müde sie nach diesem langen Tag war. In Gedanken ging sie die Informationen durch, die sie bisher zusammengetragen hatten. Nicht sonderlich viele, musste sie eingestehen.

Welche Rolle spielte Luzia Schillinger in diesem Fall? Paula versuchte angestrengt, eine Verbindung zu der toten Chinesin zu finden. Spielte sie überhaupt eine Rolle? Sie war die Putzfrau des Hauptverdächtigen, das war die einzige Schnittstelle, von der sie wussten. Aber sie hatten sie doch schon befragt, und da hatte sie nichts wirklich Erhellendes zu berichten gewusst. Hatte sie am Ende die Chinesin bei Anton Dries gesehen und das verschwiegen, um ihn zu schützen? Sollte sie jetzt aus dem Weg geschafft werden, bevor sie es sich anders überlegte und das doch noch ausplauderte?

Aber Anton Dries saß in einer Zelle, er konnte unmöglich mit Luzia Schillingers Vergiftung zu tun haben. Also musste noch jemand anderes involviert sein, doch wer? Blieb nur zu hoffen, dass Luzia überlebte und ihnen endlich alles erzählte, was sie über die Sache wusste …

Das Klingeln eines Handys verhinderte, dass Paula einschlief. Webers Stimme hallte durch die leere Kirche, Schritte näherten sich der Bank, auf der sie saß. Als sie die Augen öffnete, stand Weber vor ihr.

»Alles gut bei dir?«, fragte er mit besorgtem Blick.

Schon wieder hatte er sie beim Wegnicken erwischt, was Paula sehr peinlich war.

»Ich hab nur gebetet.« Sie setzte sich aufrecht hin und unterdrückte ein Gähnen. Ihr war kalt.

Weber grinste spöttisch. »Was du nicht sagst. Ich hoffe, du hast für mich mitgebetet. Das war gerade das Krankenhaus, Luzia Schillinger ist über den Berg.«

Paula fuhr elektrisiert von ihrem Sitz hoch. »Hat sie schon was gesagt?«

»Nein, sie schläft jetzt. Der Arzt geht davon aus, dass sie

morgen früh vernehmungsfähig ist. Was hast du in Erfahrung gebracht?«

»Dass Luzia Schillinger ein Engel war, jedem im Dorf half und alle sie liebten.«

Sie gingen nebeneinander zum Ausgang.

»Wie bei mir«, sagte Weber. »Sowohl Anita Frey als auch die beiden Jungs haben in den höchsten Tönen von ihrer Hilfsbereitschaft und Freundlichkeit geschwärmt.«

Paula erschrak. Wenn Weber mit Anita Frey gesprochen hatte, der letzten der fünf Personen, dann war sie nicht nur kurz weggenickt, sondern eingeschlafen, denn davon hatte sie nichts mitbekommen.

»Den Wein hat Martin Kolb vor der Veranstaltung aus dem Lager gleich gegenüber geholt«, fuhr Weber fort.

»Ist das der mit dem stechenden Blick?«

»Genau der. Er beschwört, dass alle Kartons noch geschlossen waren. Er hat jeden einzelnen aufreißen müssen, um die Flaschen herauszuholen.«

»Das hab ich mir gedacht«, sagte Paula. »Wenn nämlich das Gift schon in einer der Flaschen gewesen wäre, dann wären logischerweise noch mehr Leute umgefallen. Nein, ich bin mir sicher, dass das Gift erst nach dem Einschenken in das Glas der Schillinger gegeben wurde.«

Weber nickte zustimmend und blieb vor der schweren Eingangstür stehen. »Ich soll dich übrigens ganz herzlich von meiner Mutter grüßen. Sie ist ganz begeistert von dir und findet dich überaus nett.« Er sah Paula prüfend von der Seite an. »Keine Ahnung, wie sie darauf kommt.«

Paula knuffte ihn in die Seite. »Ich kann auch nett, wenn ich mich anstrenge.«

»Dann streng dich doch endlich mal ein bisschen an«, schlug Weber vor und öffnete die Tür.

Sie traten durch das Kirchenportal nach draußen. Die Resthitze des zu Ende gehenden Sommertages empfing sie. Es fühlte sich an, als ob sie aus einem Kühlschrank in die Sauna treten würden. Es war noch hell, aber die Sonne stand kurz davor, in ein Meer von orange glühenden Wölkchen am Horizont einzutauchen.

Keeser und Marianne Renner erwarteten Paula und Weber bereits. Sie kamen interessiert näher.

Auch Thomas und Maria Dries waren noch da, sie standen in einiger Entfernung bei den Holztischen und -bänken.

Wer sich wohl derweil um ihre Kinder kümmert?, überlegte Paula.

Die Helfer und auch Anita Frey standen bei ihnen, alle sahen teils misstrauisch, teils neugierig zu ihnen herüber.

»Ich werde ihnen sagen, dass es Frau Schillinger so weit gut geht.« Weber ging mit großen Schritten zu der Gruppe. Im letzten Licht des Tages konnte Paula ein kollektives Aufatmen erkennen, dann löste sich die kleine Versammlung auf.

»Und jetzt?«, sagte Weber, sobald er wieder neben Paula stand. »Wir haben immer noch keinen Ansatzpunkt. Die Schillinger scheint nur Freunde und keine Feinde zu haben.«

»Einen dann wohl doch«, sagte Keeser trocken.

»Und wenn es doch nur ein Zufall war, dass es ausgerechnet sie traf?«, sagte Paula.

»Es gibt keine Zufälle«, brummte Keeser.

Paula wandte sich an Weber. »Wo war sie eigentlich vorher, hast du das rausgefunden?«

»Keine Ahnung, das müssen wir wohl ihre Schwester fragen. Die ist allerdings im Krankenwagen mitgefahren. Warum interessiert dich das?«

»Jemand könnte ihr schon vorher was verabreicht haben.«

»Das wäre natürlich denkbar«, sagte Weber, wirkte aber äußerst skeptisch.

»Wo wurde sie hingebracht?«

»Nach Kandel, in die Asklepios Klinik«, sagte Keeser. »Warum willst du das wissen?«

»Ich werde mal in der Klinik vorbeifahren, während Weber deine Aussage aufnimmt und schon mal mit dem Bericht anfängt. Erstens hoffe ich, dass ihre Schwester noch da ist und ich sie befragen kann. Und zweitens habe ich vielleicht Glück, und

Luzia Schillinger ist wach. Dann erfahren wir möglicherweise endlich, was hier gespielt wird. Ich komme danach zu euch ins Büro.«

***

Es war fast zweiundzwanzig Uhr, als Paula ihre Honda in Kandel vor der Asklepios Klinik abstellte. Sie musste am Eingang klingeln und dann einer streng dreinblickenden Frau an der Pforte Rede und Antwort stehen, um eingelassen zu werden.

Erst als sie ihren Dienstausweis vorzeigte und ausdrücklich betonte, dass es sich nicht um einen verspäteten privaten Besuch, sondern um eine polizeiliche Ermittlung handele, durchsuchte die Herrscherin über die Eingangstür ihren Computer nach Luzia Schillingers Namen.

»Ja, die wurde vor etwa zwei Stunden bei uns eingeliefert. Sie liegt auf der Intensivstation, mit der können Sie derzeit nicht sprechen.« Ein Blick auf Paula schien der Pförtnerin jedoch klarzumachen, dass das für die Frau im Motorradanzug vor ihrem Glaskasten kein Grund war, wieder zu gehen. »Die Station ist im zweiten Stock. Ich sage der Nachtschwester Bescheid, dass Sie kommen«, sagte sie daher und griff nach dem Telefonhörer.

Paula entschied sich gegen den Aufzug und steuerte auf das Treppenhaus zu. Seit sie mit Keeser zusammenarbeitete, hatte sie keinen Lift mehr betreten. Er beharrte stets darauf, dass er diese Dinger mied, weil Treppensteigen gut für das Herz sei. Da er aber ansonsten keinerlei Ambitionen an den Tag legte, seinem Herzen etwas Gutes zu tun – zum Beispiel, sich vernünftiger zu ernähren, weniger Alkohol zu trinken, geschweige denn etwas von seinem Übergewicht zu verlieren –, war Paula der Überzeugung, dass er sich damit nur aus einer Klaustrophobie herausredete. Sie selbst hatte zwar keine Angst vor engen, geschlossenen Räumen, aber sie lief trotzdem, weil sie sich einfach gern bewegte.

Oben angekommen, kam sie sich vor, als sei sie in einem Gruselfilm gelandet: Es war totenstill auf dem Gang. Eine der Neonröhren an der Decke flackerte ungleichmäßig. Keine Menschenseele war zu sehen. Irgendwo piepte eine Maschine, und aus einer geöffneten Tür vernahm Paula leises Stöhnen.

Das Quietschen von Gummisohlen näherte sich auf dem hellgrauen Linoleum, und eine ehrfurchteinflößende Krankenschwester kam flotten Schrittes um die Ecke. Sie war groß, ein paar Zentimeter größer als Paula und etwa doppelt so breit.

Unwillkürlich kamen die Erinnerungen an ihre wenigen Krankenhausaufenthalte in Paula hoch. Sie war als Kind einmal wegen einer Mandel- und ein paar Jahre später wegen einer Blinddarmoperation mehrere Tage in einem Krankenhaus gewesen und dann noch mal wegen des Verdachts auf eine Gehirnerschütterung nach einem Sturz mit dem Motorrad. Auch da waren die Nachtschwestern stets imposante Erscheinungen gewesen.

Ob das ein Einstellungskriterium ist?, überlegte Paula. Nachtschwestern waren immerhin viele Stunden allein auf der Station und mussten somit allein Patienten heben und stützen und im Notfall auch mit aufmüpfigen Kunden fertigwerden.

»Sie kommen wegen der Vergiftung?« Die Schwester schüttelte Paula mit einem extrem kräftigen Griff die Hand.

Paula wusste von einem früheren Freund, einem werdenden Arzt, dass das Klinikpersonal untereinander seine Patienten nicht mit deren Namen benannte, sondern mit ihren Krankheiten. So wurde aus Herrn Meier »die Vasektomie« und aus Frau Schmitt »der Blinddarmdurchbruch«. Luzia Schillinger war also »die Vergiftung«.

»Ja. Ist sie wach?«

»Noch nicht, wird auch noch ein bisschen dauern.« Schwester Barbara, so stand es auf dem Ansteckschild an ihrem Kittel, gab Paula ein Zeichen, ihr zu folgen, und sprach im Gehen weiter. »Sie hatte Riesenglück, dass sie das überlebt hat.«

»Wissen Sie schon, womit sie vergiftet wurde?«

»Auf den toxikologischen Befund müssen Sie leider bis morgen warten, unser Labor ist nachts nicht besetzt.«

Paula hoffte, dass die Kriminaltechnik das noch vor dem Morgen herausfinden würde. »Frau Schillingers Schwester ist im Krankenwagen mit hierhergefahren, ist sie noch da?«, fragte sie.

Zu ihrer Überraschung bejahte Schwester Barbara. »Sie wollte unbedingt hierbleiben, wir haben ihr ein Bett im Ruheraum unserer Ärzte zur Verfügung gestellt. Soll ich sie wecken?«

»Das wäre nett, ich hätte einige Fragen an sie.«

Schwester Barbara führte Paula zum Schwesternzimmer, in dem es verlockend nach Kaffee roch, und bot ihr einen Stuhl an. »Wollen Sie in der Zwischenzeit den Arztbericht lesen?«

Paula nahm das dargebotene Klemmbrett entgegen und begann darin zu blättern. Während sich Schwester Barbara mit quietschenden Schuhsohlen entfernte, las sie, dass der Notarzt wegen des Verdachts auf Herzinfarkt zu der Patientin Luzia Schillinger gerufen worden war.

Nun folgte eine Reihe von medizinischen Fachausdrücken, die Paula so übersetzte: Bei Eintreffen des Arztes hatte die Patientin unter Schweißausbrüchen und Muskelzuckungen, später dann, im Krankenwagen, unter Erbrechen, Atemlähmung und schweren Krämpfen gelitten. »Verdacht auf Intoxikation«, las Paula weiter.

Der Arzt hatte auf diese Symptome hin von einem Infarkt abgesehen und eine Vergiftung vermutet. Das daraufhin verabreichte Atropin hatte den Zustand der Patientin dann auch leicht verbessert und seine Diagnose bestätigt.

Status quo: Luzia Schillinger wurde intensivmedizinisch betreut und mit Pralidoxim behandelt. Ihr Gesamtzustand war stabil.

Schwester Barbara kam mit einer verschlafen aussehenden Walburga Friedmann im Schlepptau zurück. Die hatte ihren Dutt gelöst, und ein langer, recht dünner grauer Zopf hing über ihre Schulter. Sie zupfte unentwegt an ihrer Bluse und der hellgelben Strickjacke, die sie darüber trug, um ein einigermaßen ordentliches Bild vor der Kommissarin abzugeben. Sie zupfte auch weiter an sich herum, als sie Paula gegenübersaß.

»Kann ich den Damen einen Kaffee anbieten?«, fragte Schwester Barbara.

Paula nahm dankend an, Walburga Friedmann lehnte ab.

»Eine Frage, Schwester, wogegen setzt man Atropin und dieses Pra…«, Paula musste einen kurzen Blick auf das Patientenblatt werfen, »… Pralidoxim ein?«

»Bei Vergiftungen mit Nervengift.«

»Nervengift? So was wie Sarin?«

Schwester Barbara bestätigte das. »Ich mach dann mal meine Runde.« Sie nickte den beiden Frauen kurz zu und verließ quietschenden Fußes den Raum.

»Nervengift«, wiederholte Paula ungläubig. Wie zum Henker kommt ein derart gefährliches Gift nach Minfeld?, überlegte sie. Und vor allem: Wer besitzt denn so was?

Sie umfasste ihre Tasse mit beiden Händen. Die Wärme tat gut, denn ihr war jetzt wieder kalt, obwohl sie die Motorradjacke angelassen hatte. Das musste an der zunehmenden Müdigkeit liegen. Sie fror immer, wenn sie müde war.

»Frau Friedmann, wo war Ihre Schwester, bevor sie in die Kirche gekommen ist?«

»Ich hab ihr gleich gesagt, dass das gefährlich ist. Und noch dazu in ihrem Alter, so ein Unsinn, lächerlich geradezu. Das hat sie jetzt davon«, legte die alte Frau bissig los.

»Wovon reden Sie?«, fragte Paula verwirrt.

»Na, von dieser Internetseite, die Luzia seit ein paar Wochen regelmäßig besucht. Seit sie den Computerkurs bei der Volkshochschule gemacht hat, war sie dort ständig unterwegs. Und gestern hatte sie ein Treffen mit so einem Kerl.«

Paula verstand. Luzia Schillinger war also via Internet auf Männersuche, was sie der agilen Mittsechzigerin, die aber viel jünger aussah, ohne Weiteres zutraute.

»›Luzia‹, hab ich gestern Nachmittag vor diesem Treffen noch zu ihr gesagt, ›das ist doch nicht normal. Wer weiß, was dieser Mann mit dir vorhat. Es ist doch bekannt, dass in diesen Profilen alle lügen, dass sich die Balken biegen. Was machst du, wenn du an einen Lüstling gerätst?‹, hab ich sie gefragt. Aber sie hat mich nur ausgelacht, hat sich in ihr bestes Kleid geworfen und ist kurz vor drei losgefahren. ›Nur zum Kaffee‹, hat sie gesagt, ›was soll da schon passieren?‹ Komischer Kaffee, wenn Sie mich fragen, sie kam erst kurz vor halb acht in die Kirche. Viel zu spät, wo Luzi doch immer überpünktlich ist. Der Kerl muss irgendwas mit ihr angestellt haben, meinen Sie nicht auch? Bestimmt ist sie an einen Giftmörder geraten, aber sie wollte ja nicht auf mich hören.«

Paula konnte aus Walburgas Worten nicht nur Sorge, sondern auch jede Menge Eifersucht heraushören. Sie vermutete, dass sie entweder die Schwester, mit der sie zusammenlebte, nicht verlieren wollte oder ihr einfach das späte Glück nicht gönnte. Was aber egal war, denn der Mann, mit dem sich Luzia Schillinger getroffen hatte, konnte tatsächlich ihren Tod gewollt haben.

Paula musste an ihre Schwestern denken und an die Geheimnisse, die sie in ihrer Kindheit miteinander geteilt hatten. »Hat Luzi Ihnen denn nicht erzählt, warum sie zu spät gekommen ist?«

»Aber ja, hat sie. Sie sagte, das Gespräch mit diesem Mann sei so interessant und anregend gewesen, dass sie noch beim Griechen essen gewesen seien. In den höchsten Tönen hat sie von dem Kerl geschwärmt, wie charmant und höflich er sei, so humorvoll und gut aussehend. Sie hat sich aufgeführt wie ein verliebter Teenager. In ihrem Alter, es war richtig peinlich. Sie wollte sich unbedingt wieder mit ihm treffen.«

Paula äußerte sich nicht dazu, sie war der Meinung, dass Liebe in keinem Alter peinlich war.

»Wissen Sie, wie dieser Mann heißt?«

»Hans-Peter, hat sich aber Hape genannt – so was Lächerliches! Sie wissen schon, wie Hape Kerkeling.«

»Und wo wohnt dieser Hans-Peter? Wissen Sie das auch?«

»In Ludwigshafen.«

Paula wurde hellhörig. Ludwigshafen? War das nicht die Chemiestadt schlechthin?

»Hat wohl bis zu seinem Ruhestand bei der BASF gearbeitet«, sagte Walburga Friedmann dann auch tatsächlich. »Aber im Internet kann man ja viel erzählen, oder was sagen Sie?«

Paula gab ihr recht. Sie musste unbedingt mehr über diesen Hape erfahren, denn es war gut möglich, dass der Mann in der

Tat mit Luzia Schillingers Zusammenbruch zu tun hatte. Ein Zufall zwar, dass das gerade jetzt passierte, wo die Frau mit einem ungeklärten Mord in Zusammenhang stand, aber dennoch möglich.

»Kennen Sie auch seine Adresse?«

»Nein. Jedenfalls nicht auswendig. Luzi hat mir einen Zettel mit seiner Anschrift dagelassen, falls etwas passiert ...« Sie beugte sich nach vorn und barg das Gesicht in ihren Händen. Schluchzen drang durch die Finger. »Oh mein Gott, warum musste ich nur recht behalten?«

»Diesen Zettel, haben Sie den bei sich?«

Walburga Friedmann wackelte verneinend mit dem Kopf. Sie holte ein zerknülltes Taschentuch aus ihrem Jackenärmel und schnäuzte sich ausgiebig hinein. »Der liegt daheim. Auf dem Schuhschrank neben dem Telefon.«

Paula überlegte, wie sie an den Zettel kommen sollte. Sie konnte ja schlecht die alte Dame dazu auffordern, auf ihrem Sozius mit nach Minfeld zu fahren.

Die Lösung für dieses Problem kam unerwartet von Walburga Friedmann selbst. »Die Adresse brauchen Sie dann wohl, um diesen Wüstling zu verhaften?«

Paula nickte.

»Wenn Sie wollen, kann ich Ihnen den Schlüssel für unser Haus aus Luzis Handtasche geben. Dann können Sie den Zettel holen.«

Abgesehen davon, dass Paula an diese simple Möglichkeit gar nicht gedacht hatte, hätte sie wohl nie danach zu fragen gewagt. Es war ein eindeutiger Vertrauensbeweis, eine Fremde, auch wenn es eine Kriminalbeamtin war, allein in sein Haus zu lassen.

»Das wäre toll«, erwiderte Paula erleichtert. »Dann könnten wir den Mann noch heute Nacht verhören.«

Walburga Friedmann stand auf, Paula auch.

»Machen Sie aber keine Unordnung!« Sie sah an Paula hinab und betrachtete kritisch die Motorradstiefel. »Und bringen Sie ja keinen Dreck rein.« Ohne ein diesbezügliches Versprechen abzuwarten, ließ sie Paula stehen und verließ das Schwesternzimmer, um wenig später mit einem Schlüsselbund in der Hand zurückzukommen. »Geben Sie ihn mir so schnell wie möglich zurück, Luzi wird ihn bald wieder brauchen.«

***

Als Paula kurz darauf das Treppenhaus im Erdgeschoss verließ, hörte sie Stimmen vom Eingang her. Sie schloss daraus, dass ein Krankenhaus nachts gar nicht so einsam und verlassen war.

Sie erkannte die Frau mit dem dicken Bauch und der unverkennbar hysterisch klingenden Stimme sofort: Es war Maria Dries, bei der wohl gerade die Babys auf die Welt kommen wollten. Hinter ihr stand ihr Mann, der ihr einen Rollstuhl besorgt hatte, auf dem sie sich jetzt stöhnend niederließ.

Er rollte eilig mit der werdenden Mutter an Paula vorbei, ohne ihr Beachtung zu schenken. Maria Dries hob im Vorbeijagen kurz die Hand zum Gruß. Dann waren die beiden in den Tiefen der Klinik verschwunden.

Während Paula Helm und Handschuhe anzog, musste sie an Maria Dries denken, für die die vor ihr liegenden Stunden nicht besonders schön, aber umso schmerzhafter sein würden. Sie schwang sich auf den Sitz und fuhr los. Da war es doch um Welten angenehmer, auf einem Motorrad zu sitzen und über verlassene Straßen zu kurven, entschied sie.

Gelbe Morgenröte

Dienstag, 21. August

Die wenigen Kilometer von Kandel nach Minfeld waren schnell gefahren. Ein paar Minuten vor Mitternacht drehte Paula Luzia Schillingers Schlüssel im Schloss von deren Haus und öffnete die Tür. Nach kurzem Suchen fand sie den Lichtschalter und betrat das fremde Haus. Die Tür ließ sie hinter sich offen, denn sie wollte so schnell wie möglich wieder von hier verschwinden. Sie kam sich vor wie ein Einbrecher.

In der Diele sah sie sich um und entdeckte den von Walburga Friedmann erwähnten Schuhschrank mit dem Telefon. Daneben lag der Grund ihres nächtlichen Eindringens: der Zettel mit Hapes Adresse.

Von draußen erklang das Schlagen der Kirchturmuhr – Mitternacht. Geisterstunde. Natürlich glaubte sie nicht an solchen Quatsch, trotzdem zuckte Paula erschrocken zusammen, als ihr Handy in der Jackentasche Laut gab. Hastig nestelte sie es hervor.

Es war Keeser. »Wir machen uns langsam Sorgen um dich, ist alles in Ordnung bei dir?«

»Was heißt wir?« Paula schnappte sich den Zettel, steckte ihn in eine der Innentaschen ihrer Motorradjacke und machte, dass sie nach draußen kam.

»Weber und ich, wer denn sonst?«

»Bist du etwa auch noch im Büro?« Paula warf einen letzten Blick in die Diele, vergewisserte sich, dass sie keinen Schmutz hinterlassen hatte, und schaltete das Licht aus. Sorgsam schloss sie doppelt ab.

»Klar, Matthias und ich warten auf dich. Und wo bist du?«

»Bin gerade ins Haus von Frau Schillinger eingebrochen.«

»Wie bitte?«, erklang Webers Stimme schrill im Hintergrund. Daraus schloss Paula, dass er mithören konnte.

»Hast du noch alle Tassen im Schrank?«, fragte nun auch Keeser.

»Beruhigt euch, ich hatte die Erlaubnis *und* einen Schlüssel. Erzähle ich euch gleich. Kocht mir schon mal einen Tee. Tschüss.«

***

In ihrem Büro brannte wirklich noch Licht. Das sah Paula, als sie das Motorrad vor der Dienststelle auf dem Gehsteig abstellte. Sie wunderte sich über Keeser. Hatte der nichts Besseres zu tun, als sich mitten in der Nacht hier herumzudrücken?

»Habt ihr schon Ergebnisse aus der KT?«, fragte sie, kaum dass sie durch die Tür getreten war.

Keeser und Weber schüttelten synchron den Kopf.

»Ha, endlich weiß ich mal mehr als ihr: Es war mit ziemlicher Wahrscheinlichkeit ein Nervengift.«

»Hat das der Arzt gesagt?«

»Ich hab nur mit der Nachtschwester gesprochen, der genaue Laborbericht lag noch nicht vor. Aber es stand im Patientenblatt oder wie das heißt, und da das verabreichte Prali… irgendwas, also das Gegengift, hilft, wird das wohl auch stimmen.«

»Pralidoxim«, ergänzte Weber.

Klugscheißer, dachte Paula.

»Ein Pestizid also«, gab Keeser zu bedenken und reichte ihr eine dampfende Tasse, die sie dankend entgegennahm. »Mir fällt da spontan E605 ein, gern auch ›Schwiegermuttergift‹ genannt.«

Paula prüfte den Tasseninhalt erst einmal mit der Nase, bevor sie den ersten Schluck nahm, und verzog das Gesicht. Ungiftig roch das Zeug hier auch nicht, fand sie.

»Brennnessel-Johanniskraut«, erklärte Keeser, »was anderes hab ich nicht in Geigerleins Schreibtisch gefunden.«

»Johanniskraut ist gut gegen Frauenleiden«, bemerkte Weber beiläufig.

Abgesehen davon, dass Paula dank ihrer anderen Umstände in den nächsten Monaten wohl kein besagtes Frauenleiden würde aushalten müssen, warf sie Keeser strafende Blicke zu. Der machte jedoch eine Grimasse und wiegte dabei leicht den Kopf, was sie als »Ich hab ihm nichts gesagt« interpretierte.

»Ist E605 in Deutschland nicht verboten?« Paula überwand sich und trank einen Schluck. Die grünliche Brühe schmeckte besser, als sie roch.

»Stimmt, seit Januar 2002 darf es bei uns nicht mehr verkauft werden. Es wird aber noch hergestellt und exportiert«, sagte Weber wie aus der Pistole geschossen. Sogar Keeser hob überrascht die Augenbrauen.

»So was merkt man sich eben«, sagte Weber beinahe entschuldigend.

Und warum merke ich mir so was nicht?, dachte Paula ärgerlich.

»Aber das heißt nicht, dass es nicht noch Restbestände bei dem einen oder anderen Landwirt oder Gärtner geben kann«, sagte Keeser.

Weber klatschte mit den Händen auf den Schreibtisch. »Womit wir wieder bei Anton Dries wären.«

»Der im Gefängnis sitzt, schon vergessen? Vielleicht habe *ich* ja einen neuen Verdächtigen zu bieten.« Paula stellte die Tasse ab und suchte in ihren Jackentaschen nach dem Zettel, den sie in Minfeld eingesteckt hatte, ohne ihn angesehen zu haben. Als sie ihn gefunden hatte, strich sie ihn glatt und las vor: »Hans-Peter Maurer aus Ludwigshafen.«

Weber und Keeser sahen sie fragend an.

Paula genoss ihren kleinen Triumph und trank noch einmal in aller Ruhe einen Schluck Tee. »Ja, liebe Kollegen, ich war auch nicht untätig. Von ihrer Schwester habe ich nämlich erfahren, dass Luzia Schillinger sich vor dem Konzert mit einem Mann getroffen hat – ein Blind Date, wohlgemerkt. Und das ist die Adresse dieses Mannes.«

Weber betrachtete den zerknitterten Zettel. »Warum sollte ausgerechnet der die Schillinger vergiften wollen?«

»Das Warum kenne ich nicht, aber ich weiß, dass er früher bei der BASF gearbeitet hat. Er hätte also Zugang zu allerlei feinen Giftstoffen gehabt.«

Weber sah auf seine Armbanduhr. »Schon nach eins – da erwischen wir den Kerl garantiert zu Hause.«

»Du willst da jetzt gleich hinfahren?«

»Klar, oder spricht was dagegen?« Er war schon in seine Lederjacke geschlüpft.

»Nur, dass ich Hunger habe«, brummte Keeser, und seine Augen funkelten unternehmungslustig.

»*Du* fährst nach Hause«, sagten Paula und Weber wie aus einem Munde. Das erste Mal, dass sie sich bei einer Sache einig waren.

»Und was soll ich dort eurer Meinung nach tun?«

»Schlafen, zum Beispiel«, sagte Weber.

»Oder an deiner Marianne herumschrauben«, schlug Paula vor.

Keeser stopfte lässig die Hände in seine Hosentaschen und sah sie herausfordernd an. »Das könnt ihr aber so was von vergessen. Endlich ist mal wieder was los in meinem Leben. Ich bin auf jeden Fall dabei.«

»Männer in deinem Alter gehören um diese Uhrzeit längst ins Bett«, neckte Paula.

Keeser folgte ihr und Weber hinaus auf den Gang und machte ordentlich das Licht hinter ihnen aus. »Woher willst du junges Küken wissen, was für Männer in meinem Alter gut ist? Ich sag dir mal, was gut für Männer in meinem Alter ist: das Prickeln eines neuen Falles, die Jagd nach Verbrechern und ein Big Mac mit Pommes nachts kurz nach ein Uhr.« Er stand nun genau vor dem Dienstwagen und machte keine Anstalten, nach Hause zu gehen. »Ihr müsst mich schon überfahren, wenn ihr vom Hof wollt.«

»Führe mich nicht in Versuchung …« Weber öffnete die Fahrertür und stieg ein.

»Okay«, gab Paula schließlich nach. »Aber versprich, dass du dich brav im Hintergrund hältst.«

»Und wo ist dann bitte schön der Spaß bei der Sache?«, sagte Keeser trotzig.

Weber ließ den Motor an. »Sei dankbar, dass du überhaupt

mit uns spielen darfst. Und jetzt steig endlich ein, alter Mann!«, rief er und schloss seine Tür.

Schimpfend kletterte Keeser auf den Rücksitz. »*Alter Mann* – dir geb ich *alter Mann*, Bürschchen!«

Weber fuhr den Marienring entlang in Richtung Autobahn. Doch anstatt weiter geradeaus zu fahren, setzte er kurz nach der Queichheimer Brücke den Blinker und bog nach rechts ab.

Paula sah ihn skeptisch von der Seite an. »Was wird das denn jetzt?«

»Kollege Keeser hat mich hungrig gemacht«, sagte er und bog erneut ab, um kurz darauf auf dem McDonald's-Parkplatz den Motor abzustellen. »Dreimal Big Mac und dreimal Pommes?«, fragte er in die Runde.

***

Die A65 nach Ludwigshafen war so gut wie leer. Weber trat ordentlich aufs Gas.

»Ist E605 eigentlich geschmacklos?«, fragte Paula. Sie stopfte die letzten beiden Pommes in den Mund und kratzte mit dem Finger die Ketchup- und Mayonnaisereste aus der Packung. Das mit dem Fast-Food-Ausflug war wirklich eine hervorragende Idee gewesen, lobte sie Weber im Stillen.

»War es anfangs«, lieferte der ihr prompt die Antwort.

»Farblos, geruchlos und geschmacklos«, ergänzte Keeser. Er hatte sich mit seinem Oberkörper zwischen Webers und Paulas Sitzlehnen gequetscht, um ja nichts zu verpassen. »Es war dadurch ideal, um unliebsame Mitmenschen zu beseitigen. Daher auch der Name ›Schwiegermuttergift‹.«

»1944 wurde es erfunden«, gab Weber weiter sein Wissen preis. »Der erste Mord damit wurde allerdings erst 1952 nachgewiesen. Du kannst dir also vorstellen, was in den Jahren dazwischen alles damit angestellt wurde, ohne dass die Täter entdeckt wurden. Deswegen wurde das E605, das für den Handel bestimmt war, gelbbraun gefärbt und mit einem knoblauchartigen Aroma versehen.«

Paula faltete die sauber geleckte Pommespackung zusammen und stopfte sie in die leere Tüte zu ihren Füßen.

»Wenn es in ihrem Wein gewesen wäre, hätte die Frau das doch schmecken müssen«, gab Keeser zu bedenken. »Rotwein mit Knoblauch – igitt!«

»Nicht unbedingt«, sagte Paula und war froh, endlich auch mal etwas Relevantes beitragen zu können. »Luzia Schillinger war nach Aussage ihrer Schwester mit ihrem Blind Date kurz zuvor in einem griechischen Restaurant. Wenn man viel Knoblauch gegessen hat, kann das schon den Geschmack beeinflussen.«

Dank Webers Fahrstil hatten sie für die fünfundvierzig Kilometer nach Ludwigshafen nicht einmal eine halbe Stunde gebraucht. Sie stiegen bei Hans-Peter Maurers Adresse im Ludwigshafener Stadtteil Gartenstadt aus und betrachteten das Mehrfamilienhaus aus der Nachkriegszeit, in dem um zwei Uhr nachts kein einziges Fenster mehr erleuchtet war.

»Was, wenn er der Schillinger eine falsche Adresse gegeben hat?«, sagte Paula und schalt sich insgeheim selbst, weil ihr dieser Gedanke reichlich spät kam. Wenn dieser Hape wirklich ein Frauenmörder sein sollte, der sich seine Opfer im Internet suchte, würde er ganz bestimmt nicht seine echte Anschrift preisgeben. Aber die anderen hätten ja auch auf die Idee kommen können, das vor dem Losfahren zu überprüfen.

»Dann verbuchen wir das unter Betriebsausflug und erzählen keinem was davon«, bemerkte Weber trocken und folgte Keeser, der schon strammen Schrittes auf das Haus zuging. Dass er sich zurückhalten sollte, hatte er offensichtlich längst wieder vergessen.

»Wie Sie sehen, sehen Sie nichts«, sagte Keeser leicht angesäuert, denn die Klingeln lagen in tiefster Dunkelheit.

Paula nahm ihr Handy aus der Tasche, schaltete die Taschenlampenfunktion ein und leuchtete den beiden.

»Diese Wischdinger sind vielleicht doch gar nicht so schlecht«, brummte Keeser und überprüfte die Namensschilder. Er deutete auf eines in der Mitte. »Da, H.-P. Maurer. Der Betriebsausflug war dann wohl doch nicht umsonst.« Er betätigte den Klingelknopf.

Als sich nach dem Klingeln nichts tat, drückte Paula prüfend gegen die Tür, und siehe da, sie schwang tatsächlich nach innen auf. »So viel zum Thema Einbruchsprävention«, sagte sie spöttisch. »Nach euch, meine Herren.« Sie legte vorsorglich ihre Hand auf den Griff ihrer Dienstwaffe und folgte Keeser und Weber ins dunkle Treppenhaus.

Weber ertastete neben der Tür einen Schalter, und gleich darauf flammte das Licht einer altmodischen Deckenlampe auf.

Paula fühlte sich wie bei einer Zeitreise in das Wohnhaus zurückversetzt, in dem ihre Oma gewohnt und wo sie so oft ihre Ferien verbracht hatte. Eine breite Holztreppe, die Stufen mit hellbraunem, in der Mitte durch das viele Benutzen abgetretenem PVC-Boden belegt, Handlauf und Geländer dick mit brauner Farbe lackiert, führte nach oben. Es roch auch genauso, wie es in Omas Mietshaus gerochen hatte: nach einer Mischung aus Essen und Putzmittel.

Im ersten Stock blieben die Männer stehen und zeigten auf die mittlere von drei Wohnungstüren. Keeser klingelte erneut.

Leise Schritte waren hinter der Tür mit dem Glaseinsatz zu hören. Zu sehen war nichts, denn von innen war ein Vorhang davorgespannt. Auch wie damals bei Paulas Oma.

Endlich öffnete sich die Tür. Ein älterer Herr mit zerzausten weißen Haaren und einem weißen Oberlippenbärtchen wurde in dem schmalen Spalt, den die vorgelegte Kette zuließ, sichtbar. Argwöhnisch kniff er seine Augen unter buschigen weißen Augenbrauen zusammen.

Paula fand die Ähnlichkeit mit Albert Einstein verblüffend. Fehlte nur noch, dass er ihnen die Zunge herausstreckte wie auf dem berühmten Foto.

»Ja?« Seine Stimme klang fest, aber auch zutiefst misstrauisch.

Verständlich, dachte Paula, es konnte nichts Gutes bedeuten, wenn es mitten in der Nacht an der Tür klingelte. Noch verdächtiger war es wohl, dass zwei der drei klingelnden Personen in Motorradkleidung steckten.

Weber hielt ihm seinen Ausweis durch den Spalt entgegen. »Herr Hans-Peter Maurer?«

»Ja …«, sagte der Alte zögerlich.

»Kripo Landau, wir haben ein paar Fragen an Sie. Würden Sie uns bitte reinlassen?«

»An mich? Um zwei Uhr morgens? Hätte das nicht noch ein paar Stunden Zeit gehabt?« Er schloss die Tür wieder, schob die Kette hörbar aus der Schiene und öffnete die Tür dann ganz. Wortlos ging er voran in die Wohnung.

Ein großer Mann, stellte Paula fest, beinahe so groß wie Keeser, jedoch um einiges schlanker. Er ging sehr aufrecht und mit energischen Schritten, sie war sich sicher, dass er trotz seiner geschätzten fünfundsiebzig oder gar achtundsiebzig Jahre regelmäßig Sport trieb. Er wirkte dadurch stolz und elegant, auch wenn er Pyjama, Bademantel und Filzpantoffeln trug.

Im Wohnzimmer drehte sich Hans-Peter Maurer zu ihnen um, steckte die Hände in die Taschen seines blau-rot gestreiften Frotteemantels und sah die Beamten erwartungsvoll an. »Also, was wollen Sie von mir?«

Paula merkte an der Art, wie er sprach, dass ihm ein Teil seines Gebisses fehlte. Sie vermutete, dass der in einem Glas mit Reinigungslösung lag. Ansonsten machte der Mann trotz derangierter Haare und fehlender Zähne einen gepflegten Eindruck auf sie.

»Luzia Schillinger – Sie kennen die Dame?« Weber sah sich in dem ordentlichen Wohnzimmer um. Fotos in silbernen Bilderrahmen standen auf einer Kirschbaumanrichte. Lachende Erwachsene und Kinder waren darauf zu sehen.

Ein Lächeln erhellte das Gesicht des alten Herrn. »Eine wirklich entzückende Dame. Wir hatten einen zauberhaften Nachmittag und ein romantisches Abendessen, was vorher gar nicht geplant gewesen war. Auch wenn wir uns gerade erst kennengelernt haben, bin ich mir trotzdem sicher, dass Luzia die Richtige ist.« Schlagartig verdüsterte sich sein Gesicht. »Ihr ist doch hoffentlich nichts geschehen?«

»Doch, deshalb sind wir hier.« Weber gab ihm zu verstehen, dass er sich setzen sollte. Maurer war erschreckend blass geworden und kam der Aufforderung nach. Auch Weber und Paula setzten sich. Keeser blieb stehen und vergrub seine Hände in den Taschen seines Jacketts.

Hans-Peter Maurer sah von einem zum anderen. »Sie sagten, Sie sind von der Mordkommission – Luzia ist doch hoffentlich nicht tot?«

Seine Bestürzung wirkte auf Paula vollkommen echt. »Nein, sie lebt, sie hatte sehr großes Glück«, sagte sie und widerstand dem Drang, ihre Hand tröstend auf seine zu legen. Liebe im Alter fand sie einfach süß. »Ihr wird es bald wieder gut gehen.«

»Aber was ist denn passiert? Sie war etwas in Eile, als sie hier losfuhr, weil wir uns total verquatscht hatten und sie noch zu einem Termin musste. Sie hatte doch hoffentlich keinen Autounfall?«

»Sie wurde vergiftet«, sagte Weber.

»Vergiftet? Das ist ja schrecklich! Wer würde denn diese reizende Dame …« Er stockte mitten im Satz und sah die drei Beamten irritiert an. »Warum kommen Sie überhaupt mitten in der Nacht zu mir? Und dann auch noch zu dritt?«

»Das hat sich so ergeben …«, sagte Keeser ein wenig verlegen.

Hans-Peter Maurer sprang von seinem Sessel auf und rief empört: »Sie glauben doch wohl nicht, dass *ich* etwas damit zu tun habe?«

»Wir halten das für sehr möglich, Herr Maurer«, sagte Weber kühl.

»Das ist doch absurd, warum sollte ich einer Frau etwas antun, die ich kaum kenne und die mir zudem noch ausgesprochen gut gefällt?«

»Keine Ahnung, sagen Sie es uns.« Weber stand ebenfalls auf. Er nahm Hans-Peter Maurer, der ein paar Zentimeter größer war als er, bei den Schultern und drückte ihn zurück auf den Sessel. »Mir fallen auf Anhieb mehrere Gründe ein. Einer davon wäre zum Beispiel, dass sie Frau Schillinger unbedingt haben wollten, diese aber ihre Gefühle nicht erwidert hat, wofür Sie sich aus gekränkter Eitelkeit rächen wollten. Vielleicht sind Sie aber auch ein Serienmörder, wer weiß?«

»Das ist doch die Höhe«, echauffierte sich Maurer und zerrte wütend den Gürtel seines Bademantels enger. »Junger Mann, ich suche eine Frau, um mein restliches Leben mit ihr zu verbringen, und nicht, um sie umzubringen.«

»Immerhin waren Sie einer der Letzten, die sie lebend gesehen haben, es ist also ganz normal, dass wir Ihnen auf den Zahn fühlen.«

Paula gefiel wie immer Webers Vorgehensweise nicht.

»Wie haben Sie sich denn kennengelernt?«, mischte sie sich ein und versuchte, besänftigend zu klingen.

»Über Lebensfreude50.de«, antwortete Hans-Peter Maurer trotzig.

»Ist das eine Partnerbörse?«

»Das auch, aber es ist auch ein Forum für Singles, die gemeinsam reisen oder gemeinsam wohnen oder einfach nur mit Gleichgesinnten ihre Freizeit verbringen wollen.«

»Und warum haben Sie sich Luzia Schillinger ausgesucht?«

»Eigentlich hat sie mich ausgesucht, sie hat mich angeschrieben. Vor zwei Wochen war das. Wir haben uns zuerst nur E-Mails geschrieben und telefoniert. Gestern war unser erstes Treffen.« Er kniff die Augen zusammen und sah Weber giftig an. »Ich bin noch nicht lange dabei. Luzia war die erste Frau, die ich über diese Plattform kennengelernt habe, das kann Ihr eifriger Kollege gern nachprüfen. Luzia ist überhaupt die erste Frau, mit der ich seit dem Tod meiner Frau vor zwei Jahren ausgegangen bin.«

»Herr Maurer«, sagte Paula sanft, »wir müssen nun mal jeder Spur nachgehen, und da Sie bei der BASF tätig waren, einem großen Chemiekonzern, lag es nahe …«

»Dass ich etwas mit der Vergiftung zu tun habe?«, unterbrach Maurer sie und lachte auf. »Ich war in der Verwaltung tätig, ich habe keine Ahnung von Chemie und schon gar nicht von irgendwelchen Giften.«

»Aber Sie wären problemlos an Pestizide herangekommen, oder?«

»Ich hatte noch nie einen Garten, wozu hätte ich mir also Pestizide besorgen sollen?« Er verzog das Gesicht zu einem höhnischen Grinsen und spuckte Weber die folgenden Sätze förmlich ins Gesicht: »Ach ja, weil ich reihenweise Frauen damit umbringen wollte, ich vergaß. Vielleicht sollten Sie meine Frau exhumieren lassen – aber nein, das geht ja gar nicht, ich habe sie nämlich, trickreich, wie ich bin, verbrennen lassen! Aber nur zu, durchsuchen Sie meine Wohnung, den Keller und die Garage. Sie müssen nicht mal eine richterliche Anordnung dafür beantragen, ich erlaube es Ihnen ganz einfach so.«

Bevor einer der Beamten etwas darauf sagen konnte, klingelte Paulas Handy.

»Entschuldigen Sie«, sagte sie und zog das Gerät aus der Tasche. »KT«, zeigte das Display an – das war Dreißigacker, und Paula hoffte, dass er endlich etwas Licht in die Sache bringen würde.

»Hab ich Sie geweckt?«, erkundigte sich der Kriminaltechniker, als sie sich meldete.

»Machen Sie Witze? Meine Arbeitszeiten sind genauso unmöglich wie Ihre. Haben Sie Informationen für mich?«

»Hab ich. Wir konnten an den sichergestellten Scherben von Luzia Schillingers Glas E605 nachweisen. Alles andere, also sowohl die leeren als auch die vollen Weinflaschen, war ohne Befund. Ebenso das Essen. Das war's schon. Frohes Schaffen noch.«

Somit stand jetzt fest, dass es jemand gezielt auf Luzia Schillinger abgesehen hatte. Jedoch definitiv nicht Hans-Peter Maurer.

Paula steckte das Handy wieder ein und erhob sich. »Herr Maurer, bitte entschuldigen Sie die Störung.« An ihre Kollegen gewandt, sagte sie: »Das war Dreißigacker. Luzia Schillinger wurde während des Konzerts vergiftet, an ihrem Glas konnte er Spuren von E605 nachweisen. Herr Maurer hat also nichts damit zu tun. Lasst uns gehen.«

Weber verzog unwillig das Gesicht. Paula sah ihm an, dass ihm diese Entwicklung nicht gefiel. Wenn schon nicht Anton Dries, dann hätte er wohl nur zu gern Hans-Peter Maurer als Schuldigen verhaftet.

»Dann werden Sie meine verstorbene Frau also nicht ausgraben?«, fragte Hans-Peter Maurer höhnisch und stand ebenfalls auf.

Keeser trat stumm den Rückzug in die Diele an, Weber folgte ihm.

Typisch Mann, dachte Paula, erst mächtig auf den Putz hauen und ihr dann die Glättung der Wogen überlassen.

»Nur wenn Sie darauf bestehen«, versuchte sie, einen Scherz zu machen. »Nehmen Sie unseren Besuch nicht persönlich, wir müssen nun mal jeder Spur nachgehen.«

Maurer begleitete sie nach draußen. »Sie sagten vorhin, Luzia lebt – warum kommt dann überhaupt die Mordkommission?« Er klang zu Paulas Erleichterung einigermaßen versöhnt.

»Luzia Schillinger ist ein Puzzleteil bei einer Mordermittlung. Mehr darf ich Ihnen leider nicht sagen.«

»Sie ist doch nicht etwa eine Verdächtige?«

Sie blieben an der Wohnungstür stehen. Das Treppenhaus war leer, Keeser und Weber hatten sich schon verdrückt.

»Nein, eine Zeugin. Und dem heutigen Zwischenfall nach zu urteilen, wahrscheinlich sogar eine sehr wichtige. Sie liegt übrigens in Kandel in der Asklepios Klinik.« Paula reichte ihm zum Abschied die Hand, die er kräftig drückte. »Ich bin mir ganz sicher, dass sie sich über einen Besuch von Ihnen freuen würde.«

»Ach ja?«

»Das hat mir ein kleines Vögelchen, genauer gesagt ihre Schwester, gezwitschert.«

Sie verließ das Haus und stieg eilig ins Auto, in dem Weber und Keeser abfahrbereit saßen. »Feiglinge!«, sagte sie barsch.

Weber gab Gas, kaum dass sie die Tür geschlossen hatte.

»Wir wollten nur so schnell wie möglich zurückfahren, damit wir weiterermitteln können«, war Keesers fadenscheinige Ausrede für ihren unhöflichen Abgang.

Paula schnallte sich an. »Fällt es euch Männern denn *so* schwer, Entschuldigung zu sagen?« Sie musste an Sebastian denken. Vielleicht bedeuteten die ganzen Nachrichten von Sebastian auf ihrem Handy und die Anrufe, die sie nicht angenommen hatte, genau das. Nämlich, dass er sich bei ihr entschuldigen wollte.

Nur gab sie ihm keine Chance dazu. Sollte sie beim nächsten Mal doch rangehen?

»Das hast du doch sicherlich ganz vortrefflich gemacht«, brummte Weber in abfälligem Ton. »So lange, wie das gedauert hat, hast du dich bei dem alten Zausel mehr als ausgiebig entschuldigt.«

Augenblicklich war es wieder da, das Gefühl, das Paula Weber gegenüber von Anfang an gehabt hatte und das in den letzten Tagen schon fast verblasst gewesen war: tiefste Abneigung gegen ihn. Bevor sie ihm jedoch etwas Unflätiges an den Kopf warf, sagte sie lieber gar nichts und sah in die nächtliche Welt hinaus.

Bei der Raststätte Pfälzer Weinstraße fuhr Weber raus, weil er dringend auf die Toilette musste.

»Matthias macht sich übrigens große Sorgen um dich«, sagte Keeser von der Rückbank her, kaum dass Weber den Wagen verlassen hatte.

»Tut er das?«

»Ja. Als wir vorhin im Büro allein waren, hat er mich gefragt, ob du ernstlich krank bist, Krebs oder so.«

»Wie bitte?« Paula drehte sich halb zu ihm um, ohne den Eingang zu den Toiletten aus den Augen zu lassen. »Wie kommt er denn *darauf*?«

»Er hat einfach eins und eins zusammengezählt: dein Erbrechen, der Arztbesuch während der Dienstzeit, deine Müdigkeit und dein schlechtes Aussehen, also, dass du nicht gerade gesund aussiehst, meine ich natürlich.«

»Du hast ihm doch hoffentlich nichts gesagt«, sagte Paula streng.

»Nein, Bazillus ist unser kleines Geheimnis. Vorerst jedenfalls. Irgendwann wirst du es Sonne sagen müssen, und sehen wird man es demnächst auch. Natürlich nur, wenn du das Kind behalten willst … du willst es doch behalten?«

»Das wollte ich eigentlich heute Abend mit dir durchsprechen.« Ihr Blick glitt über die Uhr am Armaturenbrett. »Genauer gesagt gestern Abend.«

»Wir können es ja heute nachholen. Sag mir jetzt nur, wozu du tendierst.«

Paula kaute schweigend auf ihrer Unterlippe herum. Sie beobachtete, wie Weber das Raststättengebäude verließ und auf sie zukam. »Momentan tendiere ich zu ja«, sagte sie schließlich.

»Ja!«, freute sich Keeser hinter ihr. »Ich werde Onkel!«

»Meine Meinung kann sich bis heute Abend aber auch wieder ändern«, versuchte Paula seine Euphorie zu bremsen. »Was hast du ihm gesagt? Hab ich Krebs?«

»Quatsch. Ich hab ihm gesagt, dass du was Falsches gegessen hast.«

In dem Moment öffnete Weber die Tür und beendete damit das Gespräch.

***

Es war Viertel nach drei, als Weber den Dienstwagen hinter dem Dienstgebäude abstellte. Paula stieg aus, streckte sich und gähnte herzhaft.

Sie hatten sich auf den letzten Kilometern geeinigt, für heute Schluss zu machen und zu versuchen, wenigstens ein paar Stunden Schlaf zu bekommen. Dreißigackers Anruf hatte zwar Hans-Peter Maurer entlastet, aber ansonsten für die Ermittlungen nichts Handlungsrelevantes ergeben. Eine Pause bis zur Frühbesprechung würde dem Fall bestimmt nicht schaden.

Als sie gerade entschieden hatte, ihren Helm im Büro und die Honda vor der Dienststelle stehen zu lassen, klingelte ein Handy, diesmal das von Keeser.

»Oh, oh, jetzt gibt es Ärger mit Marianne«, prophezeite Paula.

Aber es war nicht Marianne Renner, es war die Asklepios Klinik in Kandel. Sie meldete sich bei Keeser, weil der dem Notarzt seine Nummer als Kontakt angegeben hatte.

»Ein erneutes Attentat auf Luzia Schillinger«, verkündete er und öffnete die Autotür wieder, die er gerade erst zugeschlagen hatte.

»Wird wohl nichts mehr mit Schlafen diese Nacht«, murmelte Paula und sehnte sich nach ihrem Bett. Othello schlief sicherlich seinen wohlverdienten Hundeschlaf. Er würde sie erst in ein paar Stunden vermissen, wenn seine Pinkelrunde anstand.

»Ich kann auch allein hinfahren, wenn ihr nach Hause wollt«, schlug Weber vor.

»Vergiss es«, sagte Keeser und stieg ein.

Paula sagte nichts, kletterte aber auch wieder ins Auto.

***

Zwei vollkommen aufgelöste Frauen empfingen Paula, Weber und Keeser auf der Intensivstation, nämlich Schwester Barbara und Walburga Friedmann. Sie sprachen gleichzeitig auf die Kripobeamten ein, sobald diese die Station betreten hatten.

Keeser richtete sich zu seiner vollen Größe auf. »Stopp! Eine nach der anderen«, sagte er laut. Mit ausgebreiteten Armen trieb er die beiden wie eine Herde Schafe ins Schwesternzimmer und brachte sie dazu, sich zu setzen. »Wir wollen ja nicht die ganze Station aufwecken, oder?«

Tatsächlich stellten beide Frauen das Lamentieren ein und sahen Keeser ehrfürchtig an.

»Schwester Barbara, Sie zuerst«, sagte Paula, die an der Tür stehen geblieben war.

»Also, das war so: Als ich vorhin meine übliche Runde machte und in Frau Schillingers Zimmer sah, fiel mir auf, dass die Geräte nicht mehr funktionierten. Erst dachte ich an einen technischen Fehler, aber dann sah ich, dass sie allesamt abgeschaltet worden waren. Und ich bemerkte das Kissen, das auf dem Gesicht der Patientin lag.« Schwester Barbara rieb sich fröstelnd die fleischigen nackten Oberarme und fügte mit gesenkter Stimme hinzu: »Jemand hat versucht, sie zu ersticken. Aber zum Glück hat sie es überlebt.«

»Das wäre nicht passiert, wenn ich bei Luzi hätte schlafen dürfen«, sagte Walburga Friedmann vorwurfsvoll.

Paula ignorierte sie. »Dienten die Apparate zur Lebenserhaltung oder nur zur Überwachung von Frau Schillinger?«

»Zur Überwachung.«

»Warum hat sich dieser Jemand dann überhaupt die Mühe gemacht, sie abzuschalten, wenn er ihr ein Kissen auf das Gesicht drücken wollte?«, wunderte sich Paula.

»Wohl um den Alarm zu vermeiden, der ausgelöst worden wäre, wenn die Vitalfunktionen der Patientin durch das Ersticken auf null runtergefahren wären«, sagte Schwester Barbara.

»Haben Sie jemanden auf der Station gesehen, der hier nicht hingehört?«, fragte Paula.

Die Schwester schüttelte vehement den Kopf. »Nein, ich war ganz allein hier.«

»Anscheinend ja nicht«, bemerkte Weber. »Wie konnte sich jemand unbemerkt hier einschleichen?«

Paula hatte schon bei ihrem ersten Besuch festgestellt, dass jeder, der auf die Station wollte, am Schwesternzimmer vorbeimusste. Wenn Schwester Barbara sich also dort aufgehalten haben sollte, hätte sie einen fremden Besucher sofort durch die Scheibe gesehen.

»Na ja, wenn ich gerade bei einem Patienten im Zimmer bin, bekomme ich natürlich nicht mit, wenn jemand kommt«, räumte Schwester Barbara ein. »Aber ich war heute nirgends länger als drei oder vier Minuten, ganz sicher.«

»Hätten Sie mich doch bei ihr schlafen lassen«, zeterte Walburga Friedmann erneut.

»Gute Frau, jetzt sehen Sie doch endlich ein, dass das hier auf der Intensiv nicht erlaubt ist«, blaffte die bisher bemerkenswert geduldige Schwester Barbara sie an.

»Aber jetzt werde ich nicht mehr von Luzis Seite weichen, auch wenn Sie einen Kopfstand machen und mit den Beinen wackeln. Keine zehn Pferde können mich jetzt noch von meiner Schwester fernhalten«, schwor Walburga Friedmann. Sie verschränkte die Arme vor der Brust und schob ihr Kinn angriffslustig nach vorn.

»Das wird nicht nötig sein«, sagte Weber, nahm sein Telefon und wählte trotz des strafenden Blicks der Schwester. »Hier Kriminaloberkommissar Weber. Ich brauche einen Beamten für einen Personenschutz in der Asklepios Klinik in Kandel – ja, natürlich sofort! Denken die, ich rufe zum Spaß an?«, sagte er mehr zu sich selbst als zu den anderen, als er das Gespräch beendet hatte.

Paula wurde schmerzlich klar, dass sie schon viel früher einen Beamten vor Luzia Schillingers Tür hätten postieren sollen. Ihnen war überhaupt nicht in den Sinn gekommen, dass der Attentäter nach dem ersten missglückten Versuch, die Frau zu töten, ein weiteres Mal zuschlagen könnte. Wäre Luzia Schillinger gestorben, dann wäre es ihre Schuld gewesen. Sie musste zugeben, dass deren Schutzengel einiges mehr draufhatte als Weber und sie.

Schwester Barbara hatte Webers Gespräch natürlich mitgehört. »Sie glauben also, der … der Täter könnte es noch einmal versuchen?«, flüsterte sie ängstlich.

Genau das konnte eintreffen, wenn der Attentäter Wind davon bekommen sollte, dass er erneut versagt hatte, da war sich Paula sicher. »Damit ebendieses verhindert wird, setzen wir einen Beamten zu Ihnen auf die Station«, sagte sie.

»Ich versteh das alles nicht«, jammerte Walburga Friedmann. »Warum sollte denn jemand Luzi umbringen wollen?«

Die gleiche Frage stellten sich auch Paula, Weber und Keeser seit Stunden. Und sie hatten noch keinen einzigen Anhaltspunkt.

Paula kam eine Idee. »Eine Frage, Schwester Barbara. Haben Sie die Geräte in Frau Schillingers Zimmer wieder eingeschaltet?«

»Nein, der Patientin ging es sehr gut, und nach Rücksprache mit dem Arzt, den ich geholt hatte, haben wir alles abgeschaltet gelassen.«

»Sie oder der Arzt haben also nichts angefasst?«

Schwester Barbara verneinte mit verständnislosem Blick.

»Sehr gut«, sagte Paula und wandte sich an Weber. »Ruf Dreißigacker an, er soll die Fingerabdrücke sicherstellen. Vielleicht haben wir ja Glück, und der Täter hatte keine Handschuhe an.«

Weber nickte und sagte sofort in der Kriminaltechnik Bescheid.

»Ich frag mal an der Pforte, ob jemand in der letzten Stunde reingelassen wurde.« Keeser ging in Richtung Treppenhaus davon, wobei seine Schuhsohlen genauso quietschten wie die von Schwester Barbara.

»Und jetzt?«, fragte Walburga Friedmann, die sehr mitgenommen aussah.

»Wie wäre es erst mal mit einem schönen heißen Tee?«, sagte Schwester Barbara und hantierte, ohne auf eine Antwort zu warten, mit dem Wasserkocher. »Ich gebe Ihnen auch noch was, damit Sie schlafen können, und in ein paar Stunden sieht die Welt schon wieder anders aus.«

Walburga Friedmann hatte keine Einwände und nahm die Tablette, die ihr Schwester Barbara aus einem Blisterstreifen in die Hand drückte, dankend an.

»Für Sie noch einen Kaffee?« Schwester Barbara sah Paula und Weber fragend an.

Weber nickte. Paula entschied sich für Tee. Nicht, weil sie befürchtete, nicht schlafen zu können, das war ihr inzwischen eh egal, denn in knapp vier Stunden musste sie wieder im Präsidium sein, sondern weil sie fand, dass sie ab sofort mehr an ihr Baby denken sollte.

Weber sah sie zum wiederholten Mal an diesem Tag besorgt an. Dieser Blick nervte sie. Ganz offensichtlich glaubte er nicht, was Keeser ihm über ihren Gesundheitszustand gesagt hatte.

»Was schaust du mich so an?«, fragte sie schroff.

»Geht's dir gut?«

»Was soll die Frage? Klar geht es mir gut. Ich bin nur ein bisschen erschöpft, aber das ist ja wohl kein Wunder, es war immerhin ein extrem langer Tag. Also lass dieses fürsorgliche Getue.«

Weber zuckte ergeben mit den Schultern und sagte nichts mehr.

Als sich Schritte näherten, fuhr Schwester Barbara zusammen. Hilfesuchend sah sie Paula und Weber an, aber es war nur Keeser, der wenig später um die Ecke kam.

»Es ist keiner mehr raus oder rein, seit Paula das Krankenhaus kurz vor Mitternacht verlassen hat«, berichtete er und ließ sich auch einen Kaffee einschenken.

Auch wenn Paula nicht damit gerechnet hatte, dass der Attentäter einfach so hier herein- und wieder hinausspaziert war, war sie enttäuscht. Wann finden wir endlich eine brauchbare Spur?, fragte sie sich.

»Was ist mit anderen Ausgängen? Kann da jemand unbemerkt die Klinik betreten?«, fragte Weber.

»Da wäre nur der Eingang zur Notaufnahme, wo auch die Krankenwagen reinkommen. Dort habe ich aber schon bei den Sanitätern nachgefragt, die heute Bereitschaftsdienst haben. Die haben niemanden gesehen. Und das hätten sie, da sind sie sich allesamt ganz sicher, weil immer jemand von ihnen da war. Sie sagten, es sei eine ungewöhnlich ruhige Nacht, es musste bisher nur ein einziger Krankenwagen ausrücken, und zwar der, der Frau Schillinger geholt hat. Es sei auch niemand von Privatleuten gebracht worden.«

Paula trank einen Schluck Tee – sie tippte auf Malve oder Hagebutte und war sich ganz sicher, dass sie nie ein Fan von Früchtetees werden würde.

»Dann müsste es jemand gewesen sein, der schon in der Klinik war, *bevor* Luzia Schillinger eingeliefert wurde. Einer, der hier arbeitet und dadurch genau wusste, wo sie liegt«, überlegte sie laut. »Und der sich mit den Geräten auskennt.«

»Sie meinen, er könnte noch im Haus sein?« Blankes Entsetzen sprach aus Schwester Barbaras Augen.

»Wenn auch niemand vom Personal beim Verlassen der Klinik gesehen wurde, wäre das durchaus möglich. Hast du wegen der Angestellten gefragt?«

»Niemand, nicht mal Personal«, sagte Keeser.

Weber sah Paula äußerst skeptisch an. »Wie stellst du dir das denn vor? Meinst du etwa, hier sitzt ein Mörder herum, wartet auf ein Opfer und sucht sich dann ausgerechnet Luzia Schillinger, die eine wichtige Zeugin in einem Mordfall sein könnte, als Opfer aus? Das wäre doch wohl ein unglaublicher Zufall, findest du nicht auch?«

Paula war da ganz seiner Meinung. Aber irgendjemand hatte versucht, die Frau zu töten.

»Oder glaubst du etwa, dass der Täter hier im Krankenhaus arbeitet und Luzia Schillinger schnell mal vor seinem Dienstbeginn in der Kirche vergiften und jetzt hier nachbessern wollte?« Weber lachte spöttisch.

Beide Varianten hörten sich zugegebenermaßen völlig hanebüchen an, das war Paula klar, aber eine Erklärung musste es schließlich geben.

Nach kurzem Überlegen sagte sie: »Was, wenn er gleichzeitig mit Luzia Schillinger hier angekommen ist?« Sie beobachtete, wie Keeser Walburga Friedmann prüfend musterte.

Genau, dachte sie. Walburga Friedmann hatte in der Kirche neben Luzia Schillinger gesessen, als die zusammenbrach, *und* sie war danach mit ihr zusammen im Krankenwagen hergefahren. Konnte es sein, dass *sie* ihre Schwester umbringen wollte?

Auch Weber sah Walburga Friedmann an. Die Frau saß jetzt sehr still auf ihrem Stuhl, ihre halb ausgetrunkene Teetasse hielt sie gefährlich schräg. Entweder versuchte sie aufgrund dieser Überlegungen im Hintergrund zu bleiben, oder die Tablette wirkte bereits.

»Haben *Sie* Ihre Schwester umbringen wollen?«, fragte Weber rundheraus.

Walburga Friedmann hob langsam den Blick. Es sah aus, als ob es ihr schwerfiel, die Augen offen zu halten.

»Was?«, fragte sie emotionslos.

»Wow, diese Pillen müssen wirklich guter Stoff sein«, bemerkte Keeser trocken.

»Ganz normales Valium«, sagte Schwester Barbara verwundert. Zur Kontrolle warf sie einen Blick auf den Tablettenstreifen, der noch neben der Kaffeemaschine lag, und nickte dann bestätigend.

Keeser nahm Walburga Friedmann die Tasse ab, die auf den Boden zu fallen drohte.

»Na toll, jetzt ist unsere Hauptverdächtige ausgeknockt«, sagte Weber grantig.

»So eine heftige Wirkung habe ich noch nie erlebt.« Schwester Barbara wirkte zerknirscht. »Ich wollte doch nur, dass sie sich ein bisschen beruhigt.«

»Was ja wunderbar funktioniert hat, danke auch.« Weber sah aus, als ob er am liebsten irgendwo gegengetreten oder jemanden geschlagen hätte. »Haben Sie auch etwas, womit man sie wieder wach bekommt?«

Schwester Barbara verneinte bedauernd.

»Wir sollten sie hinlegen, bevor sie uns vom Stängel fällt«, schlug Keeser vor.

»Ich hole eine Transportliege«, bot Schwester Barbara an.

»Nicht nötig.« Keeser nahm Walburga Friedmann kurz entschlossen auf den Arm. »Das alte Mädchen wiegt doch fast nichts.«

Schwester Barbara ging ihm voran zum Ruheraum, Weber und Paula folgten ihnen.

Keeser legte Walburga Friedmann behutsam auf einer schmalen Pritsche ab und breitete eine Decke über sie.

»Glauben Sie wirklich, sie hat ihre Schwester töten wollen?«, fragte Schwester Barbara irritiert und sah auf die Schlafende hinab. »Sie kam mir so verzweifelt und besorgt vor.«

»Das werden wir erfahren, wenn sie wieder wach ist«, sagte Keeser und schob die Schwester aus dem Raum.

»Vielleicht auch schon eher.« Paula schlüpfte an ihm vorbei, als er gerade das Licht ausmachen wollte, und schnappte sich Walburga Friedmanns Handtasche. Sie kippte den Inhalt auf den Boden im Gang. »Wenn wir ein Fläschchen mit E605 finden, dann wissen wir sofort, dass sie es war.«

Paula fand einiges: ein handbesticktes unbenutztes Damentaschentuch, einen Schlüsselbund, einen Geldbeutel, ein Ausweismäppchen, einige Erfrischungstücher Marke »4711«, mehrere Haarnadeln, zwei Eukalyptusbonbons – aber kein Giftfläschchen.

»Sie könnte es längst entsorgt haben«, sagte Weber.

Klar, dachte Paula, aber so wäre es viel einfacher gewesen. Sie klaubte alles zusammen, stopfte es in die Tasche zurück, stellte diese wieder neben Walburga Friedmanns Bett und sah sich in dem kleinen Raum mit den beiden Notbetten um. Ihr Blick blieb an dem Mülleimer neben dem kleinen Handwaschbecken hängen. Doch außer der Verpackung eines Nikotinpflasters und ein paar Kaugummipapieren fand sie nichts darin.

Schon fast wieder draußen, drehte sie sich noch einmal um und schlug einem plötzlichen Impuls folgend die Decke zurück, die Keeser über Walburga Friedmann gebreitet hatte. Sie durchsuchte nacheinander die Taschen ihrer Strickjacke. In der zweiten wurde sie fündig. Triumphierend hob sie einen kleinen Glasbehälter in die Höhe, der aussah wie eine größere Parfümprobe. Was es auch war – »Maroussia«, stand in goldenen Buchstaben darauf –, es war leer.

»Wenn das nicht der ideale Behälter für eine reichliche Dosis E605 ist«, sagte sie und deckte Walburga Friedmann wieder ordentlich zu.

»Ganz schön blöd von ihr, das Fläschchen bei sich zu tragen«, sagte Weber.

»Sie ist wohl davon ausgegangen, dass sie keiner genauer unter die Lupe nehmen würde. Was ja bis hierher auch so war«, sagte Keeser. Er nahm Paula das Fläschchen ab und hielt es gegen das Licht. Dann zog er den kleinen Plastikstöpsel heraus und schnüffelte vorsichtig daran.

»Und?«, fragte Paula.

»Riecht nach Frauenparfüm, wenn du mich fragst. Von Knoblauch merke ich nichts.« Er hielt Paula das Gläschen unter die Nase.

Ein schwerer süßlicher Geruch traf auf ihre Riechnerven. So gar nicht ihre Duftnote, sie mochte lieber frisch und herb. »Wenn das E605 da drin war, dann wahrscheinlich nur kurz. Es hat wohl nicht genügend Zeit gehabt, seinen Geruch zu hinterlassen«, vermutete sie.

Weber hängte seinen Riechkolben nun auch noch über das Fläschchen. Und zuckte zurück. »Puh, das riecht ja übel«, sagte er und rieb sich die Nasenlöcher mit dem Handrücken, um den Geruch wieder loszuwerden. »Das tragen doch nur alte Frauen.«

»Walburga Friedmann ist eine alte Frau.« Keeser hatte leichte Probleme, den Miniverschluss mit seinen großen Männerfingern wieder in die kleine Öffnung zu stöpseln. »Hoffentlich kommt die Kriminaltechnik bald, damit wir ihr das mitgeben können«, sagte er, als er es endlich geschafft hatte.

Walburga Friedmann hatte von alldem nichts mitbekommen. Sie schlief tief und fest und schnärchelte dabei.

»Kann man hier abschließen?«, erkundigte sich Keeser.

Schwester Barbara zeigte auf einen Schlüssel, der an einem Haken neben der Tür hing.

Keeser zog die Tür zu, steckte den Schlüssel ins Schloss und drehte ihn zweimal um. »Die kann schon mal keinen Quatsch mehr machen«, sagte er zufrieden.

Schritte näherten sich, und alle vier fuhren herum. Polizeihauptmeister Robert Schuster von der Dienststelle Wörth kam auf sie zu.

»So sieht man sich wieder«, begrüßte er sie. »Die Kripo im Dreierpack? Geht es um mehr als nur Personenschutz?«

Weber schilderte ihm kurz die Sachlage.

»Alles klar«, sagte Schuster. »Keiner darf bei Luzia Schillinger rein, und hier«, er deutete auf die Tür des Ruheraumes, »darf keiner raus. Was mach ich, wenn eine der Schwestern wach wird?«

»Mich anrufen«, sagten Paula und Weber wie aus einem Munde.

Schon wieder, dachte Paula. »Einen von uns«, verbesserte sie.

»Und wenn die da drinnen aufs Klo muss?«

»Bettpfanne«, antwortete Weber.

Erneute Schritte und Männerstimmen näherten sich.

»Hier geht es heute Nacht zu wie auf dem Bahnhof«, sagte Schwester Barbara. Begeistert klang sie nicht.

Werner Dreißigacker erschien mit einem Kollegen auf dem Gang.

»Heute macht ihr aber ständig Ärger«, begrüßte er die Kollegen.

Schwester Barbara, die ihn um einige Zentimeter überragte, schenkte er ein besonders warmes Lächeln, das sie verlegen erwiderte. Sie wurde rot bis zu den Haarwurzeln – etwas, was Paula dem resoluten Weibsbild ganz bestimmt nicht zugetraut hatte.

»Ich mach dann mal frischen Kaffee«, flötete Schwester Barbara und trippelte geschäftig dem Schwesternzimmer zu.

Dreißigacker konnte die Augen nicht von ihr lassen und strich sich begehrlich über den buschigen Schnauzbart. »Was für ein Prachtweib«, sagte er schwärmerisch.

Keeser sah ihn kopfschüttelnd an. »Man merkt, dass Vollmond ist, alle spielen verrückt.«

Dreißigacker sah ihn fragend an.

»Nicht so wichtig«, sagte Keeser und drückte ihm das Parfümfläschchen in die Hand. »Das muss schnellstens untersucht werden. Darin könnte das E605 abgefüllt gewesen sein.«

Dreißigacker gab das Beweisstück an seinen Kollegen weiter, der es in ein Beweismitteltütchen steckte. »Sonst noch was?«, fragte er, die Tür des Schwesternzimmers nicht aus den Augen lassend.

Weber instruierte ihn hinsichtlich der Überwachungsapparate. Kaum hatte er die Zimmernummer genannt, schickte Dreißigacker seinen Begleiter los. Er selbst hatte anscheinend nicht vor, tätig zu werden.

»Da wäre noch eine Tasse, von der wir die Fingerabdrücke brauchen«, sagte Paula. »Im Schwesternzimmer …« Weiter kam sie nicht. Dreißigacker war schon unterwegs, wie von einem unsichtbaren Magneten angezogen.

»Ich sag's doch immer: Die meisten Beziehungen entstehen bei der Arbeit«, sagte Keeser schmunzelnd.

Paula wunderte sich nur und ging dem Kriminaltechniker hinterher. Sie ließ ihn die Tasse, die Walburga Friedmann benutzt hatte, als Beweismittel einpacken.

»Bitte vergleichen Sie die Fingerabdrücke darauf mit denen auf den Plastiksäcken, in die die Leiche eingewickelt war«, ordnete sie an, dann ließ sie die Turteltäubchen allein.

***

»Glaubt ihr wirklich, sie wollte ihre Schwester töten, weil sie eifersüchtig ist?« Paula lehnte sich erschöpft in den Beifahrersitz.

»Wäre nicht das erste Mal, oder?«, kam es von hinten. »Die beiden leben seit wer weiß wie vielen Jahren zusammen in einem Haus, und da fängt die kleine Schwester auf einmal an, mit einem Kerl auszugehen. Vielleicht hatte die Friedmann Angst, dass der Lover ihrer Schwester einzieht und sie dafür ausziehen muss? Wer will schon im Alter plötzlich wieder allein sein?«

Für Paula waren Keesers Argumente nicht schlüssig. Sie drehte sich halb zu ihm um. »Wenn sie sich vor dem Alleinleben fürchtet, wäre es dann nicht logischer für sie gewesen, den Lover, wie du ihn so schön nennst, zum Kaffeekränzchen einzuladen und ihn mittels Gift aus dem Weg zu schaffen?«

»Was weiß ich, wie alte Frauen ticken«, war alles, was Keeser dazu sagte. Kurz darauf fügte er knurrig hinzu: »Ich weiß ja noch nicht mal, wie die jüngeren Frauen ticken.«

»Ist doch egal. Die beiden haben auf jeden Fall einen großen, sehr gepflegten Garten. Gut möglich, dass auf dem Grundstück oder im Haus das eine oder andere Gift zu finden ist«, sagte Weber, der den beiden schweigend zugehört hatte.

»Genau«, bestätigte Keeser. »Besorgt am besten gleich morgen einen Durchsuchungsbefehl.«

Paula holte einen Schlüsselbund aus ihrer Jackentasche und ließ ihn am ausgestreckten Finger baumeln. »Schon vergessen, Jungs? Ich habe eine Eintrittskarte.«

»Jetzt noch? Es ist fast fünf Uhr morgens«, quengelte Keeser.

»Und? Sag bloß, du schwächelst schon.« Paulas Müdigkeit war jedenfalls wie weggeblasen.

Keesers Kopf kam zwischen den Sitzlehnen nach vorn. »Das können wir doch auch noch nach der Frühbesprechung machen.«

»Grundsätzlich schon. Doch wenn Sonne von diesem Vorhaben erfährt, wird er darauf bestehen, dass wir auf den Hausdurchsuchungsbefehl warten. Und das kann dauern, wie ihr wisst«, gab Weber zu bedenken.

»Wenn er hinterher davon Wind bekommt, gibt es mächtig Ärger«, orakelte Keeser. »Außerdem wisst ihr genau, dass unrechtmäßig sichergestelltes Beweismaterial vor Gericht nicht zugelassen wird.«

»Wer hat mir noch vor Kurzem gesagt, ich soll nicht immer so schrecklich akkurat sein? Du, lieber Bernd, wenn ich mich recht erinnere. Wenn *du* nichts verrätst, wird keiner von dieser Aktion erfahren. Und falls wir tatsächlich etwas finden sollten, tun wir so, als ob wir von nichts wüssten, und besorgen uns ganz schnell die richterliche Erlaubnis.«

»Außerdem sind wir gerade in der Nähe«, fügte Weber hinzu.

»Ihr zwei haltet zusammen? Das ist ja ganz was Neues!«

Paula und Weber tauschten Blicke. »Nicht immer«, sagte Paula.

»Aber immer öfter«, ergänzte Weber.

***

Die Eichstraße lag still und verlassen da, als sie aus dem Wagen stiegen. Paula sperrte schnell die fremde Haustür auf. Nachdem Keeser und Weber ins Haus geschlüpft waren, vergewisserte sie sich, dass sie nicht beobachtet worden waren. Die Straße war unverändert leer, alle Fenster waren dunkel.

»Paula, du übernimmst das Bad und die Küche, Keeser den Keller, und ich inspiziere das Gartenhaus«, verteilte Weber die Aufgaben. »Beeilt euch und macht möglichst keine Unordnung.«

Sichtlich ungern, aber wortlos stieg Keeser die Stufen in den Keller hinunter. Paula nahm sich zuerst das Bad im ersten Stock vor, dem seit seinem Einbau vor fünfzig oder sechzig Jahren eindeutig noch keinerlei Renovierung zuteilgeworden war. Altrosa Fliesen, altrosa Waschbecken, altrosa Kloschüssel. Badewanne statt Dusche, darüber ein Wandtrockner mit unerotischen fleischfarbenen BHs und Miederhöschen.

Paula schwor sich, nie im Leben solche Liebestöter anzuziehen.

Der Schrank unter dem Waschbecken enthielt nichts Verdächtiges, nur eine Flasche Essig und Scheuermilch, mehrere Rollen Toilettenpapier und eine Großpackung Damenbinden. Warum Frauen in den Siebzigern die brauchten, darüber wollte Paula lieber nicht nachdenken.

Auch auf der Ablage über dem Waschbecken befand sich nichts Ungewöhnliches: zwei Zahnputzbecher mit zwei Zahnbürsten, eine Zahnpastatube, zwei Kämme, zwei Bürsten, Gesichtscreme, zwei Duftflakons, »4711 Echt Kölnisch Wasser«, wohl Walburga Friedmanns Duftrichtung, passend zu den Erfrischungstüchern in ihrer Handtasche, vermutete Paula, und »Escape«, das sie selbst auch schon benutzt hatte und das sie der jugendlicheren Luzia Schillinger zuordnete, genauso wie den Lippenstift in frischem Hellrot.

Im Spiegelschrank darüber befand sich auch nichts, was dort nicht hingehörte: Haftcreme für die dritten Zähne, eine Flasche Franzbranntwein, die wirklich nur Franzbranntwein enthielt, diverse Tablettenpackungen, vom Kopfschmerz- über Durchfallmittel bis hin zur Halspastille.

In der Küche war Paula ähnlich erfolglos. Außer Spülmittel, Scheuermilch, einer weiteren Essigflasche und einer alten Eisdose mit leeren Batterien war nichts Giftiges unter der Spüle zu finden. Auch der Blick in den Kühlschrank und den Mülleimer brachte nichts.

In einem Fach neben dem Kühlschrank entdeckte sie die Hausbar der Damen, bestückt mit Kräuter- und Kirschlikör, Amaretto und Himbeergeist. Kein E605.

Auch Keeser kam ohne jeglichen Fund aus dem Keller. »Ich hab mir sogar den gelben Sack mit dem Kunststoffmüll vorgenommen. Was definitiv eklig war und was ich nicht hätte machen müssen, wenn wir ordnungsgemäß auf den Durchsuchungsbefehl gewartet hätten, denn dann wäre das die Aufgabe der Jungs von der Kriminaltechnik gewesen.«

»Stell dich nicht so an, ich hab die Schmutzwäsche von zwei alten Frauen durchwühlt, was auch nicht viel besser ist.«

Zusammen inspizierten sie die Wohnzimmerschrankwand. Ohne Erfolg.

Weber sah schlecht gelaunt aus, als er wieder zu ihnen stieß. Paula wusste gleich, dass auch er nichts gefunden hatte, was gegen Walburga Friedmann zu verwenden gewesen wäre.

»Schneckenkorn und Blaudünger, mehr haben die Mädels

da draußen nicht gebunkert«, berichtete er. »Die Mülltonne ist sauber, und auch in der Kiste mit dem Altglas war nichts.«

»Dann lasst uns endlich abhauen«, sagte Keeser und war schon auf dem Weg zur Haustür. Weber folgte ihm dichtauf.

Paula versicherte sich, dass ihr unerlaubter Besuch keine Spuren hinterlassen hatte, und schloss ab. Die Turmuhr schlug die halbe Stunde, als sie als Letzte ins Auto stieg.

Während sie durch die Nacht nach Landau zurückfuhren, hing Paula ihren Gedanken nach. Im Osten entdeckte sie den ersten Schimmer Licht, in Kürze würde die Sonne aufgehen.

Eine Sache ging ihr einfach nicht aus dem Kopf. Sie drehte das Radio leiser. »Habt ihr euch schon mal überlegt, wie die tote Chinesin da reinpasst?«

»Klar«, antwortete Weber und gähnte herzhaft. »Ich denke an nichts anderes. Meiner Meinung nach passt die da gar nicht rein. Vielleicht sollten wir noch mal ganz von vorn anfangen und diesen Mord unabhängig von den Anschlägen auf die Schillinger untersuchen.«

Dass sie noch mal ganz von vorn anfangen sollten, hätte Paula sofort unterschrieben, aber nicht, dass die Fälle nichts miteinander zu tun hatten. Und das ausnahmsweise nicht nur, weil sie unbedingt anderer Meinung sein wollte als Weber.

»Ich sehe das nicht ganz so. Mein Gefühl sagt mir, dass der Fund der Leiche alles andere ausgelöst hat. Irgendwie hängt das zusammen, wir müssen nur herausfinden, wie.«

Es wunderte sie, dass sich Weber nicht über dieses Gefühl im Besonderen und weibliche Intuition im Allgemeinen lustig machte. Sie kam zu dem Schluss, dass er wohl einfach zu müde war.

***

Es war Punkt sechs Uhr und fast schon hell, als Paula ihre Wohnungstür hinter sich schloss. Sie zog die Jacke aus, nahm das Handy heraus und ließ sie einfach fallen. Auf dem Weg ins Wohnzimmer schlüpfte sie erst aus dem einen Stiefel, dann aus dem zweiten. Zuletzt streifte sie die Lederhose ab und ließ alles auf dem Boden liegen.

Othello reagierte zu Paulas Glück nur mit einem verschlafenen Blinzeln und rollte sich brummend enger auf der Couch zusammen. Frau Seidel hätte sein Körbchen ruhig oben in ihrer Wohnung lassen können, dachte Paula nicht zum ersten Mal, denn das ignorierte der Hund seit dem Tag seines Einzugs bei ihr.

Paula schaffte es gerade noch, ihre Munition aus der Waffe zu nehmen und beides getrennt voneinander im Arbeitszimmer wegzuschließen. Dann schleppte sie sich hinüber ins Schlafzimmer und kroch unter die Bettdecke. Sie überprüfte schnell noch ihr Handy, nur um festzustellen, dass niemand etwas von ihr gewollt hatte. Auch nicht der Typ vom Auswärtigen Amt.

Als sie den Wecker scharf machte, stöhnte sie leise auf. Es war nur eine mickrige Stunde, bis er klingeln würde. Aber immerhin eine Stunde, um wenigstens einen Zipfel Schlaf abzubekommen, dachte sie und legte ihre Hände auf ihren Bauch, in dem ein kleiner Mensch heranwuchs. Noch war da alles ganz flach. Noch …

Sie musste an ihre Eltern denken und daran, wie sie es ihnen schonend beibringen konnte, dass sie keinen Mann zu dem Kind hatte. Aber war sie nicht viel zu alt, um Angst davor zu haben, wie ihre Eltern auf ihre Lebensentscheidungen reagierten?

Vor dem Fenster zwitscherten die Vögel munter und laut. Paula kam Maria Dries in den Sinn. Ob sie ihre Zwillinge inzwischen schon rausgequetscht hatte? Dann war sie eingeschlafen.

***

Eine Stunde Schlaf ist schlimmer als gar kein Schlaf, dachte Paula unglücklich, als der Wecker neben ihrem Kopf unerbittlich klingelte. Wäre ich doch bloß nicht ins Bett gegangen, dachte sie jetzt, da es zu spät war. Es wäre besser gewesen, wenn sie mit Othello joggen gegangen wäre oder das Bad geputzt oder einen weiteren Kuchen gebacken hätte. Sich nach zwanzig Stunden

Dienst am Stück für eine Stunde hinzulegen war ein Fehler gewesen – sie fühlte sich erschlagener als vor dieser Stunde.

Othellos Einstellung zu dem Weckerklingeln war um einiges positiver. Er kam quietschfidel aus dem Wohnzimmer gerannt, um kläffend und mit wehenden Pudelohren in ihr Bett zu springen.

Paula zog sich die Decke über den Kopf, um seiner Zunge und seiner feuchten Nase zu entkommen. Doch das half ihr wenig, denn er machte sich schnurstracks über ihre frei liegenden Füße her. Als sie die unter die sichere Decke gezogen hatte und sich wie ein Embryo zusammenkrümmte, sprang er auf ihr herum und versuchte, seinen Kopf zu ihr unter die Decke zu stecken. Für ihn war das ein herrliches Spiel.

Erst als das Handy auf dem Nachttisch klingelte, hielt er mit seiner Attacke inne.

Paula schlug die Bettdecke zurück und sah einem hechelnden Othello in die erwartungsvollen Hundeaugen.

Es war eine unbekannte Nummer. Wer um alles in der Welt ruft denn zu dieser frühen Stunde an?, fragte sie sich.

»Ja?« Ihre Stimme klang belegt.

»Guten Morgen, Frau Stern, hier ist Weber. Habe ich Sie etwa geweckt? Das tut mir schrecklich leid, aber Sie sagten, dass ich jederzeit anrufen kann.« Der Anrufer war hörbar zerknirscht.

Weber? Paula war irritiert. Warum siezte er sie auf einmal wieder? Nach Matthias klang das auch nicht.

»Wer ist da?«

»Jürgen Weber vom Auswärtigen Amt. Wir haben gestern telefoniert.«

Paula war schlagartig wach und sprang aus dem Bett. Mit Othello auf den Fersen ging sie hinüber ins Arbeitszimmer.

»Alles klar, verzeihen Sie, ich hatte nur eine Stunde Schlaf, und meine Gehirnzellen sind noch nicht ganz wach«, sagte sie, während sie Papier und Stift bereitlegte. Sie konnte sich nicht erinnern, dass der, mit dem sie telefoniert hatte, seinen Namen genannt hatte. Ausgerechnet Weber, das hätte sie sich ganz sicher gemerkt.

»Soll ich später noch mal anrufen?«, erkundigte sich Jürgen Weber. »Beziehungsweise einer meiner Kollegen, denn ich habe jetzt Dienstschluss.«

»Unterstehen Sie sich, ich will sofort wissen, was Sie herausgefunden haben.«

»Hat leider etwas länger gedauert. Vorab: Ein Anton Dries hat zu keiner Zeit ein Visum nach China beantragt.«

Wie kommt dann sein Baby in den Bauch dieser Chinesin?, fragte sich Paula. Sie hätte lieber etwas anderes gehört.

»Des Weiteren habe ich die Person gefunden, nach der Sie suchen. Ihr Name ist Chen Lu Huang, was so viel wie ›gelbe Morgenröte‹ heißt. Wohnhaft in Changping, einem Stadtbezirk von Peking.« Jürgen Weber buchstabierte ihr die Namen. »Sie war ledig und hatte als Beruf Dolmetscherin eingetragen. Ende März dieses Jahres hat sie das Visum für Deutschland beantragt, das drei Wochen später bewilligt wurde.« Nach einer kurzen Pause fügte er hinzu: »Bei uns geht das aber wesentlich schneller.« Er schien stolz darauf zu sein, dass die chinesischen Behördenmühlen langsamer mahlten als die deutschen.

»Was hat sie als Zweck der Reise angegeben?«

»Besuch von Familienangehörigen.«

Klar wie Kloßbrühe, dachte Paula, nämlich den Vater ihres ungeborenen Kindes.

»Sie wollte drei Monate bleiben«, ergänzte Jürgen Weber.

Paula schrieb alles auf. Das wäre aber ein wenig eng geworden mit der Entbindung, überlegte sie. Saueng. Oder hatte Chen Lu gehofft, mit offenen Armen hier aufgenommen und geheiratet zu werden und damit für immer bleiben zu können?

»Wann hatte Chen Lu zuletzt ein Visum beantragt?«, fragte Paula. Denn wenn Anton Dries niemals drüben in China gewesen war, musste logischerweise *sie* Ende des letzten Jahres hier gewesen und in dieser Zeit schwanger geworden sein.

»Das war ihr erster Antrag überhaupt.«

Das konnte nicht sein. Paula war vollkommen ratlos. Einer von den beiden *musste* auf jeden Fall schon vorher hin- oder hergeflogen sein, wie sollte es sonst zu dieser Schwangerschaft gekommen sein? Es sei denn, die Rechtsmedizin hatte einen Fehler gemacht …

»Wollen Sie denn gar nicht wissen, wen sie als Zieladresse angegeben hat?«, unterbrach Jürgen Weber Paulas Überlegungen.

Sie stutzte. Sollte es das Glück endlich mal gut mit den außerordentlich zähen Ermittlungen meinen?

»Ich wusste gar nicht, dass das angegeben werden muss«, sagte sie.

»Normalerweise nicht, aber die chinesischen Kollegen wollten anscheinend Genaueres über diesen Familienbesuch wissen.«

Paulas Herzschlag wurde schneller.

»Die Adresse ist in Minfeld, also in dem Ort, in dem auch der von Ihnen Angefragte wohnt.«

»Ja, und weiter?«, sagte Paula höchst angespannt. Eines musste sie ihm lassen: Der Kerl verstand es, Spannung aufzubauen.

»Witzigerweise ist es der gleiche Nachname wie der des Angefragten, also auch Dries. Thomas Dries …«

Paula hörte gar nicht mehr zu. Ihre Gedanken überschlugen sich.

Das war es! Die Rechtsmedizin hatte alles richtig gemacht. Auf einmal passten all die einzelnen Puzzleteile zusammen. Die DNA von nahen leiblichen Verwandten weist bekanntlich überaus große Übereinstimmungen auf, eine Tatsache, auf der jeder Vaterschaftstest basierte. In diesem Fall die DNA von Vater und Sohn Dries. Kein Wunder also, dass auch das Genmaterial von Anton Dries Übereinstimmungen mit dem des Fötus hatte.

Paula erinnerte sich auch wieder daran, dass Anton Dries bei ihrem ersten Besuch stolz erzählt hatte, dass sein Sohn Thomas viel im Ausland unterwegs sei – so wie es aussah, nicht nur in Mexiko und Südamerika, sondern auch in Asien. Doch bisher hatten sie anhand der gesammelten Hinweise nur den alten Dries auf dem Schirm gehabt. Ein riesengroßer Fehler, wie sich jetzt herausstellte.

»Ich könnte Sie küssen!«, rief Paula in den Apparat.

»Wenn Sie mal in Berlin vorbeikommen sollten, stehe ich Ihnen gern zur Verfügung«, sagte Jürgen Weber lachend.

Nachdem sie das Gespräch beendet hatten, wählte Paula aufgeregt die Nummer ihres Chefs, doch da meldete sich nur die Mailbox. Auch Weber ging nicht ans Telefon. Weil es schnell gehen musste, verzichtete sie auf eine Dusche und schlüpfte so in Jeans und T-Shirt. Sie schmierte sich schnell ein Butterbrot, klappte es zusammen und schlang es auf dem Weg ins Büro in großen Bissen hinunter.

Wundersamerweise war ihr an diesem Morgen gar nicht übel. Ob sie das dem Schlafdefizit zu verdanken hatte? Sie beschloss, in den nächsten sieben Monaten freiwillig nicht mehr ins Bett zu gehen.

Sie zerrte Othello ungeduldig hinter sich her durch den Park, er schaffte es kaum, sein Bein zu heben. Unterwegs versuchte sie erneut, Weber oder Sonne zu erreichen, aber sie hatte auch diesmal keinen Erfolg.

Sie kam zehn Minuten zu spät, die Frühbesprechung hatte längst begonnen. Auch gut, dachte sie, dann sind wenigstens alle auf einem Haufen, wenn ich die wunderbaren Neuigkeiten verkünde.

Paula ließ Tina Geiger mit Othello und einem flüchtigen Handkuss hinter sich und rannte die Stufen in den ersten Stock hoch. Atemlos riss sie die Tür auf, worauf sich ihr alle Köpfe zuwandten.

»Sie sind spät dran«, sagte Heribert Sonne tadelnd und deutete mit seinem speckigen Zeigefinger auf seine Armbanduhr.

Paula entschuldigte sich und nahm auf dem einzigen freien Stuhl neben Weber Platz, dem man ansah, dass auch er so gut wie gar nicht geschlafen hatte. Seit sie ihn kannte, war er das erste Mal unrasiert.

Die meisten hier am Tisch sahen übermüdet aus. Besonders Dreißigacker, der offensichtlich in der Zwischenzeit noch nicht zu Hause gewesen war. Zerknautschte Klamotten, rote Augen und wilde Bartstoppeln rund um seinen sonst stets gepflegten Schnauzer – als ob ein ungepflegter Penner dasäße.

Der Einzige, dem die ausgefallene Morgenpflege richtig gut stand, war Weber, musste Paula trotz ihrer Abneigung gegen ihn zugeben. Er sah sogar verboten gut aus.

Nur Sonne saß ausgeschlafen und rosig wie ein feistes Schweinchen auf seinem Stuhl.

Ausnahmsweise hatte Paula kein schlechtes Gewissen wegen der Verspätung, denn sie musste diesmal keine Ausrede erfinden. »Ich hatte noch ein Telefonat mit dem Auswärtigen Amt. Unsere Tote heißt Chen Lu Huang und stammt tatsächlich aus Peking«, sprudelte es aus ihr heraus. »Und ich weiß jetzt auch, dass Anton Dries nicht der Vater ihres Kindes ist.« Sie machte eine dramatische Pause, denn was Jürgen Weber vom Auswärtigen Amt konnte, das konnte sie schon lange.

»Aber die DNA-Analyse sagt doch eindeutig …«

Paula ließ Sonne nicht ausreden. »Die DNA-Analyse irrt sich auch nicht. Wir haben sie nur nicht ganz richtig gedeutet: Es handelt sich bei dem Kindsvater nicht um Anton Dries, sondern um Thomas Dries, seinen Sohn.«

»Sofort abholen und hierherschaffen, bevor er sich endgültig ins Ausland absetzt«, befahl Heribert Sonne.

Paula und Weber schoben synchron ihre Stühle zurück und standen auf. Doch Sonne machte ihnen mit der Hand ein Zeichen, zu warten.

»Frau Renner, besorgen Sie uns bitte so schnell wie möglich einen Hausdurchsuchungsbefehl«, wandte er sich an die Staatsanwältin. Dann deutete er mit einem seiner Wurstfinger auf Werner Dreißigacker. »Ihre Leute sollen schon mal nach Minfeld rausfahren, damit sie gleich loslegen können.«

Während Marianne Renner sofort die entsprechende Nummer wählte, erhob sich auch Werner Dreißigacker.

»Haben Sie jetzt nicht Dienstschluss?«, wunderte sich Sonne.

»Eigentlich ja, aber auf ein paar Stunden mehr kommt es jetzt auch nicht mehr an. Ich würde gern an dem Fall dranbleiben.«

»Gut, dann veranlassen Sie alles Nötige«, gab ihm Sonne grünes Licht und schob gleich die nächste Anweisung hinterher: »Seinen Vater können wir dann ja gehen lassen, ich veranlasse das sofort. Becker, Sie und Berger bringen den Mann unverzüglich nach Hause.«

Die beiden standen ebenfalls auf.

»Gute Arbeit, Frau Stern!«, rief Sonne ihnen noch nach, als sie schon auf dem Gang waren.

***

»Thomas Dries ist wohl durchgedreht, als sein schwangerer Seitensprung unerwartet vor der Tür stand«, sagte Weber, während er vom Hof fuhr.

»Er erschlug Chen Lu und vergrub sie im Kirchgarten, genau an der Stelle, an der er zuvor mit seinem Vater gearbeitet hatte«, vervollständigte Paula die Geschichte.

»Uns hat er sogar gesagt, dass er zum Zeitpunkt ihres Todes zu Hause war. Ganz schön dreist, oder? Er muss sich absolut sicher gefühlt haben. Dieser Mistkerl geht nicht nur fremd, während seine Frau mit drei Kindern und dickem Bauch daheim hockt, er lässt auch seinen Vater unschuldig in der Zelle schmoren, ohne einen Mucks zu machen.«

Paula gab ihm uneingeschränkt recht. Je näher sie Minfeld kamen, desto klarer wurde der Fall für sie. »Jetzt passt auch endlich der Anschlag auf Luzia Schillinger ins Bild, und er hat sehr wohl mit dem Mord an der Chinesin zu tun.«

»Ach ja? Das musst du mir erklären.«

»Hat Dreißigacker schon was zu den Fingerabdrücken gesagt, bevor ich kam?«

Weber nickte.

»Lass mich raten: Es waren nicht Walburga Friedmanns Fingerabdrücke auf den Schaltern, und in dem Probefläschchen war auch kein E605«, sagte Paula.

»Woher weißt du das? Du warst doch gar nicht da.«

»Weibliche Intuition, schon vergessen?« Paula grinste ihn frech an. »Nein, das ist natürlich Quatsch. Ich weiß es, weil ich den wahren Attentäter letzte Nacht im Krankenhaus gesehen habe.«

»Dann war derjenige also doch schon im Haus?«

»Nein, das nicht, aber es kam jemand, als ich gerade gehen wollte, das war mir nur völlig entfallen.«

Weber sah sie abwartend von der Seite an. »Verrätst du mir heute noch, wer es war?«

»Thomas Dries. Er kam mir in der Eingangshalle mit seiner Frau entgegen. Sie saß im Rollstuhl und hatte offensichtlich Wehen. Wir vermuten doch, dass Luzia Schillinger aus dem Weg geschafft werden sollte, weil sie etwas gesehen hat, was sie nicht sehen sollte. Wer, wenn nicht er, hätte also Interesse an Luzia Schillingers Tod haben können?«

»Er war somit ganz regulär im Haus und konnte ungestört auf die Intensivstation gelangen, während seine Frau mit Entbinden beschäftigt war. Keiner hätte Verdacht geschöpft, wenn du ihn nicht gesehen hättest.«

»Und ich hätte das beinahe vergessen.«

»Und ich hab ihm auch noch höchstpersönlich mitgeteilt, dass Luzia Schillinger überlebt hat.« Weber klang zerknirscht.

Das stimmte. Er war nach den Befragungen der Helfer extra zu dem verunsicherten Menschenhäuflein hinübergegangen, um sie mit dieser guten Nachricht zu beruhigen.

»Denkst du etwa, dass du an dem zweiten Anschlag Schuld hast?« Paula hätte ihm zu gern eins reingewürgt, aber das fand sie dann doch absurd. »Das hätte Dries anderweitig auch herausbekommen, denn er musste auf Nummer sicher gehen, dass die Schillinger nicht mehr zum Reden kommt.«

Weber nagte an seiner Unterlippe. »Wie er es wohl gemacht hat, dass seine Frau genau zum richtigen Zeitpunkt Wehen bekommen hat?«, sagte er schließlich nachdenklich. »Könnte er ihr etwas verabreicht haben, um die Geburt auszulösen und so unauffällig ins Krankenhaus reinzukommen?«

»Geht das denn überhaupt? Ein Krankenhaus hat ganz sicherlich wehenfördernde Mittel, aber kommt da auch ein Privatmann ran?« Paula wollte das nicht glauben. »Der hätte es auch anders in die Klinik reingeschafft, um Luzia Schillinger endgültig als Zeugin auszuschalten. Die Wehen seiner Frau kamen ihm einfach sehr gelegen.«

Sie fuhren am Ortsschild von Minfeld vorbei.

»Das würde tatsächlich alles zusammenpassen«, sagte Weber,

kurz nachdem er nach links in die Hauptstraße abgebogen war. »Denn ich weiß auch etwas, was du noch nicht weißt: Die Fingerabdrücke auf den medizinischen Geräten stimmen auch mit denen auf den Müllsäcken überein. Dreißigacker konnte sie nur nicht zuordnen, da wir die Abdrücke von Thomas Dries bislang noch nicht erfasst haben.«

»Wir haben ihn!«, frohlockte Paula und klatschte in die Hände.

»Wenn er nicht schon abgehauen ist. Nachdem er dich in der Klinik getroffen hat, musste er doch davon ausgehen, dass wir ihm früher oder später auf die Schliche kommen.«

***

Thomas Dries war nicht abgehauen, er öffnete nach dem zweiten Klingeln. Er sah unausgeschlafen aus und hatte dieselben Klamotten an wie am Tag zuvor. Paula folgerte daraus, dass er in der vergangenen Nacht nicht viel mehr Schlaf bekommen hatte als sie selbst. Wie bei Paulas und Webers erstem Besuch wuselten die beiden größeren Kinder lärmend um ihn herum.

Was machen wir mit den Kids, wenn wir ihn gleich mitnehmen?, fragte sich Paula. Seine Frau war nach der Entbindung doch sicherlich noch in der Klinik und er allein mit drei kleinen Gören. Sie würden das Jugendamt einschalten müssen.

»Was wollen Sie schon wieder? Was ist mit meinem Vater, warum halten Sie ihn immer noch fest? Sie glauben doch nicht im Ernst, dass er zu einem Mord fähig ist!«, blaffte Thomas Dries sie an.

Er nicht, aber du, dachte Paula. »Was sagt Ihnen der Name Chen Lu Huang, Herr Dries?«, sagte sie ungerührt.

Thomas Dries wurde schlagartig blass und warf einen nervösen Blick hinter sich.

»Thomas, wer ist das denn?«, erklang die Stimme von Maria Dries aus dem Inneren des Hauses.

Paula war überrascht. Hatte die Frau die Zwillinge etwa ambulant entbunden?

»Nichts Wichtiges, ich bin gleich wieder bei dir«, rief Thomas

Dries über seine Schulter nach drinnen, schob die Kinder sanft, aber nachdrücklich in die Diele zurück und schloss die Tür vor ihrer Nase.

»Ihre Frau ist nicht mehr in der Klinik?«, wunderte sich Paula.

Thomas Dries entfernte sich ein paar Schritte von der Haustür, die er aber nicht aus den Augen ließ.

»Es war nur falscher Alarm, schon der zweite.« Er senkte die Stimme. »Woher wissen Sie das mit Chen Lu?«

»Erzählen Sie uns doch etwas von ihr«, forderte Weber ihn auf, ohne auf seine Frage einzugehen.

Paula entdeckte Maria Dries hinter dem Küchenfenster.

Ihr Mann auch. »Könnten wir das nicht woanders besprechen, wo meine Frau es nicht mitbekommt? In Ihrem Büro vielleicht?«

»Das trifft sich gut, wir wollten Sie eh verhaften«, sagte Weber und öffnete einladend die Tür hinter dem Fahrersitz.

»Verhaften?« Thomas Dries erstarrte. »Warum denn das?«

»Thomas? Was ist denn?« Maria Dries stand jetzt in der geöffneten Haustür, beide Hände auf ihrem Bauch, und sah argwöhnisch zu ihnen herüber.

Thomas Dries ging zu seiner Frau und gab ihr einen flüchtigen Kuss auf die Wange. »Es geht um Vater. Ich fahre schnell mit den Beamten nach Landau, um das zu klären«, log er ihr ins Gesicht.

So routiniert, wie er das macht, hat er wohl jede Menge Übung darin, schlussfolgerte Paula. Es war also zu bezweifeln, dass er ihnen gegenüber die Wahrheit sagen würde. Sie fragte sich allerdings, warum er nicht schnellstens abgehauen war, nachdem man sein Opfer gefunden hatte.

***

»Ich bin kein Mörder«, sagte Thomas Dries trotzig und zum wiederholten Male.

Es kam Paula wie ein Mantra vor. Sie konnte es bald nicht mehr hören.

»Ehrlich, ich wusste nicht einmal, dass sie nach Deutschland gekommen ist.«

Viel mehr hatte er noch nicht erzählt, seit sie nach einem kurzen Abstecher in die Kriminaltechnik zum Abnehmen seiner Fingerabdrücke zu dritt den Verhörraum betreten hatten. Er saß Paula am Tisch gegenüber und knetete nervös seine Hände. Seine Verzweiflung schien nicht gespielt, aber Paula hatte sich fest vorgenommen, ihm nicht auf den Leim zu gehen.

»Fangen wir doch damit an, dass Sie uns erzählen, wie das mit Chen Lu war«, schlug Paula ihm vor.

Thomas Dries wirkte peinlich berührt. »Na ja, Sie wissen ja, dass ich viel im Ausland bin. Besonders oft in China, da ist nämlich seit drei Jahren das Haupthaus unserer Firma. Ich habe Chen Lu kennengelernt, als sie dort als Fremdsprachensekretärin anfing. Alles andere hat sich dann so ergeben, Sie verstehen schon …«

»Nein, ich verstehe nicht«, sagte Weber, der stehen geblieben war, kühl. »Mann, Sie haben eine Frau und drei kleine Kinder!«

Paula staunte über die Reaktion ihres Kollegen. So, wie sie ihn kennengelernt hatte, so, wie er auftrat, hätte sie ihn für alles Mögliche gehalten, nur nicht für derart moralisch oder gar treu.

»Das war wohl mit ein Grund, warum ich das mit Chen Lu überhaupt angefangen habe. Sie war so jung und unverbraucht, sie himmelte mich an. Chen Lu war einfach nur glücklich mit mir, forderte nichts, erwartete nichts.« Thomas Dries verzog das Gesicht zu einer verächtlichen Grimasse. »Wenn ich nämlich nach wochenlangen Auslandsaufenthalten nach Hause komme, warten drei überlebhafte, ständig plärrende Kinder und eine unzufriedene, unausgeschlafene, ewig nörgelnde Frau auf mich.«

»Und da haben Sie Ihrer Frau schnell noch zwei von der Sorte gemacht, ein wirklich schlauer Schachzug«, sagte Weber zutiefst zynisch.

»Das war ein Unfall«, sagte Thomas Dries kleinlaut.

Weber trat an den Tisch, stemmte die Hände darauf und beugte sich einschüchternd zu Thomas Dries hinunter. »Dann war Chen Lus Baby wohl auch ein Unfall?«

Thomas Dries nickte.

»Schon mal was von Kondomen gehört, Sie Held?«

Der Held schwieg.

»Sie wussten also von dieser Schwangerschaft?« Paula war zwar genauso wütend auf Thomas Dries wie Weber, aber es brachte nichts, den Mann zu beschimpfen oder zu verhöhnen.

»Sie hat es mir Anfang des Jahres gesagt.«

»Und weiter?«

»Sie wollte unbedingt heiraten.«

»So viel zum Thema anhimmeln, nichts fordern und nichts erwarten!«, blaffte Weber ungehalten.

Paula ignorierte ihren aufgebrachten Kollegen. Eines verstand sie jedoch nicht: »Wusste sie denn nicht, dass Sie schon verheiratet sind?«

Dries schüttelte den Kopf.

»Wie lange ging das schon mit Chen Lu?«

»Drei Jahre.«

»Echt jetzt? Ihre Firma zieht um, und da suchen Sie sich sofort was fürs Bett?«

Thomas Dries zuckte förmlich unter Webers Worten zusammen.

»Und die kleine Chinesin gab sich all die Jahre zufrieden mit Anhimmeln und Auf-Sie-Warten?«

»Na ja, nicht ganz, wir haben uns letztes Jahr verlobt …«

Weber donnerte seine Faust auf den Tisch. Er sah aus, als ob er Thomas Dries genau diese Faust gleich ins Gesicht rammen wollte. Der lehnte sich auch schon mit Furcht im Blick so weit wie möglich in seinem Stuhl zurück, um dem zu entgehen. Doch Weber drehte sich dem drängenden Wunsch zum Trotz abrupt vom Tisch weg.

»Eine Verlobung ist ein Heiratsversprechen, das ist Ihnen doch klar?«, fragte Paula, nachdem sich die aufgeladene Stimmung etwas beruhigt hatte.

»Ich wollte Chen Lu doch nicht verlieren. Wenn ich ihr gesagt hätte, dass ich Frau und Kinder habe, hätte sie mich verlassen«, winselte Thomas Dries förmlich.

»Tsss«, zischte es aus der Ecke, in der Weber jetzt an die Wand gelehnt stand.

»Wie haben Sie auf ihre Schwangerschaft reagiert?«

»Ich habe dafür gesorgt, dass mein Einsatzbereich geändert wird und ich nur noch in Südamerika unterwegs bin.«

Lautes Schnauben war hinter Paula zu hören, aber Weber hielt sich tapfer zurück.

»Wie haben Sie das Chen Lu erklärt?«

»Gar nicht groß. Ich hab ihr gesagt, dass die Firma mich anderweitig braucht, und war von da an nicht mehr in China.«

Weber konnte nicht länger still zuhören. »Dann ist es ja wohl kein Wunder, dass die Frau eines Tages vor Ihrer Tür stand, um Sie an Ihr Kind und an Ihr Heiratsversprechen zu erinnern!«

»Ich sagte Ihnen doch schon, dass ich nichts davon weiß!«

Weber kam wieder bedrohlich näher. »Sie sagten der kleinen Chinesin auch, dass Sie sie heiraten werden. Außerdem belügen und betrügen Sie seit Jahren Ihre Frau – was denken Sie also, wie glaubwürdig Ihre Aussagen auf uns wirken?«

»Ich schwöre, ich wusste weder, dass Chen Lu im Land ist, noch habe ich sie gesehen!«

»Ihre Schwüre können Sie sich sonst wohin schieben«, polterte Weber. »Geben Sie es doch zu: Eines Tages stand Chen Lu, die Sie schon längst abgehakt hatten, vor Ihrer Tür und stellte Sie zur Rede. Sie haben sie daraufhin erschlagen und im Kirchgarten vergraben, wo es nicht auffiel, weil Ihr Vater und Sie dort seit Tagen herumgebuddelt hatten!«

»Nein, das habe ich nicht! Ich habe Chen Lu seit Februar nicht mehr gesehen«, beteuerte Thomas Dries lautstark.

»Alles Leugnen nützt Ihnen nichts, denn in Kürze werden wir wissen, dass es Ihre Fingerabdrücke sind, die Sie dummerweise auf den Müllsäcken hinterlassen haben. Außerdem wird gerade, während wir hier so nett plaudern, Ihr Haus von den Kollegen auf den Kopf gestellt. Wenn es dort etwas zu finden gibt, das Sie mit dem Tod von Chen Lu in Verbindung bringt, dann werden die es finden, das schwöre *ich* Ihnen!«

»Wo haben Sie das E605 her, das Sie Luzia Schillinger gestern Abend verabreicht haben?«, fragte Paula, bevor Weber total ausflippte. »Hatte Ihr Vater noch davon gebunkert?«

»Ach, das wollen Sie mir auch noch unterschieben?« Thomas Dries bedachte Paula mit einem überheblichen Lächeln. »Können Sie mir auch sagen, warum ich das hätte tun sollen? Mir fällt jedenfalls kein triftiger Grund dafür ein.«

»Uns schon«, sagte sie. »Wir denken, Luzia Schillinger hat gerade bei Ihnen geputzt, als Chen Lu vor der Tür stand. Das allein war noch nicht gefährlich für Sie. Als sich aber herausstellte, dass es sich bei der Leiche, die gefunden wurde, um eine Chinesin handelt, hätte sie Sie verraten können. Um das zu verhindern, haben Sie sie vergiftet. Pech für Sie, dass Sie dabei weniger Erfolg hatten als bei Chen Lu. Also haben Sie sich letzte Nacht auf die Intensivstation geschlichen, um Ihr Werk zu beenden. Und auch da hatten Sie Pech: erstens, weil ich Sie in der Klinik gesehen habe, und zweitens, weil Luzia Schillinger erneut überlebt hat. Das ist doch alles sehr schlüssig, finden Sie nicht auch?«

»Nein, nein, nein, ich habe mit alldem nichts zu tun. Nicht mit Luzis Vergiftung und schon gar nicht mit Chen Lus Tod, Sie müssen mir das glauben«, flehte Thomas Dries. Er hielt kurz inne, als ob ihm etwas eingefallen wäre, fügte dann aber beinahe winselnd hinzu: »Ich habe sie doch geliebt!«

»Ich muss hier raus, sonst vergesse ich mich«, sagte Weber und verließ türenknallend den Raum.

»Spielen Sie hier guter Bulle, böser Bulle?« Kaum war der vermeintlich böse Bulle nicht mehr da, wurde Thomas Dries wieder ganz mutig.

Paulas Handy klingelte. »Wir sind beide böse Bullen!«, herrschte sie Dries an und folgte Weber nach draußen.

»Ich will einen Anwalt!«, rief Thomas Dries ihr nach.

Weber lehnte mit geballten Fäusten und wütend zusammengekniffenen Lippen an der Wand.

»Alles gut bei dir?«, fragte Paula und zog das klingelnde Handy hervor. Das Display zeigte eine unbekannte Nummer. Sie würde gleich zurückrufen, zuerst wollte sie aber mit Weber sprechen.

Der hieb mit der flachen Hand gegen die Wand. »Dieser Drecksack, verbreitet überall seine verdammten Spermien, und wenn sie dann dummerweise keimen, macht er sich einfach aus dem Staub. Denkt wohl, sieben- oder achttausend Kilometer sind genug, um sicher vor Chen Lu zu sein. Das erzählt er auch noch mit einer Arroganz und Selbstverständlichkeit, als ob das ganz natürlich wäre und alle Männer das so machen. *Sie verstehen schon*, sagt dieser Drecksack zu mir und will mich so zu seinem Verbündeten machen! Wenn ich nicht rausgegangen wäre, hätte ich ihm seine blöde Fresse poliert.« Weber stopfte die Hände in die Jackentaschen und begann hektisch auf und ab zu gehen.

Paulas Handy klingelte erneut, was sie auch diesmal ignorierte.

Nach der dritten Wende blieb Weber abrupt stehen. »Willst du nicht rangehen?«, fragte er Paula, doch die schüttelte den Kopf. Das Handy verstummte endlich, und Weber nahm seinen Marsch wieder auf.

»Er beteuert nach wie vor, dass er nicht gewusst habe, dass Chen Lu ihm nachgereist ist, und dass er sie nicht getötet habe«, sagte Paula vorsichtig. »Und so jämmerlich, wie er da vor uns sitzt, möchte ich ihm fast glauben.«

Weber blieb erneut stehen und sah sie fassungslos an. »Das ist doch wohl nicht dein Ernst? Der Typ ist ein so guter Lügner, dass er jahrelang nicht aufgeflogen ist. Nicht mal seine Frau hat etwas gemerkt. Und dich hat er jetzt anscheinend auch noch umgarnt.« Er schnaubte verächtlich. »Ich sag's dir: Thomas Dries hat die Kleine getötet, als sie an seiner Tür klingelte und ihr Recht einfordern wollte. Ein gemeiner Mord, nur weil er seine angeblich nicht mal glückliche Ehe nicht gefährden wollte. Dann hat er sie in Müllsäcke gestopft und wie Müll entsorgt.«

Wieder klingelte das Telefon in Paulas Hand. Laut Display war es die Kriminaltechnik, deshalb meldete sie sich.

Sie lauschte kurz und beendete das Gespräch sofort wieder.

»Das war die KT, wir sollen in Dries' Haus kommen, sie haben was gefunden«, gab Paula die Information an Weber weiter. »Lass uns das gleich machen, eine kleine Pause wird uns beiden guttun. Wenn wir dann endlich etwas Stichhaltiges in der Hand haben, können wir uns den da drinnen so richtig vorknöpfen«, schlug sie vor und deutete mit dem Daumen auf die Tür zum Verhörraum hinter ihr.

***

Werner Dreißigacker strahlte, als Paula und Weber eine halbe Stunde später im Haus der Familie Dries ankamen. Stolz präsentierte er einen mittelgroßen hellrosa Rollkoffer, den er und seine Leute in der hintersten Ecke des Dachbodens gefunden hatten. Nichts deutete äußerlich darauf hin, wem dieses Gepäckstück gehörte.

»Ein Koffer, was ist damit?«, fragte Paula, obwohl sie ahnte, was es damit auf sich hatte.

»Das ist der Koffer unserer toten Chinesin«, sagte Dreißigacker.

»Es ist kein Namensanhänger dran. Wie kommen Sie darauf, dass er der Toten gehörte?« Weber streifte sich Einmalhandschuhe über, Paula tat es ihm gleich.

»Weil er randvoll mit neuwertigen Klamotten ist. Wer stopft denn neue Kleidung in einen Koffer und deponiert ihn dann unter dem Dach? Außerdem stecken die Brieftasche und das Flugticket dieser Chen Lu Dingsbums in einem Seitenfach. Den Inhalt haben wir noch nicht genau unter die Lupe genommen, aber die Fingerabdrücke auf der Außenseite sind schon gesichert. Sie können also gern selbst mal reinschauen.«

»Perfekt«, sagte Weber zufrieden. »Damit haben wir diesen Mistkerl endlich. Haben Sie sonst noch relevante Spuren gefunden?«

Dreißigacker verneinte. »Aber wir sind ja noch nicht ganz durch.«

Paula wunderte sich über die ungewöhnliche Ruhe im Haus. »Wo sind denn Frau Dries und die Kinder?«

»Die ist sofort mit den Kleinen abgedampft, als wir anrückten. Wollte wohl nicht miterleben, wie wir alles auseinandernehmen.«

Paula und Weber gingen mit dem Koffer hinaus auf die Terrasse und öffneten ihn.

Paula studierte das Flugticket. »Sie ist am 3. Mai in Frankfurt angekommen. Wäre das verliebte Ding doch bloß nie in diesen Flieger gestiegen.«

Weber durchsuchte das Mäppchen mit den Papieren. »Hier ist ihr Personalausweis.«

Gemeinsam betrachteten sie das Passbild und sahen zum ersten Mal, wie Chen Lu vor ihrem gewaltsamen Tod ausgesehen hatte: sehr hübsch, mit den für Asiaten typischen schräg stehenden Mandelaugen, und verdammt jung.

Auf einem weiteren Bild war sie lachend und Arm in Arm zusammen mit Thomas Dries zu sehen. Sie war viel kleiner als er gewesen und hatte den Kopf in den Nacken legen müssen, um ihn mit verliebtem Lächeln anhimmeln zu können.

»Hat keinerlei Ähnlichkeit mehr mit dem, was wir gefunden haben«, sagte Weber mit belegter Stimme.

Zuletzt holten sie den Inhalt des Koffers Stück für Stück heraus, begutachteten jedes Teil gründlich und legten alles auf dem Gartentisch ab: Kleidungsstücke und Unterwäsche, Größe S und XS, aber auch typische Schwangerschaftskleidung, zwei Paar Schuhe, Größe 35, alle made in China. Der Kulturbeutel enthielt durchweg chinesische Pflegeprodukte.

In einer Plastiktüte, die in einem der Seitenfächer gesteckt hatte, fanden sie weitere Kleidungsstücke: eine hellgelbe, weit geschnittene Bluse, einen Jeansrock mit Stretcheinsatz für den wachsenden Babybauch, einen Spitzen-BH und einen Slip – alles blutbefleckt, am schlimmsten hatte es die Bluse erwischt. Jetzt wussten sie sogar, was Chen Lu an ihrem Todestag angehabt hatte.

»Warum hat er das nicht längst entsorgt?«, wunderte sich Paula und schichtete bis auf die Tüte mit den blutigen Sachen alles wieder ordentlich zurück in den Koffer.

»Vielleicht wollte er ein Souvenir behalten? Das machen doch manche Täter so.«

»Von psychopathischen Serientätern weiß man das, aber dafür halte ich Thomas Dries ehrlich gesagt nicht«, sagte Paula und klappte den Deckel zu. »Bestimmt wollte er nur lange genug warten, bis Gras über die Sache gewachsen ist.«

»Er konnte ja nicht ahnen, dass ein Pudel das inzwischen darüber gewachsene Gras wieder wegbuddelt.«

»Kommen Sie mal? Wir haben Blutspuren gefunden.« Werner Dreißigackers weißer Overall raschelte bei jedem Schritt, als er vor ihnen her zur Küche ging.

»Wir übrigens auch«, sagte Paula und überreichte ihm die Tüte mit der blutigen Kleidung.

Auf dem Boden standen mehrere gelbe Nummernschildchen herum, die auf wichtige Spuren hinwiesen. Zu erkennen waren diese Spuren aber mit bloßem Auge nicht.

Paula wollte ihre Hoffnungen nicht zu hoch schrauben, denn in einer Küche konnte es mehrere Erklärungen für den einen oder anderen Blutspritzer geben. Hier wurde regelmäßig Fleisch bearbeitet – wenn es sich nicht zufällig um die Küche eines Vegetariers handelte –, und nicht zuletzt kam es gelegentlich zu Verletzungen durch scharfe Messer oder scharfkantige Deckel von Konservendosen. Sie konnte ein Lied davon singen. Als Werner Dreißigacker ihnen dann auch noch den bereits eingetüteten Fleischklopfer mit Holzgriff und schwerem Metallkopf als Beweismittel unter die Nase hielt, musste sie unwillkürlich an platt geklopfte Schnitzel denken.

Auch Weber kräuselte zweifelnd die Augenbrauen. »Kann das nicht auch Schweineblut sein?«

Dreißigacker nickte. »Kann es natürlich, aber sehen Sie sich die glatte Seite des Metallkopfes an.« Er drehte den Klopfer so, dass Paula und Weber besser sehen konnten, wovon er sprach. »Wenn Sie mich fragen, könnte diese Form mit den Kopfwunden der Toten übereinstimmen.«

Paula erinnerte sich an die leicht ovalen Verletzungen am Schädel. Ja, sie stimmte Dreißigacker zu, das konnte tatsächlich die Mordwaffe sein.

»Das ist noch nicht alles. Denn jetzt wird es erst richtig interessant: Hier auf dem Boden konnten wir Reste einer recht großen Blutlache feststellen. Da muss schon was Größeres geschlachtet worden sein, um so viel Blut zu bekommen. Oder eben ein Mensch schwer verletzt. An den unteren Küchenfronten sowie an einem Stuhlbein fanden wir zudem schlecht entfernte Blutspritzer. Sehen Sie selbst.« Er schloss zuerst die Türen zum Wohnzimmer und zur Diele, dann ließ er das Rollo herunter und tauchte so die Küche in Dunkelheit.

Sofort leuchteten ein großer Fleck auf dem Boden und viele kleine an den Flächen der Unterschränke und an besagtem Stuhl bläulich weiß auf. Sichtbar gemacht durch Chemolumineszenz, kurz gesagt Luminol, das die Kriminaltechniker hier zwecks der Spurenfindung versprüht hatten.

»Wow«, entfuhr es Paula.

»Ganz schön viel Blut, das sieht nach mehr als nach einem kleinen Schnitt in den Finger aus«, stellte Weber neben ihr treffend fest.

»Meine Rede.« Werner Dreißigacker zog das Rollo wieder nach oben. »Und wenn man bedenkt, dass Kopfwunden sehr stark bluten, bin ich mir ziemlich sicher, dass die kleine Chinesin hier ihren Tod gefunden hat. Der Täter hat netterweise ein paar Spritzer beim Putzen übersehen.« Er kippte den Stuhl und zeigte ihnen einige dunkle Flecken an der Unterseite der Sitzfläche, die auch ohne Luminol als Blut zu erkennen waren. »Besseres Material für eine DNA-Analyse kann ich mir gar nicht vorstellen. Ich würde mal sagen, wir haben den Tatort gefunden.«

»Da hat Maria Dries wochenlang nichts ahnend in einer Küche gearbeitet, in der eine Frau von ihrem eigenen Mann umgebracht wurde. Wer weiß, wie oft sie mit dem Fleischklopfer ihre Schnitzel geklopft hat. Das darf man sich gar nicht vorstellen«, sagte Paula.

Die Tür zur Diele wurde ein Stück geöffnet, und ein in eine Overallkapuze verpackter Kopf schob sich vorsichtig durch den Türspalt.

Dreißigacker öffnete sie ganz. »Komm ruhig rein, wir sind hier fertig.«

»Wir haben das E605 gefunden – war im Gartenhaus unter einem Stapel umgedrehter leerer Blumenkübel versteckt.«

»Das ist doch mal eine richtig ergiebige Hausdurchsuchung«, freute sich Dreißigacker.

»Wie geht es eigentlich Schwester Barbara?«, sagte Paula ohne jeglichen Zusammenhang.

Werner Dreißigacker errötete leicht. »Ihnen entgeht wohl gar nichts? Ähm, wie soll ich sagen … wir haben heute Abend beide frei«, druckste er verlegen herum, bis er es endlich ausspuckte: »Na ja, wir gehen zusammen was essen.«

Wusst ich's doch, dachte Paula zufrieden.

Eine Dreiviertelstunde später betraten Paula und Weber wieder den Verhörraum.

»Na endlich«, sagte Thomas Dries vorwurfsvoll. Er war in der Zwischenzeit aufgestanden und in dem beengten Raum herumgelaufen. »Ich dachte schon, Sie hätten mich hier vergessen.«

»Setzen Sie sich wieder hin«, befahl Weber, und Dries kam dem unverzüglich nach.

Paula legte demonstrativ die Beweismitteltüten mit dem Fleischklopfer, Chen Lus Brieftasche und dem Halbliterkanister mit dem E605 vor Thomas Dries auf den Tisch.

Dieser musterte die Dinge und zuckte mit den Schultern. »Was soll das? Ich kenne diese Sachen nicht.«

»Ach ja? Wie kommt es dann, dass wir sie in Ihrem Haus gefunden haben?« Weber deutete auf die Brieftasche. »Das sind Chen Lus Papiere, die wir in einem Koffer – und zwar in Chen Lus Koffer – auf Ihrem Dachboden gefunden haben. Da drin ist übrigens auch ein hübsches Foto von Ihnen.«

Thomas Dries verschränkte die Arme vor seiner Brust. »Ich weiß nicht, wie die dahin gekommen sind«, sagte er sehr ruhig. Für Paulas Geschmack zu ruhig.

»In dem Koffer war auch eine Tüte mit blutgetränkten Kleidungsstücken. Kleidungsstücke, von denen wir annehmen, dass Chen Lu sie getragen hat, als Sie sie erschlugen. Die Kriminaltechnik untersucht die Sachen gerade, und Sie wissen genauso so gut wie wir, dass diese Annahme in Kürze bestätigt wird.«

Weber machte eine Pause, in der Thomas Dries ihm ungerührt in die Augen sah.

»Des Weiteren haben wir hier einen Fleischklopfer. Der

stammt aus Ihrer Küche, mit Blutresten in der Rille zwischen Holzgriff und dem Metallkopf. Das hätten Sie um einiges gründlicher reinigen müssen, Herr Dries. Genauso wie Ihre Küche, überall waren noch Blutspritzer zu finden. Mag ja sein, dass Sie sich mit der Herstellung und Vermarktung von Medikamenten auskennen – vom Putzen haben Sie jedoch keine Ahnung.« Zuletzt hob Weber die Tüte mit dem Kanister hoch. »Und das ist das E605, mit dem Sie Luzia Schillinger zum Schweigen bringen wollten, wir haben es in Ihrem Gartenhaus gefunden.«

Thomas Dries schüttelte zum zigsten Mal den Kopf. »Ich weiß von alldem nichts. Da will mir jemand was anhängen.«

»Herr Dries, wir sind doch nicht in einem Fernsehkrimi, das hier ist die Realität. Die Beweise gegen Sie sind erdrückend, also gestehen Sie endlich!«

»Ich will einen Anwalt«, war alles, was Thomas Dries darauf sagte.

Paula legte ihr Handy auf den Tisch. »Bitte, rufen Sie ihn an.«

Thomas Dries' Stimme troff vor Hohn, als er zu ihr sagte: »Ich dachte, wir sind hier nicht in einem Film, wo jeder Verdächtige die Nummer seines Anwaltes auswendig weiß? Ich jedenfalls kenne keinen Anwalt, denn ich habe noch nie einen gebraucht.«

»Jetzt brauchen Sie aber auf jeden Fall einen sehr guten«, prophezeite Weber nicht minder höhnisch.

»Am besten rufen Sie Ihre Frau an und sagen ihr, dass sie sich darum kümmern soll«, schlug Paula vor.

Thomas Dries ergriff das Telefon und wählte. Paula konnte das Klingeln am anderen Ende der Leitung hören, doch keiner nahm ab. Thomas Dries unterbrach die Verbindung und wählte erneut. Wieder war nur das Freizeichen zu hören.

»Sie geht nicht ran, weder an ihr Handy noch ans Festnetz.« Er gab Paula resigniert das Telefon zurück.

Dieses begann kurz darauf in ihrer Hand zu klingeln. Sie kannte die Nummer nicht.

»Stern«, meldete sie sich und lauschte in den Hörer. Es war die Asklepios Klinik. »Wunderbar, wir kommen sofort«, sagte Paula und legte auf. »Luzia Schillinger ist wach und ansprechbar«, teilte sie Weber mit, der sie gespannt beobachtet hatte.

Er stand lässig auf und schob seinen Stuhl betont ordentlich an den Tisch. »Tja, Herr Dries, jetzt ist auch noch die einzige Belastungszeugin wieder bei Bewusstsein. Das sieht wirklich nicht gut für Sie aus.«

***

Paula und Weber fanden Luzia Schillingers Zimmer auf der normalen Station. Sie war gleich nach der Morgenvisite dorthin verlegt worden. Vor ihrer Tür saß der müde aussehende Polizeihauptmeister Robert Schuster.

»Sie Armer, Sie sind noch hier? Was ist denn mit Ihrer Ablösung?«, wunderte sich Paula.

Schuster rieb sich die Augen und sah auf seine Uhr. »Kommt in 'ner halben Stunde. War alles ruhig.«

Luzia Schillinger saß aufrecht an zwei dicke Kissen gelehnt in ihrem Bett. Ihre Augen blickten schon wieder sehr lebhaft in die Welt, und sie strahlte über das ganze Gesicht. Zur linken Seite des Bettes saß mit verkniffener Miene ihre Schwester Walburga, zur rechten Hans-Peter Maurer. Händchenhaltend, was wohl der Auslöser für Luzias Strahlen und gleichzeitig für die schlechte Laune ihrer älteren Schwester war.

»Frau Schillinger, schön, dass es Ihnen wieder so gut geht«, begrüßte Paula die alte Dame.

»Das ist aber nett, dass Sie mich besuchen.«

»Sie können sich sicher denken, dass wir noch ein paar Fragen an Sie haben. Natürlich nur, wenn Sie sich fit genug dafür fühlen.«

Luzia Schillinger winkte sie näher heran. »Jaja, mir geht es gut, kommen Sie nur.«

Hans-Peter Maurer erhob sich von seinem Stuhl. »Da störe ich nur. Ich gehe inzwischen runter zum Kiosk und besorge dir etwas zum Lesen.« Er küsste die Hand, die er noch immer hielt, galant, worauf Luzia Schillinger verschämt die Augen senkte.

»Liebe Walburga, begleiten Sie mich?«, wandte er sich an die säuerlich dreinblickende Schwester. »Wir könnten einen Kaffee zusammen trinken.«

Walburga Friedmann schien hin- und hergerissen zu sein. Schließlich stand sie widerstrebend auf und ging mit ihm nach draußen.

»Wissen Sie schon, wer mir das Gift gegeben hat?« Luzia Schillinger sah die beiden Kripobeamten gespannt an, fuhr aber, ohne ihnen eine Chance zu geben, darauf antworten zu können, gleich fort: »Walli hat mir erzählt, dass Sie heute Morgen den Thomas verhaftet haben. Warum das denn? Der tut doch keiner Fliege was zuleide. Den Anton haben Sie aber hoffentlich wieder entlassen?«

Eigentlich wollten wir die Fragen stellen, dachte Paula und setzte sich auf den Stuhl, der noch warm von Hans-Peter Maurers Hinterteil war.

»Anton Dries ist wieder daheim«, sagte Weber, um Luzia Schillingers Redeschwall einzudämmen. Er blieb in sicherem Abstand stehen, alte Frauen in geblümten Baumwollnachthemden fand er anscheinend nicht sonderlich anziehend.

»Wissen Sie inzwischen auch, dass die Tote aus dem Kirchgarten eine Chinesin ist?«, nutzte Paula den Moment, in dem Luzia Schillinger nichts sagte.

Diese nickte und sah sie aus großen Augen an.

Das irritierte Paula. Wenn sie Chen Lu bei Thomas Dries gesehen hatte, müsste sie doch jetzt reagieren.

»Eine Chinesin, Frau Schillinger, haben Sie die zufällig im Haus der Familie Dries gesehen?«, wurde Paula deutlicher.

Die alte Dame überlegte, verneinte dann aber. »Wie kommen Sie denn darauf, dass ausgerechnet ich diese Chinesin gesehen haben soll?«

Paula wechselte fragende Blicke mit Weber. Wenn Luzia Schillinger Chen Lu gar nicht gesehen hatte, dann fiel sie als Zeugin gegen Thomas Dries weg. Aber warum hatte er sie dann töten wollen? Plötzlich ergab alles, was gerade noch so gut zusammengepasst hatte, keinen Sinn mehr. Paula fürchtete, dass sie mit ihren Ermittlungen erneut in eine Sackgasse geraten waren.

»Moment mal«, sagte Luzia Schillinger und griff sich an die Stirn. »Eine Chinesin war das? Ich dachte, sie wäre Japanerin … Aber jetzt, wo Sie das sagen … dann war es vielleicht doch eine Chinesin. Den Unterschied kenne ich wohl nicht so gut.«

Paula fiel ein Stein vom Herzen. Ihr Puzzle passte also doch zusammen.

Auch Weber atmete erleichtert auf. Er zog den freien Stuhl zu sich heran, setzte sich rittlings darauf und verschränkte die Arme auf der Lehne.

»Wir gehen davon aus, dass Thomas Weber diese Frau getötet hat und dass er derjenige ist, der Ihnen das E605 verabreicht hat, damit Sie nicht als Zeugin gegen ihn aussagen können«, erklärte Paula den Sachverhalt.

»Warum sollte denn der Thomas diese Frau getötet haben? Das verstehe ich nicht. Und mich soll er auch töten haben wollen? Warum denn der Thomas? Der war an dem Tag, als die chinesische Frau vor der Tür stand, doch gar nicht da.« Luzia Schillinger klang entrüstet. »Der war für zwei Tage in seiner Firma in Frankfurt. Maria hatte sich noch aufgeregt, dass er nicht mal während seines Urlaubs von seinem Chef in Ruhe gelassen wurde.«

Dann erzählte sie ihnen, dass sie wie immer um zehn Uhr zum Putzen da gewesen sei. Dass sie kurz nach vierzehn Uhr fertig war und als sie gerade zur Haustür hinauswollte, diese »chinesische Frau« dagestanden hatte. Sie, Luzia Schillinger, sei dann gegangen, und Maria Dries hätte die Frau hereingebeten.

»Maria Dries?«, entfuhr es Paula verdutzt. Ihre Gedanken überschlugen sich. War es möglich, dass Maria Dries und nicht ihr Mann Chen Lu erschlagen hatte?

Bevor sie jedoch alle bisher herausgefundenen Fakten mit der neuen Sachlage gedanklich in Einklang bringen konnte, sprang Weber von seinem Stuhl auf und rief: »Verdammt, das passt! Entschuldigen Sie uns, wir müssen los!« Und schon war er zur Tür hinaus.

»Sie haben uns sehr geholfen, Frau Schillinger«, sagte Paula hastig zu der verdatterten Frau und folgte Weber grußlos nach draußen. Sie holte ihn erst auf dem Parkplatz ein.

»So ein Mist! Warum haben wir diese Möglichkeit nie in Betracht gezogen?«, schimpfte Weber, als er die Fahrertür aufriss.

»Weil man einer Hochschwangeren, noch dazu einer Mutter von drei kleinen Kindern, keinen Mord zutraut«, sagte Paula. Sie persönlich hätte jedenfalls nicht im Traum an diese Möglichkeit gedacht.

»Genau das war unser Denkfehler, denn als Chen Lu getötet wurde, war Maria Dries noch nicht hochschwanger. Wir hätten sie eigentlich von dem Zeitpunkt an zu den Verdächtigen zählen müssen, seit wir wussten, dass das Kind im Bauch der Toten das Kind ihres Mannes war.«

»Es gab aber doch keine Fingerabdrücke, die sie mit dem Mord in Verbindung gebracht haben«, führte Paula als schwache Erklärung für dieses Fehldenken ins Feld.

»Von ihrem Mann bis vor Kurzem auch nicht.« Weber startete den Motor und fuhr los.

»Aber seine DNA im Fötus.«

Weber schnaubte abfällig. »Wir hätten nur für einen Moment diese blöde DNA außer Acht lassen und uns über die Situation in dieser Ehe Gedanken machen müssen, dann wären wir automatisch auf Maria Dries als mögliche Täterin gekommen. Denn dann hätten wir uns unweigerlich gefragt, was sie wohl getan hätte, wenn plötzlich die schwangere Geliebte ihres Mannes vor ihr gestanden hätte, und dann hätten wir uns sehr wohl vorstellen können, dass sie Chen Lu erschlagen haben könnte.«

Was ja laut Luzia Schillinger tatsächlich so gewesen sein muss, dachte Paula. Den Gedanken, dass die Kinder etwas von dem Mord mitbekommen haben könnten, schob sie jedoch weit von sich.

»Alles Weitere wäre dann ganz logisch gewesen: Maria Dries wusste, dass ihr Mann und sein Vater im Kirchgarten gearbeitet hatten, sie musste nur auf den richtigen Moment warten und sich eine geeignete Stelle für Chen Lus Leiche aussuchen. Als

Schwiegertochter eines Gärtners weiß sie, wo der seine Pestizide aufbewahrt. Auch die Tatsache, dass sie beim Ausschenken half, als Luzia Schillinger vergiftet wurde, hätte uns hellhörig machen müssen. Und zuletzt war zu dem Zeitpunkt, als der zweite Mordversuch an Luzia Schillinger begangen wurde, nicht nur ihr Mann, sondern auch sie im Krankenhaus. Himmel, das lag alles klar und deutlich vor uns, und wir haben es nicht gesehen!«

Paula konnte Webers Selbstvorwürfen nichts entgegensetzen, grundsätzlich waren die berechtigt. Allerdings war er stets seiner Sache in Bezug auf die beiden Dries-Männer so sicher gewesen und nie auch nur einen Zentimeter von seiner Meinung abgewichen.

Immerhin konnte sich Paula zugutehalten, dass sie Anton Dries – im Gegensatz zu Weber – sehr früh für unschuldig gehalten hatte. Und auch Thomas Dries hatte sie eigentlich all seine Beteuerungen abgekauft, dass er mit Chen Lus Tod nichts zu tun habe. Aber das sagte sie natürlich nicht laut, sie wollte Webers schlechte Laune nicht noch schlechter machen.

Was seine Stimmung auch nicht besser werden ließ, war die Schranke am Bahnübergang am Ende der Hauptstraße, die sich drei Autos vor ihnen herabsenkte.

»Mist, verdammter!«, schimpfte er und trommelte ungeduldig mit den Fingern auf dem Lenkrad herum.

»Was meinst du, wo Maria ist?«, fragte Paula.

»Nach Hause kann sie nicht, die Eingänge sind versiegelt. Vielleicht bei ihrem Schwiegervater?«

Paula dachte nach. »Glaub ich nicht«, sagte sie schließlich kopfschüttelnd. »Ihr muss doch klar sein, dass die Spurensicherung belastendes Beweismaterial gefunden hat. Nein, ich glaube, dass sie versucht, irgendwo unterzutauchen, wo man sie nicht findet.«

»Mit den Kindern?«

»Keine Ahnung«, sagte Paula. »Mein Bauchgefühl sagt, dass wir dennoch zuerst zu ihrem Haus fahren sollten.«

Weber sah sie aus spöttisch blitzenden Augen an. »Dein Bauchgefühl sagt dir das also?«

»Ja, mein Bauchgefühl.« Paula hielt seinem Blick stand. »Vielleicht ist sie zurückgekommen, um das Nötigste zu holen, Geld, Papiere, Kleidung … ich würde das jedenfalls so machen.«

Das Klingeln ihres Handys bewahrte Paula davor, weiter von Weber verspottet zu werden. Es war die Kriminaltechnik, wie ihr das Display verriet. Paula meldete sich und aktivierte die Mithörfunktion. Sie hielt das Telefon zwischen sich und Weber.

»Frau Stern, wir haben jetzt alle Fingerabdrücke aus dem Haus der Familie Dries überprüft, und die Ergebnisse sind mehr als erstaunlich«, erklang Werner Dreißigackers Stimme.

»Die Abdrücke auf den Müllsäcken, dem Koffer und den Krankenhausapparaturen sind *nicht* die von Thomas Dries«, kam ihm Paula zuvor.

Dreißigacker hielt kurz inne. »Stimmt genau«, sagte er überrascht. »Woher wissen Sie das? Hat Sie etwa schon jemand anderes aus der Abteilung unterrichtet?«

Paula verneinte. »Als Nächstes erzählen Sie uns jetzt sicherlich, dass es die Abdrücke von Maria Dries sind.«

»Das wissen Sie auch schon? Sie können einem aber auch den ganzen Spaß verderben.«

»Nicht traurig sein, lieber Herr Dreißigacker. Wussten Sie denn nicht, dass Sie es mit extrem genialen Ermittlern zu tun haben? Aber jetzt mal im Ernst: Wir kommen gerade aus dem Krankenhaus, wo wir endlich mit Luzia Schillinger sprechen konnten. Sie hat uns erzählt, dass sie Maria Dries und Chen Lu zusammen gesehen hat. Wir sind gerade unterwegs, um Maria zu suchen und zu verhaften.«

»Dann kann ich ja jetzt beruhigt Feierabend machen«, brummte Dreißigacker am anderen Ende der Leitung hörbar zufrieden.

»Das haben Sie sich redlich verdient«, sagte Paula versöhnlich. »Ach, bevor ich's vergesse: ein erfolgreiches erstes Date heute Abend! Grüßen Sie Schwester Barbara recht herzlich von uns.«

»Sag Sonne Bescheid«, sagte Weber, als sie das Gespräch beendet hatte. »Er soll Thomas Dries laufen lassen und den Haftbefehl für Maria Dries anfordern. Und uns Verstärkung schicken.«

»Verstärkung? Meinst du, wir schaffen das nicht allein?«, fragte Paula, während sie wählte. Ihrer Meinung nach würden sie mit einer hochschwangeren Frau gut zu zweit fertigwerden.

»Ich will jetzt keine bösen Überraschungen mehr erleben und deshalb einfach auf Nummer sicher gehen.«

Wenige Minuten später hielten Paula und Weber vor Thomas Dries' Haus. Schon von der Straße aus konnten sie sehen, dass das Sicherheitssiegel der Polizei an der Haustür beschädigt worden war. Jemand war in das Haus eingedrungen.

»Ob sie drin ist?«, raunte Weber Paula zu und zog seine Walther P99.

Paula betrachtete die Waffe skeptisch. »Übertreibst du nicht ein bisschen?«

»Die Frau hat jemanden erschlagen und zudem versucht, jemanden zu vergiften – also nein, ich glaube nicht, dass ich übertreibe.«

Paula folgte seinem Beispiel und zückte ihre Walther P5. »Auf die Verstärkung willst du aber nicht warten?«

»*So* gefährlich wird sie ja nun doch nicht sein.« Weber ging auf das Haus zu. »Ich versuche, vorn reinzukommen, du sicherst die Terrassentür hinten.«

»Du willst doch nicht etwa noch eine Haustür eintreten? Sonne wird dir wegen der Kosten den Arsch aufreißen«, mahnte Paula und blieb zögernd neben Weber stehen. »Insbesondere, wenn Maria Dries nicht im Haus sein sollte.«

»Das riskier ich.«

»Warte.« Paula sah sich kurz um und kippte dann einen großen hellgrauen Stein neben einer Pflanzschale zur Seite. Darin wurde eine Aussparung sichtbar, in der sich ein Schlüssel befand. Sie bückte sich danach und hielt ihn ihrem Kollegen vor die Nase. »Probier's doch erst mal damit, bevor du dir die Schulter auskugelst.«

»Woher wusstest du …?« Weber nahm staunend den Schlüssel und steckte ihn ins Schloss.

»Meine Eltern hatten früher auch so einen Stein, falls mal eine von uns ihren Schlüssel vergessen sollte – was wir auch ständig taten.« Paula hielt derartige Schlüsselverstecke jedoch nicht für sinnvoll, denn es gab bestimmt keinen Einbrecher, der sie nicht auch kannte.

Weber legte seinen linken Zeigefinger auf ihre Lippen und gab ihr mit der Pistole ungeduldig ein Zeichen, sie möge endlich nach hinten in den Garten verschwinden.

Paula ging auf einem schmalen, mit Waschbetonplatten belegten Weg am Haus entlang nach hinten. Sie glaubte nicht, dass Maria Dries noch hier war, aber Vorsicht war ja bekanntlich die Mutter der Porzellankiste.

Sie bezog Posten neben der Terrassentür und sah von dort aus vorsichtig ins Wohnzimmer. Nach einer endlos lang erscheinenden Zeit sah sie Weber vorsichtig von der Küche aus ins Zimmer treten und sich lehrbuchmäßig umsehen. Mit raschen Schritten war er an der Tür und ließ sie herein.

»Hier unten ist niemand. Ich gehe jetzt nach oben«, flüsterte er ihr zu und war schon auf dem Weg in die Diele.

Paula folgte ihm leise. Während er so geräuschlos wie möglich die Treppe in den ersten Stock hochging, richtete sie ihre Schritte in Richtung Keller.

Als sie sich Minuten später wieder im Erdgeschoss trafen, war klar, dass Maria Dries nicht im Haus war.

»So wie es oben aussieht, war sie tatsächlich hier und hat in aller Eile ein paar Sachen eingepackt«, sagte Weber.

In diesem Moment hörten sie, wie der Schlüssel, den Weber hatte stecken lassen, im Schloss betätigt wurde. Automatisch drehten sich die beiden zur Tür um, mit ihnen ihre Dienstpistolen, in deren Läufe ein zutiefst erschrockener Thomas Dries blickte.

»Was in aller Welt …«, setzte er an, schwieg dann aber.

Sie sicherten ihre Waffen und steckten sie zurück in die Schulterhalfter unter den Jacken.

»Wir suchen Ihre Frau«, sagte Weber, als ob das eine Erklärung für die einsatzbereiten Pistolen war.

»Vielleicht ist sie ja drüben bei meinem Vater?«

»Das glauben wir eher nicht, Herr Dries, denn wir sind uns sicher, dass sie die Mörderin Ihrer Geliebten ist. Sie wird also bestimmt nicht irgendwo in aller Ruhe bei einer Tasse Kaffee und einem netten Pläuschchen sitzen.«

Thomas Dries ließ die Schultern sinken, als ob auf einmal alle Kraft aus ihm gewichen sei. Erstaunt schien er aber nicht zu sein.

Die Beamten Becker und Berger drängten hinter ihm ins Haus.

»Sie hawwe Verschdärkung aa'gfordert?«, erkundigte sich Hans Becker.

»Lassen Sie eine Fahndung an alle Kollegen rausgeben, Becker, und zwar für Maria Dries, circa eins siebzig groß, brünett, mit halblangen Haaren und hochschwanger. Eventuell hat sie drei kleine Kinder dabei«, ordnete Weber an. Zu Thomas Dries gewandt sagte er: »Könnten Sie in der Garage nachsehen, ob sie mit dem Auto unterwegs ist?«

Paula bezweifelte zwar, dass sich eine Flüchtige die Zeit genommen hätte, nach dem Herausfahren das Garagentor wieder ordentlich zu schließen, sagte aber nichts.

»Der Arzt hat ihr schon vor Wochen das Autofahren verboten …«, wandte Thomas Dries ein.

»Glauben Sie im Ernst, dass Ihre Frau sich an so ein blödes Verbot hält, wenn sie schnell flüchten will?«

»Wohl eher nicht«, sagte Thomas Dries resigniert und ging mit seinem Schlüsselbund nach draußen. Auch wenn Paula sich nicht vorstellen konnte, dass Maria Dries mit ihrem gigantischen Bauch überhaupt hinter das Lenkrad gepasst hätte, folgte sie ihm zusammen mit den anderen vor das Haus und konnte sich so persönlich davon überzeugen, dass der Familienkombi in der Garage stand.

Weber sah auf seine Uhr. »Was meinst du, wann sind wir hier vorhin von Dreißigacker weggefahren?«, fragte er Paula.

»Gegen zwölf, schätze ich mal. Warum?«

»Dreißigacker und sein Team waren noch da, als wir gingen – sagen wir, die haben eine halbe Stunde nach uns das Feld geräumt, also um halb eins. Jetzt ist es kurz nach drei, Maria Dries hat also etwa zweieinhalb Stunden Vorsprung – höchstens. Zu Fuß kann sie in ihrem Zustand also nicht weit gekommen sein.«

»Es gebbt hier awwer en Bahnhof«, belehrte ihn Becker eines Besseren. »Die Linie geht vun do bis noch Weißebursch.«

»Also dann, Becker, geben Sie Meldung an unsere Kollegen, an die Bahnpolizei und an die Kollegen in Frankreich raus. Und vergessen Sie nicht die Krankenhäuser – jede Zwillingsentbindung seit heute Mittag soll uns umgehend gemeldet werden. Gut möglich, dass die Flucht von Frau Dries dank der Aufregung schon ihr Ende in einem Kreißsaal gefunden hat.«

»Überprüfen Sie auch die Taxiunternehmen«, ordnete Paula an, es gab schließlich noch andere Mittel und Wege, von A nach B zu kommen.

Becker eilte zum Dienstwagen, um über Funk alles zu veranlassen.

Paula nahm Thomas Dries am Oberarm und führte ihn ins Haus. Im Wohnzimmer drückte sie ihn auf die Couch und setzte sich ihm gegenüber. »Sie waren nicht überrascht, als wir eben sagten, dass Ihre Frau die Mörderin von Chen Lu ist. Sie wussten es also, nicht wahr?«

Thomas Dries sah Paula leidend an und nickte.

»Seit wann?«

»Seit dem Verhör heute Morgen«, sagte er kaum hörbar und knetete dabei nervös seine Hände. »Als Sie mir aufzählten, was ich Ihrer Meinung nach alles getan haben sollte. Da ich ja ganz genau wusste, dass ich weder mit Chen Lus Tod noch mit dem Angriff auf Luzi etwas zu tun hatte, blieb nur ein Mensch aus meinem Umfeld übrig, der die gleichen Voraussetzungen hatte wie ich, um diese Taten zu begehen, und zugleich ein Motiv – und das ist meine Frau.«

Paula konnte sich gut an einen Moment während des Verhörs erinnern, als Dries kurz innegehalten und überlegt hatte. Minuten später hatte Weber wutschnaubend den Verhörraum verlassen. Genau da musste Dries klar geworden sein, dass seine Frau seine Geliebte auf dem Gewissen hatte.

»Wo könnte Sie sein, Herr Dries? Hat Sie Freundinnen, bei

denen sie Unterschlupf gefunden haben könnte? Familie?«, fragte sie.

»Das schon, aber sie weiß doch sicherlich, dass Sie dort zuerst suchen würden.«

Paula nahm ihr Notizbuch aus der Jacke und legte es aufgeklappt auf den Couchtisch. Weber steuerte wortlos einen Kugelschreiber bei.

»Schreiben Sie uns die Adressen auf, damit wir das überprüfen können«, forderte sie Thomas Dries auf.

Er kritzelte hastig fünf Namen mitsamt den Adressen auf eine leere Seite. Weber riss die Seite aus und ging hinaus, um über Funk die Überprüfung der aufgelisteten Personen zu veranlassen.

Paula sah Thomas Dries eindringlich an. »Wo würden *Sie* Ihre Frau suchen? Hat sie Lieblingsplätze?«

Er saß da wie das personifizierte Elend und hob nur hilflos die Schultern.

»Herr Dries, wir wollen Ihre Frau so schnell wie möglich finden, damit ihr und den Zwillingen nichts passiert«, redete Paula ihm gut zu.

Thomas Dries nickte wortlos.

Weber kam zu ihnen ins Zimmer. »So, die Fahndung läuft. Außerdem gehen ein paar Beamte von Haus zu Haus, um zu fragen, ob jemand Ihre Frau gesehen oder ob sie jemand mit dem Auto mitgenommen hat.«

»Ich kann mir nicht vorstellen, dass sie alle drei Kinder dabeihat«, überlegte Paula laut. »Könnte sie die beiden größeren vielleicht im Kindergarten untergebracht haben?«

»Das ›Abenteuerland‹ hat im Moment zu – Sommerferien.« Thomas Dries lehnte sich in die Couch zurück und rieb sich die geröteten Augen. »Mein Leben ist vorbei«, sagte er, und es klang zutiefst verzweifelt, als ob ihm gerade erst die Schwere seines Schicksals klar geworden wäre. »Meine Frau wandert hinter Gitter, und ich stehe allein mit fünf Kindern da. Können Sie mir verraten, wie ich das schaffen soll?«

Das konnte Paula nicht. Im Moment wusste sie ja noch nicht einmal, wie sie es selbst mit einem einzigen Kind schaffen sollte.

Sie konnte sich nicht vorstellen, dass dieser Mann wirklich geglaubt hatte, er könne ewig so weitermachen, ohne dass sein Fremdgehen eines schönen Tages herauskäme.

»Vielleicht ist sie bei ihrer Mutter in Winden«, sagte er unvermittelt. »Die würde ihr sicherlich helfen.«

Weber ging hinaus in die Diele und kam mit dem schnurlosen Telefon zurück. »Rufen Sie dort an«, befahl er.

Thomas Dries nahm den Hörer entgegen und tippte eine Telefonnummer ein.

»Wir wollen mithören«, forderte Weber, woraufhin Thomas Dries die Lautsprechertaste drückte.

»Burkard«, meldete sich eine weibliche Stimme, begleitet von Kindergebrüll.

»Hallo, Mutter, ich bin's, Thomas.«

»Thomas!« Es klang wie ein Hilfeschrei. Ein in eine andere Richtung gerufenes »Pscht, seid doch mal ruhig, Kinder, ich kann ja kein Wort verstehen!« brachte etwas Ruhe in den Hintergrund. »Endlich rufst du an. Wie geht es Maria? Sind meine Enkelchen schon da?«, fragte die Schwiegermutter.

Eine hohe Kinderstimme krähte in den Apparat, woraus Paula schloss, dass zumindest die Kinder bei Marias Mutter waren.

»Was? Ist Maria nicht bei dir?«, fragte Thomas Dries, nachdem seine Schwiegermutter nach kurzer Diskussion mit dem Knirps die Herrschaft über das Telefon wiedererlangt hatte.

»Thomas, was soll die Frage? Natürlich ist sie nicht hier«, kam es verunsichert aus dem Lautsprecher. »Maria hat mich vor gut zwei Stunden angerufen, dass ich die Kinder bei ihr abholen soll, weil die Wehen eingesetzt haben. Ich bin natürlich sofort rübergefahren. Sie stand mit ihrem Klinikkoffer bereit und wartete auf das Taxi, das sie in die Klinik bringen sollte. Du würdest nachkommen, hat sie gesagt. Und jetzt fragst du mich, wo sie ist? Junge, was ist denn bloß los bei euch? Bist du nicht bei ihr im Krankenhaus?« Die Stimme der Schwiegermutter hatte einen anklagenden Ton angenommen. »Habt ihr euch etwa gestritten?«

»Nein, nein, alles gut, mach dir keine Sorgen, Mutter. Ich hab da wohl was falsch verstanden, ich dachte, sie wäre bei dir. Ich fahre sofort in die Klinik und melde mich, wenn's was Neues gibt«, log Thomas Dries und beendete das Gespräch. Noch bevor er das Telefon wieder auf dem Tisch abgelegt hatte, erklang ein schriller Klingelton.

»Meine Schwiegermutter«, sagte Thomas Dries nach einem Blick auf das Display. »Sie hat mir die Geschichte wohl nicht abgekauft.« Er ignorierte den Anruf.

Nachdem das Telefon nach kurzen Wählpausen wieder und wieder klingelte, öffnete er das Fach für die Akkus und nahm sie heraus. Sofort trat angenehme Stille ein.

Die wurde jedoch von dem hereinstürzenden Hartmut Berger unterbrochen.

»Frau Schdern, Frau Schdern«, sagte er und rang mit hochrotem Kopf nach Atem.

Erwartungsvoll sprang Paula von der Couch auf. »Haben Sie sie gefunden?«

»Evenduell«, japste Berger. »Sie soll'n schnellschdenst kummen, e poor Leit hän jemand schreie höre. Es soll sich debei um e Frää handle. Soll sich nit guud aahöre.« Berger atmete tief ein und aus.

Weber war ebenfalls aufgestanden. »Wo? Weiß man, wer die Frau ist?«, fragte er.

»Im Kerchturm – wer es isch, wääß känner!«

Konnte es Maria Dries sein? Paula zweifelte daran. Wäre es nicht unsinnig, sich in einem Kirchturm zu verstecken, noch dazu im eigenen Ort und dann auch noch so kurz vor der Entbindung? Oder wollte sie sich am Ende das Leben nehmen, indem sie sich von dem Turm hinunterstürzte?

»Welche Kirche?«, raunzte Weber.

Berger schien nicht recht zu wissen, was Weber meinte.

»Gebt's do noch e anneri Kerch wie die, wo mer die Leich g'funne hän?«

Paula war schon unterwegs. Mit ein paar Schritten war sie aus dem Wohnzimmer und durch die Diele hinaus, sprang die drei Stufen vor dem Eingang hinunter und spurtete die Herrengasse – vorbei an der anderen, der katholischen Kirche – in Richtung historische Kirche entlang. Keine drei Minuten später kam sie am Kirchturm an, Weber war ihr dicht auf den Fersen gefolgt.

Etwa zwanzig Personen standen um den Glockenturm herum, unter ihnen auch Hans Becker. Allesamt hatten sie die Köpfe in den Nacken gelegt und sahen starr zur Spitze des Turmes hinauf.

Paula und Weber taten es ihnen gleich.

Mit einem Blick erkannte Paula, dass niemand aus oder von dem Turm springen konnte, denn die wenigen Fenster waren dafür zu klein – insbesondere für eine Schwangere auf der Zielgeraden.

Die Turmuhr zeigte kurz vor vier Uhr an. Bis auf ein paar zwitschernde Vögel und drei Krähen, die krächzend um die Turmspitze flogen und einen Falken attackierten, war nichts zu hören.

»Sind Sie sicher …«, setzte sie gerade zu der Frage an, ob sich tatsächlich jemand in dem Turm befand, als aus der Höhe ein lang gezogener Schrei ertönte, der nach großen Schmerzen klang.

»Ich geh rein«, sagte Paula zu Weber, nachdem es wieder still geworden war.

»Soll nicht lieber ich …?« Weber verstummte, als Paula ihre Jacke auszog, ihre Waffe aus dem Halfter nahm und ihm beides in die Hand drückte.

»Vielleicht brauchst du die aber«, mahnte er.

»Ich schieße nicht auf Schwangere«, sagte Paula. Sie war sich jetzt sicher, dass es Maria Dries war, die da oben im Turm in den Wehen lag. »Ruf einen Krankenwagen und lass die Fahndung einstellen.«

Entschlossen näherte sie sich der kleinen Tür am Fuße des Glockenturmes. Sie war nicht verschlossen und ließ sich mit leisem Quietschen öffnen.

Paula sah in einen kleinen staubigen Raum mit einer sehr schmalen, sehr steilen Holztreppe. Als sie einen Fuß auf die unterste Stufe setzte, schlug das Geläut hoch über ihr vier Uhr. Kaum waren die Glocken verstummt, hob über ihr erneutes Schreien an.

Paula ging vorsichtig Stufe für Stufe nach oben, tunlichst bemüht, nicht mit den dicht gewobenen Spinnweben, die hier überall hingen, in Berührung zu kommen. Sie mochte sich lieber nicht ausmalen, wie dick und groß die Spinnenviecher waren, die derartig riesige Gespinste gebaut hatten.

Die Luft war heiß und trocken. Es roch nach altem Gemäuer und uraltem Staub, der aufgewirbelt in den wenigen Lichtstrahlen schwebte, die sich durch die verdreckten Scheiben hereinkämpften.

»Frau Dries?«, rief Paula auf etwa halber Höhe nach oben. Es war wieder still geworden, nur das Surren von ein paar Fliegen war zu hören. »Hier ist Oberkommissarin Stern, ich will Ihnen helfen.«

»Verschwinden Sie!«, kreischte es hysterisch über ihr.

Es klang näher, als Paula gedacht hatte. Und es war definitiv Maria Dries.

»Seien Sie doch vernünftig, Frau Dries, und kommen Sie mit mir nach unten. Oder wollen Sie Ihre Kinder in diesem dreckigen Turm zur Welt bringen?«

Als Antwort bekam sie ein gequältes Stöhnen, das sich jedoch mehr nach einem Tier als nach einem menschlichen Wesen anhörte.

Paula vermutete, dass die Entbindung kurz bevorstand und dass sie womöglich Geburtshelferin spielen musste, falls die Sanitäter nicht rechtzeitig kamen. Eine Rolle, der sie sich eindeutig nicht gewachsen fühlte. Plötzlich wünschte sie, sie hätte Weber hier hochgehen lassen.

Nach ein paar Stufen betrat Paula eine Art Podest, von dem aus sie in ein kleines Kämmerchen sehen konnte – der ehemalige Glöcknerraum, von dem aus früher mittels eines Seiles die Glocken geläutet wurden.

Hier saß jetzt aber kein Glöckner, der auf seinen Einsatz wartete, sondern direkt auf dem harten, dreckigen Boden eine schweißüberströmte Maria Dries, die sich mit schmerzverzerrtem Gesicht den Bauch hielt. Sie lehnte mit dem Rücken an der Wand und atmete schwer. Zwischen ihren gespreizten Beinen hatte sich ein großer feuchter Fleck in den Staub auf den groben Holzdielen gefressen. Die Fruchtblase war geplatzt.

Paula wusste, was das bedeutete: Die Babys konnten jede Minute kommen.

»Versuchen Sie aufzustehen, Frau Dries.« Paula beugte sich zu ihr hinunter und streckte ihr die Hände entgegen. »Ich helfe Ihnen, die paar Stufen nach unten schaffen wir zusammen. Der Krankenwagen ist gleich da.«

Maria Dries machte Anstalten, ihre Hände in Paulas zu legen, zuckte dann aber unter den Schmerzen der nächsten Wehe zurück.

»Ich kann nicht«, presste sie hervor. Als die Schmerzwelle vorüber war, fügte sie höhnisch hinzu: »Sie lügen. Sie wollen mir gar nicht helfen, Sie wollen mich verhaften. Sie sind genauso verlogen wie mein Mann!« Hasserfüllt starrte sie Paula an. »Dieses Schwein hatte fast drei Jahre eine Geliebte, können Sie sich das vorstellen? Drei Jahre! Und mir hat er immer den treu sorgenden Ehemann und Vater vorgespielt und einen Balg nach dem anderen gemacht. Aber das wissen Sie ja alles schon, sonst wären Sie nicht hier.«

»Wir müssen nach unten gehen, Frau Dries«, sagte Paula so sanft wie möglich, aber mit Nachdruck.

Maria Dries hörte gar nicht zu. »Da stand dann eines Tages sein chinesisches Liebchen vor der Tür, schwanger noch dazu. Im gleichen Monat wie ich, er hat uns gleichzeitig geschwängert, dieser Mistkerl.« Sie setzte sich ächzend in eine andere Position. »Diese schlitzäugige Tussi saß in *meiner* Küche und erzählte mir das strahlend! Sie dachte tatsächlich, ich wäre Thomas' Schwester. Als sie dann auch noch sagte, dass sie und Thomas verlobt seien, dass sie heiraten würden, bin ich durchgedreht. Ich nahm den Fleischklopfer, mit dem ich mittags die Schnitzel geklopft hatte, und schlug zu. Das dumme Ding hat nie erfahren, dass Thomas schon verheiratet ist.«

Die nächste Wehe ließ Maria Dries verstummen und nun doch hilfesuchend nach einer von Paulas Händen greifen, aber nur, um sie so fest zu quetschen, dass Paula sich zusammenreißen musste, um nicht auch zu schreien.

Direkt über ihnen schlug eine kleinere Glocke die Viertelstunde. Paula rechnete nach: Seit dem Betreten des Turmes und dem Vier-Uhr-Läuten hatte Maria Dries drei Wehen gehabt, was bedeutete, dass diese derzeit in einem Abstand von etwa fünf Minuten kamen. Ihr war klar, dass es höchste Zeit war, den Weg nach unten einzuschlagen.

Aber Maria Dries blieb einfach sitzen.

»Ihr Mann hatte Chen Lu zu diesem Zeitpunkt schon verlassen«, sagte Paula, um die Frau zu besänftigen. »Er wollte sich zu keinem Zeitpunkt von seiner Familie lossagen. Wir sollten jetzt wirklich nach unten gehen.«

»Chen Lu hieß sie also. Chen Lu …« Es klang, als ob sich Maria Dries den Namen auf der Zunge zergehen lassen wollte, was Paula ansonsten noch gesagt hatte, interessierte sie offenbar nicht. »Er hat mich jahrelang betrogen, hätte ich das etwa einfach so hinnehmen sollen? Hätten *Sie* das gekonnt?«

Nein, dachte Paula, das hätte ich ganz bestimmt auch nicht gekonnt. Aber ich hätte sicherlich niemanden umgebracht.

»Eigentlich hätte ich Thomas auch umbringen sollen, er hätte es verdient«, sagte Maria Dries kalt.

»Waren die Kinder dabei?« Paula wollte es endlich wissen, auch wenn sie sich gleichzeitig vor der Antwort fürchtete.

»Die Kinder?« Maria Dries sah sie irritiert an. »Ob sie … nein, die haben nichts mitgekriegt. Die beiden Kleinen machten ihren Mittagsschlaf, und den Großen hatte ich gerade in den Kindergarten gebracht.« Sie sog geräuschvoll die Luft ein. Die nächste Wehe war im Anmarsch.

Paula brachte diesmal ihre Hände in Sicherheit und sah hilflos zu, wie die Frau sich in Schmerzen wand. Genau das würde sie auch in ein paar Monaten durchstehen müssen. Bei dem Gedanken wurde ihr zum ersten Mal an diesem Tag übel.

Erschöpft lehnte sich Maria Dries in der nachfolgenden Schmerzpause zurück.

»Wie haben Sie das mit dem E605 in Luzia Schillingers Glas hinbekommen?«, fragte Paula. Wenn sie ohnehin hier oben blieben, konnte sie ebenso gut versuchen, mehr Einzelheiten in Erfahrung zu bringen. »Ich kann mir nicht vorstellen, dass Sie das immer für den Notfall in Ihrer Tasche herumtragen.«

In der Ferne hörte sie ein Martinshorn, das rasch näher kam. Sie war erleichtert. Wenn sie Glück hatte, musste sie doch nicht als Hebamme fungieren.

Maria Dries atmete tief ein und aus. »Da war dieser große, dicke Kerl, der vor dem Konzert und während der Pause überall herumging und alle fragte, ob jemand vor ein paar Monaten eine Chinesin im Ort gesehen hätte. Da war mir klar, dass sie die Identität der Toten herausgefunden hatten.«

Lass das mit dem großen, dicken Kerl bloß nicht Keeser hören, dachte Paula, als Maria Dries erneut tief ein- und ausatmete.

»Und dann kam plötzlich die Luzi dazu. Ich wusste, wenn dieser Typ sie wegen der Chinesin fragen würde, dann wäre ich geliefert. Das musste ich unbedingt verhindern. Deshalb hab ich gesagt, ich müsste auf die Toilette, schnappte mir meine Handtasche und bin die paar Meter zu meinem Schwiegervater gelaufen. Dort habe ich das E605 aus seinem Gartenhaus geholt und in meine Tasche gepackt. Als ich zurück in die Kirche kam, war die Pause fast zu Ende und die anderen hatten schon mit dem Aufräumen angefangen. Es standen noch ein paar eingeschenkte Gläser herum. In eines schüttete ich unbemerkt das Gift und gab es Luzi, die es dankend annahm. Tja, hat ja dann doch nicht geklappt.«

Maria Dries sog plötzlich die Luft scharf ein und begann zu stöhnen. Diese Wehe war heftiger als die vorangegangenen, und als sie endlich verebbt war, versuchte sie sich aufzurichten. »Ich glaube, ich will doch lieber nach unten.«

Endlich!, dachte Paula dankbar und half ihr beim Aufstehen.

Maria Dries war sehr wackelig auf den Beinen. Sie stützte sich schwer auf Paula, als sie sich langsam Schritt für Schritt auf die Treppe zubewegten.

Vorsichtig ging Paula vor Maria Dries her, um sie notfalls stützen zu können, falls sie das Gleichgewicht verlieren sollte. Sie hatten sich zwei Treppen hinuntergearbeitet, als die nächste Wehe einsetzte.

Maria Dries krümmte sich und ging in die Hocke. Paula wollte ihr helfen, wurde jedoch heftig weggestoßen und kippte nach hinten. Erschrocken versuchte sie, das Gleichgewicht zu halten, doch da es nichts zum Festhalten gab, stürzte sie mit einem spitzen Aufschrei die steile Treppe rücklings hinunter. Ihr Oberkörper und ihr Kopf schlugen hart auf das Holz, Stufe um Stufe polterte sie in die Tiefe. Sie spürte etwas in ihrem Inneren zerreißen … oder brechen, genau konnte sie das Gefühl nicht bestimmen.

Am Fuße der Treppe blieb sie endlich liegen, froh, überhaupt noch am Leben zu sein. Ein heißer Schmerz bohrte sich in ihren Unterleib. Mein Baby! Ich verliere mein Baby!, dachte sie panisch.

»Um Gottes willen, Paula!«, hörte sie Weber wie aus weiter Ferne rufen, obwohl er direkt neben ihr stand und gleich darauf neben ihr kniete. »Paula, hörst du mich?«

Wie durch dicke Schichten Watte vernahm sie seine Stimme. Sie sah seine blauen Augen ganz nah über ihrem Gesicht, besorgte, angsterfüllte Augen. Sie fühlte seine warmen Hände auf ihrem Gesicht, spürte, wie seine Finger Haarsträhnen beiseiteschoben.

Das fühlte sich gut an, sehr gut.

Und dann war da wieder dieser gemeine Schmerz, dort, wo das Baby saß, der sie beinahe ohnmächtig werden ließ. Und immer noch diese wunderbar blauen Augen über ihr, an denen sich ihr Blick festzuhalten versuchte.

»Beweg dich nicht, der Krankenwagen ist schon da.«

Sie hörte Webers Stimme jetzt klarer.

»Alles wird wieder gut«, versprach er und hörte nicht auf, sie zu streicheln.

»Mein Baby«, stammelte sie und legte die Hände schützend auf ihren Bauch. Sie war zutiefst erleichtert, dass sie die Arme bewegen konnte. Aber die Beine, sie spürte ihre Beine nicht! Tränen sammelten sich in ihren Augen. Verschwommen sah sie Weber lächeln.

»Hab ich's doch geahnt! Mir könnt ihr doch nichts vormachen«, sagte er und nahm ihre rechte Hand fest in seine. »Warum hast du es mir denn nicht erzählt? Dann hätte ich dich doch niemals in diesen blöden Turm steigen lassen.«

Ein Schatten fiel auf sie, dann standen zwei Sanitäter über ihnen.

»Was haben wir hier?« Einer der beiden kniete sich auf Paulas andere Seite und leuchtete ihr mit einer Taschenlampe erst in das eine, dann in das andere Auge.

»Ein Treppensturz«, erklärte Weber die Situation. »Das ist meine Kollegin. Sie ist übrigens schwanger.«

Über ihnen schrie Maria Dries in einer erneuten Wehe. Fragend sahen die Sanitäter nach oben.

»Und ein Stockwerk höher wollen gerade Zwillinge auf die Welt kommen«, sagte Weber.

Die Sanitäter wechselten unschlüssige Blicke.

»Die Babys können noch ein bisschen warten, kümmern Sie sich erst um meine Kollegin, ich rufe sofort einen zweiten Krankenwagen«, sagte Weber, um ihnen die Entscheidung abzunehmen, wen sie zuerst behandeln sollten. Er ließ Paulas Hand los, um Platz für den zweiten Helfer zu machen.

Paula vermisste diese Hand augenblicklich. Ihr wurde eine Halsstütze angelegt, was sie kaum merkte, dann wurde sie, begleitet von Maria Dries' erneutem Wehgeschrei, behutsam auf eine Krankentrage umgebettet, festgeschnallt, hochgehoben und aus dem Turm nach draußen ins blendende Sonnenlicht befördert, wo die Trage auf ein bereitstehendes Fahrgestell gesetzt wurde.

Sie sah Becker und Berger mit besorgten Blicken an ihr vorbei in den Turm eilen.

Weber, wo war Weber? Paula wollte nicht allein und verlassen hier liegen gelassen werden. Sie versuchte, sich nach ihm umzusehen, was die Halsstütze aber nicht zuließ. »Matthias?«, rief sie angstvoll.

»Nicht bewegen«, mahnte der Sanitäter an ihrem Kopfende. »Solange wir nicht wissen, ob Ihre Wirbelsäule was abbekommen hat, müssen Sie ganz still liegen.«

Paula überkam Panik. Neben der Sorge um ihr Kind kam jetzt die Angst hinzu, querschnittsgelähmt zu sein. Vorsichtig versuchte sie, die Füße zu bewegen. Es funktionierte!

»Der nächste Krankenwagen ist unterwegs«, sagte Weber.

Endlich stand er wieder neben ihr und ergriff ihre Hand. Paula wurde augenblicklich ruhiger.

»Soll ich Sebastian benachrichtigen?«, fragte er.

Paula wollte den Kopf schütteln, was ihr wegen der Fixierung aber nicht gelang. »Nein«, sagte sie schwach.

»Gib mir seine Nummer, ich rufe ihn an.«

Verdammt, hatte Weber ihr nicht zugehört? Sogar in dieser Situation brachte er sie auf die Palme. »Nein, auf gar keinen Fall!«, sagte sie schroff. »Aber Keeser kannst du Bescheid sagen.«

Weber sah sie verwundert an. »Und warum nicht Sebastian? Ich finde, er sollte wissen, was passiert ist.«

»Es gibt keinen Sebastian mehr«, sagte Paula leise, sodass sich Weber näher zu ihr hinunterbeugen musste, um sie zu verstehen. »Für mich zumindest nicht.«

»Wie war das? Sebastian ist Geschichte?« Der besorgte Ausdruck auf Webers Gesicht wich einem zufriedenen Grinsen. »Also, *ich* persönlich finde das gut.«

Paula überlegte, ob Keeser tatsächlich richtiggelegen hatte mit seiner Behauptung, Weber sei an ihr interessiert. »Vergiss es, ich werde nie was mit dir anfangen!«, fauchte sie.

»Das glaubst du doch selbst nicht. Gib ruhig zu, dass du mich und meinen Charme unwiderstehlich findest und mich lieber heute als morgen flachlegen möchtest«, neckte er sie.

»Du scheußliches …«, ihr fiel nichts Passendes ein, was scheußlich sein könnte, »… Scheusal!« Sie wollte ihm die Hand entziehen, aber er hielt sie fest.

Matthias Weber zwinkerte ihr zu und gab ihr einen Kuss auf die Stirn. »Ach Paula, ich liebe es, wenn du so zärtliche Sachen zu mir sagst.«

»Wir würden dann mal losfahren …«, mischte sich einer der Sanitäter ein.

Weber drückte ein letztes Mal ihre Hand, bevor er sie freigab. »Wenn ich hier fertig bin, komme ich nach.«

***

»Verspüren Sie Taubheit oder ein Kribbeln in den Armen oder Beinen?«, war die erste Frage, die der Arzt in der Unfallchirurgie Paula nach ihrer Einlieferung in die Asklepios Klinik in Kandel stellte. Sie konnte das zum Glück mit einem Nein beantworten.

»Das ist doch schon mal gut. Im Einlieferungsbericht steht, dass Sie schwanger sind.« Er sah sie fragend an.

»Etwa zehnte Woche«, bestätigte Paula.

»Dann kommen Röntgen oder Computertomografie für Sie nicht in Frage. Wir werden ein MRT machen, das funktioniert ohne belastende Strahlung und ist somit völlig ungefährlich für Ihr Baby.«

***

Als Paula eine Stunde, eine Magnetresonanztomografie und eine Ultraschalluntersuchung später in ein Krankenzimmer geschoben wurde, saß da schon ein ungeduldiger Bernd Keeser.

»Was machst du denn für Sachen?«, sagte er mit einer Mischung aus Vorwurf und Sorge. »Wird höchste Zeit, dass *ich* wieder auf dich aufpasse.«

Paula lächelte ihn matt an.

Keeser musterte kritisch die Halskrause, die Paula noch immer trug. »Und, meine Kleine, wie sieht es aus?«

»Mit dem Bazillus ist alles in Ordnung.« Zumindest das konnte ihr schon beim Ultraschall gesagt werden. Auf die Ergebnisse der MRT musste sie noch warten.

»Hast du Schmerzen?«

»Ich fühle mich wie durch den Wolf gedreht, aber der Arzt meint, das sei ein gutes Zeichen. Wer hätte gedacht, dass Schmerzen auch was Positives haben können. Aber es steht noch nicht fest, ob ich nicht doch gelähmt sein werde.«

»Jetzt mach dir doch nicht so schwarze Gedanken, es wird alles wieder gut, du wirst sehen«, versuchte Keeser sie zu trösten.

»Was ist mit Maria Dries? Sind die Babys da?«, fragte Paula.

»Alles bestens, sie hat noch im Krankenwagen entbunden. Zwei gesunde Mädchen.«

»Wie geht es weiter mit ihr?« Paula versuchte vergeblich, sich aufrecht hinzusetzen. Erst als Keeser das Kopfteil des Bettes höher stellte, wurde etwas daraus.

»Im Moment ist sie mit den Kindern noch hier auf der Entbindungsstation. Wir haben rund um die Uhr einen Beamten vor ihrer Tür postiert, damit sie nicht auf dumme Ideen kommt und wieder abhaut.«

Paula ignorierte das Wir. »Und dann?«

»Marianne arbeitet gerade an der Anklageschrift. In ein paar Tagen wird Frau Dries wohl mitsamt ihrem Nachwuchs in Untersuchungshaft überstellt. Es gibt zum Glück ein paar Frauenvollzugsanstalten mit Mutter-Kind-Abteilung.« Keeser lehnte sich zurück und rieb sich die verletzte Schulter. »Tja, und nach der Verurteilung wird sie in genau so einem Knast mit den Kindern fest einziehen.«

»Knastkinder – die armen Würmchen.«

»Ihr Vater kann die beiden ja nach den ersten Monaten rausholen und sich selbst um sie kümmern. Dann wäre allerdings Schluss mit seinen Auslandsreisen und seinen kleinen Fluchten.«

Keeser stand auf und ging zum Fenster. Gedankenverloren sah er nach draußen. Nach kurzem Überlegen drehte er sich zu Paula um und fügte hinzu: »Damit ist wohl jetzt auch schon Schluss, einer muss ja für die drei anderen Kinder da sein. Sein Leben wird ab sofort alles andere als einfach sein.«

Paula lachte trocken auf. »Um Thomas Dries mache ich mir ganz bestimmt keine Sorgen. Wie ich den einschätze, sucht der sich schnellstens eine neue kleine Asiatin, importiert sie nach Minfeld und lässt sie in dem Glauben, er würde mit ihr eine Familie gründen.«

Keeser setzte sich wieder auf den Besucherstuhl. »Nur dass die Familie schon vorhanden und nicht gerade klein ist.«

Die Tür ging auf, und Weber streckte den Kopf herein. »Bist du angezogen?«

»Blödmann, warum sollte ich nackt in einem Krankenbett liegen?«, begrüßte Paula ihn nicht gerade freundlich.

»Ich glaube, der Patientin geht es schon wieder viel zu gut«, sagte Weber und trat ein. Hinter seinem Rücken zauberte er einen riesigen bunten Blumenstrauß hervor. »Wenn du weiterhin so kratzbürstig zu mir bist, bringe ich den Strauß zu Maria Dries. Die wurde kurz nach dir hier eingeliefert. Mit zwei Babys im Arm, weil sie partout nicht mehr länger warten wollten.«

Er sah Paula abwartend an. »Oder ich suche mir eine hübsche Schwester und schenke ihr die Blumen«, sagte er, als sie keine Reaktion zeigte.

»Untersteh dich«, sagte Paula gespielt ärgerlich. »Wenn einer Blumen verdient hat, dann bin das wohl ich.« Ihre Mimik wandelte sich schlagartig in Erschrecken – ihr war etwas eingefallen: »Othello!«, sagte sie und sah Keeser an. »Wie spät ist es?« Tina Geiger hatte sicherlich schon Feierabend gemacht, und der arme Hund saß jetzt mutterseelenallein in dem kleinen Büro. »Könntest du dich um ihn kümmern?«

»Schon erledigt«, verkündete Weber und legte die Blumen auf dem Fensterbrett neben Paulas Bett ab. »Er sitzt unten im Auto. Ich hab ihn nach meiner Sitzung beim Chef mitgenommen. Ich nehm ihn mit zu mir, und wir werden uns einen ausschweifenden Männerabend machen, nicht so 'n Mädchengedöns wie bei dir.«

»Danke dir – ist auch nur bis morgen, da kommt sein Frauchen zurück.«

»Ob du es glaubst oder nicht: Der Hund wird mir fehlen«, sagte Keeser.

Und mir erst!, dachte Paula und kämpfte gegen die aufsteigenden Tränen an.

Zum Glück ging genau in diesem Moment die Tür auf. Es war der Arzt, der sie gleich am Anfang untersucht hatte.

»Wir haben die Ergebnisse von der MRT«, sagte er und sah Paulas Besucher streng an. »Würden Sie bitte kurz rausgehen?«

»Nein, nein, meine Kollegen sollen hierbleiben, sie sind meine seelische Unterstützung. Die beiden müssen ja vielleicht in Zukunft meinen Rollstuhl schieben«, sagte Paula mit einer gehörigen Portion Galgenhumor. Innerlich betete sie jedoch, dass das nie nötig sein würde.

Der Arzt bedachte die Männer mit einem kaum sichtbaren

Lächeln. »Nun, dann kann ich die Herren beruhigen: Sie werden keinen Rollstuhl schieben müssen.«

Paula kamen vor Erleichterung die Tränen.

»Die Wirbelsäule ist in Ordnung, sie ist nur ein wenig geprellt. Sie haben noch diverse andere Prellungen, aber die sind auch nicht bedenklich. Allerdings sind zwei Rippen gebrochen, aber das heilt normalerweise innerhalb von sechs Wochen von selbst. Sie müssen nur einige Zeit einen Stützverband tragen. Sie sollten erst einmal auf Husten, Niesen und Lachen verzichten, denn das wird ganz bestimmt wehtun. Alles in allem hatten Sie verdammt viel Glück.«

Er trat an das Bett und öffnete mit lautem Ratsch die Klettverschlüsse der Halskrause. »Dieses Ding brauchen Sie nicht mehr. Wir werden Sie jedoch über Nacht hierbehalten, um sicherzugehen, dass Sie keine Gehirnerschütterung erlitten haben.«

»Da kann eigentlich nicht viel passiert sein …« Weber trat eine Millisekunde zu spät vom Bett zurück – Paulas Faust traf schmerzhaft seinen Unterarm.

»Aua!«, sagten er und Paula gleichzeitig.

»Schnelle, unkontrollierte Bewegungen sollten Sie am besten auch vermeiden«, riet ihr der Arzt kopfschüttelnd.

Weber rieb sich theatralisch den Arm. »Sie sollten diese renitente Patientin vielleicht zur Sicherheit aller am Bett fixieren, Herr Doktor.«

Tatorte und anderes Wissenswertes

Falls Sie nach der Lektüre dieses Buches Lust verspüren sollten, meine schöne Südpfalz kennenzulernen oder gar auf Paula Sterns Spuren zu wandeln – hier sind wie immer die genaueren Informationen zu den erwähnten »Tatorten«:

Asklepios Südpfalzklinik Kandel
Das ist natürlich keine Adresse für eine Sightseeingtour, und ich hoffe inständig, dass Sie diese Adresse nie brauchen werden – aber man weiß ja nie, was kommt. In dieser Klinik wird einiges geboten, vom Schlaflabor bis hin zur Geburtshilfe, von der Kardiologie bis hin zur Unfallchirurgie, von der Notfallmedizin bis hin zur Ästhetischen Chirurgie – falls Sie sich etwas verändern möchten.
Asklepios Südpfalzklinik Kandel, Luitpoldstraße 14, 76870 Kandel
Öffnungszeiten: rund um die Uhr
Tel. 07275/710
www.asklepios.de/kandel

Historische Kirche Minfeld
Hier handelt es sich um eine aus dem 11. Jahrhundert stammende frühe Simultankirche, die jetzt als protestantische Kirche genutzt wird. Sie steht direkt neben dem protestantischen Pfarramt in der Kirchgasse.
Für Besichtigungen ist die Kirche an Sonntagen nach dem Gottesdienst bis 18 Uhr geöffnet. Ebenso an den Tagen des offenen Denkmals (zweiter Sonntag im September). Oder auch nach Vereinbarung mit dem protestantischen Pfarramt: Tel. 07275/913080
Der Förderverein historische Kirche Minfeld e. V. hat es sich zum Ziel gesetzt, dieses wertvolle Baudenkmal der Ortsgemeinde und der Region zu erhalten und die durch Feuchtigkeit und den Zahn der Zeit geschädigten mittelalterlichen Wandmalereien im

Chorraum zu sichern und zu restaurieren. Der Verein lädt zu diesem Zweck regelmäßig zu diversen Veranstaltungen ein.
Sie möchten mehr über diese entzückende Kirche wissen? Sie würden den Verein gern als zahlendes Mitglied unterstützen (Jahresbeitrag 25 Euro; man darf aber auch gern mehr zahlen)? Informationen und den Flyer des Vereins erhalten Sie bei:
Anca Burg, Tel. 07275/61687, oder beim protestantischen Pfarramt Minfeld-Winden, Tel. 07275/913080

McDonald's Landau
Ich habe lange überlegt, ob ich diesen amerikanischen Gourmettempel erwähnen soll, und habe mich dafür entschieden. Die Geschmäcker sind bekanntlich verschieden, und ein Hamburger ab und an kann nicht schaden.
McDonald's Landau, Johannes-Kopp-Straße 4, 76829 Landau
Öffnungszeiten: So–Do 6–2 Uhr, Fr–Sa 6–5 Uhr

Minfeld, »Kunst- und Rosendorf«
Minfeld gehört zur Bienwaldregion Kandel und hat circa 1.670 Einwohner (im März 2014). Es blickt auf eine 1.000-jährige Siedlungsgeschichte zurück und hat einiges zu bieten:
- die historische protestantische Kirche
- die Kulturscheune Minfeld, die »KuSchMi«, die weit über die regionalen Grenzen hinaus für ihre Veranstaltungen mit hochrangigen Künstlerinnen und Künstlern bekannt ist
- die erlebbare Kunst auf öffentlichen Flächen
- zwei Rundwanderwege um das Dorf: den Wiesen-und-Flur-Rundweg (circa 12 Kilometer) und die Kleine Bienwaldtour (circa 12 Kilometer)
- drei Radwege – Radfahrer finden hier den Einstieg zum Kraut-und-Rüben-Radweg, zur Hof-zu-Hof-Tour und zum Petronella-Radweg
- zwei Weinstuben und einen Landgasthof, die nach Wanderung, Kirchenbesichtigung oder Radtour zur Stärkung einladen

www.minfeld.de

Richard Löwenherz Weg
Ein 12 Kilometer langer Wanderweg, der von Annweiler aus über die Anlage der Naturbegräbnisstätte »Trifelsruhe«, den Aussichtspunkt »Wasgaublick«, das Felsmassiv »Asselstein« und den »Rehbergturm« führt und im Kurpark in Annweiler endet.

»Teufelstropfen«
Diesen Namen hat sich der Förderverein historische Kirche Minfeld für den Wein ausgedacht, den er bei Veranstaltungen in der Kirche ausschenkt. Eigentlich handelt es sich dabei um den Hergersweilerer Narrenberg, einen Cabernet Mitos aus dem Weingut Fritz Heintz, Dammweg 2, 76872 Minfeld, Tel. 07275/8681.

Weinstubb uff de Bach
gemütliche Weinstube mit typisch pfälzischer Küche im Herzen Minfelds. Im Gastraum gibt es 50 Sitzplätze, draußen 25.
Weinstubb uff de Bach, Eichstraße 74, 76827 Minfeld
Öffnungszeiten: Fr und Sa ab 18 Uhr; So ab 17 Uhr; Mo–Do Ruhetag
Tel. 07275/8681

Zur Hofschänke – Restaurant und Ferienwohnungen
Es handelt sich hierbei um ein altes Bauernanwesen, das 1860 erbaut und vor Kurzem liebevoll renoviert wurde. Mit bewirtschaftetem mediterranen Innenhof.
Das komplette Anwesen und die Ferienwohnungen werden ausschließlich nach neuesten ökologischen Erkenntnissen mit Holzpellets und Solarenergie versorgt und beheizt.
Restaurant zur Hofschänke, Hauptstraße 52, 76872 Winden
Öffnungszeiten: Sommer (März–Dezember): Di–Fr Mittagstisch 11.30–14.30 Uhr, abends ab 17 Uhr; Sa, So und Feiertage ab 11 Uhr; Mo Ruhetag; Winter (Januar–Februar): Mi–Fr ab 17 Uhr; Sa, So und Feiertage ab 11 Uhr; Mo und Di Ruhetag
Tel. 06349/8474
E-Mail: info@hofschaenke.de; www.hofschaenke.de

Dampfnudeln mit Weinschaumsoße
Zutaten für 4 Personen:

Für die Dampfnudeln:
120 g Butter
1 kg Mehl
63 g Hefe (1 ½ Würfel)
500 ml lauwarme Milch
70 g Zucker
½ TL Salz
3 Eier
2 EL Butter
1 Prise Salz

Für die Weinschaumsoße:
4 Eigelb
2 EL Zucker
500 ml Wein (z. B. Riesling)

Zubereitung:
Für die Dampfnudeln die Butter in einem kleinen Topf zerlassen und abkühlen lassen. Das Mehl in eine große Schüssel sieben. In die Mitte eine Mulde drücken. Die Hefe mit etwas lauwarmer Milch in einer Tasse glatt rühren und in die Mehlmulde geben. An einem warmen Ort 15 Minuten gehen lassen.
Dann Zucker, Salz, Eier, zerlassene Butter und die restliche Milch hinzufügen und alles gut verkneten. Die Schüssel mit dem Teig mit einem Geschirrhandtuch abdecken und bei Zimmertemperatur 1 Stunde gehen lassen.
Dann mit einem Esslöffel eigroße Teigstücke abstechen und zu Kugeln formen. Auf bemehlter Arbeitsfläche noch einmal 15 Minuten gehen lassen.

In einem flachen gusseisernen Topf (mit Deckel!) 2 cm Wasser einfüllen und die 2 EL Butter und die Prise Salz zufügen. Kurz aufkochen lassen und dann die Teigkugeln nicht zu dicht nebeneinander in den Topf setzen. Deckel daraufsetzen und so lange abgedeckt kochen lassen, bis die ganze Flüssigkeit verdampft ist.
Für die Weinschaumsoße die Eigelbe, den Zucker und den Wein in eine Edelstahlschüssel geben und im heißen Wasserbad mit dem Schneebesen so lange schlagen, bis die Masse schaumig ist.

Tipp: Verwenden Sie doch mal statt Weißwein einen vollmundigen Dornfelder! Die weihnachtliche Variante wird mit Glühwein zubereitet.

Walnuss-Orangenkuchen
Zutaten für einen Gugelhupf mit 1,5 Liter Volumen:

Für den Teig:
4 Eier
250 g Zucker
200 ml Öl
200 ml frisch gepresster Orangensaft
300 g Mehl
1 Pck. Backpulver
200 g grob gehackte Walnüsse

Zum Tränken:
3–4 EL Grand Marnier

Für den Guss:
100 g Puderzucker
1 EL frisch gepresster Orangensaft
2 EL Grand Marnier

Zubereitung:
Die Backform gut fetten und mit Semmelmehl ausbröseln. Den Backofen auf 200 °C vorheizen.
Mit dem Handrührgerät die Eier mit dem Zucker dick-cremig schlagen. Öl und Saft unter Rühren zugeben. Das Mehl mit dem Backpulver und den gehackten Walnüssen rasch unterrühren. Den Teig in die vorbereitete Form füllen und im vorgeheizten Ofen (unten, Umluft 180 °C) 50–60 Minuten backen (Stäbchenprobe!). In der Form abkühlen lassen.
Den abgekühlten Kuchen aus der Form nehmen. Mit einem Stäbchen mehrmals einstechen und mit Grand Marnier tränken.
Für den Guss den Puderzucker mit Orangensaft und Grand Marnier glatt rühren. Den Guss mit einem Löffel über den Kuchen laufen lassen. Trocknen lassen.

Glossar

AFIS – automatisiertes Fingerabdruck-Identifizierungs-System. Hier werden Fingerabdrücke gespeichert und können nach Bedarf mit anderen abgeglichen werden.

Chemolumineszenz oder Luminol-Test – Methode zum Nachweis kleinster, kaum sichtbarer Blutspuren durch Aufsprühen einer Mischung aus Luminol (3-Aminophtalsäurehydrazid) und Wasserstoff- oder Natriumperoxid auf den zu untersuchenden Objekten. Beim Abdunkeln des Raumes werden Blutrückstände durch eine bläulich weiße Lumineszenz, also durch Leuchten, sichtbar, die dadurch entsteht, dass das Luminol mittels Sauerstoff-Freisetzung durch Peroxidase oxidiert wird.

CTG – Cardiotokographie ist eine Routineuntersuchung mit Ultraschallwellen in der Schwangerschaft. Hierbei werden sowohl der Herzrhythmus des Fötus als auch die Wehentätigkeit der Mutter gemessen. Gleichzeitig wird die Sauerstoffversorgung des Kindes überprüft. Man nennt die CTG auch Wehenschreiber, da damit während der Geburt Länge, Stärke und Häufigkeit der Wehen gemessen werden.

Hummel-Figuren – nach den Kinderzeichnungen von Maria Innocentia Hummel (1909–1946) gefertigte Porzellanfiguren

Isotopenanalyse – wird für die geografische Herkunftsbestimmung nicht identifizierter Leichen angewendet und basiert auf dem Wissen, dass Bioelemente (Kohlenstoff, Sauerstoff, Schwefel, Stickstoff, Wasserstoff) und Geoelemente (Blei, Strontium) in der Natur in unterschiedlichen Atomarten, den Isotopen, vorkommen. Je nach geografischer und geologischer Situation weisen Pflanzen und Lebewesen unterschiedliche gleichbleibende Isotopenhäufigkeitsverhältnisse (I.V.) mit regional typischen Signaturen auf. Diese lagern sich durch die Ernährung mit tierischen und pflanzlichen Produkten im menschlichen Gewebe ein und machen es möglich, Rückschlüsse darauf zu ziehen, wo ein Lebewesen sich aufgehalten hat beziehungsweise wo seine Nahrung gewachsen ist und wie es sich ernährt hat. Unbekannte Körpergewebeproben können mit circa 600 weltweit gesammelten und in einer Isotopendatenbank aufbewahrten Vergleichshaarproben verglichen und so einer geografischen Region zugeordnet werden.

KaLuMa – So werden die Kurzurlauber aus Karlsruhe, Ludwigshafen und Mannheim »liebevoll« von den Pfälzern genannt.

KT – Abkürzung für Kriminaltechnik

Negatoskop – Das ist der beleuchtete Kasten, vor den man Röntgenbilder klemmt, um sie zu betrachten.

Odontogramm – international gebräuchliche bildliche Darstellung des Zahnschemas für die gerichtsmedizinische Gebissanalyse. Die Identifizierung erfolgt durch den Vergleich des postmortalen Odontogramms mit dem antemortalen.

Paläoserologie – die Lehre von den historischen und prähistorischen Skeletten und ihrer Bestimmung

Spusi – Abkürzung für Spurensicherung

U-Haft – Abkürzung für Untersuchungshaft

Liebe Leserin, lieber Leser,

was Sie gerade gelesen haben, ist natürlich alles frei erfunden. Auch wenn mir »mein Personal«, sprich Paula Stern & Co., inzwischen sehr ans Herz gewachsen ist, ist jeder Einzelne von ihnen doch nur eine Ausgeburt meiner blühenden Phantasie.

Auch das K9, also die Mordkommission, und ebenso die Gerichtsmedizin in Landau – alles frei erfunden. Aber Schriftsteller dürfen das. Ja, es wird sogar von ihnen erwartet – wo kämen sonst all die phantastischen Geschichten her?

Das Programm »Von der Straße in den Job«, das gestrauchelten jungen Menschen den Schritt in ein geregeltes Leben erleichtern soll, gibt es leider auch nicht – sollte aber meiner Meinung nach unbedingt ins Leben gerufen werden.

Wie immer an dieser Stelle möchte ich mich bedanken:
- bei meinen lieben Lebensbegleitern – Eltern, Geschwister, Freunde und allen voran natürlich Oliver, der es tagtäglich mit mir aushält. Danke, dass ihr das Leben mit einer anstrengenden Schriftstellerin so tapfer ertragt und ihr die Treue haltet. Danke, dass ihr das oft einsame Leben einer Schreibtischtäterin so wunderbar belebt;
- bei allen, die mich bei meinen Fragen und Recherchen tatkräftig unterstützt haben;
- bei allen, die auch diesem Buch wieder geholfen haben, das Licht der Bücherwelt zu erblicken;
- und natürlich bei meinen Lesern, den Fans von Paula Stern und Bernd Keeser, denn für wen, wenn nicht für sie, betreibe ich schließlich den ganzen Aufwand? Ich hoffe, wir treffen uns beim nächsten Buch wieder!